A. M. Amberg
Das Ragnarök-Rätsel
Deorum & Hominum: Band 1

AF239221

A. M. Amberg

Das Ragnarök-Rätsel

Deorum & Hominum: Band 1

Jugendfantasy

Bibliografische Information der Deutschen Nationalbibliothek:
Die Deutsche Nationalbibliothek verzeichnet diese Publikation
in der Deutschen Nationalbibliografie;
detaillierte bibliografische Daten sind im Internet
über http://dnb.dnb.de abrufbar.

Coverillustration und Gestaltung: Luisa Galstyan
Korrektorat: Sophia Krämer, www.sophiakraemer.de

Verlag: BoD • Books on Demand GmbH, In de Tarpen 42,
22848 Norderstedt
Druck: Libri Plureos GmbH, Friedensallee 273, 22763 Hamburg

ISBN: 978-3-7597-8707-1

Inhaltsverzeichnis

PROLOG

Holger Abels hatte niemals wirklich an etwas geglaubt. Er wusste Dinge und war von vielem überzeugt: dass es die richtige Entscheidung gewesen war, den sichersten Weg zu gehen, dem Risiko den Rücken zu kehren und Buchhalter zu werden, dass seine Ehe mit Anke Bestand hatte oder dass seine Tochter Hannah ein ganz wundervolles Geschöpf war. Aber an jemanden oder eine höhere Macht zu glauben, das wäre ihm nicht im Traum eingefallen. Bisher war er nur einmal in seinem Leben davon abgewichen.

Er war vierzehn Jahre alt gewesen, so wie Hannah heute, und er war zum ersten Mal im Internat angekommen, auf das seine Eltern ihn geschickt hatten. Sein Vater war selten zuhause, ständig beruflich auf Reisen, und seine Mutter war kränklich, so hatte es Holger nicht überrascht, dass er nun hier, weit entfernt vom heimatlichen Lüneburg, zur Schule gehen sollte.

Sein Vater hatte ihm sein Leben lang die Geschichten erzählt, die Sagen der alten Götter und Helden der Griechen und Germanen, der Sumerer und Slawen, der Ägypter und Kelten und aller anderen. Der Menschen, die in diese Schule gegangen waren und zu Helden wurden, weil sie mit ihrem Wissen die Menschheit wieder und wieder retten konnten.

Doch erst als Holger im Vorhof des Schlosses gestanden hatte, das so verborgen mitten in den Wäldern der Vogesen lag, hatte er begriffen, dass er an der Schwelle zu einer anderen Welt stand. Einer Welt, die größer war, als er zu träumen gewagt hatte. Einer Welt, in der die Geschichten von Olympiern und Nymphen, Asen und Wanen, Formori und Túatha dé Danann wahr waren. Wahr!

Sie nannten sich MEDIATORES DEORUM ET HOMINUM, Mittler zwischen Menschen und Göttern. Der Eingängigkeit halber hatten die Jahrhunderte diesen Namen auf dem Pergament vergilben lassen. Schon früh hatten die Götter sie wegen ihres Erkennungsmerkmals, ihrer safrangelben Umhänge, ›Gelbroben‹ getauft. Irgendwann hatte die geheime Organisation diesen Namen halboffiziell übernommen.

Niemand außer ihnen stand seit Jahrhunderten zwischen der Menschheit und den Göttern. Sie waren keine Priester, keine religiösen Menschen, aber dennoch die Mittler zwischen denen, die die mächtigste Stimme, und denen, die keine hatten.

Sein Vater war ein Mitglied dieser jahrhundertealten Geheimorganisation, die die Menschheit vor dem Nichtmenschlichen bewahrte und schützte. Sein Vater war einer von diesen Helden. Holgers Vorfreude auf den ersten Schultag hätte nicht größer sein können.

Der Kies des Schulhofs knirschte leise unter seinen Schuhen und der Anblick der vier ungleichen Schlosstürme, die sich gegen den Himmel erhoben, ließ ihn innehalten. Er atmete tief durch und betrachtete seine neue Schule. In diesem Moment glaubte er fest daran, seine Bestimmung gefunden zu haben. Hier in der Schule der Gelbroben, da draußen in anderen Sphären und doch in dieser Welt. Er wollte ihnen allen begegnen: Zeus, Odin, Ra... Die Liste der Namen, die ihm einfielen, nahm kein Ende. Es lagen Abenteuer und Gefahren in der Berufung seiner Familie, das wusste er. Und er wollte sie alle erleben.

Vier Jahre später hatten sich die Dinge geändert. Holger Abels war erwachsen geworden und das Abenteuer war vorüber für ihn. So wie es Tradition war, ließ man den Schülern am Ende ihrer Ausbildung die Wahl: sie konnten einen Eid schwören und zu den Gelbroben gehören oder sich von dem geheimen und gefährlichen Leben abwenden. Holger Abels entschied sich für Letzteres.

In seinen letzten Sommerferien zuhause in Lüneburg hatte er ein Mädchen kennengelernt. Anke war blond wie Flachs, pfiffig wie ein Eichhörnchen und nichtsahnend. Unwissend, wie er es vor vier Jahren selbst noch gewesen war. Für sie waren die größten Probleme der Welt ihre Haare, ihre Zukunft und ihr Taschengeld. Worum sonst sollte sie sich auch sorgen? Sie wusste schließlich nichts von den aktuellen Krisen, dem Massensterben von Phönixen und anderen Feuerwesen oder der Prophezeiung, dass der verheerende Fimbulwinter demnächst anbrechen würde.

Vielleicht war das der Grund, aus dem er sich in sie verliebte. Als das vierte Schuljahr zu Ende ging, hatte Holger seine Lektion gelernt. Er konnte die Chance ergreifen, ein Held zu sein, oder er konnte es sein lassen, die Sicherheit wählen und eines Tages eine Familie haben. Ein Vater werden, anders als seiner, der nie dagewesen war, weil er ständig auf gefährliche Einsätze der Gelbroben geschickt wurde. Aber eine Familie musste ferngehalten werden von den Gefahren, den Monstern und Göttern, die diese Welt zu bieten hatte. Und so verließ er die Gelbroben.

Er hatte damals mit achtzehn gedacht, dass er nie zurückblicken würde, und so hatte es für lange Zeit auch ausgesehen. Anke hatte ihn geheiratet und Hannah war vierzehn Jahre alt geworden, ohne dass Holger je wieder von den Gelbroben gehört hätte. Doch nun saß er im Auto und brachte seine einzige Tochter auf das Vogesenschloss.

DAS VOGESENSCHLOSS

Hannah lehnte die Stirn gegen die Autofensterscheibe und sah hinaus. Seit Stunden saß sie auf dem Rücksitz des Wagens ihrer Eltern, auf dem Weg zu ihrer neuen Schule, dem Internat in den Vogesen. Die Landschaft vor dem Fenster war längst eine andere als bei ihrem Aufbruch. Sie fuhren durch einen dichten Wald. Buchen, Eichen, Bergahorne, dunkle Fichten und Tannen wucherten entlang der kurvenreichen Straße, die sich an den Hang schmiegte. Links raste die Böschung und rechts der grüne Abgrund vorbei.

Lange konnte es nicht mehr dauern. Hannah setzte sich gerade hin und fing den Blick ihres Vaters, der sie im Rückspiegel betrachtete. Er sah schnell weg. Vermutlich versuchte er immer noch, ihr auszuweichen. Auch sie blickte wieder aus dem Fenster und sah ihrem eigenen Spiegelbild in der Scheibe entgegen. Sie ähnelte ihren Eltern: das flachsblonde Haar, das dem ihrer Mutter so sehr glich, die blauen Augen, die sie von ihrem Vater geerbt hatte, und die Sommersprossen, die ihre rosige Haut nach dem Spanienurlaub noch zahlreicher als sonst sprenkelten. Aber ihre Eltern konnten nicht in sie hineinsehen.

Ja, der Spanienurlaub... Hannah ertappte sich dabei, dass sie ein Seufzen zurückhielt. Es war ein Versuch der Aussöhnung gewesen, denn Spannungen hatte es bei den Abels oft gegeben, seit das Thema ›Internat‹ angesprochen worden war. Für Hannah war es aus dem Nichts gekommen. Sie hatte gute Noten, viele Freunde und wurde immer wieder von Erwachsenen dafür gelobt, wie vernünftig und reif sie für ihr Alter war. Ein Internat hatte nie zur Debatte gestanden. Nicht bis vor zwei Monaten.

Alles hatte mit einem Brief begonnen. Der Umschlag war mit dem Schulwappen verziert gewesen. Ein Greif spannte seine Schwingen aus und in seinen Klauen hielt er eine Schwertlilie, eine Schreibfeder und ein sechseckiges Symbol, das Hannah noch nie gesehen hatte. Es war eine Einladung gewesen, die Voranmeldung für den Schulbeginn im September zu bestätigen. Hannahs Großvater, der vor zehn Jahren gestorben war, musste sie kurz nach ihrer Geburt für einen Platz im Internat vorgemerkt haben. Anders konnten ihre Eltern sich den Brief nicht erklären. Wochenlang hatten sie mit Hannah Für und Wider diskutiert.

Jetzt lag der Brief mit der Anfahrtsbeschreibung unbeachtet auf ihrem Schoß. Sie wünschte insgeheim, dass er nie im Briefkasten gelegen hätte.

»Hier draußen kann doch keine Schule sein«, riss die Stimme ihrer Mutter auf dem Beifahrersitz Hannah aus ihren Gedanken. Sie blickte abwechselnd auf die ausgefaltete Straßenkarte und aus dem Fenster, um irgendeinen Anhaltspunkt zur Orientierung zu finden. »Holger, du hast dich verfahren.«

»Nein, nein, sie liegt hier draußen im Wald«, antwortete Hannahs Vater gelassen. »Ich erinnere mich genau. Immer, wenn man denkt, dass man angekommen ist, kommt noch eine Kurve.«

Hannah rang sich ein Lächeln ab. Sie hatte ihren Vater selten aufgeregt gesehen, doch jetzt strahlte er wie ein kleines Kind am Weihnachtsmorgen. Es erinnerte sie an den Abend bald nach der Ankunft des Briefs, als er sie beiseite genommen und ihr die ganze Wahrheit über das Internat verraten hatte. Irgendwo da draußen gab es Götter, Monster und magische Wesen und dazwischen die Gelbroben. Es gab Orte und Sphären, von denen sie nie geträumt hatte, und Mächte, die älter waren als die Welt selbst.

Es war ihr nicht schwergefallen, ihm zu glauben. Sie hatte immer gespürt, dass es mehr in der Welt gab, als mit bloßem Auge zu sehen und in Schulen zu lernen war. So viele Fragen hatten auf ihrer Zunge gebrannt, doch sie hatte nicht gewusst, ob sie die Antworten von ihrem Vater hören wollte. Auch jetzt im Auto wurde ihr noch mulmig, wenn sie daran dachte, dass sie vielleicht bald einem antiken Gott gegenüberstehen würde.

»Es muss zuerst unser Geheimnis bleiben«, hatte ihr Vater seinen Vortrag beendet, bevor er zu sehr in den Erinnerungen an seine eigene Schulzeit zu schwelgen begann. »Du darfst niemandem davon erzählen, auch nicht deinen Freunden. Erst wenn du sicher bist, dass du nach vier Jahren Mitglied werden willst, können wir es deiner Mutter erklären.«

Hannah hatte darüber die Stirn gerunzelt. Sie würde ihre Mutter anlügen müssen? Doch ihr Vater hatte weitergesprochen. »Ich will dich nicht zwingen, und wenn du es nicht magst, dann kannst du zurück auf deine alte Schule. Aber versprich mir, dass du diese einzigartige Chance nutzt.«

»Ich verspreche es«, hatte Hannah geantwortet und damit war es beschlossene Sache gewesen.

Wieder bog das Auto um eine Kurve.

»Wir sind gleich da«, versicherte Hannahs Vater. »Gleich sehen wir das Schloss.«

Sie wusste, dass er versuchte, die Vorfreude, die er sich für sie wünschte, in seine Worte zu legen. Aber sie konnte sich nicht zu einer Antwort durchringen.

»Ich bin schon ganz gespannt«, schmunzelte Hannahs Mutter und strich ihrem Ehemann zärtlich über den Arm. Dann warf sie einen Blick über die Schulter zu Hannah. »Du nicht auch, Hannah?«

»Ja«, überwand Hannah sich zu antworten. Gespannt war sie, angespannt, aber sie tat ihr Bestes, es zu verbergen. Dass sie ihre Eltern auf den letzten Metern nicht mehr umstimmen konnte, wusste sie. Also war es zwecklos, jetzt noch etwas zu sagen. Außerdem hatte sie ihrem Vater ein Versprechen gegeben und sie hatte noch nie ein Versprechen gebrochen. Warum war es bloß so schwer?

»Dort ist es.« Aufgeregt wie ein kleines Kind deutete ihr Vater aus dem Fenster. Ihre Mutter gab ein entsetztes Keuchen von sich, verkniff sich aber einen Kommentar darüber, dass er beide Hände am Lenkrad lassen sollte.

Hannah blickte hinaus. Zwischen den Bäumen war der Blick auf das Schloss frei geworden. Es lag auf der Kuppe eines Berges, der weder der höchste noch der massivste unter seinen Nachbarn war. Im Sonnenlicht strahlte das Gemäuer in einem warmen Ocker und seine Dächer waren grün geziegelt wie in einem Märchenbuch. Es sah überhaupt nicht aus wie die geheimnisvolle Burg mit Zinnen oder das verwunschene, halbverfallene Spukschloss, die Hannah sich ausgemalt hatte. Vier ungleiche Türme ragten in den Himmel, einige höher oder dicker als die anderen. Schief und krumm wirkten die Mauern und Höfe, wie sie sich an den Berg klammerten, um darauf zu thronen.

»Das Schloss wurde in der Zeit der Renaissance gebaut, also vor über 400 Jahren. Seit dem 18. Jahrhundert gibt es hier eine Schule«, begann ihr Vater wie bei jedem Familienausflug ungefragt, einen Reiseführer zu ersetzen. Wieder sah er Hannah durch den Rückspiegel an. »Du lässt dich wirklich auf eine Sache mit viel Tradition ein.«

Hannah konnte seinen Blick nicht deuten. Sollte es eine Anspielung auf die Gelbroben sein? Schnell warf sie ihrer Mutter einen Seitenblick zu. Es fühlte sich falsch an, ihr zu verschweigen, was für eine Schule dort wirklich vor ihnen lag. Und dass die Welt, die sie kannten, hier endete.

»Gefällt es dir?«, fragte ihr Vater hoffnungsvoll und begann die Geschwindigkeit des Autos zu verringern. Hannah zwang sich zu lächeln.

»Ein richtiges Schloss, wie du gesagt hast«, sagte sie leise. Ihr Vater schien zufrieden.

»Hannah, Liebes, schau noch einmal in den Brief«, wandte sich ihre Mutter an sie, als sich der Wagen einem steinernen Tor näherte. »Wo dürfen wir parken?«

Hannah griff rasch nach dem Brief und las vor.

»Im Vorhof, um das Brunnenhaus herum.«

»Wo ist das?«, fragte ihre Mutter zu ihrem Vater gewandt.

»Wir fahren schon hinein.« Das Knirschen von Kies unter den Reifen begleitete ihre Einfahrt in den Hof. »Das Schloss kommt einem am Anfang riesengroß vor, aber sie zeigen euch bestimmt alles, Hannah.«

»Das muss alles so aufregend für dich sein, Hannah.« Ihre Mutter streckte einen Arm nach hinten aus und strich ihrer Tochter übers Haar.

»Ja, Mama.« Hannah ließ es mit einem Lächeln über sich ergehen. Lächeln half ihr, sich von ihrem Herzklopfen abzulenken.

Im Vorhof wimmelte es von Schülern, Autos, Koffern und Eltern. Hannahs Vater parkte und die Abels stiegen aus. Hannah hörte ihren eigenen Herzschlag, als sie sich umblickte. Sie suchte nach einem Kentaur oder etwas anderem Ungewöhnlichen in der Menge, wurde aber enttäuscht. Um das große Brunnenhaus in der Mitte des Vorhofs tummelten sich lediglich Menschen und Reisegepäck. Nur ein einzelner grauer Hund tobte zwischen Beinen und Koffern umher. Er bellte aufgeregt einige Transportboxen an, aber an sich war nichts Seltsames an ihm. Aus einer der Boxen fauchte es. Wahrscheinlich handelte es sich aber nur um die Katze eines Lehrers. Sie musste an Rollo denken, ihren Hund zuhause, den sie jetzt schon vermisste.

Hinter sich hörte sie ihren Vater ächzen. Er versuchte den riesigen Koffer auszuladen. Doch das Gepäckstück hatte sich in der Heckklappe verhakt und klemmte nun fest. Ihre Mutter machte konstruktive Vorschläge, wie er es losbekommen konnte, aber das half wenig.

Hannahs Blick wanderte wieder zu den vielen Menschen. Überall begrüßten sich ältere Schüler, umarmten sich und erzählten sich von den Sommerferien. Viele trugen safrangelbe Kapuzenpullover mit dem Schulwappen. Auch einige Neuankömmlinge in Hannahs Alter hatten sich bereits in Gespräche verwickelt. Hannah konnte beobachten, wie sie sich vorstellten und Hände schüttelten. Gerne hätte sie sich zu ihnen gesellt, doch etwas hielt sie zurück, etwas, das von diesen Mauern ausging. Auch wenn es für alle der erste Tag im Internat war, es war nicht für alle der erste Tag in einer neuen Welt. Einer Welt, von der alle hier wussten, in der sie alle aufgewachsen waren. Alle außer Hannah.

»Hannah, geh doch schon mal los und melde uns an«, schlug ihr Vater vor und ließ kurz vom Koffer ab, um sich den Schweiß von der Stirn zu wischen. »Siehst du die Lehrerin in Gelb dort? Mit dem Klemmbrett?«

Hannah nickte brav und machte sich auf den Weg. Die Frau trug dasselbe Safrangelb wie manche Schüler, nur trug sie es als eine Art Robe, ähnlich der Tracht eines Richters. Sie sah streng aus, und obwohl sie jünger war als Hannahs Eltern, versuchte sie offensichtlich, das nicht zu zeigen. Ihr Haar war straff zurückgebunden, ihre Brille war altmodisch und unter dem strahlenden Gelb trug sie nur Grau.

Als Hannah vor der Lehrerin stand, war sie sich plötzlich unsicher, wie sie sie ansprechen sollte. Auf einem kleinen Namensschild, das an die gelbe Robe gepinnt war, stand ›Regine Lütke‹. Der Name klang Deutsch, die Unterrichtssprache auf dem Internat war Englisch, aber schließlich befanden sie sich hier in Frankreich, überlegte Hannah.

»Dein Name?«, fragte die Lehrerin, ohne wirklich über den Rand ihrer Brille hinauszusehen, und damit erübrigten sich Hannahs Überlegungen. Sie sprach Englisch.

»Hannah.«

»Nachname«, korrigierte Frau Lütke sich ungeduldig.

»Oh, natürlich. Entschuldigen Sie. Abels«, antwortete Hannah rasch.

»Hannah Abels, angemeldet über Eduard Abels?« Es war seltsam, den Namen ihres verstorbenen Großvaters aus dem Mund von Frau

Lütke zu hören. Aber es bestätigte zumindest, dass er es gewesen war, der sie für den Internatsplatz vorgemerkt hatte. Ihr Versprechen hatte sie also nicht nur ihrem Vater, sondern auch ihrem Großvater gegeben.

Frau Lütke rückte genervt ihre Brille zurecht und daran merkte Hannah, dass sie zu lange mit der Antwort gezögert hatte. Hastig nickte sie. Die Lehrerin setzte einen harschen Haken hinter Hannahs Namen auf ihrem Klemmbrett.

»Du gehst dort hinüber zu Nafia.« Sie deutete auf ein etwas älteres, arabischstämmig aussehendes Mädchen, das auf den Stufen des Haupteingangs saß und scheinbar nur darauf wartete zu helfen. »Sie ist auf derselben Etage wie du und zeigt dir und deiner Mitbewohnerin euer Zimmer. Nächster!«

Hannah bedankte sich schnell, denn sie wollte die offensichtlich schlechte Laune der Lehrerin nicht noch mehr provozieren. Sie winkte ihren Eltern zu und deutete ihnen an, in welche Richtung sie kommen sollten. Dann ging sie zu Nafia und stellte sich vor.

»Hallo, ich bin Hannah. Frau Lütke hat mir gesagt, dass du mich zu meinem Zimmer bringst?« Das Mädchen lächelte freundlich und stand von den Stufen auf.

»Willkommen im Schloss, Hannah«, sagte sie übertrieben enthusiastisch, als hätte sie lange auf den Moment gewartet, es sagen zu dürfen. »Ja, natürlich. Dein Zimmer und alles andere. Wenn du mich irgendwo in der Schule siehst, kannst du mir immer alle Fragen stellen, klar?«

Hannah nickte. Nafia grinste breit.

»Super. Am besten warten wir noch auf deine Eltern, damit sie dir gleich den Koffer nach oben tragen können«, zwinkerte sie Hannah zu. »Und natürlich auf deine Mitbewohnerin.«

Hannah lächelte zuversichtlich. Vielleicht würde diese Schule doch nicht so seltsam werden, wie sie befürchtet hatte.

Niall langweilte sich. Das Schuljahr hatte noch nicht einmal begonnen, aber die bevorstehende Ereignislosigkeit machte ihm Angst. Es war nicht das Internatsleben, das ihm eintönig vorkam – er ging schließlich seit seinem siebten Lebensjahr aufs Internat – es war die Aussicht darauf, ein ganzes Jahr an diesem Ort zu verbringen.

Sein letztes Internat war in der Nähe einer Stadt gewesen, bei der es sich lohnte, einen freien Nachmittag für die lange Busfahrt zu opfern.

Aber das Schloss lag auf einem Berg mitten im Wald, der von anderen Bergen und noch mehr Wald umgeben war. Das nächste Dorf lag eine halbe Stunde entfernt und außerdem sprachen die Leute dort nur Französisch.

Er saß seit einer Weile auf einer Fensterbank im ersten Stock und blickte hinunter in den Vorhof. Hier oben war er vor dem Chaos und den Menschen sicher. Autos mit Kennzeichen aus ganz Europa parkten auf dem hellen Kies. Schülerinnen und Schüler im Alter von vierzehn bis achtzehn drängten sich mit Koffern, Haustieren und Familien um sie herum.

So sehr er hasste, es sich einzugestehen, für einen Augenblick wünschte er sich, unter ihnen zu sein. Zum ersten Mal auf dem Schloss anzukommen, von seiner Mum abgesetzt zu werden. Wo auch immer sie gerade war. Seine Mum war, was man bei den Gelbroben eine ›Reisende‹ nannte. Sie hatte keinen festen Wohnsitz, sondern reiste dorthin, wo sie gebraucht wurde oder Forschung betreiben konnte. Dieses Jahr war sie in Südamerika und suchte im Dschungel nach Drachen. Vor drei Tagen hatte sie ihn in Mexiko in einen Bus zum Flughafen gesetzt und war selbst auf eine Expedition aufgebrochen, von der sie erst im Frühjahr zurückkehren wollte.

Wie viele der Schüler im Hof wohl noch nicht wussten, dass es überhaupt Drachen gab? Er konnte kaum Interesse aufbringen, sich mit ihnen zu unterhalten. Selbst die Kinder von Mitgliedern hatten oft keine Ahnung von der Wirklichkeit und waren fasziniert von dem hässlichsten Kobold und der geringsten Gottheit, die früher oder später ihren Weg kreuzten. Doch für Niall gab es in der Welt keine Überraschungen mehr. Asthmatische Drachen, Göttinnen in Bärengestalt, polospielende Pferdegötter, er hatte sie alle gesehen.

Niall fragte sich, wie viele der Schüler dort unten sich fühlten wie er. Vermutlich niemand. Alle würden das Internat als eine Ehre betrachten, nicht als Pflicht. Sie waren aufgeregt, neugierig oder nervös, aber er hatte keinen Grund dazu. Ein Internat war nichts Neues für ihn, Götter waren nichts Neues und selbst das Vogesenschloss kannte er von früheren Besuchen.

Früher oder später musste er die Fensterbank verlassen und sich unter seine neuen Mitschüler mischen. Spätestens zur Begrüßungsansprache des Direktors um zwei Uhr. Sein Blick wanderte hinauf zum Uhrenturm. Noch eine Stunde. Mit einem Seufzen kratzte er sich unter seinem Schal. Er trug ihn meistens, um das blaue Mal in seinem Nacken zu verstecken. Auf seiner blassen Haut leuchtete die Farbe besonders kräftig. Es wurde oft von Fremden für eine Tätowierung gehalten und Menschen taten gerne ihre Meinung kund, dass ein Vierzehnjähriger keine haben sollte.

Da er gerade dabei war, zog er auch seine Brille ab. Er hatte nämlich die Vergleiche mit seinem berühmten Großonkel satt, die er oft ertragen musste. Er sah ihm überhaupt nicht ähnlich, weder mit Brille noch ohne. Nialls Haare waren braun, nicht rotblond, seine Augen grau, nicht grün. Nur weil jede Gelbrobe früher oder später jemanden aus der Familie Croker traf, mussten sie ja nicht alle gleich aussehen.

Ein Croker musste mindestens einmal in seinem Leben die Welt retten, sonst hatte er seinen Nachnamen nicht verdient. Das betonte sein Großonkel gerne. Es war eine Familientradition, obligatorisch sozusagen. Doch Niall fühlte sich nicht so, als könnte er die Welt retten. Wenn er ehrlich mit sich war, dann fühlte er sich nicht einmal so, als könnte er noch vier Jahre Schule überstehen. Er seufzte noch einmal.

Das Jahr würde anstrengend werden.

Phebe schnaubte und knallte die Autotür hinter sich zu. Mit in die Taschen ihres Parkas gestemmten Fäusten schulterte sie zwei ihrer Gepäckstücke und stapfte in Richtung der älteren Schülerin, die sie auf ihr Zimmer führen sollte. Sie blickte sich nicht noch einmal zum Auto um. Ihr Vater Bas folgte ihr schweigend mit den Koffern, während Ben, ihr anderer Vater, mit ihren Geschwistern beim Auto blieb. Nun, wenn er unbedingt im Auto bleiben wollte, sollte er eben. Sie konnte auf ihn verzichten, wenn er zu feige war, das Schloss zu betreten. Das war der Vorteil an zwei Vätern. Wenn sie sich mit Ben stritt, hatte sie immer noch Bas.

Bei Nafia wartete bereits ein anderes Mädchen. Langes blondes Haar, blaue Augen und sommersprossig; die Art von Mädchen, die jeder mag und sein will, dachte sich Phebe. Das musste ihre Mitbewohnerin sein. Sie wirkte freundlich, aber Phebe hütete sich, zu optimistisch zu sein. Bestimmt würde auch sie bald etwas an ihr auszusetzen haben.

Phebe wusste, dass sie komisch aussah. Sie war einen halben Kopf größer als alle in ihrem Alter und schlaksig. Ihr schwarzes Haar sah trotz ihrer Bemühungen eher so aus, als hätte sich ein Haargummi darin verheddert, statt es in einen Pferdeschwanz zusammenzubinden. Auch ihr Teint war viel dunkler als der der meisten Mädchen zuhause in den Niederlanden. Außerdem konnte man ihre zu groß geratene Höckernase nicht übersehen. Es war das, was den meisten Leuten zuerst an ihr auffiel.

»Hallo, ich bin Hannah«, sagte die Blonde und streckte ihr die Hand entgegen.

»Phebe«, murmelte Phebe ihre Antwort, löste aber nicht die Fäuste aus den Jackentaschen. Hannah blickte sie unverwandt an. Phebe senkte den Kopf ein wenig und sah hinunter auf ihre Lieblingsschuhe mit den weißen Tigerstreifen. Sie war sicher, dass Hannah ihre Nase aufgefallen war.

Nafia begrüßte kurz das Bilderbuchelternpaar, das mit Hannah gewartet hatte, und die beiden schüttelten freundlich Bas' Hand. Ein kurzer Austausch verriet allen Beteiligten, dass weder Bas noch Hannahs Eltern Gelbroben waren. Keiner erkundigte sich nach ihrem anderen Vater oder gar ihrer Mutter. Ein wenig entspannte sie sich, auch wenn sie noch immer wütend auf Ben war.

Als alle sich begrüßt hatten, führte Nafia sie durch das Haupttor ins Schloss. Über dem Torbogen waren die Worte VIVAT CURIOSITATE in Stein gemeißelt. Es lebe die Neugier, übersetzte Phebe das Schulmotto für sich. Sie lächelte in sich hinein. Das Motto gefiel ihr.

Zuerst betraten sie die Säulenhalle, aus der sich ein großes Treppenhaus in die oberen Stockwerke eröffnete. In der Mitte der Halle stand die Skulptur eines Greifs, die so lebensecht aussah, dass Phebe überlegte, ob vielleicht ein lebendiges Tier dafür Modell gestanden hatte. Nafia führte sie nicht nach oben, sondern bog rechts in einen Flur ab, der zum Aufenthaltsraum der Mädchen führte. Von dort aus ging es in ein engeres Treppenhaus und weiter nach oben.

»Alle Mädchenzimmer liegen hier im Westturm. Die Jungen schlafen im Nordflügel«, erklärte Nafia fröhlich, während sie den schwerbepackten Eltern mit ihren Töchtern vorauseilte. Auf jedem Absatz mussten sie eine Verschnaufpause einlegen. »Ihr seid im vierten Stock. Das hält fit und ihr habt die beste Aussicht.«

Insgeheim fragte sich Phebe bereits im zweiten Stock, warum sie so viel mehr Gepäck hatte als Hannah. Ihre Mitbewohnerin trug einen

Rucksack und eine Gitarre, der Vater einen großen und die Mutter einen etwas kleineren Koffer. Bas hingegen trug zwei große Koffer und Phebe zwei vollgestopfte Reisetaschen. Hatte dieses Mädchen keine Kleider oder keine Bücher?

»Und natürlich kann man sich leicht in der Etage irren«, plauderte Nafia weiter, als alle auf dem Absatz zum dritten Stock Rast machten. »Entweder zählt ihr immer, wie viele Treppen ihr schon hinter euch habt, oder ihr macht es wie alle anderen und hängt ein Poster oder so was auf. Dann irrt sich niemand in der Tür.«

Allein Hannah nickte zustimmend, aber sie hatte schließlich auch am leichtesten zu tragen, dachte sich Phebe. Die Eltern nahmen die Taschen wieder auf und das letzte Stockwerk in Angriff.

»Ben hätte uns wirklich tragen helfen sollen«, seufzte Bas auf Niederländisch, sodass nur Phebe es verstehen konnte. Sie war sich noch nicht sicher, aus welchem Land ihre Mitbewohnerin kam, aber es war unwahrscheinlich, dass es zwei Niederländerinnen in ihrem Jahrgang gab.

Zur Antwort an ihren Vater Bas schnaubte Phebe, denn sie hatte mit dem Knallen der Autotür vorerst alles gesagt, was sie zu dem Thema sagen wollte.

Schließlich erreichten alle Koffer und Personen das vierte Stockwerk. Erleichterte Seufzer begleiteten ihre Ankunft auf dem Treppenabsatz. Nafia öffnete die Zimmertür und Phebe konnte einen ersten Blick auf ihr neues Zuhause werfen.

Das Zimmer war nicht allzu klein und zu Phebes Erleichterung gab es kein Stockbett, sondern zwei schmale Betten, die links und rechts von dem einzigen Fenster standen. Die Möbel sahen so aus, wie sie es aus der Jugendherberge kannte, in der sie mit ihrer alten Klasse einmal gewesen war. Es gab ein Regalbrett, einen Nachttisch und einen kleinen Schreibtisch für jede. Nur den großen Kleiderschrank mussten sie sich teilen.

Phebe überlegte noch, ob das zu Streit führen würde, während Hannah schon ans Fenster trat, es weit öffnete und hinaussah. Neugierig spähte Phebe über ihre Schulter. Ein grünes Meer aus bewaldeten Bergkuppen umgab das Schloss. Die Straße, die in so vielen Kurven hierherführte, war zwischen den Bäumen verborgen. Das Einzige, was von der langweiligen Welt, die sie zurückließen, noch zu sehen war, war das verschlafene Dorf Mont D'Avôny. Phebe konnte sich erinnern, dass sie ungefähr eine halbe Stunde, bevor sie das Schloss erreicht hatten, hindurchgefahren waren.

»Wir lassen euch zum Auspacken am besten allein«, schlug Nafia vor und wandte sich an die Eltern. »Sie können sich von mir die Schule zeigen lassen. Um zwei werden alle in der Aula durch den Direktor begrüßt. «

»Das klingt gut«, sagte Hannahs Vater mit einem so starken Akzent im Englischen, dass Phebe um zehn Euro gewettet hätte, dass sie Deutsche waren. Auch Bas, der das Schloss im Gegensatz zu Ben noch nicht kannte, schloss sich diesem Angebot gerne an. Dann war Phebe mit Hannah allein.

»Welches Bett möchtest du?«, brach Hannah das Schweigen und strich ihre Haare hinter die Ohren. »Links oder rechts?«

»Rechts, wenn es dir nichts ausmacht«, murmelte Phebe und ließ eine der beiden Taschen von ihrer Schulter darauf fallen. Sie kehrte Hannah den Rücken zu, um nicht länger angesehen zu werden. Sie wollte ihr nicht zu früh Anlass geben, sich über sie zu beschweren.

Dann begann sie, ihre Taschen und Koffer auszupacken. Die Kleidung stopfte sie mäßig ordentlich und langsam in ihre Schrankhälfte. Hauptsächlich beobachtete sie Hannah aus dem Augenwinkel. Das blonde Mädchen verteilte den bunten Inhalt ihres Koffers auf dem bereits bezogenen Bett, legte neu zusammen, was ihr zu zerknittert erschien und verstaute alles mit System in ihrer Schrankhälfte. Phebe hätte gut und gerne glauben können, dass Hannah niemals etwas anderes getan hatte als Kleidung zu sortieren.

Als Phebe mit ihrer zeitsparenderen Methode des Ausräumens fertig war, setzte sie sich auf ihr nicht bezogenes Bett. Die Bettbezüge, die sie fürs Internat neu gekauft hatten, lagen originalverpackt neben ihr, weil sie nicht wusste, wie man sie benutzte. Zuhause schlief sie immer nur unter einem Stapel Patchwork- und Fleecedecken, deren Anzahl sie der Jahreszeit anpasste. In einem halbherzigen Versuch öffnete sie zumindest die Folie und holte sie heraus, doch sie sahen gefaltet viel besser aus als alles, was sie damit anzustellen vermochte.

Phebes Blick streifte durch den Raum. Er war so kahl und leer, ganz anders als bei den Cahens zuhause, in dem alten Bauernhaus in Konijnenheg. Hannahs Zimmerhälfte begann nach und nach wohnlich auszusehen. Sie verteilte überall Farbtupfen: hier eine rote Nachttisch-lampe, da einen blauen Rucksack, dort ein grünes Mäppchen.

Um auch etwas zu tun und nicht weiter über die Bettbezüge nachden-ken zu müssen, öffnete Phebe den Koffer mit ihren Büchern. Ihre Lieb-lingsbücher und alle Bücher über Mythologie, die sie besaß, stellte sie auf ihr Regalbrett. In den letzten Monaten hatte sie versucht, sie aus-wendig zu lernen, aber das war ihr leider nicht mehr rechtzeitig gelun-gen. Die ungelesenen Bücher stapelte sie auf den Nachttisch. Dadurch sah auch ihre Zimmerhälfte etwas gemütlicher und weniger fremd aus. Aber es erinnerte Phebe daran, wie schwer es gewesen war, sich auf 25 Bücher zu beschränken. Was, wenn ihr der Lesestoff vor den Winterferi-en ausging?

Die Winterferien. Bis dahin waren es genau fünfzehn Wochen, in de-nen sie ihre Familie nicht sehen würde. Phebe wurde plötzlich unwohl zumute. Auf Ben war sie noch sauer und es konnte noch eine Weile dau-ern, bis sie ihm verzieh. Aber Bas, Linus und Marike... Die Vorstellung, jede Nacht hier mit Hannah zu verbringen und jeden Morgen alleine zu frühstücken und... Nein, sie durfte kein Heimweh haben, nicht, bevor sie sich überhaupt verabschiedet hatte.

Sie sah auf ihr Gepäck. Kleidung und Bücher hatte sie eingeräumt. Blieben noch zwei Taschen übrig. Aus einer der beiden funkelten ihr vertraute, grüne Augen entgegen. Sie zögerte aber, ihren riesigen weißen Plüschtiger aus der Tasche zu holen. Vielleicht dachten die anderen Mädchen, dass man mit vierzehn Jahren zu alt für Kuscheltiere war, und würden sie auslachen. Ein verstohlener Blick zu Hannah beruhigte sie. Sie setzte gerade liebevoll einen schwarzen Stoffhund, der schon bessere Tage gesehen hatte, neben ihr Kopfkissen.

»Woher kommst du?«, fragte Hannah plötzlich, um das längst einge-schlafene Gespräch wieder in Gang zu bringen. »Ich habe dich mit dei-nem Vater reden gehört. Die Sprache kenne ich nicht.«

»Ich komme aus den Niederlanden«, antwortete Phebe knapp und versuchte ihrem Tiger die zerknautschten Ohren aufzurichten. Sie zöger-te kurz, dann fügte sie vorsichtig auf Deutsch hinzu: »Du bist aus Deutschland?«

Phebe wusste, dass Deutsche Niederländisch eher belustigend fan-den. Aber schließlich war sie so gut wie zweisprachig aufgewachsen, wenn man alle drei Erwachsenen mitzählte, die sie ihre Eltern nannte.

»Du sprichst Deutsch?« Hannah strahlte sie an, als wäre ihr ein Stein vom Herzen gefallen. »Ich bin aus Lüneburg. Das ist im Norden. Sind deine Eltern Mitglieder bei den Gelbroben?«

Phebe war mindestens genauso erleichtert. Gut, Hannah hatte kein Wort über ihre Aussprache verloren. Aber in der Stimmung über ihre Familiensituation zu sprechen, war sie deswegen noch längst nicht.

»Ja«, blieb sie absichtlich vage, statt mit ›zwei Drittel‹ zu antworten. »Meine Familie väterlicherseits ist seit dem ersten Weltkrieg dabei.«

Sie ließ den Tiger in Ruhe und wandte sich den Laken zu. Sie faltete sie auf und versuchte, die Decke in den Bezug zu stopfen, aber so recht wollte es nicht funktionieren. Es musste doch irgendeinen Trick dafür geben? Sie breitete den Bezug ganz über dem Bett aus, aber selbst so ließ sich die Decke nicht leichter hineinschieben. Gezwungenermaßen setzte sie das Gespräch fort.

»Und deine?«

»Ich bin über meinen Großvater angemeldet worden. Mein Vater war schon hier auf der Schule, aber er hat den Eid nicht geschworen. Ich habe vor zwei Monaten zum ersten Mal von... allem gehört«, erzählte Hannah und Phebe konnte sehen, dass sie die Stirn über ihren Versuch, das Bett zu beziehen, runzelte. Phebe erwartete, dass sie etwas Herablassendes sagen würde. Doch Hannah warf bloß einen Blick auf ihre Armbanduhr und wechselte damit das Thema. »Sollten wir nicht langsam die Aula suchen?«

Erlöst ließ Phebe die Bettlaken sinken, nickte und schloss sich Hannahs Suche nach dem richtigen Weg schweigend an.

Niall löste sich betont langsam von der Fensterbank, auf der er nun bald mehr als zwei Stunden gesessen hatte. Es waren kaum noch Menschen im Vorhof und die alte Turmuhr bestätigte ihm, dass er sich auf den Weg zur Aula machen musste. Er vergewisserte sich noch einmal, dass sein Schal das blaue Zeichen in seinem Nacken ganz verdeckte, dann lief er los.

Gedankenverloren schlenderte er die Schlosskorridore hinab, vorbei an Klassenzimmertüren und abgeschlossenen Lehrerbüros. Alle mussten bereits in der Aula sein, dachte sich Niall, als seine Schritte auf dem Steinboden im verlassenen Korridor widerhallten. Schließlich ging er an der verriegelten Tür vorbei, hinter der angeblich das furchtbarste Grauen eingesperrt war, das die gesamte Menschheit ausrotten würde, falls es entkam. So formulierten es zumindest die älteren Schüler, wenn sie den Neuen Angst einjagen wollten. Doch Niall fürchtete sich vor einer weiteren Gottheit auch nicht mehr oder weniger als vor dem Nachsitzen.

Vor der Aula stieß er fast mit einem Elternpaar zusammen, das vor der offenen Tür wartete. Er nuschelte schnell eine Entschuldigung. Aber sie hörten sie nicht, denn sie begrüßten bereits ihre blonde Tochter.

»Hannah, da bist du ja. Ist deine Mitbewohnerin nett?« Das Mädchen namens Hannah lächelte, strich sich verlegen eine Strähne hinters Ohr und versicherte, dass alles in Ordnung sei.

Niall schob sich an der glücklichen Familie vorbei in die Aula. Der Saal war bereits voll mit den Neuen und ihren Eltern, die brav auf den aufgereihten Stühlen Platz genommen hatten, und zumeist die Architektur des alten, holzgetäfelten Saals bewunderten oder die Gemälde und Fotos von ehemaligen Schulleitern und Abschlussklassen bestaunten. Halb aufmerksam hielt Niall Ausschau nach jemandem, den er kannte, aber außer dem Schuldirektor fand er kein vertrautes Gesicht.

Oliver Van Koppern stand bereits am Rednerpult und sah ganz so aus, wie Niall ihn kannte. Zwar hatte er nie die Absicht gehabt, ein besonders ungewöhnlicher Schulleiter zu werden, aber es war ihm erstaunlich gut gelungen. Was früher einmal blonde Locken gewesen sein mussten, kringelte sich wild und weiß wie eine Löwenmähne um seinen Kopf, verdeckte aber nicht das breite Lächeln und die freundlich funkelnden Augen. Er trug Jeans und ein Anti-Atomkraft-T-Shirt, hatte aber ein zerbeultes Jackett übergeworfen, um seriöser zu wirken. Doch Niall, die Mitglieder und seine riesige, graue Windhündin Laila konnte er damit nicht täuschen. Sie saß zu seinen Füßen und beachtete das Geschehen nicht, sondern blickte hechelnd zu ihm auf.

Niall duckte sich schnell weg, als der Blick des Direktors über die Menge wanderte. Natürlich musste Herr Van Koppern wissen, dass Niall hier war. Schließlich war er sein Patenkind. Aber auf eine persönliche Begrüßung vor der versammelten Schule wollte er lieber verzichten.

Niall fand einen Platz in den hinteren Reihen und setzte sich zu einem Schüler, der eine ausgewachsene Gans auf dem Schoß hatte. Niall hatte kein Interesse daran, sich mit ihm zu unterhalten, aber als die Gans ihren dünnen Hals reckte, fauchte und ihn in den Oberarm zwickte, kam er mit dem Schüler ins Gespräch. So erfuhr er, dass seine Familie über 21 Generationen auf Juno zurückging und jedes Familienmitglied zu Ehren der Göttin Gänse hielt.

Zähneknirschend rieb Niall sich den Oberarm. Noch hatte er die Schulordnung nicht dreimal abschreiben müssen – das passierte normalerweise erst nach der ersten Schulwoche – aber er wunderte sich, dass das Vogesenschloss den Schülern Haustiere zu erlauben schien. In seinen vorigen Internaten wäre man bereits für das Verstecken einer toten Maus unterm Bett verwiesen worden.

Während Niall noch diesem Gedanken nachhing, wurden auch noch die letzten Stühle besetzt und einige Stehplätze eingenommen. Dann bat Direktor Van Koppern mit einer Geste um Ruhe. Manche Köpfe wandten sich um und schienen noch Ausschau nach dem eigentlichen Redner zu halten. Sie konnten wohl nicht glauben, dass der Mann dort vorne das Internat leitete. Niall musste ein wenig grinsen

»Herzlich willkommen liebe Schülerinnen und Schüler, Eltern und Lehrkräfte. Willkommen im neuen Schuljahr, in unserem Schloss und-« Herr Van Koppern unterbrach sich, weil die Windhündin nach dem Zettel mit der Rede schnappte. »Aus, Laila! Entschuldigen Sie.« Er strich sich durchs Haar und begann erneut. »Wir heißen besonders unsere neuen Schülerinnen und Schüler der neunten Klasse oder, wie sie bei uns heißen, der ersten Stufe willkommen.«

Der Rest der Rede ging Niall zum einen Ohr herein und zum anderen hinaus. Er wollte nicht respektlos sein, doch die Worte des Direktors waren hauptsächlich an die Eltern gerichtet oder an die Neuen, für die allein der Einstieg ins Internatsleben ein großes Abenteuer war. Die vertraute Stimme des Direktors zu hören, war für eine Weile angenehm. Aber während die Minuten verstrichen, fiel es Niall zunehmend schwerer, stillzusitzen. Besonders neben der aggressiven heiligen Gans, die ihn aus ihren starren Augen finster anfunkelte, als hätte er ihr beim ersten Biss sehr gut geschmeckt. Auch ein zweites Mal seinen Blick durch die Reihen schweifen zu lassen, lenkte ihn kaum ab. Menschen und ein paar Halbgötter, dachte er. Langweilig.

»Aber erinnert euch immer daran«, setzte Herr Van Koppern zu einem gewichtigen Schlusswort an. Es kam für Niall genauso unvermittelt, als hätte man ihn aus einem gemütlichen Nachmittagsschlaf gerissen und ihn dann aufgefordert, eine binomische Formel anzuwenden.

»Durch Nichtwissen können Fehler entstehen. Aber schlimmer sind die Fehler, die durch Nichtwissenwollen entstehen. Es lebe die Neugier!«

Bald nach der Begrüßung durch den Schuldirektor mussten Hannahs Eltern aufbrechen. Vielen Familien ging es nicht anders und deswegen herrschte im Hof erneut reges Treiben. Der Kies knirschte unter den vielen Wagenrädern, die langsam zum Tor rollten. Zwischen letzten Umarmungen und gutgemeinten Ratschlägen standen die Abels und wollten sich ebenfalls verabschieden.

»Wo die vielen Leute mit den Blumensträußen wohl hingehen?«, wunderte sich Hannahs Mutter plötzlich und schob sich ihre Sonnenbrille ins Haar. »In den Wald? Ist das irgendeine Internatstradition, Holger?«

»Keine mir bekannte.« Hannahs Vater schüttelte den Kopf. Auch Hannah war aufgefallen, dass viele Leute gelbe Blumensträuße aus ihren Autos holten und auf einem Trampelpfad den Vorhof in Richtung Wald verließen. Sie erkannte die Blumen als Schwertlilien aus dem Schulwappen wieder.

»Du kannst ja versuchen, es herauszufinden, Hannah«, schlug ihre Mutter vor, »und es uns gleich bei deinem ersten Anruf erzählen. Ich bin schon neugierig, was du nach einer Woche alles zu berichten hast.«

»Und wenn irgendetwas passiert, du mit etwas nicht klarkommst oder dir etwas Angst macht«, fügte ihr Vater hinzu, legte seine beiden Hände auf Hannahs Schultern und sah ihr tief in die Augen, »dann kannst du uns immer erreichen.«

Seine Stimme hatte wieder denselben Tonfall angenommen, mit dem er betont hatte, dass sie mit niemandem über den wahren Zweck des Internats sprechen durfte. Sie hasste diese Heimlichtuerei. Wie immer, wenn sie sich zurückhielt, runzelte sie ihre Stirn. Ihr Vater durchschaute sofort, was in ihr vorging.

»Ach, Hannah. Meine kleine Hannah«, seufzte er und strich ihr über die Wange. »Ich weiß, dass du das alles noch immer für ungerecht hältst. Wir wollen nicht, dass du unglücklich bist. Ich will nur, dass du diese einmalige Gelegenheit nicht verpasst, und dass du dem Ganzen eine Chance gibst, wie du es immer tust.«

»Und dann? Wie soll ich mich entscheiden?« Sie hatte ihre Stimme gesenkt und warf einen flüchtigen Blick auf ihre Mutter, die noch immer den Menschen mit den gelben Blumensträußen nachsah.

»Das wirst du wissen, wenn es so weit ist.«

»Bist du sicher, Papa?« Hannah konnte nicht glauben, dass sie jemals bereit sein würde.

Statt eine Antwort zu geben, nahm ihr Vater sie in den Arm. Plötzlich begriff sie, dass sie ihre Eltern bis zu den Winterferien nicht sehen würde. Dass sie ihren Geburtstag im Oktober allein feiern musste. Dass sie jetzt auf diesem Schloss in den Vogesen zur Schule ging. Sie wusste nicht, wie sie das alles ohne ihre Familie überstehen sollte.

Ihr Vater riss sie aus ihren Gedanken.

»Ich glaube an dich«, sagte er einfach. Diese Worte klangen noch lange in ihren Ohren, auch als das Auto ihrer Eltern längst durch das Tor und hinter der Kurve verschwunden war.

Phebe konnte es kaum erwarten, dass ihre Familie endlich den Heimweg antrat. Nach der Ansprache in der Aula hatte Marike, ihre siebenjährige Schwester, sich wie eine Klette an sie geklammert. Mit ihren dünnen Armen um die Hüfte war Phebe mit Bas und Linus, ihrem jüngeren Bruder, zum Auto im Vorhof zurückgekehrt. Ben saß noch immer auf dem Fahrersitz. Er hatte offensichtlich die letzten Stunden dort verbracht und sich nicht einmal die Beine vertreten. Phebe ignorierte ihn vorerst.

Der Abschied dauerte so lange, dass Linus anfing, sich mit einem älteren Schüler zu unterhalten, der eine winzige, sprechende Schlange in seiner Hemdtasche mit sich herumtrug. Bens Finger trommelten seit einer Weile ungeduldig auf dem Lenkrad herum. Auch Phebe fand, dass es langsam mit dem Abschiednehmen reichte. Aber Bas konnte nicht aufhören, sie noch ein letztes Mal in den Arm zu nehmen – sie waren inzwischen bei der elften letzten Umarmung.

»Okay, das ist jetzt wirklich die letzte«, verkündete Bas, drückte Phebe kurz und fest an sich und beugte sich dann zu Marike herunter. »Du musst sie jetzt loslassen.«

Phebe löste die dünnen Arme ihrer Schwester von ihrer Taille.

»Sei nicht traurig, ich bringe dir zu Weihnachten ein Einhorn mit, wenn ich eins kriegen kann«, tröstete sie sie. Marike schüttelte trotzig den Kopf.

»Kein Einhorn, ich will einen feuerspuckenden Greif!« Phebe seufzte.

»Okay, einen Greif. Aber das mit dem Feuerspucken kann ich nicht versprechen. Denn das machen Greife eher selten.«

Ihr Vater im Auto drängelte. Bas rief Linus zu sich, der bemüht gleichgültig und langsam zu seiner Familie zurücktrottete.

»Hoffentlich frisst dich ein Mantikor«, verabschiedete sich Linus, winkte noch einmal kurz und stieg dann ins Auto. Als alle angeschnallt waren, fuhr Ben auf der Stelle los.

»Und vergiss nicht, heute Abend deine Mutter anzurufen«, erinnerte Bas sie halb aus dem Autofenster gelehnt. Phebe versprach es.

Noch bevor das Auto aus dem Tor hinausgefahren war, hatte sie sich wieder umgedreht und blickte zum Schloss und seinen vier Türmen auf. Sie war neugierig, was darin auf sie wartete. Ihre Familie hatte sie schon fast vergessen, denn es gab jetzt Wichtigeres in ihrem Leben: das Lernen.

Sie wollte alles sofort wissen, jeden noch so kleinen Fakt, jede aberwitzige Anekdote, jeden versteckten Winkel im Schloss. Am liebsten hätte sie sich direkt auf die Bücher in der Bibliothek gestürzt oder mit dem Unterricht begonnen, aber das ging nicht. Die älteren Schülerinnen veranstalteten für die Neuen eine Orientierungstour durchs Schloss und das musste für den Anfang genügen. Sie grüßte Hannah, die schon längst mitten in der Gruppe war und sich mit einigen Mitschülerinnen unterhielt, knapp mit einem Kopfnicken. Dann versuchte sie, sich im Hintergrund zu halten, und ließ sich ihr neues Zuhause zeigen.

VON MENSCHEN UND HALBGÖTTERN

Hannah war nach der Schlossführung erschöpft. Die Schule war nicht groß und hatte nicht ganz so viele Treppen und Türme, wie sie sich vorgestellt hatte. Aber ob sie sich hier zurechtfinden würde, wusste sie trotzdem nicht. Außer dem Westturm gab es drei weitere Türme: den Bibliotheksturm, den niedrigen Uhrenturm und den sechseckigen Turm, in dem das Büro und die Wohnung des Schuldirektors Van Koppern lag.

Der Rest des Schlosses war eher gewöhnlich. Im Nordflügel lagen die Zimmer der Jungen und ihr Aufenthaltsraum. Über die übrigen drei Stockwerke erstreckten sich Klassenzimmer und Lehrerbüros. Zuletzt hatten die älteren Schülerinnen ihnen einen wintergartenähnlichen Korridor, den Gläsernen Gang, gezeigt, der zur ehemaligen Schlosskapelle führte, die längst entweiht und zum Speisesaal geworden war.

Die vielen neuen Eindrücke der alten Steine geisterten Hannah noch im Kopf herum, als sie in ihr Zimmer zurückgekehrt war, um die Zeit bis zum Abendessen zu nutzen. Hinzukamen die neuen Gesichter. Sie hatte noch nicht einmal mehr als drei Namen ihrer neuen Mitschüler gelernt, doch sie war so müde wie nach einem ganzen Tag Schule. Sie stieg die letzten Stufen der Treppe des Westturms hinab, ihren Gitarrenkoffer in der Hand. Eine der älteren Mitschülerinnen hatte erklärt, wo es einen Probenraum gab und sie ihr Instrument abstellen konnte.

Sie versuchte, sich genau an die Wegbeschreibung zu erinnern. Vom Westturm kam sie in die Säulenhalle, durch die sie das erste Mal das Schloss betreten hatte. Dort glühte ein ewig warmes Licht, das von einer leuchtenden Feder in einer Laterne ausging, die unerreichbar an der Hallendecke hing. Die älteren Mädchen, die die neuen geführt hatten, hatten die ganze Zeit über Geschichten über das alte Gebäude erzählt, die begannen sich in Hannahs Fantasie um die Schule zu ranken wie Efeu um die Schlossmauern.

Die ungewöhnliche Beleuchtung zum Beispiel war die Feder eines Feuervogels. Die slawische Muttergöttin Mokosch hatte sie den Gelbroben vor über 200 Jahren als Dank für ihren Einsatz geschenkt. Und die

Greifenskulptur am Fuß des Treppenhauses, das Hannah nun erklomm, trug den Namen Garion. Es hieß, dass es sich um einen echten Greif handelte, der versteinert worden war. Aber das war vor so langer Zeit geschehen, dass niemand mehr wirklich daran glaubte.

Im ersten Stockwerk bog Hannah bei der alten Tür mit den rostigen Eisenriegeln neben dem Lehrerzimmer nach links ab. Nafia und die anderen Mädchen aus der dritten Stufe hatten die Neuen darauf hingewiesen, dass diese Tür niemals, unter keinen Umständen, geöffnet werden durfte. Aber verraten, was sich dahinter verbarg, wollten sie nicht. Hannah hielt es nur für eine weitere Geschichte, ein Geheimnis, das bewahrt werden musste.

Fast hätte sie über diesen Gedanken die Tür verpasst, an der ein Schild auf den Probenraum hinwies. Sie klopfte sicherheitshalber an, wartete einige Sekunden, aber da sie weder eine Antwort bekam noch Musik hörte, drückte sie einfach die Klinke nach unten und trat ein. Der Raum war klein und eher dunkel und seine Ausstattung verriet, dass es schon seit einigen Jahren keine Schulband mehr gab. Zumindest waren die Bands auf den Postern an den Wänden seit Ewigkeiten nicht mehr angesagt.

Hannah öffnete ihren Gitarrenkoffer und nahm das Instrument heraus. Das glatte Holz fühlte sich vertraut an, als sie es auf ihren Schoß legte und es schnell ihre Wärme annahm. Routiniert stimmte sie die Saiten nach. Dann begann sie eine Melodie zu spielen, die ihre Finger von selbst griffen, weil sie es so oft getan hatten. Sie musste nicht darüber nachdenken, was sie tat, sondern konnte ihrer eigenen Musik lauschen.

Gute Mächte, geborgen... Der Text huschte durch ihre Erinnerung, doch für sich selbst singen wollte sie nicht.

»Kirchenlieder?«, schnaubte plötzlich jemand. Ein Mädchen mit Geigenkasten war eingetreten. Hannah hatte sie auf der Schlossführung gesehen. Sie musste also auch neu sein. Hannah ließ vom Spielen ab. Die letzten angeschlagenen Töne hallten in dem alten Zimmer nach und erst, als sie verklungen waren, antwortete Hannah mit einem entschuldigenden Schulterzucken.

»Naja, man spielt, was man kann.« Vorsichtig bettete sie unter dem kritischen Blick des Mädchens die Gitarre zurück in den Koffer und verschloss ihn wieder. Sie war sich nicht sicher, ob das Mädchen amüsiert oder verächtlich hatte klingen wollen.

»Hm«, machte ihre Mitschülerin, was Hannah auch nicht half, sie besser einzuschätzen. »Du bist die andere Deutsche, nicht wahr?«

Bevor Hannah auch nur nicken konnte, stellte das Mädchen ihren Geigenkasten beiseite und warf ihr Haar zurück, wobei sich einer ihrer großen Ohrringe darin verfing.

»Natalie Neidhardt«, stellte sie sich vor und musterte Hannah von Kopf bis Fuß. Irgendetwas an ihrem Blick sagte Hannah, dass Natalie es nicht schätzen würde, wenn sie sie auf den verfangenen Ohrring hinweisen würde.

»Hannah«, streckte sie Natalie stattdessen ihre Hand entgegen. »Ich bin aus Lüneburg und ich bin... neu in der ... ganzen Sache.«

»Dachte ich mir«, murmelte Natalie und musterte Hannah ein weiteres Mal von Kopf bis Fuß. »Du siehst nicht aus, als hättest du schon einmal einer Wesenheit gegenübergestanden.«

Hannah versuchte sich nicht zu wundern, was ihr wohl anzusehen war, sondern fragte stattdessen:

»Wesenheit?«

Doch statt einer Antwort verdrehte Natalie nur die Augen.

»Das muss richtig schwer für dich sein«, seufzte sie.

»Was meinst du?«

»Nichts zu wissen.« Mit diesen Worten wandte sich Natalie auf dem Absatz um und fragte Hannah nicht einmal, ob sie sie begleiten wollte. Die Tür zum Probenraum fiel hinter ihr zu, als hätte sie damit einen Punkt hinter ihren Satz setzen wollen. Natürlich verstand Hannah, dass Natalie gerade das Gegenteil einer Einladung ausgesprochen hatte, aber die Uhr mahnte, dass es Zeit war, sich zum Speisesaal zu begeben. Hannah vergewisserte sich noch einmal, dass ihr Gitarrenkoffer geschlossen war und sicher stand, dann folgte sie Natalie mit Abstand.

Der Rückweg war viel leichter zu finden als der Weg zum Probenraum. Im Erdgeschoss musste Hannah nur dem Gläsernen Gang folgen, dann hatte sie auch schon den Speisesaal erreicht. Die schwere Doppeltür der alten Schlosskapelle war offen und Hannah konnte lautlos in den Saal treten. Ihr Blick wanderte nach oben. Doch nichts verriet, dass hier einmal Gottesdienste stattgefunden hatten. Nur das Podium im ehemaligen Altarraum gab es noch – es beherbergte nun den Lehrertisch – und eine Empore am anderen Ende des Saals erinnerte daran, dass hier eine Orgel gestanden haben mochte.

Nun reihten sich hier Stuhlreihen aneinander. Die meisten Tische waren bereits besetzt von Schülern aus höheren Klassenstufen, manche in den gelben Pullovern, manche in gewöhnlicher Kleidung. Nur eine lange Reihe aus zusammengeschobenen Tischen nahe dem Podium war noch frei. Dort sollten wohl die Neuen Platz nehmen.

Im Augenblick standen sie aber noch vorne und warteten sichtlich auf etwas. Hannah beschlich das Gefühl, zu spät gekommen zu sein, und sie wollte schon eine Entschuldigung murmeln, als sie sich der Gruppe anschloss. Doch im selben Augenblick wurden Schritte vernehmbar. Jemand rannte den Gläsernen Gang hinab, bremste an der Tür unter erbärmlichem Quietschen seiner Turnschuhsohlen und schlitterte noch einige Meter über den glatten Steinfußboden des Speisesaals, bevor er abbremsen konnte. Es war ein dunkelhäutiger Mitschüler mit einem breiten Grinsen. Er verneigte sich vor seinem Publikum, das teilweise lachte oder die Augen verdrehte, und stolzierte dann, als wäre nichts gewesen, zur Gruppe der Neuen.

Am Lehrertisch erhob sich der Direktor, als wieder Ruhe eingekehrt war. Er hatte das zerbeulte Jackett abgelegt, das er zuvor in der Aula getragen hatte, und wirkte nun kaum noch wie die Art von Lehrer, die Hannah kannte. Manche Schüler wirkten mit den einheitlich safrangelben Kapuzenpullovern offizieller als er mit den wilden weißen Locken und den Löchern in der Jeans.

Hannah glaubte, ein Lächeln über seine Lippen huschen zu sehen, als wäre er sich seines Auftretens vollkommen bewusst. Während der wenigen Schritte zum Rednerpult ließ der Direktor seinen Blick über die Neuen schweifen. Zwei- oder dreimal nickte er, als würde er jemanden persönlich begrüßen. Hannah konnte nicht ausmachen, welchen Schülern es galt. Nur einmal duckte sich ein braunhaariger Junge wegen des Grußes, als wünschte er, dass sich eine Unterwelt im Steinboden unter seinen Füßen öffnete und ihn verschlingen würde. Hannah fragte sich, ob er vielleicht mit dem Direktor verwandt war – auf ihrer alten Schule hatte sie eine Freundin, deren Eltern beide dort Lehrer waren. Sie reagierte ähnlich, wenn sie ihnen auf dem Schulhof begegnete.

Am Pult angekommen lehnte Direktor Van Koppern sich daran, statt sich dahinter zu stellen, und hob zu einer Begrüßung an

»Liebe Schülerinnen und Schüler, liebe Kollegen: Ihr habt heute schon eine Rede gehört, ich weiß. Trotzdem werde ich euch noch kurz vom Essen abhalten. Für diejenigen, die vorhin nicht dabei waren oder geschlafen haben: Mein Name ist Oliver Van Koppern, ich bin euer Schuldirektor. Selbstverständlich bin ich auch Mitglied der Gelbroben.«

Unwillkürlich biss Hannah sich auf die Unterlippe. Gelbroben. Der Name klang so harmlos und fremd zugleich. Plötzlich wünschte ein Teil von ihr sich, ihn nie gehört zu haben.

»Stufe zwölf und Gremiumsmitglied. Aber genug von mir. Ich heiße euch herzlich im Namen der Gelbroben an unserer Schule willkommen. Bevor wir eure Namen verlesen und ihr euch setzen dürft, fürchte ich, dass ich euch noch meine Standardansprache vortragen werde.«

»Buh!« Erschrocken fuhren die neuen Schüler herum. Einer der älteren Schüler hatte sich ganz unverhohlen einen Zwischenruf genehmigt. Viele Köpfe drehten sich zu dem älteren Jungen im gelben Kapuzenpullover um, doch er duckte sich nicht, sondern grinste frech. Alle dachten, dass er jede Sekunde furchtbaren Ärger bekommen würde, aber zum allgemeinen Erstaunen blieb der Direktor gelassen.

»Es tut mir auch sehr leid, Stephen. Halte dir einfach die Ohren zu und sei leise.« Zufrieden, dass der Schüler seinen Ratschlag überdramatisch befolgte, fuhr Direktor Van Koppern fort. »Ich will nicht sagen, dass ihr es als eine Ehre betrachten müsst, hier aufgenommen worden zu sein. Aber ich möchte euch eine kleine Geschichte über den Ursprung der MEDIATORES DEORUM ET HOMNIUM erzählen und danach könnt ihr selbst urteilen:

Vor mehr als tausend Jahren taten drei Männer sich zusammen, um der Menschheit den Dienst zu erweisen, den sie erbringen konnten. Ihre Namen waren Conradin D'Atlantide, ein Gelehrter und Abt, der seine Heimat und seinen Glauben an etwas Schrecklicheres als das bloße Feuer verloren hatte, Mattis von Greifenhaag, ein Adliger, der der Legende nach als Erster einen Greifen zähmte, und Theodoros, von dem damals niemand mehr erwartete als ein Leben im Elend dieser finsteren Zeit und der doch der Bemerkenswerteste von diesen Dreien war: Er war ein Halbgott, ein Sohn der Iris. Wir wissen heute nicht mehr, wie es dazu kam und was genau geschah, und ihr werdet darüber bestimmt noch einige Legenden hören. Aber sicher ist, dass sich unsere Gründer am Anfang des neunten Jahrhunderts in Byzanz trafen, dem heutigen Istanbul. Irgendwie muss das Gespräch wohl auf übernatürliche Ereignisse gekommen sein, denn sie offenbaren einander ihre Geschichten. Sie begriffen, dass ihr Wissen helfen konnte, vermitteln konnte zwischen den Menschen und dem Nichtmenschlichen. Noch in derselben Nacht schworen sie den Eid, der Menschheit im Geheimen zu helfen. Wie es weitergeht? Passt im Geschichtsunterricht auf! Und ja, ich sehe dich an, Stephen.«

Der ältere Schüler namens Stephen machte Anstalten zu protestieren, aber ein Mädchen neben ihm gab ihm einen Klaps auf den Hinterkopf und sorgte damit für Ruhe. Mit einem Lächeln sprach der Direktor weiter.

»Ihr steht vor einer alten Tradition und großen Chance, aber jeder von euch muss selbst herausfinden, wohin euer Weg euch führen wird. Ihr habt vier Jahre Zeit, bevor ihr entscheidet, ob ihr unseren Eid schwört oder nicht. Vier Jahre, in denen ihr unser geheimes Wissen erlernen und die Welt neu kennenlernen werdet. Mögen die Götter euch bei eurer Entscheidung nicht allzu sehr im Weg stehen!«

Die Schülermenge applaudierte und Hannah und die Neuen schlossen sich zögerlich dem Klatschen an. Manche aus den höheren Klassenstufen, allen voran Stephen, trampelten zusätzlich mit den Füßen auf den steinernen Boden, bis der Direktor mit einer Geste um Ruhe bat.

»Frau Lütke und Herr Meritt werden euch nun eure Roben aushändigen.« Er wandte sich seinen Kollegen zu und trat vom Pult zurück. »Regine und Arthur, ihr habt das Wort.«

Zwei Personen standen vom Lehrertisch auf. Eine war die Lehrerin mit der altmodischen Brille und den straff zusammengebundenen Haaren. Sie hatte das Klemmbrett noch bei sich und legte es mit einer harschen Geste auf das Rednerpult, sodass es im ganzen Saal widerhallte. Mit ihr war ein Lehrer aufgestanden, der Hannah an ihren Lieblingsenglischlehrer zuhause erinnerte: chaotische Haare, kariertes Hemd unter einem Pullover und Kreidestaub auf der Jeans, bevor der Unterricht überhaupt begonnen hatte. Er war jünger als die meisten Lehrer, die Hannah am Lehrertisch sitzen sah, und wirkte auch viel freundlicher. Er holte einen großen Karton vom Fuß des Podiums und öffnete ihn, sodass ein gelber Inhalt zu erahnen war. Frau Lütke wartete, bis er damit fertig war, dann rückte sie ihre Brille gerade und las den ersten Namen vor.

»Abels, Hannah.«

Hannah hatte befürchtet, ihren Namen als Ersten zu hören. Sie stand auf Klassenlisten immer am Anfang. Aber bis zum letzten Augenblick hatte sie gehofft, ausnahmsweise nicht die Erste zu sein und sich abschauen zu können, was als Nächstes geschah. Sie fühlte, dass alle Augen im Saal sich auf die Gruppe der neuen Schüler gerichtet hatten. Sie tat einen unsicheren Schritt nach vorne. Herr Meritt bemerkte es sofort und winkte sie freundlich heran. Das verlieh Hannah ein wenig Mut und sie trat die drei Stufen auf das Podium hinauf.

»Herzlich willkommen bei den Gelbroben. Ich wünsche dir ein tolles Schuljahr, Hannah«, sagte er mit einem warmen Lächeln. Dann holte Herr Meritt ein gelbes Kleiderbündel aus dem Karton, drückte es ihr in den Arm und deutete ihr an, sich an den leeren Tisch zu setzen.

Hannah stieg vom Podium herunter, ließ den Blick kurz über die leere Tischreihe streifen und wählte einen Stuhl am linken Ende, um sich zu setzen. Der nächste Schüler wurde bereits aufgerufen.

Mit dem gelben Kleiderbündel auf dem Schoß versuchte sie, sich Namen und Gesichter zu merken, als ein Schüler nach dem anderen nach vorne gerufen wurde, aber es fiel ihr schwer. Alle ihrer Mitschüler waren so... gewöhnlich. Sofort schalt sie sich selbst für den Gedanken. Natürlich, was hatte sie gedacht? Mit Faunen und antiken Göttern am Tisch zu sitzen?

Gedankenverloren strich sie mit der Hand über das Kleiderbündel und löste das Band, mit dem es zusammengehalten wurde. Das eine war der safrangelbe Kapuzenpullover mit dem Schulwappen, den einige ältere Schüler trugen. Das andere Kleidungsstück war genauso gelb aber aus einem dünneren, glatten Stoff. Ein wenig erinnerte es Hannah an die Seidenschals ihrer Mutter.

»Das ist deine Robe«, hörte Hannah plötzlich eine vertraute Stimme. Sie sah auf und über die Schulter. Hinter sich erblickte sie Nafia am Nachbartisch, die ihr zulächelte. »Wir tragen sie im Ritualunterricht. Häng sie nach dem Abendessen am besten direkt auf, sonst musst du sie später bügeln.«

Hannah bedankte sich leise für den Tipp.

In der Zwischenzeit hatten sich schon ein paar Plätze an ihrem Tisch gefüllt. Nicht alle waren zu Hannah aufgerückt, sondern manche hielten Plätze für bereits gefundene Freunde frei. Auch direkt neben Hannah saß noch niemand, sodass sie froh darüber war, dass Nafia so nahe saß.

»Calinin, Annabelle«, rief Frau Lütke die einzige Schülerin auf, deren Namen sich Hannah sofort merkte. Annabelle war groß und dünn, ganz in Schwarz gekleidet, und sie hatte ihr Haar feuerrot gefärbt. Ein Murmeln erhob sich im Speisesaal, doch Hannah wusste nicht recht wieso. War ein ungewöhnlicher Look denn so selten hier? Wenig davon beeindruckt nahm Annabelle ihren Schulpullover und die Robe entgegen und setzte sich auf den leeren Platz rechts neben Hannah. Ihr schien die Meinung der Menge völlig gleich zu sein.

»Croker, Niall«, las Frau Lütke den nächsten Namen vor. Ein braunhaariger Junge löste sich aus der Gruppe. Er trug einen abgewetzten Pullover, der so aussah, als hätte er mindestens zwei älteren Brüdern vor ihm gehört, und er müsste noch hineinwachsen. Außerdem hatte er einen dicken Schal um den Hals gewickelt, als hätte er sich in den ersten Stunden bereits eine Erkältung im kühlen Gemäuer eingefangen. Hannah erkannte in ihm denjenigen, der sich zuvor weggeduckt hatte. Das hielt Herrn Van Koppern jedoch nicht davon ab, ihm jetzt verschwörerisch zuzuzwinkern. Der Junge wurde rot wie eine Tomate. Hannah war sich nun sicher, dass er auf irgendeine Weise mit dem Schuldirektor verwandt sein musste.

»Die Crokers sind eine uralte Familie bei den Gelbroben«, flüsterte jemand hinter Hannah. Sie drehte sich um und sah, dass Nafia und eine Freundin von ihrem Tisch abgerückt waren, um den Neuen zu schildern, was sie wussten. »Sie waren mal groß, aber es sind kaum noch welche übrig, aber alle sind Helden, Forscher, Richter... Jeder kennt ihren Namen. Er muss wohl der Sohn von Brendan oder Cassidy sein.«

Hannah runzelte die Stirn. Kannten sich alle Gelbroben untereinander? Wie viele Leute gehörten eigentlich zu ihnen? Plötzlich war sie froh, dass ihre Eltern nicht zu der geheimen Organisation gehörten, ganz gleich, was Natalie zuvor gesagt hatte. Hannah hätte es nicht gemocht, dass andere Leute etwas über sie wussten und urteilten, ohne sie überhaupt zu kennen.

Das nächste Mädchen, das aufgerufen wurde, war unverkennbar südeuropäischer Herkunft. Ihr schwarzes Haar lockte sich in dicken Strähnen über ihre Schultern und ihr Teint war sicherlich an mehr Sonne gewöhnt als die Berge der Vogesen bieten konnten. Sie strahlte eine Energie aus, die Hannah nicht näher beschreiben konnte. Es war, wie

Sommersonne im November zu spüren, wenn man bereits vergessen hatte, dass die Welt nicht immer grau war.

»Colomba, Sara«, las Frau Lütke vor. »Tochter der Furrina.«

Ein Raunen ging durch den Speisesaal. Hannah wunderte sich, was das zu bedeuten hatte. Für Sara zumindest bedeutete es, dass sie nur zögerlich nach vorne ging und sich auch von Herrn Meritts freundlichen Worten nicht ermutigen ließ. Diesmal blickte Hannah sich mit ihren Mitschülern zu Nafia um, die tatsächlich eine Erklärung parat hatte.

»Furrina ist eine ziemlich unbekannte römische Göttin, die Göttin der Diebe.«

»Ist sie wirklich...?« Hannah konnte ihr Erstaunen nicht verbergen. Das Mädchen sah so gewöhnlich aus. Die Halbgötter, von denen sie gehört hatte, waren groß, übermenschlich, geborene Helden.

»Ja, eine Halbgöttin«, bestätigte Nafia.

»Aber sind Halbgötter nicht – «, mischte sich ein Junge gegenüber von Hannah ein, doch Nafia unterbrach ihn schnell.

»Das ist ein böses Vorurteil. Sie sind genauso menschlich wie wir. Nur ein kleines bisschen...« Sie zuckte mit den Schultern, als sie nach einer guten Beschreibung suchte. »...mehr eben.«

Sara Colomba setzte sich an den Tisch. Sie wirkte noch unsicherer als zuvor auf dem Podium und umklammerte den gelben Schulpullover, als wollte sie sich daran festhalten. Hannah konnte gut mitfühlen. Es war nicht gerecht, dass ihr gleich am ersten Abend ein Stempel aufgedrückt worden war, der doch offensichtlich nichts bedeutete.

Mehrere neue Gesichter, darunter Nafias kleine Schwester Masika El-Khashab, wurden aufgerufen und nichts weiter Bemerkenswertes geschah. Nafia konnte zu manchen Familiennamen etwas beisteuern: Die Familie von Alexej Jerschow aus Russland ging auf Rasputin zurück, die Familie von Janis Passadakis hütete das Orakel von Delphi, die Eltern von Dominique Rémond betrieben die Station – Hannah wunderte sich über das Wort, doch niemand erklärte es – in Paris.

»Willems-Cahen, Phebe«, rief Frau Lütke schließlich Hannahs Mitbewohnerin auf. Hannah versuchte ihren Blick zu fangen, als Phebe mit ihrem gelben Kleiderbündel auf den Tisch zukam, und wollte ihr den noch freien Platz links neben sich anbieten. Aber Phebe hatte sie wohl übersehen und setzte sich ans andere Ende des Tisches.

»Weißt du etwas über sie?«, fragte Hannah Nafia leise. Sie hatte gehofft, dass Nafia von sich aus eine Geschichte zu erzählen wusste. Sie hatte nicht diejenige sein wollen, die nachfragte. Eben hatte sie es noch verurteilt und nun hatte die Neugier auch sie besiegt.

»Hm, Cahen...« Nafia musste einen Augenblick überlegen.»Die Familie ist nicht besonders alt oder bekannt, wenn du das meinst. Vor ein paar Jahren muss da mal was Schlimmes passiert sein. Niemand redet mehr darüber, aber ich glaube, es gab einen Riesenaufruhr um einen Benjamin Cahen, der vermisst wurde.«

Hannah nickte stumm, obwohl diese Antwort kaum eine war. Wer war Benjamin Cahen? Phebes Bruder, ihr Vater? Nur ein entfernter Cousin? Wie hatte Nafia das so selbstverständlich und nebensächlich klingen lassen können? War so etwas für Gelbroben normal?

Hannah verbot sich, weitere Fragen zu stellen. Wenn es etwas mit Phebe zu tun hatte und wichtig war, würde sie es von ihrer Mitbewohnerin schon rechtzeitig erfahren. Wenn nicht, dann ging es Hannah nichts an. Sie konnte dennoch ihre Gedanken nicht zügeln, die sich versuchten auszumalen, wie es sich wohl anfühlte, wenn ein Familienmitglied verschollen war. Daher bekam sie nicht mehr viel von den weiteren Namen mit.

»Zimander, Dayo. Sohn des Eshu«, wurde schließlich der letzte Schüler aufgerufen. Es war derjenige, der zu spät gekommen war. Er war ein in die Höhe geschossener Junge, seine Haut war tiefbraun und sein breites Lächeln genauso strahlend weiß wie seine Turnschuhe. Am Tisch ließ er sich auf den letzten freien Platz fallen, neben Sara Colomba, der anderen Halbgöttin.

»Wer ist denn Eshu?« Masika blickte ihre große Schwester stirnrunzelnd an.

»Ein afrikanischer oder afroamerikanischer Gott der Wege und Kreuzungen, glaube ich... Das sollte ich eigentlich wissen, das hatten wir letztes Jahr...«, gab Nafia nach langem Nachdenken zu.

Sie wurde schließlich dadurch erlöst, dass Direktor Van Koppern die Begrüßungszeremonie abschloss und das Abendessen eröffnete. Knapp hundert Stühle wurden gleichzeitig abgerückt, als alle an die Essensausgabe drängten.

Schließlich saßen die Schüler wieder, jeder mit einem Tablett und einem dampfenden Teller Auflauf vor sich. Auch Hannah bemerkte erst, wie hungrig sie war, als das Essen vor ihr stand. Als ihr erster Hunger gestillt war, blickte sie die Stuhlreihen an ihrem Tisch entlang. Vierundzwanzig, zählte sie ihre neue Klasse durch. Mit vierundzwanzig anderen stand sie am Beginn der verrücktesten Sache, von der sie je gehört hatte. Vielleicht war es nicht für alle eine große Überraschung gewesen, aufs Internat zu kommen. Wahrscheinlich waren einige sogar mit dem Wissen aufgewachsen, dass Götter und Sagenwesen existierten. Aber niemand schien auch nur im Geringsten so verunsichert, wie Hannah es war. Wenn alle hier wussten, wie es um die Welt stand und dass Götter und antike Monster ihr Unwesen jenseits von Papier und Tinte trieben, warum hatte dann niemand Angst?

Hannah musste sich fast zwingen, aufzuessen und währenddessen ein wenig links und rechts von sich mitzureden und zuzuhören. Gerade sprach Sara Colomba, die von allen Seiten über ihre Halbgöttlichkeit ausgefragt wurde.

»Ein bisschen habe ich es natürlich immer geahnt, bevor ich von den Gelbroben adoptiert wurde«, gestand sie und strich sich verlegen eine dunkle Locke hinters Ohr. »Ich kann Dinge, die andere nicht können.«

Natalie setzte eine skeptische Miene auf und auch andere rutschten in ihren Sitzen herum als sei ihnen das Thema unangenehm. Unerwartet brach Annabelle, das Mädchen mit den rotgefärbten Haaren, die Stille.

»Das ist cool«, verkündete sie, riss ein Ketchuptütchen auf und drückte den Inhalt über ihrem Auflauf aus. Hannah mochte, dass sie sich offensichtlich nicht scherte, was andere über sie, ihr Aussehen oder ihre Essgewohnheiten dachten. »Jeder Halbgott ist eine Bereicherung für die Organisation, sagt meine Mutter. Was kannst du denn?«

Sara lächelte nervös und schwieg. Annabelle verstand und bohrte nicht weiter nach. Stattdessen warf sie einem Mädchen neben Natalie, das den Mund zu einer Frage öffnete, einen so bösen Blick zu, dass sie verstummte. So erfuhr niemand, welche Gaben Sara von der Göttin der Diebe geerbt hatte, und Hannah glaubte zu verstehen, dass es auch niemanden etwas anging.

Für den Rest des Abendessens war der Speisesaal von Geschichten erfüllt. Ein Junge zeigte seine Narbe, die er mit elf von einem Harpyienbiss davongetragen hatte. Dayo Zimander war an seinem Ende des Tisches der Alleinunterhalter, indem er vorführte, welche magischen Tricks und Kniffe er beherrschte. Die Mädchen um Hannah herum begannen aufzuzählen, was sie bereits mit den Gelbroben erlebt hatten. Eine war kurz in der Anderswelt gewesen und Natalie hatte sogar schon Iris, die Göttin des Regenbogens, getroffen.

Hannah hatte keine Geschichte zu erzählen. Sie kam aus einem roten Backsteinhaus mit Garten, hatte keine Geschwister und ihr Hund Rollo war ein Neufundländer-Retriever-Mischling. Mehr fand sie über sich nicht zu sagen. Sie hätte gerne mehr zu erzählen gehabt, um dadurch noch ein wenig an ihrem Zuhause festzuhalten. Aber sie begnügte sich mit den zwei Sätzen, dass sie aus Lüneburg kam und ganz neu bei den Gelbroben war. Dann wandte sich das Tischgespräch auch schon den Gottheiten zu, die jeder am liebsten treffen wollte.

Für sie war es nur ein weiteres Zeichen, dass sie nicht hierhergehörte. Das Abendessen hatte gut geschmeckt und auch das Internatsleben würde früher oder später nicht mehr fremd sein. Doch hier, wo man so offen und oft von Göttern sprach, von einer Harpyie gebissen wurde und bestimmt auch einen Drachen zum Haustier hatte, mit Halbgöttern am Tisch saß und lernte, die Welt zu retten, konnte sich ein gewöhnliches Mädchen wie sie niemals zuhause fühlen. Leise seufzte sie, doch niemand hörte es über das Geklapper von hunderten Tellern und Besteck.

Nach dem Abendessen begann der Abend für Niall erst. Er hatte genügend Internate besucht, um zu wissen, dass der erste Abend bestimmend für den Rest des Schuljahres war. Hier entschied sich, wer mit wem herumhing, und was die anderen von einem dachten. Erste Eindrücke wettzumachen konnte Jahre dauern. Daher musste er im Umgang mit Direktor Van Koppern äußerst vorsichtig sein. Wenn seine Mitschüler davon Wind bekamen, dass er das Patenkind des Direktors war, würde er die Hälfte seiner Schulzeit damit verbringen müssen, zu beweisen, dass er kein Lehrerliebling war. Er seufzte. Als ob es nicht reichte, ein Croker zu sein...

Nachdem alle gegessen und ihre Tabletts im Speisesaal weggebracht hatten, folgte Niall seinen neuen Mitschülern und hörte halbherzig zu, während der ältere Mitschüler mit der Gans sie zum Aufenthaltsraum der Jungen im Nordflügel führte und ihnen sein Geflügel vorstellte. Die Gans war nicht so gut zu Fuß wie die Jungen, sodass sie schließlich unter schnatterndem Protest auf den Arm genommen wurde. Niall hielt automatisch mehr Abstand von dem Federvieh und seinem Besitzer.

Die Tür zum Aufenthaltsraum der Jungen war halb offen, als die Gruppe sie erreichte.

»Sie kommen!«, rief jemand von drinnen. Niall sah durch den Türspalt noch, wie ein älterer Schüler mit langen Haaren aufsprang, als hätte er auf dieses Signal gewartet. Er riss an einer Schnur, die mit der Tür verbunden zu sein schien, und im nächsten Augenblick wurde Niall gelb vor Augen.

»Ahhh!«

»He!«

»Bei allen Göttern!«

»Verdammt!«

Die Stimmen wirbelten durch den gelben Dunst, der auf sie niedergeregnet war wie ein ausgeschütteter Sack Mehl. Jemand hinter Niall hatte den gefärbten Staub eingeatmet und hustete, als hätte er einen ganzen Kobold verschluckt. Die gelbe Wolke umgab sie immer noch und vernebelte die Sicht in den Aufenthaltsraum. In diesem Moment hätte Nialls Brille ihn vielleicht geschützt, aber sie steckte wie immer in seiner Hosentasche.

»Mann, war das nötig, Stephen?«, fluchte auch der ältere Schüler, der besonders stark von dem Farbpulver erwischt worden war. Auch seine Gans hatte die gelbe Farbe angenommen. Er setzte den sichtlich orientierungslosen Vogel auf dem Fußboden ab und begann, sich seine Jeans abzuklopfen, und dabei den Übeltäter böse anzufunkeln.

Auch Niall fuhr sich durch die Haare. Mit ein wenig Kopfschütteln rieselte das meiste bereits heraus. Im Stillen dankte er seiner Mum. Er musste sich zwar noch daran gewöhnen, dass seine Haare so kurz waren, aber wenigstens in diesem Moment war es praktisch. Seine Mum hatte ihm vor der Abreise noch den jährlichen Haarschnitt mit ihrer Nagelschere verpasst. Bis er sie das nächste Mal sah, hatte er Zeit, sie sich wieder nachwachsen zu lassen.

»Ha! So viele auf einen Schlag hat es seit Ragnarök nicht mehr erwischt!«, jubelte Stephen. Er ließ sich von einigen Umstehenden High Fives geben. »Erste erfolgreiche Mission noch vor Unterrichtsbeginn!«

Doch sein Triumph war nur von kurzer Dauer. Das Geschrei hatte den Lehrer, der die Nachtaufsicht hatte, auf den Plan gerufen. Durch die gelbbesprenkelten Schüler drängte sich ein äußerst grimmig dreinblickender Mann in den Aufenthaltsraum. Er hatte schon einige graue

Haare, die er sich sicherlich im Dienst erworben hatte. Mit wenigen Blicken betrachtete er die Konstruktion aus Pulvertütchen und Schnur auf dem Türrahmen und fuhr Stephen mit einem Schnauben an.

»Chesters! Wenn ich so einen Kommentar je wieder von Ihnen höre, bekommen Sie mindestens 200 Seiten. Machen Sie das hier sauber und holen Sie sich morgen Ihre Strafarbeit beim Direktor«, blaffte er, ohne die Opfer des Streichs auch nur zu beachten. »Und wenn es heute Abend noch einen Mucks aus Ihrer Richtung zu hören gibt, Chesters...«

»Ist das eine Drohung, Herr Bergunder?«, fragte Stephen und legte herausfordernd den Kopf schief. Der Lehrer schwieg lange und kratzte sich dabei an der Nase, als versuchte er sich auf diese Weise zu beherrschen.

»Ein Ratschlag, Chesters. Bloß ein Ratschlag«, brachte er schließlich zwischen zusammengepressten Kiefern hervor und wandte sich zum Gehen. Erst als sein letzter Schritt auf dem Korridor verklungen war, löste sich Stephen aus seiner Starre und prustete los.

Die Neuen sahen sich entsetzt an und auch Niall, der glaubte, einiges an strengen Lehrern gewöhnt zu sein, war beim Tonfall des Lehrers mulmig geworden. Vor diesem Herrn Bergunder musste er sich in Acht nehmen. Doch Stephen schüttelte die Drohungen ab wie ein junger Drache seine Haut.

»Das ist nur Bergunder. Der ist zwar der schlimmste von allen, aber er hasst seinen Job so sehr, dass er immer ein Auge zudrückt, wenn es für ihn weniger Arbeit bedeutet«, zwinkerte er den Neuen zu. Dann erklomm er den Tischkicker, was für nur noch mehr Protestrufe sorgte, da er ein spannendes Match unterbrach. Aber auch seine Mitschüler ignorierte Stephen so leichtfertig wie Herrn Bergunders Anweisungen und stellte sich breitbeinig auf den Rahmen der Platte.

»Willkommen, Neulinge!«, rief er der gelbbesprenkelten Menge mit ausgebreiteten Armen entgegen. »Ich hoffe, ihr seid beeindruckt, was sich alles mit Stärkepulver und Lebensmittelfarbe erreichen lässt. Ich bin Stephen und ihr kennt mich vielleicht aus Legenden als den unangefochtenen König der Streiche. Ich allein war es, der das Wasser in den Mädchenduschen rotgefärbt hat. Ich habe letztes Jahr dafür gesorgt, dass alle Prüfungen um eine Woche verschoben werden mussten, weil ich mich im Lehrerzimmer verbarrikadiert habe. Ich bin der Grund, warum man in der Bibliothek keine Cashewnüsse mehr essen darf. Und nichts, vor allem nicht Bergunder, kann uns von der jährlichen Mutprobe abhalten.«

»Mutprobe?«, fragte einer von Nialls neuen Mitschülern, der sich noch immer gelbes Pulver vom T-Shirt wischte, obwohl sein Gesicht es nötiger hatte.

»Machen wir jedes Jahr für die Neuen.« Einer der älteren Jungen, deren Tischkickerspiel so grob unterbrochen worden war, boxte Stephen ins Bein. »Was hast du vor, Stephen? Sollen sie an Sachmets Tür klopfen?«

»Das wäre zu einfach. Denn dieses Jahr«, verkündete Stephen und sprang endlich vom Tischkicker herunter, »geht es um mehr als eine Mutprobe. Es geht um mein Vermächtnis an dieser Schule: Ich vererbe den Schlüssel zu meinem Erfolg an einen würdigen Nachfolger.« Dramatisch warf er sein langes Haar über die Schulter nach hinten. »Beweist mir dieses Jahr, was ihr draufhabt, und mein Geheimnis ist euer. Wer schließt sich mir an für einen ersten unvergesslichen Abend?«

Gut die Hälfte von Nialls Mitschülern hatte spätestens jetzt entschieden, dass sie Stephen nicht weiter zuhören wollten und eine Dusche seinem Chaos vorzogen. Aber Niall konnte nicht anders. Er blieb. Eine bessere Gelegenheit als Stephens Angebot hätte sich ihm nicht bieten können. Ihm war es egal, wie viele blaue Briefe es nach sich ziehen würde. Seine Mum würde ja sowieso keinen davon zu lesen bekommen, solange sie im Dschungel war. Und außerdem klang es nach einer Menge Spaß.

Zurück blieben also Niall, Dayo und ein Junge, dessen Namen Niall schon wieder vergessen hatte. Außerdem gesellten sich zwei Schüler aus der zweiten Stufe dazu, die wohl mehr auf Stephens angekündigtes Vermächtnis scharf waren als auf eine Mutprobe für Erststüfler. Stephen ging auf und ab wie ein General vor seinen Soldaten und besah sich die Ränge seiner kleinen Armee.

»Niall Croker, oder?«, fragte Stephen. Niall nickte. »Cool, ein Croker!«

Niall schauderte. Er war umso entschlossener seinen Familiennamen nicht seinen Ruf bestimmen zu lassen. Und wenn er dafür eine Löwengöttin am Schwanz ziehen musste, es war den Verlust eines Armes wert.

»Dayo«, stellte der dunkelhäutige Halbgott sich vor und wurde von Stephen mit einem Handschlag willkommen geheißen.

»Super, wir haben einen Halbgott und wir werden ihn benutzen.«

Den Namen des dritten Mitschülers vergaß Niall auch dieses Mal sofort wieder. Er hatte noch nie ein gutes Gedächtnis für irgendetwas gehabt.

»Um zu gewinnen, will ich mindestens drei Einträge pro Halbjahr und einen Elternbrief von euch sehen und einen guten Grund, warum ihr so viel Macht verdient habt.«

Alle nickten. Besonders die älteren Mitschüler wirkten sehr siegessicher. Aber Niall ließ sich nicht einschüchtern. Wenn es etwas gab, das ihm die vier Jahre Schulzeit erträglich machen würde, dann musste er mit allen Mitteln dafür kämpfen.

»Gut, dann zur Mutprobe. Wer nicht in der ersten Stufe ist, zieht Leine. Das ist zu einfach für euch«, scheuchte Stephen seine älteren Mitschüler weg. »Wenn ich eins in diesen Sommerferien beim Zelten gelernt habe, dann, was man vermeiden muss, wenn man keine Schrate anlocken will.«

»Was denn?« Dayo hob eine Augenbraue.

»Was sind Schrate?«, fragte der andere Neue. Niall verdrehte die Augen. Schrate waren nun wirklich nichts Seltenes. Es gab sie in den meisten größeren Waldgebieten und Naturparks Europas. Sie waren kleine tricksende und vor allem nervige Wesen, die Niall gerade bis zum Knie gingen. Das einzig Heimtückische an ihnen war, dass sie auf genau dieser Höhe gerne zubissen.

Auch Stephen schien diese Frage nicht für wichtig zu halten oder überhörte sie einfach.

»Man darf keine Lebensmittel offen rumstehen lassen. Vor allem keine warme Käsesoße mit Jalapeños«, begann er, sie in seinen Plan einzuweihen. »Natürlich habe ich schon längst den Käsedip in die Mikrowelle getan und den Köder an der Liefereinfahrt vom Speisesaal abgestellt. Ihr müsst nur noch eine Spur Nachos bis vors Lehrerzimmer legen und die Tür öffnen.« Hinter seinem Rücken holte Stephen drei große Nachochipstüten hervor und hielt sie Niall und seinen Komplizen auffordernd entgegen. »Also, wer traut sich?«

Niall zögerte nicht. Als Erster griff er nach einer der drei Chipstüten. Stephens Grinsen wurde breiter.

»Mach deinem Namen Ehre, Croker.«

Niall musste auch grinsen, denn er beabsichtigte das genaue Gegenteil zu tun.

Phebe hängte den Hörer zurück in die Halterung. Sie hatte noch nie ein Münztelefon benutzt, aber sie hatte vergessen ihr neues Handy aufzuladen. Es lag noch immer ausgeschaltet im Koffer. Außerdem hatte sie die Gelegenheit willkommen geheißen, nach dem Abendessen noch einmal das Zimmer zu verlassen, statt mit Hannah dort den ganzen Abend mit Schweigen – oder schlimmer mit noch mehr belanglosem Geplauder – zu verbringen.

Hier unten in der Säulenhalle, bei Garion dem Greifen und im rotgoldenen Licht der Feuerfeder, fühlte Phebe sich angekommen. Fast als wäre es nicht ihre erste Nacht im Internat, sondern eine von vielen. Aber das Telefonat war anders verlaufen, als sie erwartet hatte. Ihre Mutter Sofi hatte offensichtlich schon mit Bas telefoniert, denn sie riet Phebe, dass sie sich besser bei Ben entschuldigen sollte. Sie wüsste ja nicht, was er durchgemacht hatte.

Bei diesen Worten spürte sie, wie ihre Wut zurückkehrte. Ja, sie wusste nicht, was Ben durchgemacht hatte. Aber da keiner ihrer drei Elternteile es ihr erzählen wollte, war es eine sehr schlechte Ausrede. Erwachsene merkten manchmal nicht, dass Erwachsensein nicht ausreichte, um Recht zu haben.

Mit einem letzten Schnauben trat sie aus der Telefonkabine und wollte nichts lieber, als endlich die Bettdecke über den Kopf zu ziehen und zu hoffen, dass morgen ein besserer Tag werden würde. Gerade hatte sie die Säulenhalle halb durchquert, als ein seltsames Geräusch erscholl. Viele dünne Fistelstimmchen schnatterten aufgebracht durcheinander und wurden als Echos von der hohen Decke zurückgeworfen.

Geistesgegenwärtig tauchte Phebe hinter eine Säule, die mit ägyptischen Hieroglyphen verziert war. Sie war keinen Moment zu spät in Deckung gegangen. Ein Haufen kniehoher, grünbrauner Männlein, gekleidet in nichts als Laub und Borke, rannte auf das Haupttor zu. Sie waren allesamt mit einer gelben, zähen Flüssigkeit verschmiert und hatten die Arme voll mit etwas dreieckigem Orangefarbenem, das Phebe nicht näher erkennen konnte. Der Geruch, den sie verströmten, ließ sie an Nachos mit Käsesoße denken. Aber vielleicht war das auch nur ihre

Einbildung, die sich bereits nach einer Mahlzeit im Internat nach einem Abendessen von Bas sehnte.

Die seltsamen Wesen wurden dicht verfolgt von einem Besen, geführt von einem älteren und sehr mürrischen Lehrer. Hinter ihm kamen drei Jungen zum Vorschein, die mehr oder weniger schuldbewusst dreinblickten. Nur Dayo, der Halbgott, grinste nach wie vor, als wäre es beste Unterhaltung.

Als das letzte Männlein hinaus getrippelt war, schlug der Lehrer das Haupttor hinter ihnen zu und schnaubte wie ein Stier, als er die kleinen, zähgelben Fußabdrücke der Wesen auf den Steinfliesen sah.

»Jetzt zu Ihnen.« Der finster dreinblickende Lehrer drückte den Besen in die Hand eines Schülers. »Sie fegen alle Reste vom Speisesaal bis zum Lehrerzimmer und zurück zusammen und keiner von Ihnen geht ins Bett, solange es in der Schule nach Käsesoße riecht! Und morgen holen Sie sich noch vor dem Frühstück Ihre Strafarbeit beim Direktor persönlich ab, ist das klar?«

»Ja, Herr Bergunder«, sagten die drei wie aus einem Mund.

Phebe machte, dass sie davonkam. Aus dem Schatten der Hieroglyphensäule schlüpfte sie in den Gang zum Westturm. Aber vorher prägte sie sich die Gesichter der Schuldigen ein. Von den dreien würde sie besonders großen Abstand halten.

Sie beeilte sich, auf ihr Zimmer zu kommen. Frau Lütke, die Lehrerin mit dem Klemmbrett, hatte die neuen Mädchen nach dem Abendessen noch einmal strengstens darauf hingewiesen, dass alle ab zehn Uhr auf den Zimmern zu sein hatten und ab elf absolute Nachtruhe herrschte. Phebe hielt sie nicht für eine Lehrerin, die sich gerne wiederholte.

Auf den letzten Stufen zog sie sich mehr am Geländer herauf, als die Treppe zu besteigen. Es waren ein langer Tag und eine lange Fahrt gewesen und spätestens beim Telefonieren mit ihrer Mutter hatte sie gespürt, dass sie schon mehr als siebzehn Stunden auf den Beinen war. Sie war bereit für ihre erste Nacht im Internat.

Als sie die Zimmertür erreichte, zögerte sie kurz. Sollte sie anklopfen? Was, wenn Hannah sich gerade umzog? Sie schüttelte den Kopf. Nein, sie musste nicht klopfen. Sie wohnte schließlich auch hier.

Sie trat ein und war sofort erleichtert. Hannah saß auf ihrem Bett, die Füße schon unter der Decke und in einem karierten Pyjama gehüllt, der sie aussehen ließ, als wäre sie einem Hanni-und-Nanni-Buch entsprungen. Sie las und schaute nur kurz auf, als Phebe die Tür öffnete.

»Sorry, ich hab' noch mit meiner Mutter telefoniert«, murmelte Phebe kurz zur Begrüßung und streifte ihre tigergestreiften Sneaker ab.

»Sie war heute nicht hier, oder?« Phebe erstarrte in der Bewegung, als sie den ersten Schuh beiseitestellte.

»Das geht dich nichts an«, entfuhr ihr dann und sie kickte den zweiten Schuh dem ersten hinterher.

»Es tut mir leid – «

Phebe ließ sich auf der Kante ihres immer noch nicht bezogenen Bettes nieder.

»Schon okay. Nur falls du fragen willst – «, setzte sie an und nestelte an dem Haargummi herum, das noch in ihrem längst aufgelösten Pferdeschwanz hing. Es ziepte und sie verstand nicht, warum bisher niemand eine bessere Lösung dafür erfunden hatte.

»Nein, ich – « Hannah wollte noch mehr sagen, aber Phebe ließ sie nicht. Besser schnell und schmerzlos, sagte sie sich. Diese Methode funktionierte auch bei Haargummis.

»Meine Mutter lebt nicht mehr bei uns. Vor drei Jahren haben sie sich scheiden lassen.«

»Oh.« Hannah wäre bestimmt in weitere Mitleidsbekundungen ausgebrochen, hätte Phebe sie nicht aufgehalten. Mit einem letzten Ruck bekam sie das Haargummi frei, riss sich dabei aber auch mehrere ihrer dicken, schwarzen Haare aus.

»Es war wirklich zum Besten, ehrlich. Außerdem haben zwei Väter auch ihre Vorteile und... ach, das ist kompliziert.« Phebe schmiss das Haargummi in ihren offenen Koffer. Es verfehlte nur knapp ihren Toilettenbeutel und landete zwischen ihren Schulsachen, die sie noch nicht ausgepackt hatte. Dabei fiel ihr etwas auf, das sie in den Koffer gepackt hatte. Der Gegenstand war in das rosafarbene Geschenkpapier eingepackt, das noch von Marikes Geburtstag übriggeblieben war. Neugierig nahm sie es heraus. Ein Buch, was sonst? Sie wusste sofort, wer es dort versteckt hatte. Ihre Mutter war beim Kofferpacken nicht dabei gewesen, Bas ging selten solche Umwege und ihren Geschwistern traute sie das nicht zu. Sie legte das Geschenk beiseite. Denn über Ben wollte sie heute nicht mehr nachdenken.

Sie wühlte ein altes T-Shirt von Bas aus der Schublade, die sie am Nachmittag zu voll gestopft hatte, und zog es sich über. Es reichte ihr über den Hintern und sie fand, das genügte, um es als Nachthemd zu benutzen. Dann kramte sie noch dicke Ringelsocken hervor und fühlte sich bettfertig.

Nur war ihr Bett noch nicht fertig. Ihr riesiger Plüschtiger lag neben den Bezügen und schielte sie vorwurfsvoll an. Eine Weile versuchte sie das Problem mit Starren zu lösen. Aber so gut sie sich auch vom Blinzeln abhielt, kein Gott hatte Erbarmen und wirkte ein Wunder. Phebe seufzte.

Sofort wünschte sie, sie hätte es nicht getan. Hannah legte ihr Buch endgültig beiseite und warf ihr einen fragenden Blick zu.

»Kann ich dir helfen?«, fragte sie mit ihrer unendlich netten Art, der Phebe nicht trauen wollte. Niemand konnte so freundlich sein und es ehrlich meinen.

»Nein, ich...« Phebe suchte nach einer guten Ausrede. Aber schnell musste sie einsehen, dass es keine gab. Sie atmete einmal tief durch und zwang sich, ihren Stolz zu überwinden. »Bitte, würdest du?«

»Natürlich.« Hannah strahlte, kroch aus dem Bett und machte sich langsam an die Arbeit, sodass Phebe zusehen und lernen konnte.

»Du denkst jetzt bestimmt, ich bin verwöhnt«, entschuldigte sich Phebe rasch. Mit ihren Augen verfolgte sie jeden einzelnen Handgriff, den Hannah machte. Sie war fest entschlossen, Hannah nie wieder darum bitten zu müssen.

»Es kann viele Gründe geben, warum man kein Bett beziehen kann«, winkte Hannah ab, schüttelte zum Abschluss das Kissen auf und richtete sich auf. Sie strich sich ihr strohblondes Haar aus dem Gesicht.

»Fällt dir einer ein?« Sie dankte Hannah im Stillen, dass sie darauf nicht antwortete.

Wenig später lagen sie beide in ihren Betten. Hannah nahm ihr Buch wieder auf, aber Phebe knipste ihre Lampe aus. Sie wollte bald schlafen, denn sie wagte nicht, sich auszumalen, was Unpünktlichkeit am ersten Morgen für Folgen haben würde. Doch sie musste sich erst an die Anwesenheit des anderen Mädchens gewöhnen, bevor sie die Augen schließen konnte.

Das Zimmer wirkte im Halbdunkel noch fremder. Nur Hannahs Nachttischlampe war eingeschaltet und warf geisterhafte Schatten an die

Wände, die Phebe zwischen halbgeschlossenen Lidern wie Gestalten aus alten Sagen vorkamen. Der Bücherstapel auf ihrem Nachttisch wirkte wie ein verfallener Turm, der Umriss ihres Plüschtigers wie das Abbild einer Chimäre, ihre Umhängetasche wie ein zusammengerollter Lindwurm. Ständig hörte Phebe unbekannte Geräusche und ihr müder Verstand brauchte eine Weile, um sie zuzuordnen: andere Schülerinnen auf der Treppe oder im Dachgeschoss, das Atmen des alten Holzfußbodens, das Quietschen der Betten, wenn sie oder Hannah sich leicht bewegten. Sie lullten Phebe mit ihrem Wispern von all den Geschichten, die sich in den Schlossmauern abgespielt hatten und die noch geschehen würden, in den Schlaf.

»Machst du das Licht aus?«, gähnte sie, als sie zufrieden mit diesem Gedanken endlich zum Schlafen bereit war.

»Ich würde gerne noch das Kapitel zu Ende lesen«, antwortete Hannah.

»Und wie lange wird das dauern?«, gelang es Phebe ein Stöhnen in halbwegs freundliche Worte zu wandeln.

»Noch ungefähr sieben Seiten.«

Geschlagen von dieser Antwort drehte Phebe ihr den Rücken zu, wobei das Bett gehörig quietschte. Dann zog sie die Decke bis zum Kinn und versuchte an diesem fremden Ort einzuschlafen und von den Geschichten zu träumen, die sie selbst hier erleben würde.

DER ERSTE TAG

Als Phebe aufwachte, hatte sie gute Laune. Sie war schneller eingeschlafen, als sie erwartet hatte, denn Hannah schnarchte nicht und das Quietschen des Bettes hatte sie nach einer Weile eingelullt wie das Knarzen des alten Bauernhauses, in dem ihre Familie lebte. Kaum hatte sie die Augen aufgeschlagen, blickte sie auf ihren Wecker auf dem Nachttisch. Sie hatte ihn nicht läuten hören und bekam Panik, verschlafen zu haben, aber tatsächlich war sie eine halbe Stunde früher wach als beabsichtigt.

Beruhigt verbrachte sie die ersten wachen Minuten im Bett. Sie lag nur da und starrte an die Zimmerdecke. Der Tag fing gut an, befand sie. Sie würde überpünktlich unten beim Frühstück sein können und vielleicht konnte sie noch vor Unterrichtsbeginn für eine halbe Stunde in die Bibliothek. Wenn sie diesen Rhythmus beibehielt, war sie zuversichtlich, dass sie sich Raum zum Vorausarbeiten schaffen konnte, um dann für die Abschlussprüfungen zum Schuljahresende genug Zeit zum Lernen zu haben.

Motiviert von diesem Gedanken setzte sie sich auf und knipste die kleine Wandlampe an. Es war so früh, dass es draußen noch dunkel war, und im Raum war nichts zu hören außer dem Atmen des alten Holzfußbodens. Vorsichtig setzte sie ihre Füße auf den Boden und verlagerte nur langsam das Gewicht darauf, denn sie wollte Hannah nicht wecken. Dass sie gestern Abend so nett gewesen war, bedeutete ja nicht, dass sie es immer sein würde.

Auf Zehenspitzen schlich sie bis zu ihrer Schrankhälfte und versuchte sich zu erinnern, wo sie gestern die Handtücher verstaut hatte. Dabei fiel ihr das Buch, das in dem rosafarbenen Geschenkpapier eingepackt war, wieder ins Auge. Dieses Mal konnte sie ihre Neugier nicht mehr zügeln. Sie nahm das Geschenk aus dem Koffer und fragte sich, welches Buch Ben ihr wohl schenken wollte. Schließlich hatte sie längst alle Schulbücher für dieses Jahr ausgelesen und auch alle anderen Bücher über Mythologie, die ihr Vater besaß. Sie riss das Papier auf. Darunter kam ein lederner Einband ohne Titelprägung zum Vorschein. Eilig befreite sie auch den Rest des Buchs von der Verpackung. Es war ein in Leder gebundenes Notizbuch, dick und voller leerer Seiten. Dennoch blätterte sie darin und sog den Geruch des frischen Papiers ein. Neue Bücher, dachte sie seufzend, rochen fast genauso gut wie alte Bücher.

Plötzlich hielt sie inne. Auf der ersten Seite des Notizbuchs hatte sie hebräische Zeichen entdeckt, krakelig mit einem Kugelschreiber dort hinterlassen und unverkennbar Bens Schrift. Er war Linkshänder, hatte sich aber wegen einer schweren Verletzung das Schreiben mit der rechten Hand neubeigebracht. Aber es lag nicht daran, dass Phebe seine Nachricht nicht verstand. Sie konnte Hebräisch nicht flüssig lesen, weil sie bisher noch keinen Sinn darin gesehen hatte – und weil er zu sehr darauf bestanden hatte, dass sie es lernte. Aber es war ein schönes Notizbuch und Phebe wusste, dass sie die Seiten bald füllen würde.

Kurz schoss ihr die Erinnerung an den knapp ausgefallenen Abschied vom Vortag durch den Kopf. Ein wenig bereute sie es nun, Ben ignoriert zu haben. Aber sie würde ihn ja in den Winterferien wiedersehen und konnte sich dann bedanken. Jetzt musste sie sich ihre Familie erst einmal aus dem Kopf schlagen und sich auf die Schule konzentrieren. Schließlich hatte sie auch ihre große Mission – ihren Vätern beizubringen, dass sie besser daran täten, einander bald zu heiraten – ihren Geschwistern Linus und Marike überlassen. Höchstwahrscheinlich würde dieser Plan ohne ihre Aufsicht im Sande verlaufen, weil Linus eher träge und Marike noch zu klein war, um langfristig angelegte Pläne mit demselben Ehrgeiz und derselben Konzentration zu verfolgen, wie Phebe es an sich schätzte.

Sie ließ das Notizbuch in ihre mit Batikmustern verzierte Schultasche gleiten, dann huschte sie schnell ins Bad. Unter einer eiskalten Dusche konnte sie vergessen, was sich zuhause zutrug, und gewann ihren Fokus zurück. Schule, Lernen – das war, weshalb sie hier war und worauf sie ihre Energie verwenden musste. Im Spiegel betrachtete sie sich nicht lange, sondern versuchte zu verdrängen, dass ihr ihre Nase heute einmal wieder besonders groß vorkam. Grob bürstete sie ihr dunkles Haar, sodass es sich in einen halbwegs ordentlichen Pferdeschwanz fesseln ließ.

Zurück auf ihrem Zimmer wünschte sie Hannah, die gerade wach wurde, einen guten Morgen und beeilte sich, ihre Tasche zu packen und aufzubrechen: Bleistifte, Textmarker (in drei Farben), Kugelschreiber (einen blauen und einen schwarzen), das Notizbuch, ein Päckchen Taschentücher (falls sie wieder einmal Nasenbluten bekommen sollte), einen Schreibblock, ein Schulbuch über griechische Mythologie (weniger für den Unterricht am ersten Tag, sondern mehr als Schreibunterlage und um darin blättern zu können, sollte sie in den Pausen niemanden zum Reden finden, was sie für wahrscheinlich hielt) und eine Wasserflasche.

Noch bevor Hannah ins Badezimmer gegangen war, schlüpfte Phebe aus dem gemeinsamen Zimmer und die Stufen des Westturms hinab. Sie fühlte sich bereit für den ersten Tag. Aber ob sie es wirklich war? Sie wusste schließlich erst seit vier Jahren, seit Bens Rückkehr, von den Gelbroben. Und alle anderen hier waren damit aufgewachsen... Sie musste grinsen, als sie an Bas' Reaktion dachte. Er hatte glatt den Teller mit den Sonntagmorgenpfannkuchen fallen lassen, als Ben und Sofi der Familie die Wahrheit über ihre Berufe eröffneten.

Beim Hinabsteigen der Stufen des Westturms ging sie im Kopf noch einmal durch, was sie bereits gelernt hatte.

»Aphrodite, Apollon, Ares, Artemis, Athene, Demeter, Dionysos«, zählte sie flüsternd bei jeder Stufe abwärts die Namen der olympischen Götter auswendig auf. »Hades, Hebe, Hephaistos, Hera, Herakles, Hermes, Hestia, Persephone, Poseidon, Zeus.« Erleichtert atmete sie auf dem Treppenabsatz durch.

Auf den nächsten Stufen suchte sie für jeden Buchstaben des Alphabets eine Gott- oder Wesenheit. Sie fand ein paar Asen, keine Wanen, aber einige ägyptische Gottheiten mit ihren Falken- und Löwenköpfen und Wesen, die keinem Pantheon, sondern nur der Sagenwelt zugeordnet werden konnten. Nur zu Q und X fielen ihr keine Namen ein und sie übersprang die Stufen einfach. Aber die Buchstaben würde sie sofort in einer Enzyklopädie nachschlagen, sobald sie in der Bibliothek war.

Sie fand ohne Schwierigkeit den Weg zum Bibliotheksturm. Den Weg hatte sie sich gestern bei der Führung genaustens eingeprägt. Dort angekommen musste sie allerdings feststellen, dass die Tür noch verschlossen war und erst nach dem Frühstück aufgeschlossen wurde. Also wandte Phebe sich mit einem Seufzen und dem Gefühl, Zeit vergeudet zu haben, vom Bibliotheksturm ab und schlenderte in Richtung des Speisesaals.

Der kühle Septembermorgen hatte sich auf den Scheiben des Gläsernen Gangs mit Tau abgezeichnet. Doch die Kälte, die sie ausstrahlten, störte Phebe nicht weiter. Sie war viel zu aufgeregt. Am schwarzen Brett vor dem Speisesaal sollten nämlich die Stundenpläne der vier Klassenstufen aushängen, das hatte sie beim Abendessen von den älteren Mitschülerinnen aufgeschnappt. Doch ein Blick versetzte Phebe einen Dämpfer. Dort hingen nur die Stundenpläne der oberen Stufen. Für die erste Stufe hing dort nur ein Hinweis, dass sie sich um neun Uhr in der Aula einfinden sollten. Enttäuscht wandte Phebe sich ab. Sie hätte gerne gewusst, ob sie heute gleich mit dem Unterricht beginnen würden und sich dementsprechend vorbereitet.

Im selben Moment läutete die Schulglocke zum Frühstücksbeginn. Sie schlüpfte in den Speisesaal und schnappte sich ein Tablett. Als eine der Ersten reihte sie sich in die Schlange vor der Essensausgabe ein. Die Morgensonne fiel durch die Buntglasfenster herein und sprenkelte den Saal mit farbigen Lichtflecken. Auch ein anderes Mädchen aus Phebes Klasse hatte den Blick nach oben gerichtet. Ein Lehrer hinter den beiden in der Schlange, Herr Meritt wie Phebe sich von gestern Abend gemerkt hatte, bemerkte ihr Staunen mit einem Lächeln.

»Vor ungefähr siebzig Jahren hat ein Gott – Stribog, der slawische Gott der Winde und Stürme, um genau zu sein – seine Wut auf uns Gelbroben an den historischen Scheiben ausgelassen. Damals haben sie noch Bibelszenen gezeigt. Den Schülern von damals war es ohne Scheiben aber zu zugig und noch bevor die Handwerker anfangen konnten, hatten sie die Fenster selbst repariert und aus den Scherben neue Motive gebastelt.«

»Ist das ein Ankh?«, fragte das andere Mädchen. »Und eine Triskele?«

»Richtig«, bestätigte Herr Meritt. »Ich sehe, du kennst dich schon sehr gut aus.«

Phebe verspürte einen kleinen Stich Eifersucht wegen dieses Lobs. Ein ägyptisches Ankh und eine keltische Triskele konnte wohl noch jeder erkennen. Doch sie hielt es für kleinlich anzumerken, dass sie außer den beiden Zeichen noch das Pentagramm und Thors Hammer, Mjölnir, erkannt hatte.

»Das wichtigste ist aber unser Zeichen, das Sechseck.« Herr Meritt deutete auf das Symbol, das Phebe bisher auf allen offiziellen Schreiben der Gelbroben gesehen hatte. »Als Gelbroben glauben wir ja an sich an wenig, aber der Aberglaube hält sich hartnäckig, dass Sechsecke uns beschützen.«

Der Lehrer blieb hinter ihnen in der Schlange zurück, um sich Kaffee einzuschenken, und verabschiedete sich mit den Worten, dass er sie um neun in der Aula treffen würde. Die Mädchen nickten ihm zu und holten sich ihr Frühstück. Phebe tat sich ein Croissant, Marmelade, einen Apfel und eine Tasse Kakao aufs Tablett. Dann suchte sie sich einen Sitzplatz und das andere Mädchen setzte sich zu ihr.

»Carmen Tschaikowski«, stellte sie sich vor, richtete ihre Brille und strich ihren braunen Zopf nach vorn über die Schulter. »Habe ich mir deinen Namen richtig gemerkt? Phebe Cahen?«

„Hm ja«, antwortete Phebe und musterte Carmen eingehend. Sie kannte diesen Typ Mädchen. Eine Streberin wie sie selbst, aber nicht aus der reinen Liebe zum Lernen. Bei Mädchen wie Carmen oder Hannah war einfach alles perfekt – ihre Noten, ihr Aussehen und ihre Familien. Phebe mutmaßte bereits, ob nicht zumindest bei Carmen dahinter eine göttliche Abkunft stecken konnte. Denn dass Schönheit und Klugheit in einer Person zusammenkamen, erschien ihr äußerst ungerecht. Sie selbst war jeden Tag froh darüber, klüger als der Durchschnitt zu sein, doch jeder Blick in den Spiegel erinnerte sie daran, woran die Natur bei ihr gespart hatte. Ihr schwarzes Haar war struppig und nichts ließ sich damit anfangen. Und über ihre Nase wollte sie gar nicht erst nachdenken.

Carmen bemerkte nicht, das Phebe sich in ihre Gedanken zurückgezogen hatte, und erzählte davon, dass ihre Eltern Professoren an einer Universität waren, seit ein paar Jahren auf Malta lebten und ein Freund der Familie Mitglied bei den Gelbroben war und sie wegen ihrer vielen Talente für das Internat vorgeschlagen hatte. Mit wenigen Worten gelang es Carmen damit unwissentlich, Phebes ganzes Selbstvertrauen zu zerschmettern. Carmen sprach zwei Sprachen mehr als Phebe und wirkte auch sonst so, als flöge ihr alles genauso leicht zu wie der Platz in der Schule. Wütend auf sich selbst biss Phebe in ihr Croissant. Warum war sie so neidisch? Sie versuchte möglichst wenig zu sagen, damit Carmen ihr nicht noch mehr zerstören konnte.

Der Tisch, an dem sie saßen, füllte sich nach und nach auch mit anderen Mädchen aus ihrer Klasse. Hannah war dabei. Sie hielt sich an Annabelles Seite, dem Mädchen mit den feuerrotgefärbten Haaren, und hörte vor allem zu. Natürlich, dachte sich Phebe. Hannah wusste nichts von den Gelbroben, weil ihre Eltern keine waren. Der Gedanke allein ließ sie sich besser fühlen. Immerhin wusste sie ein wenig mehr als Hannah.

Doch dann wandte sich das Gespräch der Badezimmerausstattung im Westturm zu und fast jede erzählte lang und breit, wie ihre Haare auf das Leitungswasser hier reagierten. Phebe erwischte sich dabei, dass sie sich selbst durch den Pferdeschwanz strich, der sich schon wieder auflöste. Aber sie konnte keinen Unterschied feststellen. Vielleicht nicht so fettig wie gestern?

»Darf ich um Ruhe bitten?« Am Lehrertisch erhob sich plötzlich ein junger Mann mit goldenen Locken, die unter einer roten Strickmütze hervorlugten. Von seinem Ärmel tropfte es, als hätte er ihn beim Aufstehen aus Versehen in die Kaffeetasse getunkt. »Die Nachrichten. Kyoto: Eine Gruppe Shintogottheiten hat eine Europa-Sightseeingtour gebucht und muss auf Schritt und Tritt überwacht werden. Betroffene Stationen werden benachrichtigt und um Unterstützung gebeten. – Montana: Daryl hat in den Rocky Mountains ein Dorf vor einem götterinduzierten Erdrutsch bewahrt. Ein Vertrag mit den Lokalgottheiten wird in Kürze geschlossen werden. – Paris: Unserem Mitglied Jacques Rémond wurde die Doktorwürde der Sorbonne verliehen und somit auch die siebte Stufe. Wir gratulieren.«

Der blondlockige Lehrer setzte sich wieder, wobei Phebe den kaffeegetränkten Ärmel weiter auf die Tischplatte tropfen sah.

»Was waren denn das für Nachrichten?«, fragte Sara Colomba verwirrt.

»Interne Nachrichten der Gelbroben«, wusste Annabelle. »Jeder, der Neuigkeiten hat, schickt sie alle paar Tage an die Zentrale und die senden sie dann um die ganze Welt, damit alle Mitglieder auf dem neusten Stand sind. Wir können so was ja schließlich nicht aus dem Radio oder Fernsehen erfahren.«

»Das wissen wir doch längst«, tat Natalie ihre Erklärung mit einem Augenverdrehen ab und ignorierte vollkommen, dass nicht alle Eltern hatten, die Mitglieder waren. Auch Phebe hatte davon nichts gewusst. »Aber was unterrichtet dieser gutaussehende Lehrer?«

»Das ist Kristjan Japhet, der Bibliothekar. Er ist halb Wassermann und macht den Job, solange er seine Forschungsarbeit schreibt.«

»Wie kann man ein halbes Sternzeichen sein?«, fragte Natalie verwirrt.

»Doch nicht die Art Wassermann. « Nun war es an Annabelle die Augen zu verdrehen. Sie ahmte Natalie ziemlich gut nach, fand Phebe. »Die mythologische Art – ein Wassergeist, ein Nöck oder so was.«

»Oh, schade.« Enttäuscht wandte Natalie sogleich den Blick ab. Doch Phebe betrachtete den jungen Mann noch einmal. Vielleicht hatte er doch nicht seinen Ärmel in den Kaffee getunkt, sondern bloß eine der weniger praktischen Eigenschaften von seinem nichtmenschlichen Elternteil geerbt und daher ständig feuchte Kleiderzipfel. Sie beschloss, das zu beobachten.

Sara Colomba, die Halbgöttin, rutschte unruhig auf ihrem Sitz herum, als die Worte Natalies Mund verließen. Phebe entging nicht, dass Hannah ebenfalls über Natalies Kommentar die Stirn runzelte. Sie hielt sich aber nicht länger damit auf, sie hatte Wichtigeres, um das sie sich lieber Gedanken machen wollte. Sie konnte es kaum erwarten, dass der Unterricht begann. Als sie schließlich aufgegessen hatte, war sie schon lange nicht mehr dem Gespräch gefolgt und froh, durch das Wegbringen des Tabletts keine Ausrede zu brauchen, um den Tisch zu verlassen. Sie schulterte ihre Tasche, klammerte sich an den Schulterriemen und stand zuversichtlich auf.

»Wir sehen uns in der Aula«, verabschiedete sich Hannah von ihr, aber Phebe tat, als hätte sie es nicht gehört.

Niall kam zu spät zum Frühstück, um noch eine Auswahl am Büffet zu haben. Direkt nach dem Aufstehen hatte er schnell seine Schultasche geschultert und sich mit Dayo und den anderen Mitschülern getroffen, die sich von Stephen zu dem Schrat-Streich überreden hatten lassen. Gemeinsam waren sie vom Nordflügel des Schlosses, in dem die Jungenzimmer lagen, mehr oder weniger kleinlaut zum sechseckigen Turm gegangen. Mit knurrenden Mägen hatten sie an der uralten Flügeltür zum Direktorenbüro geklopft und sich ihre Strafarbeit abgeholt. Der Schuldirektor Van Koppern hatte ihnen eine knappe und von Gähnen durchzogene Strafpredigt gehalten und dann Zettel verteilt, die sie beim Bibliothekar abgeben mussten, damit er ihnen Strafarbeiten zuteilte.

Niall fand aber, dass er insgesamt sehr gnädig gewesen war. Er hatte Niall nicht anders behandelt als die anderen Jungen und keine Bemerkung gemacht, die ihre private Beziehung verraten hätte. Unvorstellbar, wie alles hätte kommen können, hätten seine Mitschüler erfahren, dass er nicht nur ein Croker, sondern auch das Patenkind des Direktors war.

Das Frühstück an sich war nichts Besonderes für Niall. Die meisten Schüler saßen bereits, als er eintraf, und die Auswahl hatte sich auf wenige angebrannte Scheiben Toast reduziert, sodass er ohne groß nachzudenken zum Müsli griff. Erst als er an seinem Platz saß und Milch darüber geschüttet hatte, bemerkte er, dass Rosinen darin waren. Er seufzte. Womit hatte er so viel Pech verdient?

Missmutig schob er sich einen ersten Löffel in den Mund und kaute, während sein Blick auf den Zettel fiel, den der Schuldirektor allen Übeltätern gegeben hatte. 300 Seiten Scannen – wie viel Zeit ihn das wohl kosten würde? Er hatte selten eine so sinnvolle Strafarbeit erledigt. Van Koppern hatte ihnen erklärt, dass der Bibliothekar Japhet sie zum Digitalisieren alter Bibliotheksbestände und vergilbender Einsatzberichte einteilen würde. Es klang todlangweilig.

»Pst, Croker«, hörte Niall plötzlich hinter sich. Er sah über seine Schulter und entdeckte am Nachbartisch Stephen Chesters, der ihm den ganzen Ärger eingebrockt hatte. Er zwinkerte Niall zu. »Mach dir nix draus, Scannen geht auch vorbei. Hast mich gestern beeindruckt. Weiter so!«

Niall drehte schnell den Kopf zurück, um sein Lächeln zu verstecken. Vielleicht hatte er ja eine Chance, Stephens geheimes Vermächtnis zu gewinnen, ohne sich jemals wieder erwischen zu lassen. Beim nächsten Mal würde er besser aufpassen. Entschlossen löffelte er sein Müsli und versuchte, das Gesicht nicht allzu sehr zu verziehen, wenn er auf eine Rosine biss. Dann musste er sich beeilen, nicht zu spät zur Aula zu kommen.

Er lief zügig, nachdem er sein Tablett weggebracht hatte, so spät war es bereits. Den Göttern sei Dank, dass er sich bestens im Vogesenschloss auskannte, dachte er. In all den Jahren, die er mit seiner Mum umhergereist war, weil er noch zu klein für ein Internat gewesen war, waren sie immer wieder hierher zurückgekommen. Fast bekam er Lust, die Einführung für die erste Stufe zu schwänzen und sich lieber nach den geheimen Winkeln und perfekten Verstecken umzusehen, die er als kleines Kind hier entdeckt hatte.

Ein Blick auf die Uhr erinnerte ihn aber daran, dass er rennen sollte. Vorbei am Bibliotheksturm, der ihm vorkam wie eine Drohung, dass er eines Tages alles wissen musste, was an den Seiten der Bücher darin klebte. Die Treppe hinauf, vorbei am Lehrerzimmer und Sachmets Verlies, das ihn mahnte, eines Tages eine ähnlich große Heldentat zu vollbringen wie eine Göttin zu bezwingen. Schließlich war er ein Croker.

Wäre er nicht gerannt, hätte er gähnen müssen. Die Crokers hatten einen Stammbaum, den er schon vor Jahren auswendig hatte lernen müssen. Der erste Croker, ein reicher und weitgereister Gewürzhändler, war im Mittelalter zu den Gelbroben gestoßen und angeblich war er es gewesen, der den Roben ihre gelbe Farbe verliehen hatte. Die nächsten Jahrhunderte hatten die Crokers damit verbracht, die Menschheit zu retten, Verträge mit Göttern zu schließen und die Wesen zu erforschen, die sich in den Schatten und Ritzen dieser Welt und an den Grenzen zu anderen Welten verbargen. Dann war das zwanzigste Jahrhundert gekommen, das Jahr 1981 mit der größten götterinduzierten Katastrophe des Jahrtausends, und die Crokers waren mit einem Schlag fast ausgelöscht worden. Umso mehr mussten die verbleibenden Mitglieder der Familie sich dem Eid würdig erweisen und danach streben, den Ruhm vergangener Zeiten wiederherzustellen.

Bla, bla, bla, dachte sich Niall und schnaufte vom Rennen. Von der Familie Croker waren nur noch seine Mum, sein Großonkel Brendan und er übrig. Keiner von beiden hatte ihm direkt gesagt, welche Erwartungen sie an ihn stellten, aber er hatte es auch so begriffen: Er musste mindestens einmal die Welt retten, allein um sie zufriedenzustellen. So schwer kam ihm die Last auf seinen Schultern vor. Irgendwann würden sie einsehen müssen, dass er ein hoffnungsloser Fall war, und dann hätte er endlich seine Ruhe. Doch bis dahin würden vermutlich noch einmal vierzehn Jahre vergehen oder Niall musste mindestens die Schule in Brand stecken. Aber Stephen konnte Niall dabei helfen, dass dieser Tag in greifbare Nähe rückte.

Unter dem Quietschen seiner Schuhsohlen kam er vor der Aula zum Stehen. Seine Mitschüler hatten sich in einem Pulk vor der noch verschlossenen Tür versammelt. Niall erntete nicht nur einen schrägen Blick für seine Ankunft. Die Blicke allein hätten ihn nicht geschert, aber vorsichtshalber nahm er seine Brille ab und stopfte sie in die Hosentasche. Dann zupfte er seinen Schal gerade, falls er beim Gerenne verrutscht war und das blaue Symbol in seinem Nacken nicht mehr ganz bedeckte.

Niall war keine Minute zu spät eingetroffen. Herr Meritt, der Lehrer, der am Vortag die gelben Roben verteilt hatte, bahnte sich mit einem gewaltigen Papierstapel auf dem Arm einen Weg durch die Klasse und schloss die Tür auf.

»Bitte in die vorderen Reihen setzen! Danke!«, rief er den Schülern zu, die hinter ihm in die Aula strömten. Niall seufzte. Er hatte gerade seine Tasche auf einem Stuhl in der letzten Reihe abgestellt und sie fühlte sich doppelt so schwer an, als er sie wieder auf die Schulter nahm. Träge schlurfte er in die dritte Reihe und ließ sich dort in einen leeren Sitz fallen. Vor ihm saß eine Mädchengruppe, die bereits ihre Schreibblöcke auf dem Schoß hatten, obwohl Herr Meritt sich noch sortierte.

Niall kramte gemächlich in seiner Tasche und musste feststellen, dass er zwar einen Schreibblock aber kein Mäppchen dabei hatte. Naja, dann würde er eben um einen Stift bitten müssen. Der Platz links neben ihm war frei und rechts von ihm saß Dayo, der zwar einen abgekauten Bleistift, aber keine Schultasche bei sich hatte. Daher nahm Niall allen Mut zusammen und tippte dem blonden Mädchen vor sich auf die Schulter. Sie wandte sich um und sah ihn mit ihren blauen Augen fragend an. Für einen Moment erkannte er, abgelenkt von ihren dichten Sommersprossen, gar nicht, dass sie das Mädchen war, das gestern als Erste aufgerufen worden war.

»Hast du einen Stift?«, fragte er leise. Sie nickte und kramte sogleich in ihrem Mäppchen.

»Hannah«, flüsterte sie mit einem Lächeln und reichte ihm einen Kugelschreiber. So wie sie ihren Namen aussprach, musste ihre Muttersprache Deutsch sein, dachte sich Niall.

»Niall«, erwiderte Niall und bemerkte im selben Augenblick, dass ›danke‹ die angemessenere Antwort gewesen wäre. Aber bevor er noch etwas sagen konnte, sorgte der Lehrer vorne für Ruhe und Hannah drehte sich schnell zurück.

»Guten Morgen noch einmal!«, begrüßte er die Klasse mit einer Begeisterung, wie Lehrer und Schüler sie nur am ersten Schultag aufbringen konnten. »Ich bin Arthur Meritt, euer Lehrer in nordisch-germanischer Mythologie, Geschichte und Geisteswissenschaften. Wir werden uns sechs Stunden jede Woche sehen – also vergesst ihr meinen Namen hoffentlich nicht so schnell – und ich werde versuchen eure bis zum Ende der Woche zu können.« Er nahm einen Teil des Papierstapels zur Hand und gab die Blätter durch. »Wir haben eine ganze Menge zu tun. Nehmt euch je ein Blatt und dann fangen wir an.«

Als das Blatt Niall erreichte, ließ er nur kurz einen Blick darüber schweifen. Es war der Stundenplan für die erste Stufe. Für die meisten Neuen musste es spannend klingen, plötzlich Mythologie und Ritualkunde auf dem Stundenplan zu haben, aber Niall interessierte eigentlich nur, was genau dieses Jahr durchgenommen wurde. Die Antwort fand er schnell in der Tabelle: Die Mythologien der Griechen und Römer, Kelten, Germanen und Finnen. Daneben gab es noch Ritualkunde in Theorie und Praxis (Niall war entsetzt, wie trocken der Stundenplan das spannendste Fach klingen ließ), Geschichte der Gelbroben und Methodik (was auch immer das sein mochte). Die übrigen Lücken im Stundenplan füllten sich mit gewöhnlichen Fächern: Fremdsprachen, Sport und zwei Fächerkombinationen, die der Einfachheit halber nur als Geistes- beziehungsweise Naturwissenschaften bezeichnet wurden und dafür sorgen sollten, dass die allgemeine Bildung nicht vernachlässigt wurde.

Niall seufzte. Mathe, Physik und Chemie hätte er gerne in seinem alten Leben, in den Privatschulen und teuren Internaten, zurückgelassen, die er schneller verlassen hatte als er ein lineares Gleichungssystem lösen konnte.

Die nächste halbe Stunde bewegte sich auf dem schmalen Grat zwischen sterbenslangweilig und wichtig, aber Niall hatte diese beiden Dinge nie gut auseinanderhalten können. Während Herr Meritt also jedes einzelne Schulfach erläuterte, hatte Niall längst aufgehört zuzuhören.

Niall ließ seinen Blick über die Bilder an den holzgetäfelten Wänden der Aula streifen, die er am Vortag bei der Begrüßung bereits betrachtet hatte. Das Gemälde von Joanne Boucher, die bis 1981 Schuldirektorin gewesen war, hatte man abgehängt. Nur die Verfärbung des weniger verblichenen Holzes, dort, wo der Rahmen gewesen war, erinnerte noch an sie. Vermutlich verdiente sie auch nichts Besseres, dachte sich Niall.

Sie war schließlich alleinig dafür verantwortlich, dass bei den Fotos der Abschlussklassen eine Lücke von 1981 bis 1994 klaffte.

Seine Mum musste auf dem Foto der Abschlussklasse von 1994 sein, kam Niall plötzlich in den Sinn. Er suchte nach dem betreffenden Bild, aber aus der Entfernung war es unmöglich, ihr Gesicht auszumachen.

Als er an seine Mum dachte, fühlte er sich plötzlich alt. Er war vierzehn Jahre alt, wie alle seine Mitschüler, genau wie seine Mum am Anfang ihrer Zeit auf dem Vogesenschloss. Doch wusste er so viel mehr als sie damals, mehr als die meisten im Raum. Genug, um die Bücher zu füllen, die ihm ein schlechtes Gewissen bereiteten. Durch seine Mum hatte er früh angefangen zu lernen und an eine Zeit davor, ohne das Wissen der Gelbroben, konnte er sich nicht erinnern. Andersweltwesen, Götter und sogar Drachen waren ihm weniger fremd als es die Menschen manchmal waren.

Jemand riss ihn aus seinen Gedanken, als eine Liste herumgereicht wurde, auf der sie sich für einen Sprachkurs eintragen sollten. Niall betrachtete die Auswahl nur wenige Sekunden, dann schrieb er seinen Namen in die Spalte für keltische Sprachen. Mit einer anderen Wahl hätte er seiner Mum nicht mehr unter die Augen treten können.

Herr Meritt entließ sie schließlich in ihre erste Unterrichtsstunde bei Frau Lütke, die Methodik lehrte. Niall stürmte als einer der ersten aus der Aula. Nicht, weil er begierig war, herauszufinden, was es mit diesem seltsamen Fach auf sich hatte, sondern weil er wusste, dass Mums Augenpaar von einem der Fotos bereits jetzt tadelnd auf ihn herabblickte.

Der erste Schultag schien kein Ende zu nehmen. Hannah hatte Mühe, alle Eindrücke in sich aufzunehmen, sich die fremden Worte und neuen Gesichter einzuprägen und sich nicht zu sehr in den Gängen und Hallen des Schlosses zu verirren. Nach einer Doppelstunde Methodik bei der humorlosen Frau Lütke und einer darauffolgenden Doppelstunde Altgriechisch bei der wesentlich freundlicheren Frau Mebarek war es bereits halb fünf.

Hannah war es nicht gewohnt, so lange Unterricht zu haben. An ihrer alten Schule hatte es nur Sport oder Nebenfächer am Nachmittag gegeben und das auch höchstens zweimal in der Woche. Für eine Weile saß sie mit Annabelle, an deren Seite sie sich den ganzen Tag gehalten hatte, im Aufenthaltsraum im Westturm und sortierte die vollgeschriebenen

Blockseiten in ihren Ordner. Richtige Hausaufgaben hatten sie noch nicht bekommen, auch wenn einige bereits ins Lernen vertieft waren. Sie schielte zu ihrer Mitbewohnerin Phebe hinüber. Offensichtlich lernte sie bereits das ganze altgriechische Alphabet auswendig.

Hannah versuchte ein Seufzen zu unterdrücken. Ausnahmslos alle ihrer Mitschüler schienen begeistert von ihrem neuen, mystischen Stundenplan oder zumindest mit derselben Gleichgültigkeit in den ersten Tag gestartet zu sein, wie an einer gewöhnlichen Schule auch. Keiner schien sich so schwer zu tun wie sie. Annabelle, die sich so wenig um die Meinungen anderer scherte, war ganz in ihrem Element. Das war auch nicht verwunderlich, befand Hannah, denn Annabelles Großvater war selbst einmal Schulleiter auf dem Vogesenschloss gewesen, wie sie erzählt hatte. Hannah wagte es nicht, sie an ihren Gedanken teilhaben zu lassen. Nein, jemandem, der so selbstverständlich zu den Gelbroben gehörte, konnte sie sich nicht anvertrauen.

Außerdem sprach Annabelle nun schon eine ganze Weile mit einem Mädchen aus der zweiten Stufe, Valerie Gjoni, über ihre Familie, in der alle Auguren waren.

»Es ist natürlich keine exakte Wissenschaft, aus dem Flug der Vögel die Zukunft zu lesen«, erklärte Valerie gerade. »Aber statistisch liegen Auguren häufiger richtig als die Hieromanten mit ihren schlüpfrigen Vorhersagen.«

Annabelle nickte verständig und Hannah lächelte auch, um vorzutäuschen, sie hätte die Anspielung verstanden. Doch in Wahrheit hatte sie erst durch diesen Satz begriffen, was Auguren eigentlich waren. Sie widmete sich weiter ihrem Ordner, und als sie alle Aufschriebe einsortiert hatte, gab sie sich einen Ruck und verabschiedete sich vorerst von den beiden anderen. Bis zum Abendessen wollte sie ein wenig allein sein und in ihren Gedanken in eine Welt fliehen, in der keine Halbwesen vorkamen und keine Wahrsagerei betrieben wurde.

Valerie und Annabelle waren so sehr in ihr Gespräch vertieft, dass sie nicht merkten, dass Hannahs Lächeln beim Aufstehen schwand.

»Jetzt gib es zurück!«, kreischte auf einmal jemand, als Hannah bereits den Fuß der Treppe zum Westturm erreicht hatte. Erschrocken drehte sie sich um und erblickte Natalie, die auf Sara losgegangen war. Natalie zerrte gerade an Saras Schultasche. »Ich weiß, dass du es hast!«

»Lass mich in Ruhe! Ich habe dein blödes Handy nicht!«, fauchte Sara mit Tränen in den Augen und versuchte, ihre Tasche aus Natalies Händen freizubekommen.

»Ach ja?« Ganz so, als hätte sie nur darauf gewartet, Publikum zu bekommen, ließ Natalie den Schulterriemen los und hob eine Augenbraue. »Dann lass mich doch mal in deine Tasche schauen.«

Sara presste die Kiefer zusammen und atmete scharf aus. Tränen der Wut glänzten in ihren dunklen Augen, aber sie öffnete bereitwillig ihre Tasche. Natalie zögerte keinen Augenblick und begann darin zu wühlen. Saras Hefte und Mäppchen ließ sie dabei achtlos fallen, sodass die Stifte über den steinernen Fußboden verstreut wurden.

»Geht's noch?!« Sara kullerten die ersten Tränen über die geröteten Wangen. Sie bückte sich rasch, um ihre Sachen aufzuheben, aber Hannah glaubte, dass sie vor allem ihre Tränen verstecken wollte.

»Das beweist gar nichts.« Natalie rümpfte die Nase. »Nur weil es nicht da drin ist, heißt das ja nicht, dass du es nicht gestohlen hast.«

»Bestimmt hat sie es schon auf ihrem Zimmer versteckt«, schlug Dominique Rémond vor, ein französisches Mädchen, das seit dem ersten Abend zu Natalies Schatten geworden war. Natalie nickte, offenbar zufrieden mit dieser Erklärung und wollte gerade zur Treppe zum Turm aufbrechen, als Sara aufsprang und sich ihr in den Weg stellte.

»Dazu hast du kein Recht!«, rief sie. Hannah hörte, wie ihre Stimme zitterte.

»Und ob!«, keifte Natalie. »Jetzt geh mir aus dem Weg, Mischling!«

Im Aufenthaltsraum wurde es schlagartig still. Wer zuvor noch nicht geschwiegen hatte, um unbeteiligt zu wirken, tat es jetzt. Hannah blickte sich um, in der Hoffnung, dass nun jemand einschreiten würde. Sie fing kurz Nafias Blick, aber das ältere Mädchen sah schnell weg. Auch Phebe sah Hannah im Augenwinkel, doch sie packte nur schnell ihre Bücher und huschte aus dem Aufenthaltsraum als ginge das ganze sie nichts an.

Hannah war empört. Irgendetwas stimmte nicht mit ihren Mitschülerinnen. Warum half niemand? Wie konnten sie alle diese Ungerechtigkeit vor ihren Augen ertragen? Sie selbst konnte nicht länger untätig mitansehen, wie Sara allein auf dem Boden kauerte und versuchte, ihre Wuttränen zu verstecken. Es war so leicht, umzukehren, sich neben Sara zu knien und ihr zu helfen, die verstreuten Stifte aufzusammeln. Natalie schnaubte bloß.

»Du solltest dich wirklich von denen«, sie machte eine abschätzige Kopfbewegung zu Sara, »fernhalten. Du hast zwar keine Ahnung von irgendwas, aber wenigstens bist du ein vollständiger Mensch.«

Hannah biss die Zähne aufeinander, klaubte die letzten Buntstifte zusammen und richtete sich wieder auf, als sie die richtigen Worte gefunden hatte.

»Hast du einen begründeten Verdacht? Wenn nicht, musst du nicht gleich Sara beschuldigen«, sagte sie dann mit ruhiger, fester Stimme.

»Und warum kann ich das nicht?«, fragte Natalie mit erhobener Augenbraue. »Denk doch mal nach: sie ist eine Halbgöttin und Tochter der Göttin der Diebe? Man muss nur zwei und zwei zusammenzählen.«

»Klar«, fügte Dominique hinzu. »Sie ist kein ganzer Mensch, oder?«

Dem konnte oder wollte niemand im Raum widersprechen. Auch Hannah war für einen Augenblick fassungslos. Dachten Gelbroben so über Halbgötter? Triumphierend verschränkte Natalie die Arme vor der Brust. Aber diesen Sieg konnte sie Natalie nicht lassen.

»Das ist ziemlich ungerecht, findest du nicht?«, meinte sie so laut wie möglich, damit alle im Aufenthaltsraum es hörten. »Wo hast du dein Handy zum letzten Mal gehabt? Wenn es hier im Aufenthaltsraum war, solltest du besser alle unsere Taschen durchsuchen.« Hannah deutete auf ihren eigenen Rucksack auf ihrer Schulter. »Du kannst gleich bei mir anfangen.«

»Pff.« Natalie warf ihr Haar zurück. »Dir trau ich. Nur dieser Halbgöttin nicht.«

»Du kannst sie doch nicht einfach beschuldigen, nur weil sie eine Halbgöttin ist!«, rief Hannah entsetzt.

»Doch, so einfach ist das. Ich sage ja nicht, dass sie es tun wollte.« Natalie verdrehte genervt die Augen. »Vielleicht ist das einfach zwanghaft für so jemanden.«

»Vielleicht hast du noch gar nicht richtig gesucht?«, wagte Annabelle plötzlich einzuwerfen. Sie war vom Sofa aufgestanden und hatte einen von Saras Stiften, der bis vor ihre Füße gerollt war, aufgehoben.

»Ja, genau. Schau nochmal in deinem Zimmer nach, Natalie«, schaltete sich nun auch Valerie in die Diskussion ein. Immer mehr Mitschülerinnen, auch die älteren, nickten und stimmten ihr zu. Ein paar standen auf und sammelten Saras übrige Stifte ein.

Natalie funkelte Sara und Hannah böse an, doch sie wusste, wann sie geschlagen war, schwieg und rauschte an ihnen vorbei zur Turmtreppe, um ihr eigenes Zimmer zu durchsuchen.

Hannah half Sara ihre übrigen Sachen aufzuheben. Als Sara alles wieder in ihrer Tasche verstaut hatte, ließ sich Hannah wieder auf eines der Sofas fallen. Über den Streit hatte sie ganz vergessen, dass sie eigentlich auf ihr Zimmer hatte gehen wollen. Wirr wie Irrlichter schwirrten ihre Gedanken durcheinander und lenkten sie nirgendwohin außer in einen sumpfigen Abgrund.

In was für eine Welt war sie gestolpert, als sie durch das Schlosstor getreten war? Hatte sie erwartet, dass diese fantastische Welt eine bessere war, nur weil es Götter und Fabelwesen gab? Bevor aber ihre Kopfschmerzen zurückkehren konnten, ließ Nafia sich neben ihr nieder.

»Das war mutig von dir, Hannah«, lobte das ältere Mädchen. »Mutig und richtig.«

»Das war doch selbstverständlich«, meinte Hannah. Sie wollte kein Kompliment für etwas annehmen, das jede hätte tun können – jede hätte tun sollen. »Aber wieso hat niemand vor mir etwas getan?«

Nafia schüttelte traurig den Kopf.

»Leider ist es nicht selbstverständlich. Mindestens die Hälfte von allen im Raum stand hinter Sara und dir, aber...« Nafia suchte nach Worten und biss sich verlegen auf die Unterlippe. »Ich wollte auch helfen, aber was kann man schon sagen? Leute wie Natalie werden nie Ruhe geben.«

»Zum Glück haben nicht viele Leute diese Meinung«, versuchte Hannah sich selbst zu beruhigen. Sie erschauderte aber, als sie Nafias besorgten Gesichtsausdruck sah.

»Es sind mehr als du glaubst. Sie denken, Halbgötter sind unberechenbar, deswegen haben sie Angst vor ihnen. Aber weil sie nicht zeigen wollen, dass sie Angst haben, kehren sie die Angst in Hass um.«

»Dann müssen wir eben aufhören, Angst zu haben«, sagte Hannah empört. »Und nächstes Mal sollten wir alle etwas tun, statt nur dazusitzen.«

Nafia schmunzelte.

»Manchmal muss man gegen das zweite Prinzip verstoßen, um das Richtige zu tun.« Sie zwinkerte ihr zu und stand auf, bevor Hannah fragen konnte, was sie damit gemeint hatte.

Guten Morgen!«, begrüßte Herr Meritt die erste Stufe fünf Minuten vor Beginn des Geschichtsunterrichts am Donnerstagmorgen. Er machte sich sogleich daran, die Tafel zu wischen. Irgendjemand hatte ein schiefes Pentagramm daran geschmiert und der Lehrer beeilte sich, es zu entfernen, bevor die Schüler auf die Idee kommen konnten, dass sich mit so unpräzisen Linien tatsächlich ein Dämon dauerhaft bannen ließ.

Phebe saß schon seit zehn Minuten im Klassenzimmer, das sich nur langsam füllte. Sie hatte sich einen Platz in der ersten Reihe gesichert und war in eine kommentierte Version der Edda vertieft. Am nächsten Tag würde sie zum ersten Mal nordisch-germanische Mythologie bei Herrn Meritt haben. Er hatte ihnen schon Referate angekündigt, die am nächsten Tag verteilt wurden, und Phebe wollte sich ein gutes Thema sichern. Ein gutes Thema war ein besonders Schwieriges, fand sie, denn dabei konnte sie besser beweisen, was sie konnte.

Herr Meritt war der Lehrer, den Phebe auf Anhieb am meisten mochte. Er nahm seinen Beruf ernst, war aber nicht zu streng, sondern sehr nett und hielt sich immer genau an die Pausenzeiten. Auch jetzt wartete er noch bis zum Läuten, bis sich alle gesetzt hatten, und begann dann sofort mit dem Unterricht.

»Willkommen zu eurer ersten Stunde Geschichte! Wir kennen uns jetzt schon fast eine ganze Woche, daher lasst uns am besten direkt mit dem Stoff beginnen. Und Alexej, nimm den Kaugummi raus – danke.«

Phebe war beeindruckt davon, dass er bereits alle Namen der Stufe wusste. Sie selbst kannte zwar inzwischen alle Gesichter ihrer Mitschüler, aber die Namen konnte sie nur von denjenigen nennen, mit denen sie mehr als zweimal gesprochen hatte. Und das waren erschreckend wenige. Sie hatte sich auch nicht darum geschert, wer sich neben sie gesetzt hatte, sondern lediglich ihre ausgebreiteten Bücher ein wenig beiseite gerückt.

»Der Geschichtsunterricht bei uns unterscheidet sich ein wenig von dem, den ihr gewohnt seid«, begann Herr Meritt und nahm ein Stück

Kreide zur Hand. »In diesem Fach werden wir die Weltgeschichte, die ihr schon kennt, noch einmal von vorne durchgehen und betrachten, wo und wie sich die MEDIATORES darin eingemischt haben. Wir werden außerdem wichtige Ereignisse aus Mythen und Legenden zeitlich einordnen und die Geschichte der Gelbroben von ihrer Gründung an verfolgen.«

Dayo, Sohn des Eshu, wie Phebe sich hatte merken können, stöhnte vernehmbar.

»Ich weiß, es klingt langweilig. Aber wartet erstmal, bis wir zum philosophischen Teil kommen«, schmunzelte Herr Meritt. »Das wird langweilig.«

Was folgte, fand Phebe jedoch alles andere als langweilig. Herr Meritt erklärte ihnen in der Doppelstunde alles, was es über den Aufbau der MEDIATORES DEORUM ET HOMINUM zu wissen gab.

Das Vogesenschloss war eine von weltweit drei Schulen, auf denen die Gelbroben ihren Nachwuchs ausbildeten. Die beiden anderen Internate lagen in Pennsylvania in den USA und in Hong Kong. Nach dem Schulabschluss konnte jeder Einzelne sich entscheiden, ob man einen Eid schwören wollte, um sich der Organisation zu verpflichten, oder ob man in ein normales Leben zurückkehren wollte. Phebe fand es unvorstellbar, dass jemand sich nach vier Jahren Schule noch anders entscheiden würde. Bestimmt kam das nur sehr selten vor.

Wer den Eid schwor, wurde in die letzten Geheimnisse eingeweiht und durfte seinen Namen in das Theodorum schreiben. Es handelte sich dabei um ein uraltes Buch, das im Hauptarchiv in Prag lagerte. Es war nach einem der Gründer, dem halbgöttlichen Theodoros, benannt und sein Name war es, der auf der allerersten Seite prangte. Seit dem achten Jahrhundert hatte sich jedes Mitglied der Gelbroben darin verewigt.

Wer Mitglied geworden war, stand vor der Wahl zwischen einem gewöhnlichen Beruf und einem Leben ganz im Namen der Gelbroben. Viele Mitglieder lebten auf der ganzen Welt verstreut und halfen nur ab und zu aus, sie waren Zahnärzte, Professoren oder Buchhalter. Andere betreuten sogenannte Stationen, eine Art Anlaufstelle für andere Mitglieder, und wieder andere hatten eine offizielle Position innerhalb der Organisation inne.

Es gab das Gremium, das die großen Entscheidungen für die Organisation traf. Es bestand aus den drei Schulleitern sowie neun weiteren, gewählten Mitgliedern. Zudem gab es noch Richter, die sich nicht nur auf die Gesetze der Welt, sondern auch auf die der Götter verstanden. Sie unterstützten gewichtige Entscheidungen, leisteten Mitgliedern in jeglichen Lebenssituationen Rechtsbeistand und urteilten in internen Angelegenheiten. Als Sekretäre bezeichnete man Anwärter auf die Gremiums- und Richterposten. Außerdem gab es noch Wächter, die ihren Schwerpunkt auf die Zusammenarbeit mit Polizei, Geheimdiensten und Interpol legten.

Aber ein Beruf war mit Abstand am spannendsten, dachte Phebe. Die Reisenden waren Mitglieder, die oft keinen festen Wohnsitz hatten und überall auf der Welt im Einsatz waren. Manche reisten von Einsatz zu Einsatz, während andere Forschung betrieben, ob durchs Beobachten von ausgewanderten Gottheiten in New York oder durchs Aufstöbern von Drachen in den tiefsten Dschungeln des Amazonas.

In ihren Gedanken sah Phebe sich bereits in verfallenen Tempelruinen und den labyrinthischen Gängen von Pyramiden herumstreifen, sobald sie ihren Schulabschluss hatte. Ja, sie wollte eine Reisende werden, dachte sie sich. Und davor wollte sie die Stufenbeste sein. Das unangenehme Quietschen von Kreide auf der Tafel riss sie aus ihren Gedanken. Herr Meritt hatte sechs lateinische Sätze aufgeschrieben. Phebe schrieb hastig alle ab, ein wenig rot im Gesicht, weil sie nicht sicher war, ob ihr Lieblingslehrer ihre Tagträumerei bemerkt hatte.

1. HOMINIBUS PRO HOMINIBUS
2. VERBA NON ACTA
3. VIVAT CURIOSITATE
4. AEQUI SUMUS
5. SCIENTA POTESTAS EST
6. TACITURNITAS SUPER GLORIA

Herr Meritt wischte seine kreidestaubigen Finger an seinem Pullover ab, der sofort so aussah, als hätte er sich mit Mehl bekleckert. Dann wandte er sich an die Klasse.

»Wer hat diese Sätze schon einmal gesehen?«

Phebes Hand schoss genauso schnell in die Höhe wie Carmens, die ein paar Plätze entfernt saß. Aus dem Augenwinkel blickte Phebe neidisch zu Carmen, als Herr Meritt das andere Mädchen statt ihr aufrief.

»Das sind die sechs Prinzipien der Gelbroben«, erklärte Carmen und begann sogleich zu übersetzen. »Erstens: Durch die Menschen, für die

Menschen. Zweitens: Worte vor Taten. Drittens: Es lebe die Neugier –
das ist auch unser Schulmotto. Viertens: – «

»Sehr gut, Carmen«, lobte Herr Meritt. »Weiß noch jemand eins oder
kann übersetzen? Phebe?«

Endlich konnte sie ihre Hand senken und legte sofort los.

»Viertens: Wir sind gleich. Fünftens: Wissen ist Macht. Sechstens:
Verschwiegenheit über Ruhm.«

»Spitze, Phebe. Ich sehe, ihr kennt euch schon aus.« Herr Meritt lächelte zufrieden und Phebe wollte glauben, dass es ihr und nicht Carmen
galt. »Lasst uns das noch einmal zum Mitschreiben für alle durchgehen.«

Phebe machte sich eifrig Notizen, während Herr Meritt den Sinn und
Inhalt der sechs Prinzipien ausführlich erklärte. Das erste Prinzip konnte Phebe leicht nachvollziehen. Es war eine gegebene Tatsache, dass die
Gelbroben für die Menschheit arbeiteten und nicht für die Götter. Das
zweite, dritte und fünfte Prinzip kamen ihr sehr entgegen. Es war sowieso ihre Art, zuerst zu reden, das Schulmotto hatte ihr sofort gefallen
und die Macht von Wissen hatte sie schon immer zu nutzen gewusst. Mit
dem vierten Prinzip konnte sie sich anfreunden, schließlich besagte es
lediglich, dass – trotz der Hierarchie innerhalb der Gelbroben – grund-
sätzlich jeder Mensch und jedes Mitglied gleichgestellt waren und die
gleichen Rechte hatten.

»Diese sechs Prinzipien sollten im Idealfall hinter allem Handeln stehen, das im Namen der Gelbroben geschieht. Deswegen solltet ihr sie
auswendig lernen. Dafür gibt es eine kleine Erinnerungshilfe.« Herr
Meritt nahm die Kreide zur Hand und zeichnete ein Dreieck, während er
sprach.

»Ein Dreieck für die drei göttlichen Prinzipien: Die Ewigkeit von Jugend, Leben und Macht.« Er zeichnete ein weiteres Dreieck, das auf der
Spitze des anderen balancierte. »Die drei menschlichen Prinzipien:
Endlichkeit von Leben, Körper und Geist.« Nun zog er einen Kreis um
die sanduhrförmige Anordnung. »Der Erdkreis, orbis terrarum, unser
Einsatzgebiet.« Schließlich vervollständigte er das Symbol mit einem
umschließenden Rahmen. »Das Sechseck steht mit jeder seiner Ecken
für eines unserer Prinzipien.«

»Warum das sechste Prinzip?«, fragte das Mädchen mit den rotgefärbten Haaren, mit dem Phebe Hannah in dieser Woche oft gesehen

hatte. »Ich meine, nicht angeben, klar, aber wäre es nicht sinnvoll, die Menschheit an unserem Wissen teilhaben zu lassen? Sie zu warnen vor dem, was da draußen ist?«

Meritt nickte beim Zuhören leicht, nur um zur Antwort den Kopf zu schütteln.

»Vor 623 Jahren hat das erste Gremium sich dagegen entschieden«, erklärte er ernst. »Ihr hattet schon jahrelang Geschichtsunterricht; ihr wisst, was sich Menschen derselben Religion, desselben Glaubens, im Namen ihrer unsichtbaren Götter angetan haben und noch immer tun. Könnt ihr euch vorstellen, was Menschen verschiedener Überzeugungen täten, wenn sie herausfinden würden, dass ihre Götter wirklich existieren?«

Natürlich war die Frage rein rhetorisch gewesen, wusste Phebe. Die Klasse schwieg betreten und Herr Meritt bemühte sich schnell, der Doppelstunde einen versöhnlicheren Ausklang zu geben.

»Gibt es noch allgemeine Fragen zu allem, was wir heute geschafft haben?«

»Was sind diese ›letzten Geheimnisse‹?«, meldete sich ein Schüler mit russischem Akzent zu Wort.

»Netter Versuch, Alexej«, seufzte Herr Meritt. »Aber die letzten Geheimnisse sind, wie der Name schon sagt, geheim.«

»Vivat curiositate.« Alexej zuckte grinsend mit den Schultern.

»Gut gekontert.« Herr Meritt schien amüsiert. »Machen wir ein Beispiel – ein rein hypothetisches Beispiel.« Er betonte den letzten Teil besonders. »Denkt an das fünfte Prinzip: Wissen ist Macht. Wissen, das wir haben und andere nicht besitzen. Es ist unsere einzige und mächtigste Waffe, die wir als Menschen haben können. – Wenn wir nun zum Beispiel eine Prophezeiung besäßen, zum Beispiel über Zeus' Sturz, den eines seiner Kinder herbeiführen wird, dann könnten wir dieses Wissen zu gegebenem Anlass im Sinne der Menschheit nutzen.«

»Zeus wird gestürzt?«, unterbrach Masika verwirrt. »Das steht aber in keinem Buch.«

»Das war auch nur ein Beispiel«, wiederholte Herr Meritt. Phebe an seiner Stelle hätte längst die Geduld mit der Klasse verloren. »Andere Fragen?«

»Was ist der Unterirdische Kongress?«

»Ist das so eine Sache mit Flash-Mobs in der U-Bahn?«, unterbrach Dayo, ohne sich gemeldet zu haben. Phebe musste ein Ächzen zurückhalten. Solche Mitschüler gab es also auch auf jeder Schule.

»Wie bitte?«, fragte Herr Meritt verwirrt. »Der Unterirdische Kongress ist eine Bezeichnung für eine größere, offizielle Versammlung der Gelbroben. Wir nennen sie so, weil die erste Versammlung im Mittelalter in den Katakomben von Syrakus stattfand. Heutzutage finden meist ein bis drei Kongresse im Jahr statt, aber unregelmäßig und nur aus aktuellen Anlässen. – Gibt es sonst noch Fragen?«

Dayo schnipste mit den Fingern, statt sich ordentlich zu melden.

»Wer killt jetzt Zeus?«

Phebe seufzte. Wieder einmal dachte sie sich, wie schnell der Unterricht doch voranschreiten würde, wenn sie nur allein in der Klasse gewesen wäre.

Niall hatte nicht gedacht, dass er jemals eine Schule Zuhause nennen würde. Er war überrascht, dass und vor allem wie schnell das Vogesenschloss sich diesen Namen verdiente. Mehr als jeder andere Ort, an dem er gelebt – oder treffender – sich aufgehalten hatte, wuchs ihm die Schule ans Herz. Schon am ersten Morgen war er aufgewacht und hatte sich hier heimisch gefühlt.

Viele Stunden seiner Kindheit hatte er im Vogesenschloss verbracht, wenn seine Mum mit seinem Paten Erwachsenenkram im sechseckigen Turm besprach oder sie sich tagelang in der Bibliothek verschanzte. Damals hatte er die geheimen Winkel des Schlosses erkundet und einige großartige Verstecke entdeckt. Er war sich sicher, dass er die meisten wiederfinden würde, auch wenn er für die Nische hinter der Vitrine im zweiten Stock vermutlich zu groß geworden war. Trotzdem glaubte er, dass sie ihm noch helfen würden, einen Vorsprung in Stephens Wettbewerb zu gewinnen. Doch den besten Ort im Schloss, Dingos Versteck, würde er nicht verraten. Noch hatte er keine Zeit gefunden dorthin zu gehen, aber er war sich sicher, dass dieser Ort ein wohlgehütetes Geheimnis war. Und er würde niemals jemandem verraten, wo es lag.

Die erste Schulwoche hatte er fast hinter sich gebracht und bisher hatte er keine weitere Strafarbeit bekommen. Nicht, dass er es darauf angelegt hatte. Die 300 Seiten Scannen, die ihm am eigentlich freien Freitagnachmittag blühten, reichten ihm vorerst.

Doch jetzt wollte Niall keinen Gedanken daran verschwenden. Denn an diesem Donnerstag hatte die Stufe zum ersten Mal Ritualkunde Praxisunterricht bei Herrn Bergunder – das beste Fach überhaupt, war Niall sich sicher. Nach dem Mittagessen streiften alle ihre gelben Roben über und machten sich auf.

Er trottete mit dem Rest seiner Klasse in den vorderen Hof, wo das alte, sechseckige Brunnenhaus zu einem Klassenzimmer umfunktioniert worden war. Es stand mit einigem Sicherheitsabstand zum Hauptgebäude und nach allem, was Niall von Stephen über Rituale und Beschwörungen erzählt bekommen hatte, war das notwendig. Ungeduldig verlagerte er sein Gewicht von einem Bein auf das andere und fragte sich, ob er seine Brille besser auf- oder absetzen sollte. Natürlich wollte er alles scharf sehen, aber er wollte vermeiden, dass jemand ihn für einen typischen Croker hielt.

Seine Gedanken wurden unterbrochen, als Herr Bergunder aus dem Hauptgebäude trat. Der mürrische Lehrer mit den grauen Haaren, der ihn und seine Mitschüler beim Schrat-Vorfall ertappt hatte, schleppte eine Schachtel, aus der allerlei seltsame Formen ragten. Auch er trug eine safrangelbe Robe über seiner gewöhnlichen Kleidung, aber die fröhliche Farbe widersprach seiner finsteren Miene. Im Gegensatz zu den nagelneuen Roben von Niall und seinen Mitschülern war Herrn Bergunders Robe vielfach geflickt und an manchen Stellen angekokelt. Er schloss die Tür des Brunnenhauses auf und stieß sie mit dem Ellenbogen auf, sodass sie gegen die steinerne Innenwand knallte.

Der Raum, den Niall betrat, war das ungewöhnlichste Klassenzimmer, das er je gesehen hatte. Nicht nur die sechseckige Form war seltsam, sondern auch die Anordnung der Sitzplätze. Entlang fünf der sechs Wände waren Bankreihen ohne Tische angebracht, die sich in Stufen anhoben, sodass man von überall eine gute Sicht auf den Lehrer hatte. Ein wenig erinnerte es Niall an ein antikes Amphitheater, in dem er mit seiner Mutter in Griechenland einmal gewesen war. Das meiste Licht kam durch ein Fenster im Dach, das einen sechseckigen Lichtfleck auf die Mitte des steinernen Fußbodens warf. Die Fliesen hatten schon bessere Tage gesehen. Manche Stellen waren von Ruß geschwärzt, andere von riesigen Krallen zerfurcht. Einige wirkten wie geschmolzen und wieder erstarrt. Niall glaubte in einer davon einen Klauenabdruck zu sehen, der so groß war wie ein Pfannkuchen. Auch eine Wand war in

Mitleidenschaft gezogen worden. Übermenschliche Kräfte hatten sie mit solcher Wucht getroffen, dass der Stein dort eine sichtbare Eindellung aufwies. Niall ließ sich davon jedoch nicht beunruhigen. Das Schloss hatte zwei Weltkriege, göttlichen Zorn und Ragnarök überstanden. Von einzelnen Beschwörungen würde es nicht zur Ruine werden.

»Nehmen Sie Platz«, schnauzte Herr Bergunder in einem Befehlston, der Niall sehr an sein letztes Internat erinnerte. Niall beeilte sich, sich in die erste Reihe zu setzen, wo auch Dayo und Alexej Platz genommen hatten. Herr Bergunder setzte derweil die Schachtel geräuschvoll auf dem einzigen Tisch in der Mitte des Raums ab. Als alle saßen, betrachtete er die Klasse mit einer Mischung aus Langeweile und Unwillen.

»Natürlich. Unruhestifter und Halbgötter in der ersten Reihe, wie immer.« Er sprach es so aus, als wären die Worte für ihn gleichbedeutend.

Niall schluckte. Ob Herr Bergunder das blaue Spiralsymbol in seinem Nacken bemerkt hatte und ihn deshalb über denselben Kamm scherte wie Dayo? Unauffällig richtete er seinen Schal, um ganz sicher zu sein, dass das Zeichen verdeckt war. Schließlich saßen genügend Leute hinter ihm, die es auf keinen Fall sehen durften.

»Und natürlich haben Sie auch Ihre Robe vergessen, Zimander...«, tadelte Herr Bergunder weiter, doch Dayo zuckte nicht einmal mit der Wimper. »Sie tragen das Gelb nicht zum Spaß! Die gelben Roben sind für den Praxisunterricht und auch alle weiteren Begegnungen, die Sie in Ihrem Leben mit Wesenheiten haben werden, unverzichtbar. Sie signalisieren dem Nichtmenschlichen, dass wir sind, was wir sind. Neutrale Vermittler. Es kann Ihnen das Leben retten, die gelbe Robe zu tragen.«

Aber es hatte wohl noch nie jemand gezählt, wie vielen es das Leben gekostet hatte, dachte Niall. Viele Verwandte und auch seine Großeltern hatte er nie kennengelernt, weil sie bei der ein oder anderen Katastrophe des letzten Jahrhunderts im Einsatz gewesen waren.

»Sie befinden sich nun im wichtigsten Unterricht, den Sie jemals haben werden. Auf ihrem Stundenplan steht Ritualkunde. Rituale sind jedoch nur ein Bruchteil von dem, was ich Ihnen, in der Hoffnung, dass Sie etwas daraus lernen, zeigen werde. Sie werden Rituale, Beschwörungen, Alchemie und auch Anrufungen kennenlernen. Doch zunächst einige Regeln für meinen Unterricht.«

Niall hielt gespannt den Atem an. Lehrer, die so ihren Unterricht begannen, verhießen nichts Gutes.

»Erstens: Die gelbe Robe ist immer zu tragen; Ausreden wie Waschtag und dreißig Grad Außentemperatur lasse ich nicht gelten. Zweitens: Hier drinnen wird nicht gegessen.« Herr Bergunder warf einem Schüler, der gerade eine Banane in die Hand genommen hatte, einen Blick zu, der sich mit dem der Medusa messen konnte. Der Junge packte die Banane sofort weg. »Drittens: Es herrscht absolutes Handyverbot. Wer versucht auf jegliche Art mit Video oder Ton aufzuzeichnen, was hier geschieht, erhält einen direkten Schulverweis. Viertens: Wer es wagt, diese Schule oder meinen Unterricht mit einer gewissen fiktiven britischen Zaubererschule zu vergleichen, wird mit einem Aufsatz über die Nicht-Existenz magischer Fähigkeiten bei Menschen bestraft.«

Einige Schüler lachten über diesen unerwarteten Witz, verstummten aber schnell wieder.

»Es ist mein Ernst und eine Faustregel: Wenn Sie jemandem begegnen, der magische Fähigkeiten hat, dann ist er oder sie nicht vollständig menschlich.« Niall entging nicht, dass Herrn Bergunders Blick bei diesen Worten schon wieder zu Dayo und ihm wanderte. Auch Sara, die andere Halbgöttin der Stufe, strich sich nervös die dichten schwarzen Locken hinters Ohr.

»Warum machen wir dann Alchemie?«, traute sich eine Schülerin zu fragen.

»Weil das nichts mit magischen Fähigkeiten, sondern mit magischen Ingredienzen zu tun hat«, antwortete Herr Bergunder viel geduldiger, als Niall ihm zugetraut hätte. Es lag aber wohl nur daran, dass er keine bessere Überleitung hätte finden können. »Genau wie in dem Ritual, das ich für heute vorbereitet habe. Ich kann Ihnen versichern, dass keinerlei nichtmenschliches Blut durch meine Adern fließt. Trotzdem kann ich mit einigen Ingredienzen ein Wesen beschwören.« Er holte verschiedene Gegenstände aus der Schachtel, die er mit ins Brunnenhaus gebracht hatte, und stellte sie nacheinander auf den Tisch. »Eine antike Opferschale, genannt Patera – schreiben Sie das mit! Fichtenharz aus dem Wald, um den ortsgebundenen Schutzgeist anzurufen; das Rhizom einer Schwertlilie aus demselben Grund und Rosenöl. Letzteres ist austauschbar – es ist eine Opfergabe an den Lar.«

Die ganze Klasse kramte panisch nach ihren Schreibsachen. In der Stille des Brunnenhauses konnte Niall das Kratzen von vierundzwanzig Kugelschreibern vernehmen. Auch er hatte seinen Schreibblock auf die Knie gelegt und den daran geklemmten Kugelschreiber in der Hand, um mitzuschreiben. Dabei fiel ihm auf, dass er die ganze Woche mit dem Stift geschrieben hatte, den das blonde Mädchen ihm am ersten Tag geliehen hatte. Er hatte ihn nie zurückgegeben. Naja, dafür war es nun auch zu spät. Der Stift gehörte jetzt ihm.

»Über Mengenverhältnisse müssen Sie sich im Allgemeinen keine Gedanken machen. Wenn Sie allerdings eine Opfergabe darbringen, ist es zu empfehlen, daran nicht zu sparen«, ergänzte der Lehrer, während er das ganze Fläschchen Rosenöl über den anderen Zutaten auskippte. »Nur eine Ingredienz fehlt noch« Herrn Bergunders Blick wanderte über die Schüler. »Calinin!«, rief er dann. »Reißen Sie sich ein paar Haare aus.«

Das Mädchen mit den feuerrotgefärbten Haaren tat wie geheißen. Sie zupfte sich einzelne lange Haare aus, kam nach vorne und warf sie auf Herrn Bergunders Kopfnicken hin zu den anderen in die Opferschale.

Mit einem langen Streichholz zündete Herr Bergunder die Mischung an und trat einige Schritte zurück, um einen Sicherheitsabstand einzunehmen. Die Ingredienzen in der Opferschale zischten und ein wohlriechender Rauch stieg auf. Plötzlich gab es eine grüne Stichflamme. Die meisten Schüler und auch Niall zuckten unwillkürlich zurück, doch die Flamme erlosch so schnell, wie sie gekommen war. Dann geschah nichts mehr.

Herr Bergunder trat wieder an den Tisch heran und schaute mit milder Enttäuschung auf den Boden der Schale, wo die Reste der Ingredienzen schwelten. Ungerührt setzte er dann seinen Unterricht fort.

»An dieser Stelle hätte Ihnen ein Lar, der Schutzgeist des Schlosses, erscheinen sollen. Es handelt sich um eine sehr einfache Beschwörung, denn Laren sind weder allmächtig noch allwissend und uns wohlgesonnen. Doch mit unseren Ingredienzen scheint etwas nicht zu stimmen.« Der Lehrer nahm einen Kugelschreiber aus der Tasche seiner Robe und stocherte damit in der Glut herum. Dabei schien ihm eine Idee zu kommen. »Calinin! Sind Sie von Natur aus rothaarig?«

»Nein, warum?«

Die Klasse lachte über den Fehler des Lehrers. Annabelles Haarfarbe war einfach zu grell, um natürlich zu sein.

»Ja, Sie lachen jetzt«, brummte Herr Bergunder. »Aber eine andere Beschwörung, eine andere Wesenheit und Sie wären tot. Denken Sie mal darüber nach.«

»Ich mag diesen Unterricht«, flüsterte Dayo breitgrinsend in Nialls Richtung und Niall nickte begeistert.

»Zimander! Croker! Noch ein Wort und die ganze erste Reihe bekommt eine Strafarbeit.« Augenblicklich saß Niall kerzengerade, entschlossen, keine weitere Strafarbeit zu bekommen, bevor er nicht die ersten 300 Seiten abgearbeitet hatte. Herr Bergunder hatte jedoch längst wieder von ihnen abgelassen und fuhr fort. »Solche Fälle werden Ihnen im Einsatz selbstverständlich oft begegnen. Wodurch würden Sie rotes Haar ersetzen?«

Die Hände von zwei Mädchen schossen sofort in die Höhe. Es waren die beiden, die sich immer zuerst meldeten, wie Niall im Lauf der Woche festgestellt hatte. Herr Bergunder nahm das Mädchen mit der Brille und dem braunen Zopf dran.

»Roten Haaren spricht man traditionell ein größeres Magiepotenzial zu als anderen Haarfarben. Also könnte man vielleicht mit Haaren von einer Wesenheit oder einem Halbgott denselben Effekt erzielen.«

»Absoluter Unsinn, den Sie da reden, Tschaikowski«, erwiderte Herr Bergunder ungerührt. Das andere Mädchen, das sich gemeldet hatte, zog schleunigst ihre Hand zurück. Niall konnte es ihr nicht verdenken. Doch Herr Bergunder hatte sie längst gesehen. »Cahen! Was wollen Sie vorschlagen? Doch nichts? Schade. – Vielleicht...« Herr Bergunder sah sich in der Klasse um, wie ein Drache, der über seiner Beute kreiste. Niall befürchtete das Schlimmste und schloss die Augen. »Sie dahinten, Sie ducken sich so ängstlich weg. Schlagen Sie doch mal etwas vor.«

Niall konnte aufatmen. Die arme Schülerin in der letzten Reihe quälte sich mit einer Antwort, bis Herr Bergunder sie schließlich erlöste und erklärte, dass in diesem Fall das Mineral Zinnober ein ausreichender Ersatz sei.

Er fügte das rötliche Pulver den noch schwelenden Ingredienzen hinzu, es gab eine rote Flamme und die Beschwörung glückte. Sie war aber nicht besonders aufregend, fand Niall. Der Lar des Schlosses zeigte sich als sehr hilfsbereit, aber auch sehr schweigsam. Er blieb unsichtbar, schwebte bloß in der Mitte des Raums umher und verbreitete einen Geruch nach Pfeifentabak. Die Schüler wussten nur, dass er anwesend war, weil Herr Bergunder ihn bat, ein wenig Magie zu wirken. Nur ein Wispern war zu hören und Niall schnappte nur einzelne lateinische Wörter auf, bevor ein warmer Wind durch das Klassenzimmer fegte, sodass alle ihre Schreibblöcke festhalten mussten.

Als der Unterricht vorbei war, wusste Niall nicht, wie er es geschafft hatte, ohne eine Strafarbeit durch die Doppelstunde zu kommen. Er liebte dieses Fach und es war ideal, um Streiche zu spielen – die rothaarige Annabelle hatte es ja unabsichtlich beinahe geschafft. Bestimmt konnte er sich etwas ausdenken, dass ähnlich leicht durchzuführen war und noch spektakulärere Folgen hatte. Aber ein guter Plan brauchte Zeit. Zeit, die Niall nicht hatte. Morgen Nachmittag würde er erst einmal 300 Seiten scannen. Aber dann... Er überlegte, Laila, die Hündin des Schuldirektors, auf einen Spaziergang mitzunehmen. Sein Pate hätte bestimmt nichts dagegen. Vielleicht fiel ihm dabei etwas ein. Als er seiner Klasse langsam zum Abendessen folgte, musste er grinsen. Er fühlte sich ganz in seinem Element und, viel wichtiger noch, zuhause.

Die Dunkelheit legte sich über die Berge und Talsenken und nur das Vogesenschloss auf seinem einsamen Gipfel verweilte noch länger im Zwielicht der Dämmerung. Die erste Schulwoche war vorüber und Hannah hatte sich entschieden, nach dem Abendessen spazieren zu gehen. Weder auf ihrem Zimmer noch im Aufenthaltsraum im Westturm konnte sie ganz für sich sein. Valerie, das Augurenmädchen aus der zweiten Stufe, hatte Annabelle und Hannah vom Schattengarten erzählt. Vor Jahren hatten Schüler, die längst nicht mehr auf der Schule waren, einmal ein Schulgartenprojekt beim hinteren Hof angelegt, das längst verwildert war. Valerie hatte gesagt, der Schattengarten wäre der schönste Ort zum Alleinsein oder für Dates im Schloss.

Es war ein lauer Septemberabend und Hannah hoffte, dass niemand dort ein Rendezvous für den Freitagabend geplant hatte. Sie sehnte sich nach ein wenig Ruhe, denn der Aufenthaltsraum war ihr abends oft zu voll und auf ihrem Turmzimmer kontrollierte Phebe um diese Uhrzeit meist ihre längst erledigten Hausaufgaben zum zweiten Mal. Hannah seufzte. Es war nicht leicht, auf einem Internat alleine zu sein, das hatte sie in dieser Woche bereits gelernt.

Als sie aus dem Hauptgebäude auf den Hinterhof trat, atmete sie tief durch. Der Duft des Waldes wehte ihr entgegen. Es roch noch nicht herbstlich feucht, sondern nach trockenem Gras. Hannah schritt über den knirschenden Kies des Hofs, vorbei an dem umzäunten Sportplatz, dem Wohnhaus der Lehrer und den Garagen. Am Ende des Hofs fand sie das rostige Gartentor, von dem Valerie gesprochen hatte. Eine verfallene Steinmauer umgrenzte das kleine Gelände, doch von Beeten oder Ordnung war kaum noch etwas zu sehen.

Vorsichtig, um sich nicht am rostigen Gitter zu verletzen, öffnete Hannah das Tor und trat ein. Knorrige alte Obstbäume, die von der Last der nicht geernteten Früchte krumme Zweige hatten, warfen lange Schatten über den Garten. Wilde Kletterpflanzen wucherten über das von der Sommersonne ausgedörrte Gras und die schmalen Kiespfade. Hannah schob ganze Vorhänge von Waldreben und kniehohem Gestrüpp beiseite, damit die Ranken und Dornen sich nicht in ihrer Jeans oder ihren Haaren verfingen. Dann endlich kam sie an eine steinerne Bank, die von Flechten und Moosen überwuchert war und den Hang hinabblickte.

Kleine, weiße Blüten sprenkelten das trockene Grün und schienen im Licht der untergehenden Sonne rötlich zu glühen. Hannah wollte sich auf der Bank niederlassen und den Sonnenuntergang beobachten. Doch als sie einen Schritt nach vorne tat, begannen die Blüten plötzlich in der Dämmerung zu tanzen. Hannah musste sofort an Glühwürmchen denken und blieb stehen, um die schwirrenden Geschöpfe nicht zu vertreiben. Sie waren ungewöhnlich groß für Glühwürmchen und leuchteten in verschiedenen warmen Farben, was Hannah noch nie bei Insekten gesehen hatte. Sie erschrak lautlos, als sie auf einmal begriff, dass es Feen waren.

Sie sprachen und sangen mit leisen Stimmen, doch Hannah konnte kein Wort verstehen. Es handelte sich um eine fremde Sprache, die wegen ihrer Fremdheit umso schöner klang. Hannah verharrte regungslos, wo sie war, und beobachtete das Schauspiel ehrfürchtig. Die Umrisse ihrer feinen Körper und Flügel waren kaum auszumachen, denn das Leuchten, das von ihnen ausging, war zu hell in der nahenden Dunkelheit. Hannah konnte nur raten, wie viele es waren.

Die Feen hatten ihre Anwesenheit bemerkt und hielten inne. Ihre sanften Stimmchen verstummten und sie flogen auf der Stelle, unschlüssig, was sie tun sollten. Hannah dachte, dass sie besser gehen sollte, offenbar hatte sie die Feen bei ihrem Tanz gestört. Doch eine zierliche, blassblaue Fee löste sich aus den Reihen der Tanzenden und flog tapfer auf Hannah zu. Wie ein Kolibri schwirrte das Wesen vor ihrem Gesicht und musterte sie. Nun konnte Hannah das kleine Gesicht der Fee erkennen, dunkel und lächelnd. Ihre Kleidung leuchtete und war scheinbar aus Glockenblumen gemacht.

Hannah kam in den Sinn, einmal in einem Märchen gelesen zu haben, dass Feen Süßigkeiten über alles liebten. Sie setzte sich langsam, um das Wesen nicht zu verschrecken, auf die steinerne Bank und griff in ihrer Jackentasche nach dem Schokoriegel, den sie beim Abendessen mitgenommen hatte. Dann riss sie die Silberfolie auf und legte ihn neben sich. Die blassblaue Fee, die ihr Tun neugierig beobachtet hatte, näherte sich und landete. Nun konnte Hannah auch ihre Flügel erkennen. Sie glichen den buntschillernden einer Libelle. Die Fee streckte ihre streichholzdünnen Arme nach der Schokolade aus und brach ein winziges Stück heraus. Dann huschte sie zu den anderen zurück, die ihren Tanz wieder aufnahmen.

Hannah blieb wie verzaubert sitzen. Die Gelbroben hielten die Menschen von den Göttern fern, oder die Götter von den Menschen. Und doch waren sie offensichtlich überall, die anderen Welten, die fantastischen Wesen, ob in anderen Sphären oder direkt vor Hannahs Nase. Sie erschauderte. Wie fremd die Welt, in der sie seit vierzehn Jahren lebte, ihr doch war. Am Morgen hatte sie noch an allem gezweifelt, hatte doch nicht einmal der Ritualkundeunterricht am Vortag ihr wirklich einen Beweis für die Fabelwesen bieten können. Sie hatte die vielen neuen Wörter und Namen zu ordnen versucht, die sie in den letzten Tagen gelernt hatte, aber sie hatten keine Bedeutung für sie gehabt. Doch jetzt, jetzt verstand sie, warum die Gelbroben das alles taten, warum ihre Mitschüler das alles lernen wollten. Es gab keinen größeren Zauber, als eine andere Welt sehen zu dürfen.

Die Feen tanzten in der Luft und kicherten mit ihren feinen Stimmen. Ab und an löste sich eine aus dem Reigen und wagte, sich ein Stück des Schokoriegels zu nehmen. Hannah konnte sie aus der Nähe betrachten: ihre Schmetterlings- oder Mottenflügel, Kleider aus Ringelblumen und Wiesenschaumkraut, ihre braunen Gesichter und stecknadelkopfgroßen

Augen. Doch plötzlich stoben die Feen auseinander und verschwanden im Wald.

Das rostige Gartentor quietschte und Hannah sah einen riesigen, grauen Hund in den Garten stürmen. Seine lange Zunge hing aus seinem Maul und hechelnd stürzte sich das Tier auf den Schokoriegel. Hannah besaß die Geistesgegenwart, aufzuspringen und Riegel und Folie aus der hungrigen Schnauze zu reißen, bevor der Hund schlucken konnte.

»Gib ihr doch ein Stück«, hörte sie eine Stimme auf Englisch sagen. Sie blickte sich um und erkannte den braunhaarigen Jungen, dem sie am ersten Tag einen Stift geliehen hatte. Niall, erinnerte sie sich sofort an seinen Namen. Nur trug er jetzt eine Brille und ein schmuddeliges T-Shirt. Hannah wunderte sich darüber, dass er auch hier draußen einen dicken Schal um den Hals trug, obwohl es in der Abendsonne wärmer war als auf den Gängen des Schlosses. Seine Hände waren mit schwarzer Farbe verschmiert, wie die ihres Vaters, wenn der Drucker wieder einmal repariert werden musste. Er war offensichtlich hinter dem Hund hergerannt und atmete noch schwer.

»Schokolade ist giftig für Hunde«, erklärte Hannah und wickelte den Rest des Riegels in die Folie, um ihn sicher in ihrer Jackentasche zu verstauen.

»Oh, das wusste ich nicht. Danke«, antwortete Niall zu Hannahs Überraschung auf Deutsch. Er erinnerte sich also an sie. Er blickte betreten drein. »Das ist die Hündin des Direktors. Ich könnte richtig Ärger bekommen, wenn ihr was passiert.«

»Wie heißt sie denn?«, fragte Hannah. Die graue Hündin versuchte ihre Schnauze in Hannahs Jackentasche zu vergraben, doch Hannah ließ sie nicht.

»Laila«, antwortete Niall. »Oder eigentlich Lailaps. Sie war mal eine Zeit lang versteinert.«

»Wie denn das?« Hannah kraulte das drahtige Fell in Lailas Nacken, um sie von dem Riegel abzulenken. Die Hündin wedelte glücklich mit dem Schwanz.

»Es gab mal einen menschenfressenden Fuchs in den Bergen von... irgendwo in Griechenland. Er war so schnell, dass man ihn nicht fangen konnte. Und Laila hier war der beste Jagdhund überhaupt, denn keine Beute kann ihr entwischen.« Er kam näher und tätschelte Laila nun auch. »Dann hat aber jemand den Fehler begangen, sie auf diesen Fuchs zu hetzen, und weil das Ergebnis ziemlich absurd war, konnte Zeus irgendwann nicht mehr zuschauen und hat beide versteinert.«

»Und wer hat sie...« Hannah suchte nach dem richtigen Wort. »Entsteinert?«

Niall zuckte mit den Schultern.

»Ich glaube, das war Dionysos, aber frag mich nicht, warum.«

»Du sprichst richtig gut Deutsch«, stellte Hannah fest. Niall wurde ein wenig rot.

»Meine Mum hat mal zwei Jahre mit mir in Wien gelebt, als ich ganz klein war.« Er verzog das Gesicht und kratzte sich unter seinem Schal. »Und in England hatte ich es als Schulfach.«

Hannah schloss daraus, dass es nicht sein Lieblingsfach gewesen war.

»Wir können auch Englisch sprechen«, bot sie an, aber Niall schüttelte bloß den Kopf.

»Schon okay.« Dann hielt er inne, als fiele im plötzlich etwas ein. »Wegen deines Stifts, das tut mir leid, dass ich... Ich kann ihn dir zurückgeben, ich habe ihn noch.«

»Das ist in Ordnung. Behalt ihn«, lächelte Hannah, abgelenkt von Laila. Die Windhündin hatte begonnen, an ihren Fingern zu lecken. Niall wollte schon nach ihrem Halsband greifen und sie von Hannah wegziehen, Hannah ging aber schon in die Hocke und ließ sich auch noch das Gesicht abschlecken. Sie konnte Nialls erschreckten Gesichtsausdruck sehen, doch das war ihr egal. Ihren Rollo zuhause konnte sie zwar nicht vergessen, aber eine feuchte Hundeschnauze war ein gutes Mittel gegen Heimweh. Schließlich stand sie wieder auf. »Wieso hast du die Hündin von Herrn Van Koppern?«

»Ich hatte eine Strafarbeit und... Gassi gehen und so...«, druckste Niall herum. Hannah runzelte die Stirn. Sie war der Überzeugung, dass die Wahrheit immer der beste Weg war, doch sie konnte eine Notlüge erkennen, wenn sie eine hörte. Deshalb fragte sie nicht weiter nach.

»Hast du auch schon Heimweh?«, fragte sie stattdessen.

»Meine Mum ist sowieso nie da. Und ein Zuhause haben wir nicht. Nicht wirklich. Sie ist eine Reisende und ich gehe auf Internate, seit ich sieben bin.« Er wirkte recht gleichgültig, was Hannah erschreckte. Kein Zuhause zu haben, konnte sie sich nicht vorstellen. »Du hast Heimweh?«

Sie nickte traurig und ihr Blick wanderte von Niall und Laila hin zu der Stelle im Gestrüpp, an der die Feen getanzt hatten. Fast glaubte sie, sie hätte sie sich nur eingebildet.

»Meine Eltern, meine Freunde, mein Hund Rollo...« Sie seufzte. Um das Thema zu wechseln, wollte sie Niall von den Feen erzählen, doch dann glaubte sie, dass es für ihn nichts Neues sein würde, und schwieg.

»Was ich richtig vermisse, ist Polo«, sagte Niall dann unvermittelt.

»Wie bitte?«

»Polo. Der Sport mit Pferden. Du weißt schon.« Er machte eine Bewegung, die Hannah als einen Abschlag deutete, auch wenn sie keine Ahnung hatte, wie genau Polo gespielt wurde.

»Du bist bestimmt richtig gut darin.« Sie schenkte ihm ein Lächeln und beobachtete, wie Laila begann, im Gras nach einem geeigneten Ort zu suchen, um ihr Geschäft zu verrichten.

»Du kennst mich noch nicht.« Er grinste leicht gequält. »Ich kann nichts gut.«

»Du weißt schon viel mehr über Mythologie als ich«, meinte Hannah.

»Nicht ansatzweise so viel, wie wir für die Prüfungen wissen müssen.«

»Das werden wir schon schaffen«, sagte Hannah zuversichtlich. Die Sonne war inzwischen untergegangen, doch auch in der Dunkelheit konnte sie sein Lächeln sehen. Wenigstens für einen Moment vergaß sie ihr Heimweh und gemeinsam gingen sie mit Laila zurück zum Schloss.

EINE ANDERE WELT

D ie nächste Woche war seltsam für Niall. Er war verwundert darüber, dass das blonde Mädchen mit den Sommersprossen – Hannah – ihm nicht mehr von der Seite wich. Er hatte sich nie für besonders interessant oder unterhaltsam gehalten und Hannah war einer dieser Menschen, die überall Freunde finden konnten. Warum also war ihre Wahl auf ausgerechnet ihn gefallen? Auf seinen anderen Internaten hatte er nie einen besten Freund gehabt, mit dem er alles unternommen hatte und die ewige Routine von Frühstück, Unterricht und Hausaufgaben teilte. Dann erinnerte er sich schmerzlich daran, dass er die meisten Internate nur kurz von innen gesehen hatte, bevor er wegen der einen oder anderen Kleinigkeit hinausgeworfen worden war und seine Mum zähneknirschend eine neue Schule für ihn gesucht hatte.

Niall mochte Hannah und mit der Zeit verstand er auch, warum sie ihn gernhatte. Sie war nicht in die MEDIATORES DEORUM ET HOMINUM hineingeboren worden und immer wieder stellte er fest, wie fremd die Welt der Gelbroben ihr noch war. Er bemühte sich ständig, sie sich nicht noch fremder fühlen zu lassen. Er zeigte ihr ein paar seiner Verstecke und erzählte ihr Geschichten über Götter und Wesen. Im Gegenzug erinnerte ihre bloße Gesellschaft ihn daran, dass sie beide nicht nur Teil einer geheimen Organisation waren, sondern auch ganz normale Teenager.

Hannah schaffte es innerhalb weniger Wochen, dass es für ihn zur Gewohnheit wurde, Hausaufgaben zu machen. Meistens saßen sie gemeinsam in einem Aufenthaltsraum oder der Bibliothek, um sie zu erledigen, und machten sie bis zum Ende, statt aufzuhören, wenn Niall nicht mehr weiterkam.

So schön es auch war, eine Freundin wie Hannah zu haben, hielt es ihn leider auch von seinen Plänen mit Stephen ab. Es war bereits Anfang Oktober und wie jedes Jahr würde es eine Halloweenparty in der Aula geben. Stephen hatte alle seiner Mitstreiter mit einem Augenzwinkern aufgefordert, ihren Teil dazu beizutragen.

An einem herbstlichen Dienstagmorgen saß Niall an Hannahs Seite im Unterricht für keltische Mythologie und feilte an einem Plan. Auf seinem Block schrieb er seine Ideen auf. Bisher hatte er nur drei, denn eine hatte er wieder verworfen:

o   *Geister beschwören – wäre cool, aber wie?*

o   *Was in die Bowle mischen (Essig? Lebensmittelfarbe? Salz? – langweilig, aber einfach)*

o   ~~*Artio fragen, ob sie zu Besuch kommt*~~

o   *Stromausfall herbeiführen*

Niemandem fiel auf, dass Niall nicht auf den Unterricht achtete, denn der behäbige und erschreckend blasse Monsieur Lourdaud saß zumeist gemütlich hinterm Pult. Meistens war er zu träge, herumgereichte Zettel und vereinzelte Papierflieger zu ahnden. Selbst wenn Niall interessiert hätte, was der Lehrer zu sagen hatte, wäre das Zuhören unerträglich gewesen.

»Wir befassen uns heute... mit dem Konzept der... Anderswelt. Wenn ihr im Buch Seite... Seite... Seite... 32 aufschlagen würdet«, verkündete Monsieur Lourdaud mit vielen unnötigen Pausen und gelegentlichen Schmatzern zwischen den Worten.

Der Großteil der Klasse folgte seiner Anweisung in einem ähnlich gemütlichen Tempo. Neben Niall hatte Hannah ihr Buch zur Hand genommen und eine Doppelseite voller Bilder von Triskelen und Anderswelttoren aufgeschlagen. Niall schauderte. Die Symbole und die blaue Farbe erinnerten ihn einmal mehr an das, was er mit seinem Schal zu verstecken versuchte. Eilig zupfte er daran herum, um sicherzugehen, dass nichts zu sehen war, dann widmete er sich wieder seinem Halloweenprojekt. Aufzupassen kam ihm nicht in den Sinn. Von der Anderswelt wusste er bereits genug, schließlich hatte er die letzten Jahre auf Schulen in Irland und England gelebt.

»Bei der Anderswelt...handelt es sich nicht nur um... das Jenseits. Die Anderswelt... besteht im... Hier und Jetzt... Sie umgibt uns... nur... können wir sie nicht sehen. Nur... wenige Menschen... erhalten Einblick... in die... Anderswelt.«

Niall versuchte Monsieurs Lourdauds Stimme aus seinen Gedanken zu verdrängen und starrte auf seinen Block. Die Geister waren sein klarer Favorit. Aber welche? Für eine Beschwörung musste er sich auf eine bestimmte Art von Geistern festlegen. Er wusste, dass es Unterschiede zwischen Natur-, Haus-, Elementar- und Totengeistern gab, und um sie herbeizurufen, würde je nach mythologischer Zugehörigkeit etwas anderes benötigt werden. Das würde Recherche erfordern. Aber die Vorstellung für einen Streich in der Bibliothek lesen zu müssen, machte den Spaß an der ganzen Sache zunichte.

»Ist die Anderswelt gefährlich?«, stellte Carmen, die Streberin mit Brille und Zopf, eine Frage. Niall prustete los und erntete dafür einen verwirrten Blick von Hannah. Er riss sich ihretwegen zusammen. Seine Klasse konnte nicht wissen, wie vielen der mehr oder weniger pelzigen Bewohner der Anderswelt er schon begegnet war. Und wie lächerlich harmlos sie waren mit ihrem ewig gleichen Zaubergesang und nervigen Rätselworten.

»Andersweltwesen... zeigen sich selten... sie sind sehr... launisch. Allgemein gelten sie als... wenig gefährlich... im Sinne von... Aggressivität und... Einmischung in die... Menschenwelt. Doch besteht bei beinahe allen... Wesenheiten der Anderswelt die... Gefahr, dass sie versuchen... Menschen... zu sich zu... locken. Dazu zählen... Kobolde... Naturgeister... Feen... und selbstverständlich auch... Gottheiten.... Sie zeigen sich oft bei... bei Dämmerung... oder bei einer... Sonnenwende oder... Sonnenfinsternis und anderen solchen... Phänomenen.«

In seiner langsamen Art fuhr Monsieur Lourdaud damit fort, dass Kelten sich den Jahreszeitenwechsel und das Verschwinden von Zugvögeln und Bären im Winter früher durch die Anderswelt erklärt hatten. Niall versuchte unterdessen, seine Halloweenpläne anders anzugehen. Er überlegte nicht, was er erreichen wollte, sondern welche Mittel ihm zur Verfügung standen. Hannah würde eine geniale Komplizin abgeben, dachte er sich. Niemand würde sie jemals verdächtigen – und niemals würde sie dabei mitmachen. Er hatte den Eindruck, dass Hannah nicht gerade gerne Regeln brach. Und selbst wenn sie mitgemacht hätte, wollte er nicht Schuld daran sein, wenn sie eine Strafarbeit bekam.

»Die Anderswelt hat... ihre eigenen... Regeln. Die Zeit... verrinnt... schneller oder... langsamer als in... der unseren. Manche... sind für Jahre... in der... Anderswelt... verlorengegangen... und glaubten... bei ihrer Rückkehr... eine Woche sei... vergangen. Oder... umgekehrt.« Monsieur Lourdaud machte ein Geräusch, als müsste er selbst über seinen langweiligen Vortrag gähnen. »Selten geschieht es, dass... Menschen für... für immer dort... verloren... gehen.«

»Sind wir hier nicht mitten in einem Gebiet der Anderswelt?«, fragte die andere Streberin mit der großen Nase, deren Namen Niall sich immer noch nicht gemerkt hatte.

»In den Vogesen... befinden wir uns in... einem der Hauptgebiete für... Aktivitäten der... Anderswelt, zusammen mit... der Bretagne... Irland... Schottland... Wales... Teilen von England und... Frankreich sowie... vereinzelte andere... Vorkommen«, bestätigte Monsieur Lourdaud und sein trüber Blick schweifte zum Fenster hinaus.

Die Laubbäume färbten sich bereits bunt und die dunkle Farbe der Nadelbäume war das einzige Grün des Waldes. Niall merkte, wie Hannah seinem Blick folgte. Vermutlich konnte sie noch nicht ganz glauben, dass dort draußen eine andere Welt liegen sollte. Niall unterdrückte ein Seufzen. Wenn sie mit ihm befreundet war, würde sie auch früher oder später unfreiwillig über ein Andersweltwesen stolpern.

»Sie umgibt uns... und das Schulgebäude. In diesen... Wäldern... herrscht... Vosegus, der Gott der... Vogesen. Er... erscheint uns... gelegentlich als... Jägersmann begleitet von... einem... einem Hund.«

»Haben Sie ihn schon einmal gesehen?«, fragte Masika neugierig.

»Die Wesen der... Anderswelt zeigen sich... selten dem... menschlichen... Auge.«

»Was bedeutet es, wenn man sie sehen kann?«, fragte Hannah und ihre Stimme klang seltsam fremd, als wäre ihr der Hals zugeschnürt. Niall blickte sie überrascht an, aber sie hing bloß an Monsieur Lourdauds Lippen.

»Das kann... eigentlich nur... drei Gründe haben...«, erwiderte der Lehrer bedächtig. »Entweder... ist man... selbst...Teil der... der Anderswelt oder sie... haben sich entschieden... sich zu... zeigen oder...« Die Pause zwischen Monsieur Lourdauds Worten war ungewöhnlich lang. Niall sah, wie Hannah den Atem anhielt, bis der Lehrer weitersprach. »Es handelt sich um... die Gabe... Verborgenes zu... sehen.«

Niall seufzte. Als er Hannah wieder ausatmen sah, war er beruhigt. Bestimmt hatte das nichts zu bedeuten. Er verdrängte den Unterricht wieder völlig aus seinen Gedanken und widmete sich seinem Plan. Geister schieden also aus. Die Bowle behielt er als Ausweichplan im Hinterkopf. Ein Stromausfall oder zumindest ein paar Minuten Dunkelheit in der Aula, das würde machbar sein. Den Rest der Doppelstunde verbrachte er damit, zu planen, was er dafür tun musste.

Hannah blieb von der Unterrichtsstunde bei Monsieur Lourdaud verwirrt zurück. Warum hatte sie die Feen sehen können? Sie hatte die kleinen Wesen bei ihrem schwirrenden Tanz überrascht, also hatten sie sich ihr nicht freiwillig gezeigt. Dass sie selbst Teil der Anderswelt war, konnte sie ausschließen. Auch wusste sie, dass ihre Familie seit Generationen aus Lüneburg stammte. Selbst wenn ihr Großvater eine Gelbrobe gewesen war, so war es doch unwahrscheinlich, dass irgendein Vorfahr etwas anderes war als ein Mensch. Oder?

Die Gabe, Verborgenes zu sehen, hatte Monsieur Lourdaud es genannt. Hannah wurde mulmig, wenn sie an Herrn Bergunders Worte dachte. Nicht vollständig menschlich. Es war nicht die Sorge, zu den Halbgöttern zu gehören, sondern dass ihre Welt, die sich in den letzten zwei Monaten schon so sehr verändert hatte, nun noch einmal umgekehrt werden würde.

Mit diesen Gedanken saß sie auch am darauffolgenden Mittwoch im Unterricht für finnische Mythologie. Dieses Fach wurde von Herrn Debbani unterrichtet, einem Mann unbestimmbaren Alters und Herkunft. Er war älter als Herr Meritt aber jünger als Herr Bergunder und sprach mit starkem Akzent, sodass Hannah froh darüber war, dass Niall an ihrer Seite saß und sie bei ihm abschreiben konnte, was diktiert wurde. Über Herrn Debbani ging die Geschichte in der Schule umher, dass er eigentlich auf eine Musikkarriere im Heavy Metal gehofft und den Lehrberuf nur aus Not ergriffen hatte. Der einzige Beweis dafür war allerdings der lange Pferdeschwanz, in dem er sein ergrauendes Haar trug.

Herr Debbani war gerade in eine äußerst eindrückliche Schilderung, dass die Welt eine Scheibe sei und eine Säule in ihrer Mitte das Himmelsgewölbe aufrechterhalte, vertieft und fuhr sogleich mit der Schöpfungsgeschichte fort. Das sogenannte Weltenei zerbrach und aus der Schale wurde die Himmelskuppel, aus dem Eigelb die Sonne und aus dem Eiweiß der Mond.

Hannah zeichnete brav die Skizzen, die der Lehrer an die Tafel malte, mit Buntstiften ab. Vor ihr auf dem Tisch lag die aufgeschlagene Kalevala bereit, um Stellen nachzuschlagen. Doch die darauffolgende Diskussionsrunde bereitete ihr einiges Stirnrunzeln.

Herr Debbani warf gerne eine These in den Raum und überließ die Klasse dann sich selbst, während er auf dem Pult saß und seinen

Smoothie trank. Dieses Mal hatte er die Frage gestellt, welcher von den vielen Schöpfungsmythen, von denen sie nun erfahren hatten, denn wahr wäre.

»Ich würde sagen, alle Schöpfungsgeschichten sind gleich absurd – egal, ob Weltenei oder ein Gott, der einfach nur alles herbeiredet. Und mit den Erkenntnissen der Naturwissenschaft zusammen, müssen wir sie eigentlich ignorieren«, erklärte Carmen mit einiger Überzeugung.

Hannah meldete sich sofort zu Wort.

»Vielleicht sind ja alle Vorstellungen gleich wahr und nur unterschiedliche Aspekte einer größeren Wahrheit, die wir als Menschen nicht verstehen können«, schlug sie vor, erntete dafür aber heftigen Widerspruch. Mindestens fünf Hände wurden in die Höhe gehalten.

»Aber das würde ja gegen das zweite Prinzip gehen, weil wir ja nicht glauben, sondern wissen. Außerdem ist Unergründlichkeit eine ziemlich christliche Vorstellung.«

»Und für den Gott haben wir überhaupt keine Beweise, im Gegensatz zu allen anderen«, fügte Natalie hinzu. Ein zustimmendes Murmeln gab Hannah das Gefühl, dass sie mit ihrer Ansicht allein dastand. Auch Herr Debbani, der die Debatte gespannt verfolgte, sog nur röchelnd am Strohhalm seines Getränks.

»Selbst mit Naturwissenschaft können wir bisher nicht alles, was wir wahrnehmen, erklären, oder?«, versuchte Hannah dennoch der Mehrheit etwas entgegenzusetzen. »Außerdem haben sich bestimmt wenige Naturwissenschaftler bisher mit der Existenz von Göttern befasst.«

»Das ist wahr, Hannah«, griff Herr Debbani schließlich ein, weil sein Smoothie ausgetrunken war. »Und zu deinem Punkt, Natalie: Ja, der Gott der abrahamitischen Religionen hat sich in 800 Jahren MEDIATORES DEORUM ET HOMINUM tatsächlich noch nirgendwo eingemischt. Daraus könnt ihr machen, was ihr wollt. Es gibt allerdings Dämonen, aber das gehört jetzt nicht hierher.« Mit einem Blick auf seine Armbanduhr entschied er, dass es Zeit war, die Stunde sieben Minuten vor dem Läuten zu beenden. »So, keine Hausaufgaben. Bis nächste Woche!«

Im Naturwissenschaftsunterricht bei Frau Mebarek ging es ähnlich weiter. Sie besprachen die Evolutionstheorie, die für viele unvereinbar mit jeglicher Schöpfungsgeschichte war. Natalie warf Hannah einen überlegenen Blick zu, aber Hannah bemühte sich, sich davon nicht angegriffen zu fühlen. Dieses Mal war es allerdings auch leichter, denn

Frau Mebarek versuchte nicht, eine Verbindung zu mythologischen Themen herzustellen. Ihr Unterricht hielt sich strikt an einen gewöhnlichen Lehrplan und normale Schulbuchtexte. Dennoch wurde Hannah sehr müde und sie konnte es vor Niall nicht verbergen.

»Wollen wir heute mal auf meinem Zimmer Hausaufgaben machen?«, schlug er beim Zusammenpacken am Ende der Stunde vor. Hannah nickte dankbar für die Ablenkung und folgte ihm vom Klassenzimmer in den Nordflügel, wo die Schlafzimmer der Jungen lagen.

Auf einem Korridor, auf dem Hannah noch nie zuvor gewesen war, öffnete er eine Tür und gab den Blick auf ein unfassbares Chaos frei. Die eine Hälfte des Zimmers bestand aus einer Vorratshaltung an Chips und Energydrinks und ebenso vielen leeren Tüten und Dosen. In der anderen war ein Koffer explodiert und niemand hatte es für nötig gehalten, Aufräum- und Bergungsarbeiten einzuleiten.

Sie musste wohl überrascht ausgesehen haben, denn Niall stürzte ins Zimmer und bemühte sich zügig, die schlimmste Unordnung zu beseitigen.

»Du musst nicht wegen mir aufräumen«, erlöste sie ihn vom Einsammeln der getragenen Kleidungsstücke. »Ich bin nicht deine Mutter.«

»Den Göttern sei Dank, dass du nicht wie Mum bist«, seufzte er und versuchte, den vollgestopften Koffer wieder zu schließen.

»Dein Koffer muss doppelt so groß sein wie meiner«, staunte Hannah über das wuchtige Ding, das er nun versuchte unter sein Bett zu schieben. »Was hast du alles dabei?«

»Alles eben.« Er musste einsehen, dass der Koffer zu dick war, um unter das Bett zu passen, und zog ihn wieder hervor. »Ich habe nichts, was nicht in den Koffer passt.«

»Wie meinst du?« Sie selbst hatte so gepackt, dass sie in den Winterferien die Sachen für den Sommer gegen die nicht mehr notwendigen Sachen austauschen konnte.

»Meine Mum ist doch Reisende. Alles, was ich besitze, ist in dem Koffer.«

Hannahs Blick glitt unwillkürlich über die Sachen in Nialls Koffer. Natürlich hatte sie gesehen, was Niall normalerweise trug. Aber seine gesamte Kleidung auf einem Haufen zu betrachten, zeigte umso deutlicher, wie abgetragen sie war. Alles war wie aus zweiter Hand und etwas zu groß für seine dünne Gestalt. Es war so, als hätte er nur Sachen von einem großen Bruder übernommen und niemals wäre etwas Neues für ihn gekauft worden. Hannah bemerkte, dass er ein wenig rot geworden war und wechselte schnell das Thema.

„Wer wohnt bei dir?«, fragte sie und machte eine Kopfbewegung zur anderen Zimmerhälfte mit den Chips und Getränkedosen.

„Tom Birgisson«, seufzte Niall. Hannah nahm an, dass ihm sein Mitbewohner ähnlich gleichgültig war wie Phebe ihr. Phebe hatte nach dem ersten Tag kein Interesse mehr gezeigt, mit ihr zu reden, und sie war sowieso ständig nur am Lernen. Niall riss sie aus ihren Gedanken. »Willst du Chips?«

Hannah schüttelte den Kopf, setzte ihren Schulrucksack ab und ließ sich auf der Bettkannte nieder, die Niall eben noch so eilig von getragenen Socken und Unterhosen befreit hatte.

»Ich wollte dich etwas fragen«, begann sie vorsichtig, während Niall sich an Toms Chips bediente. »Als wir uns im Schattengarten getroffen haben... Hast du dort auch etwas gesehen?«

»Wie? Was?«

»Das waren doch Feen aus der Anderswelt, oder? Sie haben getanzt und geleuchtet. Du musst sie gesehen haben, als du mit Laila gekommen bist.«

»Nein, ich kann so was nicht.« Er zuckte mit den Schultern und riss die Chipstüte auf. Eine Duftwolke Paprika verbreitete sich im Zimmer, aber Hannah achtete gar nicht darauf. Sie atmete gespannt ein. »Aber das heißt nichts. Das bedeutet nur, dass du das zweite Gesicht hast. Das ist eine menschliche Fähigkeit, die nur über die Jahrhunderte von den meisten vergessen wurde. Meine Mum sagt, dass nur ganz besonders empfindsame Menschen das zweite Gesicht haben und es deswegen so selten ist. Sie hat immer gehofft, ich habe es, aber da musste ich sie enttäuschen.«

Erleichtert atmete Hannah aus. Das war es also, was Monsieur Lourdaud gemeint hatte. Die Gabe, Verborgenes zu sehen, das zweite Gesicht zu haben, war nichts als eine seltene Fähigkeit, die jeder haben konnte. Im nächsten Moment runzelte sie die Stirn.

»Wenn es so selten ist, wieso hat sie es dann erwartet?«

»Weil ich ein Croker bin.« Niall verdrehte die Augen und setzte zu einer Erklärung an. Dann ließ er die Chipstüte sinken, als wäre ihm plötzlich etwas Wichtigeres eingefallen. »Darf ich dir was zeigen?«

Hannah musste lächeln. Wie oft hatte er das in den letzten Wochen gesagt und jedes einzelne Mal hatte er es geschafft, sie abzulenken. Aber dieses Mal gingen sie nirgendwohin. Niall stand nicht einmal auf. Er zog bloß seinen Schal aus und drehte ihr den Rücken zu. In seinem Nacken hatte er ein Symbol offengelegt. Das Zeichen bestand aus drei Spiralen, die einem gemeinsamen Punkt entsprangen. Wie mit blauer Tinte waren die Linien auf Nialls Haut gezeichnet und erinnerten Hannah an etwas, das sie im Lehrbuch zu keltischer Mythologie gesehen hatte. Umso länger sie hinsah, desto mehr wirkten die Spiralen wie in Bewegung.

»Meine Mum kennt die irischen Túatha Dé Dannan ziemlich gut«, begann Niall zu erklären. »Als ich geboren wurde, hat sich die Muttergöttin Danu es nicht nehmen lassen, mich zu segnen. Ihre Hand lag genau dort auf, wo das Zeichen ist.« Er drehte sich wieder zu Hannah. »Ich kann mich aber an nichts erinnern.«

»Bedeutet es etwas?«

»Es ist eine Triskele und hat eine Menge Bedeutungen. Mum meint, es steht für den Weg des Lebens oder mein Schicksal oder so.« Wieder zuckte er mit den Schultern und schob sich eine Handvoll Chips in den Mund.

»Aber warum versteckst du es?«

»Das mit dem zweiten Gesicht bedeutet nicht Schlimmes. Es muss unglaublich praktisch sein, wenn man Gelbrobe ist«, überlegte Niall kauend. »Aber mach es besser so wie ich und zeig es nicht rum – du hast ja Bergunder gehört. Die Leute reden eben.«

»Ich weiß«, sagte Hannah leise und schilderte ihm den Vorfall am ersten Schultag zwischen Natalie und Sara. Natalie hatte seitdem zwar keine Anschuldigungen mehr gemacht, weil sie ihr Handy tatsächlich wiedergefunden hatte, aber die Situation konnte Hannah nicht vergessen.

»Hmja«, murmelte Niall, als sie geendet hatte. Er sah auf seine Schuhe. »Genau so was versuche ich zu vermeiden.«

Er band sich seinen Schal wieder in einer losen Schlaufe um den Hals.

»Du kannst doch nicht immer mit diesem Schal herumlaufen«, sagte Hannah kopfschüttelnd. »Was machst du im Sommer?«

Er zuckte mit den Schultern.

»Den Kragen von meinem Poloshirt hochklappen.«

»Das wirst du nicht tun!«, kicherte sie und griff zum ersten Mal nach den Chips. Niall hatte es geschafft, sie auf andere Gedanken zu bringen und damit kehrte ihr Appetit zurück. Doch bevor sie aß, wollte sie noch etwas loswerden. »Wenn du es versteckst, wirkt es doch nur so, als hättest du einen Grund, es zu verstecken.«

»Okay, okay«, beschwichtigte er. »Ich trag keinen Schal. Ich lasse einfach meine Haare drüber wachsen.«

Von diesem Vorschlag konnte sie ihn nicht abhalten. Stattdessen schlug sie vor, das Halsband der Harmonia darüber zu ziehen, von dem sie neulich im Unterricht zum ersten Mal gehört hatte. Niall musste auch grinsen. Eine ganze Weile überboten sie sich mit unpraktischen Vorschlägen, wie die blaue Triskele zu verstecken sei, bis sie vor Lachen fast an Chipskrümeln erstickten. Als sie sich wieder beruhigt hatten, ließen sie sich auf Nialls nicht gemachtes Bett zurückfallen und schnappten nach Luft.

Hannah hatte ihre Sorgen vom Vormittag vergessen. Eine neue Welt lag vor ihr, eine Welt voller Feen und anderer Wunder, und sie würde sie mit eigenen Augen sehen können. Aber wichtiger war ihr, dass sie nicht nur einen Freund für ihre Internatszeit gefunden hatte, sondern einen fürs Leben.

Phebe schlenderte nach dem Unterricht in den Bibliotheksturm. Es war ein stürmischer Oktobernachmittag und sie hatte die Hausaufgaben bereits in der Mittagspause erledigt. Meistens setzte sie sich nicht zu den anderen Mädchen, denn das raubte ihr die Zeit fürs Lernen. Inzwischen hatte sie sich einen guten Vorsprung erarbeitet und es war an der Zeit, ihre eigene Recherche zu beginnen.

Mit dem neuen Notizbuch in der Hand, das Ben ihr geschenkt hatte, schritt sie durch die Korridore, während Wind und Regen gespenstisch um das Vogesenschloss tosten. Sie hatte sich einen von Tante Wilma gestrickten Pullover übergezogen und war bereit, die Stunden bis zum Abendessen mit Forschung zu verbringen. Tausende Bücher warteten im Turm auf sie und sie wusste, dass eines davon die Antwort bereithalten würde.

Der Eingang zum Bibliotheksturm lag im Erdgeschoss unweit des Gläsernen Gangs zum Speisesaal. Eine schwere, moderne Glastür hielt den Lärm der Korridore vom Turm fern. Phebe musste sich dagegenstemmen, um sie zu öffnen. Die verschiedenen Schilder mit den Verhaltensregeln, die daran hingen, hatte sie vor ihrem ersten Besuch aufmerksam durchgelesen und längst verinnerlicht.

1. Regel: Kein Essen mit in den Bibliotheksturm nehmen. Auch keine Cashewnüsse. Vor allem keine Cashewnüsse. (Gilt besonders für dich, Stephen!)

2. Regel: Bücher werden nicht gestohlen, vollgeschrieben oder gegessen. (Gilt auch für Stephen!)

3. Regel: Wer ein Buch beschädigt, wird damit geschlagen. (Bitte die Grafik beachten, Stephen!)

Unter dem Schild war eine Zeichnung angebracht, die besagte, dass es umso mehr wehtat, desto älter und schwerer die Bücher waren. Phebe fragte sich schon seit Wochen, was dieser Stephen wohl angestellt hatte, um eine Sondererwähnung zu bekommen. Die anderen Schilder waren ähnlich formuliert.

Bitte laute Gespräche und verzweifeltes Stöhnen vermeiden!, stand auf dem einen. Aber das Schild, das Phebes heutiges Anliegen betraf, war folgendes:

Bei Fragen jederzeit den Bibliothekar suchen, stören und/oder wecken!

Sie musste beim Hereinkommen nicht lange nach dem Bibliothekar Kristjan Japhet suchen. Der junge Mann lag halb auf seinem Schreibtisch bei der Ausleihe. Neben ihm stand ein offener Laptop, eine leere Kaffeetasse und ein koboldhoher Stapel Bücher über Therianthropie. Phebe trat vorsichtig näher. Er hatte tatsächlich die Augen geschlossen und seine goldenen, wirren Locken wurden von einer roten Strickmütze gebändigt. Außerdem lag ein Handtuch griffbereit an seiner Seite. Phebe erinnerte sich an den ersten Abend im Schloss, als ein Mädchen erwähnt hatte, dass er halb Wassermann war. Tatsächlich erkannte sie feuchte Flecken an den Säumen seiner Kleidung.

»Entschuldigen Sie«, sagte sie leise, aber der Bibliothekar regte sich nicht. Sie versuchte es noch einmal lauter. »Entschuldigung, ich brauche Hilfe.«

»Natürlich.« Mit einem Ruck setzte Bibliothekar Japhet sich auf und blinzelte sie aus teichgrünen Augen verschlafen an. »Habe ich geschlafen?«

Phebe zuckte mit den Schultern, um keine unhöfliche Antwort zu geben.

»Das kommt von der wassermännischen Seite meiner Familie«, entschuldigte er sich und gähnte. »Wenn wir von unseren Gewässern entfernt sind, werden wir viel schneller müde.« Er nahm seine rote Mütze ab, zerzauste sich die Locken und setzte sie wieder auf. Er sah bereits viel wacher aus. »Was kann ich für dich tun?«

Phebe hatte sich ihre Worte genau überlegt, damit es nicht klang, als würde sie etwas Verbotenes beabsichtigen. Sie glaubte allerdings auch nicht, dass es eine Schulregel dagegen gab, herausfinden zu wollen, was ihre Familie zerstört hatte.

»Wenn ich etwas über einen bestimmten Vorfall herausfinden will, wo fange ich an?«, fragte sie also und versuchte so unschuldig wie möglich zu klingen.

»Einsatzberichte findest du in den gelben Ordnern.« Er deutete auf lange Regalreihen zwischen den Computerarbeitsplätzen, die über und über mit dicken Ordnern gefüllt waren. »Aber die gehen nur bis 1999. Alles andere ist im digitalen Archiv, zu dem nur Mitglieder Zugang haben.«

Ben war 2000 verschwunden und 2006 zurückgekehrt, dachte sich Phebe. Sie musste wohl enttäuscht dreingeblickt haben, denn Bibliothekar Japhet merkte, dass er noch nicht hatte helfen können.

»Um welche Wesen geht es denn?«, erkundigte er sich freundlich. »Manchmal deckt sich ein Bericht mit einer Forschungsarbeit und die stehen im Regal mit den anderen Büchern zum selben Thema.«

»Ich weiß es nicht«, gestand sie. Genau das wollte sie ja herausfinden. Wohin und warum und wodurch ihr Vater Ben für sechs Jahre aus ihrem Leben verschwunden war. Sie fühlte dieselbe Wut, die sie beim Abschied verspürt hatte, in sich aufsteigen. Wie sollte sie jemals Ben verstehen, wenn es ihr unmöglich gemacht wurde, zu erfahren, wo er gewesen war? Sie biss die Zähne zusammen und versuchte das ganze so neutral wie möglich zu formulieren. »Es geht um... jemand, der in einem Einsatz verschollen war.«

Bibliothekar Japhet nickte verständig.

»Im Normalfall könntest du durch die Mitgliedsnummer die betreffenden Akten finden, aber da darf ich dir leider nicht helfen. Außer...«
Der Bibliothekar tippte irgendetwas auf seiner Laptoptastatur, riss dann

einen Zettel von einem Notizblock und schrieb mit Kugelschreiber einige Zeichen und Zahlen darauf. Noch während des Schreibens tropfte Wasser von seinem Ärmel auf die Schrift, sodass sich das Papier wellte und die blaue Schrift leicht verschwamm. »Tut mir leid. Ich hoffe, das kannst du trotzdem lesen. Es ist eine Signatur für ein Buch, das dir vielleicht weiterhilft.«

»Danke«, strahlte Phebe und nahm den Zettel entgegen, während der Bibliothekar sich die Hände an seinem Handtuch trocknete.

Die Signatur führte Phebe in das oberste Stockwerk des Bibliotheksturms. Eine Wendeltreppe wand sich durch das Innere des Turms wie die riesige Midgardschlange. Alte Rundbogenfenster in der Turmmauer eröffneten hier und dort den Blick auf den herbstlichen und verregneten Wald. Mit zunehmender Höhe wurde auch der unverkennbare Geruch nach alten Büchern stärker und ließ Phebe fast ihr Ziel aus den Augen verlieren. Hier gab es Bücher, die in schweres Leder gebunden waren, Pergamente und Papyri, die in verschlossenen Vitrinen lagerten, Folianten, deren Alter an ihrem Gewicht zu messen war, Schriftrollen, die Mythen und Wahrheiten für immer konservierten, Enzyklopädien über Götter, Drachen und Riesen, Atlanten zu fremden und verlorenen Orten, Tagebücher, deren Inhalt den meisten Menschen verborgen bleiben musste. Es waren Bücher, die diesen Turm niemals verlassen durften.

Sie riss sich zusammen. Für andere Bücher würde in den nächsten vier Jahren hoffentlich genug Zeit bleiben. Sie fand das richtige Regal und ging daran entlang, bis sie die Signatur fand. *Verloren und manchmal nie wiedergefunden* lautete der vielversprechende Titel auf dem Buchrücken. Sie zog es aus dem Regal, klemmte es sich zu ihrem Notizbuch unter den Arm und suchte einen guten Platz zum Lesen.

Das schlechte Wetter musste den Fleiß in ihren Mitschülern geweckt haben, sodass der Bibliotheksturm viel voller war als Phebe ihn bisher erlebt hatte. Sie fand keinen freien Tisch, sondern musste sich zu anderen dazusetzen. Sie landete ausgerechnet bei Hannah und dem braunhaarigen Engländer, mit dem sie neuerdings überall hinging, aber das konnte sie ignorieren. Inzwischen wusste sie nicht mehr so richtig, warum sie Hannah nicht mochte, aber das war nun wohl auch zu spät. Außerdem brauchte sie keine Freunde. Sie hatte Wichtigeres zu tun.

Entschlossen schlug sie das Buch auf und las das Inhaltsverzeichnis.

»Setz einfach deine Brille auf, Niall!«, lachte Hannah plötzlich. Sie hatte zwar in einem Flüsterton gesprochen, aber ihr helles Lachen ließ Phebe dennoch vom Buch aufblicken.

»Helden tragen keine Brillen«, erwiderte Niall todernst.

»Du sollst ja auch nicht den Helden spielen, sondern deine Hausaufgaben machen«, schalt Hannah ihn.

»Aber die sind langweilig«, maulte Niall. »Du kannst in jedem Buch nachschauen, dass Demeter die Schwiegermutter ihres eigenen Bruders ist. Wann kommen wir endlich zu den spannenden Sachen?«

»Was meinst du?«

»So was wie...« Niall dachte nach und kratzte sich unter dem Schal, ohne den Phebe ihn noch nie gesehen hatte. »Kennst du die uralte Tür beim Lehrerzimmer? Das ist Sachmets Verlies.«

»Wer ist Sachmet? Und wieso ist es ein Verlies?«

Phebe verdrehte unmerklich die Augen, beugte sich aber über ihr Buch, um ihr Lauschen zu verbergen. Auch wenn Hannah offenbar keine Ahnung von ägyptischer Mythologie hatte, das mit dem Verlies interessierte Phebe mehr als das Inhaltsverzeichnis.

»Sie ist eine Löwengöttin aus Ägypten, die vom Sonnengott Ra zu den Menschen gesandt wurde, um die Ungläubigen zu töten. Aber das Töten hat begonnen ihr Spaß zu machen und sie musste aufgehalten werden. Thoth, so ein Gott des Wissens mit einem Ibiskopf, hat es geschafft.«

Phebe fand, dass das schlecht erklärt war. Schließlich hatte Thoth Sachmet nicht mit Stärke besiegt, sondern mit einem Trick: einem See aus roten Bier, den die Göttin in ihrem Blutdurst leer trank, bevor sie betrunken einschlief. Damit ihr Lauschen nicht zu offenkundig wurde, blätterte Phebe rasch eine Seite um.

»Zuerst war sie in einen Felsen eingesperrt, aber als die Gelbroben das Schloss bekamen, hat Thoth sie hierhergebracht, weil er es für sicherer hielt. Das Verlies ist mit Bannsprüchen und so was versehen. Niemand, der kein Mensch ist, kann die Schwelle ohne Hilfe überschreiten.«

»Aber warum bleibt sie dort eingesperrt?«, fragte Hannah eine reichlich naive Frage, wie Phebe fand.

»Wenn sie freikommt, wird sie einfach weitermachen.«

»Umso länger sie eingesperrt bleibt, desto wütender wird sie werden«, setzte Hannah ihm entgegen.

Dem musste Phebe in Gedanken zustimmen. Auch wenn sie sich sicher war, dass dieser Niall noch eine Menge anderer interessanter Dinge zu erzählen hatte, ihre Recherche ging vor. Sie nahm sich das Buch, klemmte es sich unter den Arm und suchte sich einen anderen Platz.

Zwischen ein paar Drittstüflern setzte sie sich mit dem Buch an ein Turmfenster und betrachtete das Inhaltsverzeichnis von Neuem, dann begann sie das Vorwort zu lesen. Die Autorin hatte Vermisstenfälle seit der Gründung der Gelbroben zusammengefasst und Gemeinsamkeiten und Unterschiede festgestellt, die es in Zukunft erleichtern sollten, neue Vorkommnisse einzuordnen. Das klang äußerst vielversprechend und Phebe dankte dem Bibliothekar Japhet noch einmal in Gedanken.

Sie begann zu lesen und erfuhr einiges Neues. Durch göttliche Großereignisse und Feste wie die Wilde Jagd, die Dionysien oder Nocturnalien verschwanden oft Menschen, die aber innerhalb weniger Tage wieder auftauchten. Im 19. Jahrhundert war einmal ein Schüler namens Victor Jungbluth im Wald und wahrscheinlich auch in der Anderswelt verlorengegangen. Er galt als der Einzige, der niemals zurückgekehrt war. Außerdem schien es mit einiger Regelmäßigkeit vorzukommen, dass die griechischen Götter ihre menschlichen Liebhaber auf den Olymp entführten. Doch nichts ähnelte dem Fall ihres Vaters.

Ben war bei einem Einsatz verschwunden, sechs Jahre fortgeblieben und mit einer verkrümmten Hand, einem Brandmal auf dem Rücken und einem Trauma zurückgekehrt.

Trotzdem las sie noch einige Stunden in dem Buch und lernte jede Menge unglaubliche Geschichten. Als die Bibliothek zum Abendessen schloss, stellte sie es sorgfältig an seinen Platz zurück.

»Hast du gefunden, was du gesucht hast?«, fragte Bibliothekar Japhet, als sie im Erdgeschoss als Letzte auf den Ausgang zuging.

»Noch nicht«, erwiderte sie lächelnd. Auch wenn sie nur zufällig über die Antwort stolpern würde und dazu alle Bücher im Bibliotheksturm in die Hand nehmen musste, sie hatte die Herausforderung angenommen. Sie würde anfangen, zu lesen.

DINGOS VERSTECK

In der Woche vor Halloween hatte Phebe bereits sieben Bücher durchgearbeitet und sich für eine Strategie entschieden. Sie wollte zunächst Wege in andere Sphären recherchieren. Schließlich war Ben ein Mitglied der Gelbroben und nach allem, was Phebe bisher über die MEDIATORES gelernt hatte, war es durchaus möglich, nicht nur auf dieser Welt, sondern auch in anderen verloren zu gehen.

Die Anderswelt, die sie in keltischer Mythologie behandelt hatten, hatte sie bereits nach Vermisstenfällen der letzten zehn Jahre durchkämmt. Aber sie hatte keinen einzigen Hinweis darauf gefunden, dass Verschwundene in irgendeinem anderen Zustand als vorübergehender Verwirrung zurückkehrten.

Ihr nächster Ansatzpunkt war Yggdrasill, der Weltenbaum der nordisch-germanischen Mythologie, der mit seinen Ästen und Wurzeln die Reiche der Asen, Wanen, Riesen, Zwerge und Menschen verband. Sobald der Nachmittagsunterricht vorüber war, wollte sie in die Bibliothek zurückkehren. Sie war nun so regelmäßig dort, dass Bibliothekar Japhet ihren Namen kannte und sie grüßte, wenn er nicht schlief. Heute würde sie ihre Hausaufgaben in der Mittagspause erledigen, denn es gab keinen Grund die wertvolle Zeit mit Freunde finden zu vergeuden.

Ihre Mitschülerinnen sprachen sowieso nur noch über die Halloweenparty am Samstagabend. Phebe hatte sich bereits damit abgefunden, dass sie nicht hingehen würde. Sie hätte nicht gewusst, mit wem sie dort reden sollte, und konnte darauf verzichten, den ganzen Abend einsam neben dem Büffet zu stehen.

Doch bevor Phebe in den Bibliotheksturm zurückkehren konnte, musste sie den Schultag herumbringen. Der Mittwochmorgen begann mit griechisch-römischer Mythologie beim Schuldirektor Van Koppern. Fünf Minuten zu spät schlenderte er in zerrissenen Jeans und demselben ausgewaschenen Anti-Atomkraft-T-Shirt, das er sehr gerne zu tragen schien, in das Klassenzimmer, seine riesige Windhündin an seiner Seite. Laila kannte die Klasse inzwischen und hatte kein großes Interesse mehr an den Schülern. Sie schnüffelte nur eine Weile neugierig an den

Schultaschen unter den Tischen herum, bevor sie sich unters Pult legte, gähnte und für den Rest der Doppelstunde döste.

»Wer hat keine Hausaufgaben?«, eröffnete Herr Van Koppern gewohnt fröhlich die Stunde. Ungefähr ein Viertel der Klasse wagte es, sich zu melden. Phebe schielte nach links und rechts und verurteilte diejenigen, die ihre Hände hoben, im Stillen.

»Wer hat sie ganz?« Wieder meldete sich ungefähr ein Viertel, zu dem Phebe und Carmen selbstverständlich gehörten. »Wer hat wenigstens einen Teil?«

Die übrigen Schülerinnen und Schüler meldeten sich, darunter Hannah und ihr neuer bester Freund.

»Gut, damit kann ich arbeiten«, meinte Herr Van Koppern statt ihnen irgendeine Lektion über die Wichtigkeit von Hausaufgaben zu erteilen. »Also, was habt ihr über die Kinder der Olympier herausgefunden?«

Phebes Hand schoss in die Höhe, aber sie war nicht die einzige. Bei Herrn Van Koppern meldeten sich mehr Schüler als bei Herrn Bergunder oder Frau Lütke.

»Sie haben sehr viele«, antwortete Masika, die in Phebes Augen selten mehr als das Offensichtliche beitrug.

»Sie halten nichts von Monogamie«, ergänzte Annabelle.

»Die Kinder sind mindestens genauso schlimm wie ihre Eltern«, behauptete Dayo.

»Das war bereits eine sehr gute Zusammenfassung«, schmunzelte Herr Van Koppern und setzte sich aufs Pult, sodass seine Beine herunterbaumelten. »Dann lasst uns mal ein bisschen ins Detail gehen.«

Ein Rascheln ging durch die Reihen der Schüler. Das wichtigste Arbeitsblatt für griechisch-römische Mythologie war ein riesiger Stammbaum der Götterwelt, denn alle waren irgendwie miteinander verwandt. Das Blatt musste gefaltet werden, um zu den anderen in einen Ordner geheftet zu werden. Auch Phebe faltete ihren Stammbaum auf, der so groß war wie die Tischplatte. Und darauf waren nur die 250 wichtigsten Gottheiten aufgelistet. Für die Helden und Könige hatten sie ein zweites Blatt.

»Ich hab' mal 'ne blöde Frage«, warf Dayo irgendwo zwischen den Musen und den Horen ein. »Wenn jetzt zum Beispiel Hades vor mir steht, kann dann Pluto hinter meinem Rücken erscheinen? Ich meine, sind die jetzt derselbe Mensch oder nicht?«

»Erstmal: derselbe Mensch ganz sicher nicht«, erklärte Herr Van Koppern, was für ein allgemeines Kichern sorgte. »Generell könnt ihr davon ausgehen, dass sich die griechisch-römischen Götter entsprechen, wenn dieselbe Figur einen lateinischen und einen altgriechischen Namen hat. Griechische Mythologie ist bis zu tausend Jahre älter und die Römer haben viele Gottheiten übernommen. Und umgekehrt haben sie dann im ganzen römischen Imperium die Götter der besiegten Völker, zum Beispiel der Kelten und Germanen, auf die eigenen übertragen. Daher gibt es Verbindungen von Ischtar zu Venus, Taranis zu Jupiter, Odin zu Merkur und viele andere.« Der Direktor schob Laila von seinem Bein weg, die offenbar entschieden hatte, dass es nun genug mit dem Unterricht war und sie einen Spaziergang machen wollte. »Das hat uns aber nichts zu sagen. Aus Erfahrung kann ich beispielsweise sagen, dass Aphrodite Ischtar absolut nicht leiden kann.«

Bis zum Ende der Stunde hatten sie die Hausaufgabe korrigiert und selbst Phebe schwirrte der Kopf von der Menge an Querverbindungen, die die göttliche Familie zusammenhielten. Als neue Hausaufgabe bekamen sie auf, sich nun nach oben im Stammbaum zu arbeiten und die Generation vor den Olympiern, das Geschlecht der Titanen, auszufüllen. Phebe musste ein Seufzen unterdrücken. Das würde eine anstrengende Mittagspause werden, doch sie war sich sicher, dass sie nach dem Nachmittagsunterricht trotzdem ihre Recherche fortführen konnte.

Der Gong läutete zum Unterrichtsende. Phebe packte ihre Sachen und hielt sich an der Tür nicht damit auf, Laila hinter den Ohren zu kraulen, wie die meisten es taten. Sie wollte nur schnell ins Klassenzimmer für finnische Mythologie gelangen, um vielleicht noch vor Stundenbeginn am Stammbaum der Griechen arbeiten zu können.

»Niall!«, rief plötzlich jemand sehr laut über den Gang. An Phebe vorbei rauschte Carmen, die den braunhaarigen Jungen und Hannah einholen wollte. Die beiden liefen direkt vor Phebe. Carmen verlangsamte ihr Tempo, sodass sie mit den anderen Schritt hielt.

»Niall, du bist doch auch am Freitag in Nordisch-Germanisch mit dem Referat dran, oder? Ich wollte dich nur kurz fragen, ob du bei Yggdrasill auch über die neun Welten sprichst, oder nur über den Baum und seine Bewohner?«, fragte sie eifrig. »Damit unsere Referate sich nicht überschneiden.«

Niall blieb so unerwartet stehen, dass Phebe fast in ihn hineinlief. Ihr gelang es gerade noch auszuweichen und nur seine Schulter zu streifen. Aber er musste mit seinen Gedanken woanders sein, denn er reagierte nicht einmal auf ihre gemurmelte Entschuldigung.

»Oh Mist!« Er schlug sich an die Stirn. »Hannah, tut mir leid. Ich werde später nicht mit dir Hausaufgaben machen können.«

Phebe seufzte nur und beschleunigte ihre Schritte. Da hatte Hannah sich wirklich einen schweren Fall aufgehalst. Dieser Niall war auch einer der Übeltäter gewesen, die am ersten Abend von Herrn Bergunder mit den Schraten erwischt worden waren. Sie beschleunigte ihre Schritte und war froh, nicht von so jemandem abgelenkt zu werden.

Niall stand am Rande der Verzweiflung. Wie hatte er das Referat nur vergessen können? Das Schuljahr war noch nicht einmal zu einem Viertel um und schon wieder kam er mit der Arbeit nicht hinterher. Zum ersten Mal in seinem Leben saß er wie auf glühenden Kohlen, bis er in den Bibliotheksturm gehen konnte. Die Doppelstunde finnischer Mythologie bei Herrn Debbani zog an ihm vorbei und das Praktikum in Naturwissenschaften bei Frau Mebarek bekam er nur mit, weil Hannah seinen Pullover löschte, bevor ein Bunsenbrenner aus ihm ein Drachenfrühstück machte.

Eigentlich wusste er genau, warum er das Referat vergessen hatte. Jede Minute, die er nicht mit Hannah zusammen war, hatte er in die Vorbereitung seines Halloweenstreichs gesteckt. Tagelang hatte er nach dem Sicherungskasten für die Aula gesucht und ihn schließlich hinter einer Holzvertäfelung entdeckt. In mehreren Testläufen hatte er ausprobiert, welche Sicherung er für die Beleuchtung umlegen musste. Wenn Hannah allein war, machte sie vermutlich ihre Hausaufgaben für Altgriechisch oder hing mit Annabelle herum oder machte irgendetwas Sinnvolles. Ihre Mitbewohnerin Phebe und sie mochten sich nicht besonders, das hatte er schon mitbekommen, und er konnte es ihr nicht verdenken. Er war auch von seinem Zimmergenossen Tom genervt, der mehr an seinem Nintendo-DS als an Mythen interessiert war und dessen Chipstüten zu jeder Tages- und Nachtzeit raschelten.

Hannah begleitete Niall nach dem Unterricht noch bis zum Eingang des Bibliotheksturms, erinnerte ihn daran, seine Brille aufzusetzen und schob ihn mit einem aufmunternden Lächeln durch die Tür. Nachdem sie gegangen war, spielte er einen Augenblick mit dem Gedanken, das Referat sausen zu lassen und einfach einen Enzyklopädieartikel zu kopieren und am Freitag vorzulesen. Doch dann dachte er daran, wie enttäuscht Hannah sein würde, wenn er das täte.

Er fasste sich ein Herz und trat ein. Zuerst setzte er sich an einen der Computerarbeitsplätze und wühlte in seiner Schultasche. Sein Schreibblock war vollgestopft mit losen und bekritzelten Blättern und es dauerte, bis er die Leseliste fand, die Herr Meritt am Anfang des Schuljahrs ausgeteilt hatte. Der Titel des Buchs lautete *Yggdrasill – Die Wahrheit über den Weltenbaum*. Im Computer fand Niall sofort die Signatur. Zügig raffte er seine Zettelwirtschaft zusammen, dann schleppte er sich die Wendeltreppe empor.

Doch das Buch war nicht an seinem Platz. Niall biss die Zähne zusammen und suchte das gesamte Regalbrett ab. Er fand es nicht, doch so leicht wollte er sich nicht geschlagen geben, da er nun angefangen hatte. Er durchsuchte die ganze Abteilung, aber es blieb verschwunden. Dann kam ihm die Idee, dass vielleicht gerade ein anderer Schüler etwas über die Weltenesche nachlas. Deshalb suchte er die Arbeitstische ab und sprach jeden Schüler an, den er traf.

Es vergingen mehr als zwanzig Minuten, bis er das Buch endlich fand. Im obersten Stockwerk des Turms saß Phebe. Niall kannte ihren Namen, weil sie Hannahs Zimmergenossin war und sich in jedem Fach außer in Ritualkunde ein Duell mit Carmen, der anderen Streberin, lieferte. Sie hatte ihre große Nase ausgerechnet in *Yggdrasill – Die Wahrheit über den Weltenbaum* gesteckt, obwohl noch ein Dutzend anderer Bücher auf einem Stapel neben ihr lagen.

Niall schluckte seinen Ärger über die lange Suche hinunter, atmete einmal tief durch und ging auf sie zu.

»Hallo, sorry. Kann ich das Buch haben? Ich brauche es dringend«, fragte er so freundlich wie möglich. Phebe schaute von dem Buch auf, musterte ihn abschätzig und verkündete dann kurz angebunden:

»Dein Pech, ich lese es gerade.«

Wieder biss Niall die Zähne zusammen und wagte einen zweiten Versuch.

»Brauchst du es wirklich jetzt?«, bemühte er sich, freundlich zu bleiben. »Ich muss übermorgen ein Referat über Yggdrasill halten.«

»Dann such dir irgendein anderes.« Dieses Mal hatte sie nicht mal einen abschätzigen Blick für ihn übrig, sondern kritzelte nur eine Notiz in ihr dickes Notizbuch.

»Aber du brauchst es doch gar nicht!«, rief er aufgebracht. Er konnte jetzt verstehen, warum Hannah, die mit jedem zurechtzukommen schien, dieses Mädchen nicht mochte. Sie war unausstehlich. Als hätte sie diesen Gedanken gelesen, blickte sie wieder auf.

»Und du hättest früher anfangen können!«, erwiderte sie patzig.

Niall schnaubte wütend, während sie ungerührt eine Seite umblätterte. Plötzlich kam ihm eine Idee und er griff blitzschnell nach dem Buch. Phebe war auf diesen Angriff nicht vorbereitet und so gelang es ihm, es ihr unter der Nase wegzuziehen.

»Hey! Gib das zurück!«, fauchte sie und sprang aus ihrem Stuhl auf.

»Ich denke gar nicht dran!«, rief Niall über seine Schulter und machte sich davon. Er war sich sicher, nur weit genug weggehen zu müssen, damit er Ruhe vor ihr hatte. Doch dann hörte er Schritte hinter sich. Er sah gerade noch, wie ein Fuß, der in einem tigergestreiften Sneaker steckte, sich vor seinen schob, doch es war zu spät. Er fiel vornüber hin, ließ das Buch aber nicht los, sodass Phebe, die daran zerrte, mit ihm zu Boden ging. Zusammen stießen sie an ein Bücherregal, das gefährlich ins Wanken kam. In heller Panik sprang Niall auf, um es vor dem Fallen zu bewahren. Es gelang ihm gerade noch, doch die Bücher daraus lagen verstreut auf dem Boden. Noch bevor er ganz begriffen hatte, was geschehen war, hatte sich auch Phebe auf die Beine gerappelt und sich das Buch über Yggdrasill geschnappt, das er fallen gelassen hatte.

»Danke vielmals! Viel Spaß beim Aufräumen.« Phebe grinste schadenfroh und wandte sich ab, um ihn mit dem Chaos allein zu lassen. Fassungslos sah Niall ihr hinterher. Er konnte sie nicht so einfach davonkommen lassen. Ohne groß Nachzudenken schnappte er sich das dickste Buch, das auf dem Boden lag, und holte gerade zum Wurf aus, als –

»Phebe! Niall!« Die schneidende Stimme von Frau Lütke, der Methodiklehrerin, ließ ihn in der Bewegung versteinern. Sie war herbeigestöckelt gekommen und betrachtete entrüstet das Chaos vor ihren Füßen.

»Ihr räumt das sofort auf! Ich melde euch beim Bibliothekar und ihr holt euch eine Strafarbeit ab!«

Jegliche Hoffnung, dass es nur eine Drohung gewesen war, schwand augenblicklich. Frau Lütke drehte sich auf dem Absatz um und stöckelte davon. Niall funkelte Phebe düster an, um ihr ohne Worte mitzuteilen, was er von ihr dachte. Sie verstand allerdings nicht oder war einfach nur unbeeindruckt.

»Das ist allein deine Schuld«, stellte sie klar und zog das lose Haargummi aus ihrem Pferdeschwanz, um ihn ohne großen Erfolg neu zu binden. Niall biss die Zähne zusammen und beugte sich hinunter, um ihr zu helfen.

»Nein, deine«, konnte er sich dennoch nicht verkneifen. Phebe hielt inne und durchbohrte ihn mit einem eiskalten Blick.

»Nein, deine«, sagte sie dann. Niall starrte sie an.

»Nein, deine.«

»Nein, deine.«

Niall stöhnte. Das würde ein langer Nachmittag beim Scannen werden.

Hannah wartete in der Säulenhalle auf Niall. Es war Halloween und die Party in der Aula hatte bereits begonnen. Sie selbst war nicht versessen auf die Feier, doch Niall hatte seit Wochen geplant dorthin zu gehen. Er hatte schließlich Grund zum Feiern. Nicht nur hatte er es geschafft, sein Referat über Yggdrasill innerhalb von zwei Tagen vorzubereiten und es am Vortag zu halten, sondern er war gerade dabei seine neuste Strafarbeit hinter sich zu bringen. Hannah hatte nicht ganz verstanden, wie Niall und Phebe es geschafft hatten, zusammen in der Bibliothek eine Strafe zu erhalten, aber sie hatte auch nicht nachgefragt.

Jetzt hockte sie auf den steinernen Stufen der großen Treppe neben dem Sockel der Greifenskulptur. Garion nannten ihn alle in der Schule und umso länger Hannah ihn betrachtete, desto einfacher wurde es, die Geschichte zu glauben, die über ihn erzählt wurde. Er sah so lebensecht aus, als wäre er tatsächlich zu Stein geworden.

An seinen ausgebreiteten Flügeln konnte Hannah einzelne starke Schwungfedern ausmachen, an seiner Brust zarte Daunen, die in Pelz übergingen. Wie zum Sprung bereit war seine angespannte Haltung, als wollte er die Treppe gegen Angreifer verteidigen. Abgesehen von den

Merkmalen, die ausreichten, um Garion als Greif zu erkennen, ähnelte die Statur den Zeichnungen wenig, die Hannah vor Besuch des Vogesenschlosses gesehen hatte. Er hatte eine üppige Löwenmähne und Löwenpfoten an allen vier Beinen, aus denen statt Raubtierkrallen lange Vogelklauen hervorragten. Seine großen Katzenaugen waren leer und doch konnte Hannah sich vorstellen, wie das Leben in ihnen glänzte. Er hatte runde Ohren, die denen eines Teddybärs ähnelten. Doch das Ungewöhnlichste an ihm war seine Schnauze. Garion hatte einen gebogenen Vogelschnabel als Oberkiefer und den Unterkiefer einer Raubkatze, sodass seine Reißzähne als scharfe Hauer nach oben heraustanden.

Hannah fragte sich gerade, warum jemand bei den Gelbroben eine so hässliche Variante des Fabelwesens geschaffen hatte, als sie Schritte auf den Stufen hörte. Niall kam endlich die Treppe herunter und zu Hannahs Überraschung wurde er von Phebe begleitet. Hannah runzelte die Stirn, denn sie erinnerte sich, dass Niall noch beim Mittagessen alles andere als nette Worte für ihre Mitbewohnerin übriggehabt hatte. Aber jetzt lachten die beiden wie über einen gemeinsamen Witz.

»Was ist passiert?«, fragte Hannah verwundert und erhob sich von ihrer Stufe, als die beiden neben ihr zum Stehen kamen. Niall zog nervös seine Brille ab und öffnete gerade den Mund, um Hannah eine Erklärung zu liefern, als Phebe ihm das Wort abschnitt.

»Ich habe gerade die schönsten Stunden meines Lebens beim Scannen mit diesem Idioten verbracht«, strahlte sie und stieß ihm anerkennend ihren Ellenbogen in die Seite.

»Wobei es ohne Scannen noch schöner gewesen wäre«, murmelte Niall und rieb sich die Stelle, wo der Ellenbogen ihn getroffen hatte. Aber er lächelte auch.

»Du wirst es nicht glauben, Hannah. Ich weiß, er sieht nicht so aus, aber er hat einen tollen Humor und kennt eine Menge blöde Mythologiewitze«, grinste Phebe. Doch als sie Hannah ansah, erstarb das Lächeln schnell. Nervös zupfte sie an ihrem unordentlichen Pferdeschwanz herum und ihre Stimme wurde zu einem hastigen Nuscheln. »Naja, wir sehen uns dann morgen im Unterricht.«

Hannah tat es leid, dass Phebe offensichtlich bloß durch ihre Anwesenheit das Gefühl bekam, unerwünscht zu sein. Aber sie wusste auch nicht, was sie getan hatte, um das in ihr auszulösen. Phebe wollte an ihnen vorbei in Richtung Westturm gehen, als Niall ihr nachrief.

»Gehst du nicht auf die Party?« Hannah konnte ihm eine Spur Enttäuschung anhören.

»Ich...« Phebe drehte sich um und zögerte. Ihr Blick lag auf Hannah und die dunklen Augen schauten sie fast schon bettelnd an, wie Rollo, wenn die Familie am Esstisch saß.

»Komm, wir gehen zusammen«, löste Hannah endlich die Anspannung. Schließlich hatte sie keinen Grund, Phebe den Gefallen zu verweigern. Von Phebe schien durch ihre Worte alle Nervosität abzufallen.

»Bevor wir auf die Party gehen«, unterbrach Niall den Blickaustausch, »will ich euch noch etwas zeigen.«

Hannah schmunzelte. Seine Geheimnisse waren wohl unerschöpflich. Die Mädchen folgten ihm die Treppe hinauf und auf einen langen Flur mit Klassenzimmern. Die Schule war wie ausgestorben, obwohl es erst sieben Uhr abends war. Alle mussten sich auf der Halloweenparty befinden.

»Ähm... Ich hoffe, du denkst nicht, dass ich dir deinen Freund wegnehmen will. Das will ich nämlich nicht«, flüsterte Phebe Hannah im Gehen zu, sodass Niall es nicht hörte. Sie biss sich auf die Unterlippe, als fiele der nächste Satz ihr schwer. »Wenn wir uns noch eine Chance geben, dann können wir uns bestimmt ganz gut leiden. Okay für dich?«

»Ja«, bestätigte Hannah mit einem Lächeln. »Okay für mich.«

»Danke.« Hannah fand nicht, dass sie Phebes Dankbarkeit verdient hatte, schließlich war Phebe es gewesen, die nach dem ersten Abend keine zweite Chance gesucht hatte. Aber den Gedanken schob Hannah beiseite. Das lag nun in der Vergangenheit. Jetzt musste Hannah feststellen, wie gesprächig Phebe war, wenn sie sich nicht zurückhielt.

Bis Niall mit ihnen den Nordflügel erreichte, hatten beide bereits jede Menge über Phebe erfahren und verschiedene Bücher, die sie gerade gelesen hatte, zusammengefasst bekommen. Bei einer unscheinbaren Tür im Treppenhaus, die Hannah zunächst für eine Besenkammer hielt, stoppte Niall. Tatsächlich gab sie den Blick auf Putzutensilien frei, als er sie ohne weiteres öffnete, aber dahinter lag eine wacklig aussehende Metalltreppe, die sich im Uhrenturm nach oben zu winden schien.

»Dürfen wir diese Tür überhaupt öffnen?«, fragte Hannah unsicher. Die Kälte des unbeheizten Raums ließ sie unweigerlich zittern und sie wünschte sich, sie hätte mehr als eine Strickjacke angezogen.

»Es steht nicht dran, dass es verboten ist«, meinte Niall und Phebe grinste zustimmend. »Außerdem war ich schon früher hier oben und habe keinen Ärger bekommen.«

Er erklomm die ersten Stufen der Metalltreppe, die nicht nur so aussah, als wäre sie wacklig. Hannah fühlte sie unter ihren Schritten schwanken und hielt sich am Geländer fest, während Niall voranschritt und Phebe hinter ihr nicht durch das Wackeln beunruhigt wirkte. Die Stufen führten vorbei an dem alten Mechanismus des Uhrwerks mit seinen Zahnrädern und beständigem Rattern. Schließlich erreichten sie eine überdachte Plattform, die den Abschluss des Uhrenturms bildete.

Von hier oben aus gesehen lag das Vogesenschloss vor ihnen wie eine Spielzeugburg. Obwohl der Uhrenturm der niedrigste der vier ungleichen Türme war und von den anderen überschattet wurde, dem gewaltigen Bibliotheksturm, dem massiven Westturm und dem sechseckigen Turm, in dem das Direktorenbüro lag, konnte Hannah das ganze Gebäude überblicken.

»Dingos Versteck ist mein bestes Geheimnis«, sagte Niall stolz, während Hannah noch die Aussicht in sich aufnahm.

»Wieso heißt es Dingos Versteck?«, wunderte sich Phebe. Niall deutete mit einem Kopfnicken auf eine der Säulen, die das Dach der Plattform stützten. Ein Graffiti zeichnete zwei ungleiche Wolfsköpfe auf den Stein und darunter stand in eckigen Buchstaben mit derselben Farbe gesprayt ›Dingos Versteck‹.

»In alten Gebäuden ist man nirgendwo als Erster«, meinte Niall schulterzuckend. Hannah trat vorsichtig vor an das steinerne Geländer. Wenn sie sich leicht vorbeugte, konnte sie auch die fast kahle Esche im Innenhof und das Brunnenhaus im vorderen Hof sehen. Plötzlich berührten ihre Finger auf dem kalten Stein eine Unebenheit.

»Schaut mal, hier hat jemand seine Initialen eingeritzt.« Überrascht von ihrem Fund fuhr sie die Furchen mit der Fingerkuppe nach. Tief in den grauen Stein graviert standen vier Buchstaben. »D.B. und V.Q. Ob sie wohl noch auf der Schule sind?«

Niall zuckte mit den Schultern.

»Keine Ahnung, das Schloss ist über vierhundert Jahre alt.«

»Wobei ein Nachname, der mit Q anfängt, selten vorkommt«, warf Phebe in der altklugen Art ein, die Hannah bisher nur im Unterricht von ihr kannte.

Trotz der hereingebrochenen Nacht stand der fast volle Mond hell am Himmel. Die Endlosigkeit des Waldes in alle vier Himmelsrichtungen breitete sich vor Hannah aus wie ein schwarzes Meer, in dem das helle Vogesenschloss die einzige Insel war. Vierhundert Jahre waren eine so lange Zeit, dass sie sie sich nicht einmal vorstellen konnte. Und die Götter waren Jahrtausende alt, dachte sie und fühlte sich klein. Was waren die fünfzehn Jahre ihres Lebens gegen das Alter der Welt und der Götter? Was war ein Menschenleben und seine Vergänglichkeit schon gegen das große Ganze? Konnten die Gelbroben und Menschen wie sie wirklich den Lauf der Dinge ändern?

Ein schrilles Kreischen ließ sie zusammenzucken und ihre Fragen vergessen. Ein rotbraunes Federvieh flatterte aufgeregt von einem Balken des Daches hinab und um sie herum.

»Keine Angst, das ist nur eine Drachentaube«, beruhigte Niall sie, duckte sich aber auch weg, als die Taube einen weißbraunen Klecks auf das Geländer fallen ließ. »Ich habe gehört, die nisten hier, weil der Lar des Schlosses auf sie aufpasst. Überall sonst gelten sie als ausgestorben.«

Hannah erkannte tatsächlich ein aus Ästchen geflochtenes Nest auf einem der Dachbalken. Der Vogel ähnelte einer gewöhnlichen Taube. Der Kopf und der Körper waren mit rotbraunen Federn überzogen, doch die Gliedmaßen entsprachen ihrer anderen Namenshälfte. Das Tier hatte ledrige Flügel, schuppige Reptilienbeine und einen sich kringelnden Schwanz, der mit Dornen besetzt war. Hannah konnte die Drachentaube genau betrachten, während sie sich langsam beruhigte und zu ihrem Nest zurückkehrte. Es war wie mit dem steinernen Greifen in der Säulenhalle – das Wesen war zu unförmig, um nicht wahr zu sein. Auch Phebe blickte mit einiger Neugier zu dem seltsamen Tier auf. Nur Niall beachtete es nicht weiter.

»Eins müsst ihr mir versprechen: Dingos Versteck ist unser Geheimnis«, bat er die beiden eindringlich.

»Versprochen«, sagten Hannah und Phebe wie aus einem Mund.

Das Wort kam Hannah leicht über die Lippen, doch es war mehr als ein Versprechen, sein Geheimnis nicht zu verraten. Dieser Halloweenabend war vielleicht der Beginn einer dieser Freundschaften, für die man durchs Feuer ging. Sie sah zu Niall und Phebe, die ihn schon wieder für irgendetwas auf den Oberarm boxte. Sie musste lächeln. Ja, es war bestimmt eine solche Freundschaft.

Es war ein ungewohntes Gefühl, auf Hannah zu warten und mit ihr zusammen zum Frühstück zu gehen. Phebe fühlte sich zuerst auch komisch. Ihr war bewusst, wie lächerlich sie neben Hannah aussehen musste, zu groß, zu schlaksig, zu unordentlich mit ihren schwarzen Haaren und alten Klamotten. Irgendetwas in ihr fürchtete, dass sie die Blicke auf sich ziehen würde und Hannah sie links liegen lassen würde. Doch als sie sich mit ihren Tabletts zusammen hinsetzten, hob keiner auch nur den Kopf und Hannah war so nett zu ihr, dass Phebe vollkommen vergaß, warum sie sie am ersten Abend für zickig gehalten hatte.

Die Halloweenparty am Vorabend war nicht verlaufen wie geplant. Als Hannah, Niall und sie an der Aula angekommen waren, war die Party bereits von den Lehrern abgebrochen worden. Wegen unvorhergesehener Zwischenfälle, wie Herr Meritt ihnen an der Tür gesagt hatte.

Jetzt, am Sonntagmorgen beim Frühstück, war der Speisesaal ungewohnt ruhig, aber Phebe war es Recht. Sie wollte den Sonntag sowieso ruhig angehen. Sie hatte entschieden, ihre Recherche zu pausieren. Sie musste schließlich in einem anderen Bereich aufholen.

Mit Hannah und Niall saß sie am Tisch und konnte sich selbst nicht zurückhalten, vor sich hin zu plappern. Sie redete bestimmt jede Menge Unsinn, doch Hannah hatte immer ein Lächeln für sie übrig und bei Niall war Phebe sich sowieso nicht sicher, dass er alles mitbekam, auch wenn sie in einer normalen Geschwindigkeit gesprochen hätte.

Seit er sich mit seiner Schale Müsli auf dem Tablett zu ihnen gesetzt hatte, schwieg er. Neugierig verfolgte Phebe, wie er mit dem Löffel in dem trockenen Müsli herumrührte, um die Rosinen herauszufischen und sie in einem kleinen Haufen auf seiner Serviette zu sammeln. Erst dann goss er Milch in die Schale und begann zu essen.

»Du magst wohl keine Rosinen«, stellte sie laut fest. »Darf ich?« Niall versuchte mit vollem Mund etwas zu sagen. Sie verstand aber nicht und schlang die Rosinen einfach hinunter. Als Niall fertig gekaut und geschluckt hatte, wollte er noch etwas sagen, doch er wurde unterbrochen.

»Ich bitte um Ruhe!« Wieder hatte sich der Bibliothekar Japhet am Lehrertisch erhoben. »Die Nachrichten. Berlin: Eine wandernde Herde Kentauren aus Makedonien hat sich im Nationalpark Müritz niedergelassen. Die Mitglieder vor Ort sind um eine Kontaktaufnahme bemüht. – Kiew: Unser Mitglied Anni Salonen, die seit zehn Tagen vermisst wurde, ist tot aufgefunden worden. Sie ist wahrscheinlich einer Russalka zum Opfer gefallen. – Athen: Daryl hat einen der Nachfahren des teumessischen Fuchses besiegt. Unter Verlust des ersten Glieds ihres linken Ringfingers, wie sie betont.«

»Wer ist eigentlich dieser Daryl?«, fragte Hannah, als sich der Bibliothekar wieder gesetzt hatte, und strich Marmelade auf ihr Croissant. »Das ist das vierte oder fünfte Mal, dass ich den Namen in den Nachrichten höre.«

Niall hielt inne, bevor er sich den Mund wieder so vollstopfte, dass er nicht antworten konnte, und legte den Löffel beiseite.

»Ach, sie ist eine Berühmtheit bei den Gelbroben, eine Reisende und Wächterin. Sie war kein Jahr aus der Schule, da hat sie ganz allein den Vertrag mit den Kindern der Finsternis geschlossen – so ein Verein von Werwölfen, Vampiren und dem Kram. Sie ist noch nicht mal dreißig und macht alles Hirnrissige und Heldenhafte, was erledigt werden muss.«

Phebe staunte nicht schlecht. Für einen so nachlässigen Schüler wusste Niall eine ganze Menge. In der Bibliothek hatte er Hannah von Sachmet erzählt, auf Dingos Versteck die Drachentaube erkannt und nun sprach er von Helden und Kindern der Finsternis. Woher konnte er das alles wissen, wenn es ihm im Unterricht meistens kaum gelang, den Kopf von der Tischplatte zu heben? Seine Eltern mussten beide Gelbroben sein und wahrscheinlich hatten sie es nie für nötig befunden ihren Sohn von der Götterwelt fernzuhalten.

Phebe war neidisch. Sie hatte erst durch Bens Rückkehr von den Gelbroben erfahren. Und jemand wie Niall, der das alles so wenig wertschätzte, war einfach in diese Welt hineingeboren worden. Eine leise Stimme sagte Phebe, dass Niall vielleicht alles mit so viel Gelassenheit anging, gerade weil er damit aufgewachsen war. Aber sie versuchte, sie zu überhören.

»Ist Daryl ihr Vor- oder ihr Nachname?«, fragte Hannah unterdessen weiter.

»Die Frage habe ich mir nie gestellt.« Niall zuckte mit den Schultern.
»Daryl einfach. Dann weiß jeder, von wem du sprichst.«

Phebe überlegte sich gerade, wie sie Niall am besten nach seiner Familie ausfragen konnte. Bestimmt hatte er auch jede Menge spannende Geschichten über seine Verwandten zu erzählen. Doch bevor sie eine geeignete Überleitung gefunden hatte, wurde sie unterbrochen.

Ein Schüler aus der vierten Stufe mit langen Haaren kam zu ihrem Tisch geschlurft. Er sah aus, als hätte er eine anstrengende Nacht hinter sich und hob nur matt die Hand zum Gruß.

»Croker, wo warst du gestern?«, fragte er Niall und ließ sich auf einen freien Stuhl an ihrem Tisch fallen. Der Stuhl ächzte mindestens so laut wie der Schüler selbst. Niall lief rot an.

»Hi Stephen...Ähm... Auf einer anderen Party.«

»Hm, vielleicht besser so.« Stephen grinste, doch diese Bewegung seiner Gesichtsmuskeln schien ihm schwere Kopfschmerzen zu bereiten. »Ich weiß nicht, wie ich den Kater überleben soll.«

»Was ist passiert?«, erkundigte Phebe sich. Stephen widmete ihr und Hannah zum ersten Mal einen Blick aus unterlaufenen Augen.

»Niemand hatte eine bessere Idee für einen Streich als Alkohol in die Bowle zu schütten. Mindestens fünf Leute haben das gemacht. Dass ich für Mitternacht eine Dämonenbeschwörung geplant hatte, war dann auch egal.« Phebe setzte eine fragende Miene auf, als das Wort ›Dämonenbeschwörung‹ fiel, aber Stephen reagierte nicht darauf. Sein Blick wanderte nur ins Leere und seine Stimme senkte sich zu einem Flüstern. »Und die Kotze... Bei allen Göttern, die Kotze...«

Phebe rümpfte die Nase und auch Hannah runzelte die Stirn, als Stephen davonschlurfte.

»Klingt, als wäre es nicht das schlechteste, dass wir die Party verpasst haben«, meinte Hannah diplomatisch. Niall sagte nichts, sondern schob sich schnell hintereinander zwei Löffel Müsli in den Mund.

Phebe beschloss zum eigentlichen Thema zurückzukehren.

»Du bist einer von den Crokers, oder?«, begann sie neugierig. »Ich habe das Buch von Sage Croker über die Anderswelt im zwanzigsten Jahrhundert gelesen und – « Niall schauderte bei der Erwähnung des Namens. »Sie ist nicht deine Mutter, oder?«

»Nein, meine Großtante«, seufzte er, erklärte aber nicht, was das Seufzen zu bedeuten hatte. »Meine Mum forscht in Südamerika nach

Drachenwesen. Sie sitzt schon seit Jahren an einer Forschungsarbeit, um den weltweiten Drachenbestand und seine Entwicklung zu erfassen.«

»Und dein Vater?«, bohrte Phebe weiter.

»Hab' keinen«, fiel seine Antwort knapp aus.

»Was für ein Zufall, ich habe zwei«, grinste sie. »Manchmal denke ich, ich sollte einen davon abgeben, aber ich könnte mich nicht entscheiden, welchen.«

»Aber du hast auch eine Mutter?«, schaltete Hannah sich vorsichtig ein.

»Ja«, bestätigte Phebe und tat so, als hätte sie die wahre Frage dahinter nicht verstanden. Ihre Familiensituation und die notwendigen Erklärungen dazu waren nichts, was sie beim ersten Frühstück mit ihren neuen Freunden herumerzählen musste. Sie fuhr schnell fort, damit die Pause nicht zu bedeutungsträchtig wurde. »Ich habe auch noch zwei kleine Geschwister. Linus ist ein Jahr jünger und einer totaler Goth und Marike ist erst sechs. Habt ihr auch Geschwister?«

Niall und Hannah schüttelten beide den Kopf.

»Manchmal könnte ich auch die abgeben, aber da wäre die Entscheidung eindeutig, wen von beiden.« Beruhigt, dass sie dieses heikle Thema vorerst umschifft hatte, fand sie wieder in ihren Plauderton zurück und griff nach ihrem Joghurtbecher. »Haustiere?«

»Wir haben einen Hund, Rollo«, erzählte Hannah. »Er ist halb Neufundländer, halb Golden Retriever.«

»So ähnlich wie dein Kuscheltier!« Sie liebte es, wenn sich in ihrem Kopf Informationen wie Puzzleteile zusammenfügten. »Wir haben Hühner auf dem Hof. Und du Niall?«

»Abgesehen von den Drachen, nein.« Er zuckte mit den Schultern. »Zu viel unterwegs.«

»Drachen müssen doch furchtbar gefährlich sein.« Hannahs Aussage klang naiv in Phebes Ohren. Aber wahrscheinlich kam ihr noch alles, was größer und magischer als ein Neufundländer war, bedrohlich vor.

Niall nickte heftig.

»Ihr glaubt ja gar nicht, was sie alles organisieren musste, um anzufangen. Sie hat sich die teuerste Lebens- und Unfallversicherung besorgt, die die Gelbroben ihr bezahlen.«

»Das wäre ein Traumjob für mich«, seufzte Phebe. »Forschen, rei-sen...«

Niall starrte sie entsetzt an.

»Wie kannst du von Jobs sprechen? Ich bin vierzehn, ich will einfach nur noch vier Jahre Schule überleben.«

»Es ist leichter, durchzuhalten, wenn du weißt, wofür du es tust«, be-hauptete Phebe und leckte den Foliendeckel ihres Joghurtbechers ab. Niall verzog die Miene. Entweder fand er das eklig oder er hatte sehr andere Ansichten zu Schule. Aber vielleicht konnte sich Niall unter ih-rem positiven Einfluss noch bessern. Auf jeden Fall hatte Phebe vor, die beiden nicht mehr zu verlieren.

Der November begann und das half Niall nicht, sich besser zu fühlen. Er ärgerte sich noch immer über Halloween und dass er seinen ausge-feilten Plan nicht einmal ansatzweise hatte umsetzen können. Außerdem hatte Herr Van Koppern Konsequenzen aus den Ereignissen gezogen und die Halloweenparty für die nächsten Jahre verboten. Aber noch schlimmer war die Kälte, die die dunkle Jahreszeit mit sich brachte. Jeder Blick aus dem Fenster war grau und braun und die Kälte von draußen kroch dem alten Gebäude in die Mauern wie eine Krankheit. Doch auch das trübste Wetter hatte keinen Einfluss auf seine Laune. Er hasste es bloß, zu frieren.

Phebe war seit dem Strafarbeitsnachmittag nicht mehr von Hannahs Seite gewichen und so hatte Niall auch bereits einige Zeit mit ihr ver-bracht.

»Wieso hab' ich das Gefühl, dass wir die in den nächsten vier Jahren nicht mehr loswerden?«, hatte Niall Hannah nach dem ersten Frühstück zu dritt zugeflüstert. Hannah hatte nur mit den Schultern gezuckt. Und dabei war es geblieben. Phebe war ständig bei ihnen und zumindest bei Herrn Meritt, der es mit Sitzordnungen nicht ganz so genau nahm, sa-ßen sie auch zusammen im Unterricht.

»Ich weiß, es ist früh am Morgen«, begrüßte der Lehrer sie an einem weiteren kalten und feuchten Freitagmorgen im Unterricht für nordisch-germanische Mythologie. Niall war die Uhrzeit gleichgültig, denn ihm war kalt und das Klassenzimmer war über Nacht stark abgekühlt. »Aber ich hoffe, ihr habt alle den Text für heute gelesen. Wir brauchen ihn als

Grundlage, um das dunkelste Kapitel in der gegenwärtigen Geschichte der Gelbroben aufzuschlagen.«

»Hä?«, unterbrach Masika ohne sich zu melden. »Der Text war doch über Ragnarök.«

Niall gähnte und tauchte bis zur Nase in seinen Schal ein, um es vor den anderen zu verstecken. Der Weltuntergang interessierte ihn nicht besonders. Wichtiger schien ihm, ob jemand bald die Heizung aufdrehen würde.

»Genau«, beantwortete Herr Meritt geduldig Masikas Frage. »Denn Ragnarök ist bereits geschehen. Im November des Jahres 1981.«

»Und wir sind immer noch hier?«, wunderte sich Dayo. »Sollten wir nicht ein bisschen toter sein?«

»Wahrscheinlich, aber mit weniger Unterbrechungen kommen wir schneller voran.«

Herr Meritt ließ sie zusammentragen, was sie aus dem Text der Hausaufgabe herausgearbeitet hatten. Der Überlieferung nach sollte der Weltuntergang von drei Jahren Krieg und drei Jahren bitterkaltem Winter, dem Fimbulwinter, angekündigt werden. Die Wölfe Hati und Skalli, die im ewigen Kreislauf den Sonnen- und Mondwagen über den Himmel jagten, würden die Himmelskörper einholen und sie verschlingen. Die Sterne sollten vom Himmel fallen und gewaltige Erdbeben auslösen. Durch die Erschütterungen würden die Fesseln des Fenriswolfs gelöst, eines riesigen Monstrums, das daraufhin die Oberfläche der Erde verwüsten würde. Die Midgardschlange ließe das Meer über die Küsten treten, die Riesen sollten auf Asgard zu marschieren, wo die Asen sich für ihren letzten Kampf rüsteten und...

»Das soll alles in den Achtzigern passiert sein?«

»Nein«, sagte der Lehrer ruhig. »Es war... anders.«

Herr Meritt räusperte sich und irgendetwas lag in seinem Tonfall, das Niall sein Gesicht aus dem Schal schieben ließ. Von Ragnarök hatte er selbstverständlich schon gehört – es war der Grund, warum seine Familie nur noch aus ihm, seiner Mum und Großonkel Brendan bestand. Aber was genau passiert war, das war ihm ein Rätsel. Wer es erlebt hatte, wusste Bescheid, und wer es nicht erlebt hatte, war zu klein, um so etwas Schreckliches geschildert zu bekommen.

»Am 18. November begann der Tag wie jeder andere. Die Vorzeichen waren da gewesen, aber niemand hatte sie ausreichend gedeutet. Die vorausgegangenen Winter waren kälter gewesen, es hatte bereits im September Frost gegeben und Feuerwesen starben in hoher Zahl, was zunächst unerklärlich war. Erst gegen Mittag wurde klar, was geschah. Es gab eine Sonnenfinsternis und Hermöd, der Götterbote, wandte sich an die Gelbroben. Er war überzeugt davon, dass die Asen und mit ihnen die Welt noch vor dem Abendessen untergehen sollten. Das Ganze müsst ihr euch in einer Zeit ohne Internet und Handys vorstellen, in der nicht so schnell kommuniziert werden konnte wie heute. Alle versuchten herauszufinden, was geschah, was man tun konnte. Natürlich wandten sich die Leute an die Götter, doch ein Pantheon nach dem anderen wandte sich ab, als ginge sie das Schicksal der Welt nichts an. Eine Massenpanik befiel die Menschen, als die ersten internationalen Nachrichten über Erdbeben, Springfluten und Stürme berichteten. Der Fenriswolf hatte seinen Weg durch Europa begonnen.«

Herrn Meritts Blick wanderte über die Gesichter der Schüler. Selten war es so leise im Klassenzimmer gewesen. Nicht einmal das Schaben eines Bleistifts oder das Klicken eines Kugelschreibers waren zu hören.

»Man beschloss, sich dem Wolf in den Weg zu stellen, und zwar mit Waffengewalt. Doch gegen zwei Uhr nachmittags zählten unsere Ränge bereits 230 Tote, die durch Naturkatastrophen getöteten Zivilisten nicht mitgerechnet. Es musste etwas unternommen werden, denn die Menschheit war machtlos. Damals war Joanne Boucher Schuldirektorin hier im Vogesenschloss. Sie hat Ragnarök aufgehalten, aber zu einem hohen Preis. Sie ist für den Tod von 110 Menschen verantwortlich, alle Schüler und Lehrer, die ihr anvertraut waren.«

Fassungslos vergrub Niall wieder sein Gesicht bis zur Nase im Schal. Die Schüler waren gestorben? Das war, warum über Boucher gesprochen wurde, als wäre sie eine ansteckende Krankheit? Er war nicht gut im Kopfrechnen, aber seine Mutter musste damals ungefähr fünf oder sechs Jahre alt gewesen sein – zu jung, um auf irgendeine Schule zu gehen. Aber seine Großeltern waren doch während Ragnarök gestorben? Waren sie vom Wolf getötet worden? Oder von Joanne Boucher?

Niall war wohl nicht der einzige, dem solche Gedanken durch den Kopf schwirrten. Zumindest unterbrach Herr Meritt seine Erzählung.

»Planänderung«, verkündete er entschlossen. »Nehmt eure Jacken. Wir brechen hier ab und gehen in den Wald. Ihr braucht nichts zum Schreiben, lasst eure Taschen ruhig hier.«

»Warum denn in den Wald?«, fragte Natalie sichtlich abgestoßen von der Aussicht, sich dem feuchtkalten Wetter und schlimmer noch, dem Matsch und der wilden Natur auszusetzen.

Herr Meritt verbesserte sich rasch.

»Wir gehen auf die Ragnaröklichtung.«

Abseits des vorderen Hofs und der asphaltierten Zufahrtstraße führte ein Trampelpfad vom Tor in den Wald hinein. Er war Hannah noch nie aufgefallen, doch sie ahnte, dass es der Weg war, den die Leute mit den gelben Blumensträußen am Anfang des Schuljahres genommen hatten. Sie bekam ein mulmiges Gefühl. Wollte sie die Lösung dieses Rätsels überhaupt erfahren?

Knapp zehn Minuten lang folgte die Klasse Herrn Meritt in den Wald hinein. Die Nässe der Nacht hing im Gestrüpp und die kahlen Äste der Bäume ragten wie krumme Speere in den grauen Himmel. Obwohl es nicht mehr regnete, fielen dicke Tropfen von den Bäumen. Doch das war das einzige Geräusch. Die Vögel sangen nicht und keine Tiere raschelten im Gebüsch. Der Wald schlief und Hannah wusste nun, dass es wahrer war als sie noch vor wenigen Monaten für möglich gehalten hatte. Die Anderswelt hatte ihn für die kalte Jahreszeit verlassen und mit ihr war das Leben verschwunden.

Hannah stolperte über eine Baumwurzel und hakte sich bei Niall unter, der ihr seinen Arm anbot, aber nicht, weil sie fürchtete, ein weiteres Mal auszurutschen. Sie wollte sich an ihm festhalten, wenn sie ihr Ziel erreichten. Die düsteren Bilder, die vor ihrem inneren Auge tanzten, ließen sie ihre Finger tief in seinen Anorak krallen. Sie erwartete jeden Moment, verbrannten Boden, von Ruß und Blut verfärbte Bäume und von den Pranken des riesigen Fenriswolfs zerfurchte Rinde und Felsen zu sehen.

Doch als Herr Meritt schließlich zum Stehen kam, lag bloß eine Lichtung vor ihnen. Der dichte Wald öffnete sich zu einer noch grünen Wiese hin. In der Mitte ragte ein grauer Findling groß wie ein Auto aus dem Boden. Herr Meritt deutete ihnen an, einen großen Halbkreis davor zu bilden. Auf der Seite des Felsens, auf der die Klasse stand, war eine bronzene Tafel angebracht. Es war eine Liste mit Namen und Lebensdaten. Über ihnen allen prangte das Symbol der Gelbroben.

»Das hier ist eine Gedenktafel für alle Ragnarökopfer im Schloss«, erklärte Herr Meritt. »Wie ihr seht, waren die meisten minderjährige Schüler wie ihr.«

Einige traten näher an die Tafel, wie um sich zu vergewissern, dass sie keinen der Namen kannten. Doch Hannahs Blick war bloß auf eines gerichtet. Hinter allen Namen stand dasselbe Todesdatum, der 18. November 1981. Am Fuß der Tafel lagen vertrocknete Schwertliliensträuße und ausgeblichene Plastikblumen, ein gerahmtes Klassenfoto mit Wasserschaden, verfilzte Plüschtiere, längst erloschene Grablichter. Auf dem Felsen lagen Münzen und Steine, die ebenfalls von Besuchern zur Erinnerung zurückgelassen worden waren. Sie standen vor einem Grabstein.

»Warum Schwertlilien?«, fragte Masika leise.

»Sie sind die Blumen in unserem Wappen«, erinnerte Herr Meritt an eine seiner vergangenen Unterrichtsstunden. »Ein Greif für Greifenhaag, eine Schreibfeder für D'Atlantide, eine Schwertlilie für Theodoros, Sohn der Iris.«

»Was ist dann passiert?«, drängte Alexej zu erfahren. »Hat der Wolf sie alle hier im Wald getötet?«

»Nein, es war nicht der Wolf, der sie getötet hat. Es war ein Handel.« Der Lehrer setzte eine noch ernstere Miene auf als zuvor im Klassenzimmer. »Als Ragnarök ausgebrochen war, wurde alles versucht, was in unserer Macht steht. Doch bei den Göttern stieß man nur auf taube Ohren: Die nordischen Götter hatten selbst genug zu tun; Thor starb, als er die Midgardschlange tötete, Odin bereitete sich auf seinen letzten Kampf vor, Hati und Skalli waren kurz davor, Sonne und Mond einzuholen, Loki hatte sich von seinen Ketten losgerissen und ebenso sein Sohn, der Fenriswolf. Auf der ganzen Welt haben Gelbroben Götter um Hilfe angefleht, sie an alte Schuldigkeiten erinnert, neue Versprechungen gemacht, aber niemand war bereit sich einzumischen. Joanne Boucher, die Schuldirektorin, hat in ihrer Verzweiflung schließlich Mächte angerufen, mit denen wir nie zuvor verbündet waren. Eine aztekische Gottheit war bereit zu helfen, wenn auch nur gegen einen hohen Preis, einen unmenschlichen Preis, denn...«

»Diese Götter verlangen nach Blut«, vervollständigte Annabelle. Selbst sie hatte ihre sonst so lässige Haltung verloren und kaute unruhig auf einer ihrer feuerroten Haarsträhnen herum. Eine plötzliche Windböe riss einige letzte braune Blätter von den Bäumen und ließ sie über die

Lichtung wirbeln, als würde ein Geist sie antreiben. Hannah drückte sich noch enger an Niall.

»Genau. Zumindest diese Gottheit. Boucher befand sich damals selbst nicht im Schloss, sondern war bereits am frühen Morgen zu einem Einsatz gerufen worden und hatte die Leitung ihrem Stellvertreter Saville übertragen. Sie glaubte, den Gott überlisten zu können, und versprach ihm das Leben jeder einzelnen Person, die er im Schloss vorfinden würde. Später hat sie in einer Anhörung vor dem Gremium angegeben, sofort danach in der Schule angerufen und mit dem stellvertretenden Direktor besprochen zu haben, die Schule augenblicklich zu evakuieren, sodass der Gott niemanden vorfinden würde und doch an den Handel gebunden wäre. Doch offenbar hat sie gelogen und es für sicherer befunden, den Gott nicht hereinzulegen, denn dann – «

»Ist alles einfach so passiert?« Entsetzt hatte Carmen den Lehrer einfach unterbrochen.

»Es muss wohl so sein.« Herr Meritt atmete tief ein, als wappnete er sich gegen das, was er als nächstes sagen würde. »Ohne jegliche Warnung gab es für niemanden einen Grund, die Schule an einem gewöhnlichen Mittwoch zu verlassen. Der Gott tötete den Fenriswolf, wie er mit Boucher vereinbart hatte. Am frühen Abend erreichten Mitglieder aus der Station Paris das Vogesenschloss und fanden... Ich will euch ersparen, was in den Berichten steht, und bitte seht nicht selbst nach... Kurz gesagt, sie fanden ein Blutbad vor und keinen einzigen am Leben. Schlimmer noch, den Toten war anzusehen, dass sie nicht einfach nur getötet worden waren. Der Gott hatte sich an jedem Einzelnen gütlich getan. Der stellvertretende Direktor Saville wurde ganz verzehrt, sodass keine Leiche gefunden werden konnte. Er hatte sich wohl vor die Schüler gestellt und den Zorn des Gottes auf sich gezogen. Er gilt als Held dieser Tragödie.«

Die letzten Worte von Herrn Meritt hörte Hannah nur noch wie durch eine dichte Nebelwand. Seine Stimme schwebte in der Luft, doch sie wusste nicht, woher sie kam, oder was sie sagte, denn sie musste sich zu sehr darauf konzentrieren, den Boden nicht unter den Füßen zu verlieren. Hundert Schüler? Einfach so getötet von einer blutdürstigen Gottheit? Sie versuchte die Bilder vor ihrem inneren Auge zu verdrängen, aber sie sah ein rotes Rinnsal auf den Stufen in der Säulenhalle und

Leichen auf den Gängen liegen, ein paar letzte schutzsuchende Schüler im Bibliotheksturm –

»Die Mitglieder, die die Opfer fanden, waren entsetzt und brachten die entstellten Leichname hierher, um sie im Feuer zu bestatten. Sie wollten den Eltern ersparen, ihre Kinder so zu sehen. Der Lar des Schlosses half ihnen dabei. Er war hilflos gegen die mächtigere Gottheit gewesen. Bis heute zeigt er sich uns nicht mehr, weil er sich schuldig fühlt und immer noch schämt.« Wie als wäre er erleichtert zum Abschluss zu kommen, rückte Herr Meritt seine Brille gerade und fuhr dann zügig fort. »Danach wurde der Schulbetrieb für beinahe zehn Jahre eingestellt. Erst 1994 gab es wieder eine Abschlussklasse. Ihr wisst bestimmt, dass viele eurer Eltern und meine Generation nie hier zur Schule gegangen sind. Jetzt wisst ihr auch, warum.«

Hannahs Herz wollte zu viele Dinge gleichzeitig fühlen. Es wollte um die unschuldigen Toten trauern, die es nie gekannt hatte und niemals kennenlernen würde. Es schlug ängstlich, weil es plötzlich glaubte, dass hinter jedem Baumstamm eine unbekannte Gefahr lauerte und ein Schatten es befallen hatte. Es versuchte zu verstehen, dass alles vorüber war und keine Gefahr mehr für diejenigen bestand, die in den Mauern wohnten, in denen so viele andere gestorben waren. Aber ihr Kopf gewann die Oberhand, und statt zu fühlen, konnte sie nur denken, dass ihr Vater nichts von Ragnarök wusste – nichts wissen konnte. Es war ein Jahr nach seinem Schulabschluss geschehen und er hatte den Eid nicht geschworen.

»Und was ist aus Boucher geworden?«, fragte Tom. »Wurde sie bestraft?«

»In tausend Jahren unserer Geschichte hat es nichts Vergleichbares gegeben und wir sind als Menschen nicht fürs Richten und Urteilen übers Handeln anderer zuständig.« Herr Meritt schüttelte traurig den Kopf. »Sie beharrt bis zum heutigen Tag darauf, dass sie im Schloss angerufen und einen Evakuationsplan in die Wege geleitet hat. Sie kann sich nicht erklären, wieso alle noch im Schloss waren.«

»Sie lebt?« Natalie riss die Augen ungläubig auf.

»Sie ist ungefähr neunzig und führt allein eine Station in Australien, eine Strafversetzung sozusagen.«

»Wie kann sie damit leben, dass sie das getan hat?«, empörte sich Alexej. Hannah zuckte bei seinem Tonfall unwillkürlich zusammen.

»Die Frage stellt sie sich bestimmt jeden Tag selbst«, antwortete Herr Meritt und stieß einen leisen Seufzer aus.

»Was ist mit ihrem Enkelkind?«, fragte Annabelle, die sich scheinbar an ein Gerücht oder etwas anderes erinnert hatte, als sie Bouchers Namen hörte.

»Eine weitere Tragödie, wenn auch anderer Natur. Ich möchte nicht, dass ihr darüber spekuliert, aber...« Diese Worte hatte der Lehrer sich wohl nicht zurechtgelegt, glaubte Hannah zu verstehen. Das hier gehörte nicht mehr zur Unterrichtsstunde über Ragnarök. Das hier war nicht mehr als Hörensagen. »Joanne Boucher hatte einen erwachsenen Sohn, der Selbstmord begangen hat. Er konnte nicht ertragen, damit zu leben, heißt es.« Nach diesen nur leise gesprochenen Worten hob er die Stimme wieder und blickte seine Klasse warnend an. »Aber weder ihr Sohn noch ihr Enkelkind tragen Schuld an den Ereignissen von Ragnarök. Die Familie hat genug gelitten, sodass das Enkelkind geschützt werden sollte, und unter einem anderen Namen aufgewachsen ist. Bitte fangt nicht an, darüber zu spekulieren, wer es sein könnte.«

Bald darauf kehrten sie zum Schloss zurück. Hannah kamen die vier ungleichen Türme auf einmal vor wie gewaltige Reißzähne, die die grauen Wolken zerschnitten. An den hellen Mauern klebte Blut. Die Welt, die sie vor Tagen noch für fabelhaft und verzaubert gehalten hatte, hatte sich verdunkelt. Noch beim Mittagessen saß sie appetitlos vor ihrem Teller Eintopf und konnte nicht aufhören, sich einzubilden Blutflecken auf den Steinfliesen zu sehen und im Echo des hohen Speisesaals Schreie zu hören. Es kostete Niall und Phebe alle Mühe, sie an diesem Abend auf andere Gedanken zu bringen. Mit Chips und Tischtennis gelang es ihnen für eine Weile.

Doch als sie schließlich in ihrem Bett lag und sich auf das Wochenende hätte freuen sollen, kehrte der Spuk zurück. Phebe schnarchte längst, aber Hannah lag noch lange wach. Wann immer sie die Augen schloss, sah sie die Monster der Sage und Wirklichkeit verschwommen durch die Dunkelheit geistern, den Fenriswolf, die aztekische Gottheit, düstere und fürchterliche Gestalten und unter ihnen Joanne Boucher, die Lehrerin, die das Leben ihrer Schüler verkauft hatte.

Ich hasse Wind. Ich hasse Kälte. Ich hasse Schnee«, wiederholte Niall zum fünften Mal. Phebe seufzte. Niall, Hannah und sie waren gerade auf dem Weg vom Mittagessen zum Ritualkundeunterricht im Brunnenhaus. Obwohl es erst Mitte November war, waren über Nacht zwanzig Zentimeter Schnee gefallen und das Schloss und die Berge hatten sich in eine andere Welt verwandelt. Der Kies auf dem Vorhof war unter den dicken Flocken verschwunden. Nur eine schmale Gasse war freigeräumt worden, auf der die Schüler im Gänsemarsch zum Unterricht stapften.

»Ich kann dir später noch einen von Tante Wilmas Pullovern geben«, bot Phebe an. Sie selbst war bestens auf dieses Wetter vorbereitet und trug zwei Pullover übereinander unter ihrem Parka. Sie hatte sich schon beim Kofferpacken im Sommer darauf eingestellt, dass das Wetter in den Vogesen anders sein würde als in Gelderland. Die Kälte konnte ihr nichts mehr anhaben. Nur ihre Nasenspitze war bedenklich rot und taub.

»Hier.« Hannah zog ihre wollenen Fäustlinge aus und drückte sie Niall in die Hand.

»Danke«, murmelte Niall leise. Offenbar war es ihm peinlich, durch sein Gejammer tatsächlich etwas erreicht zu haben. Hannahs Wangen hatten ein zartes Rosa angenommen, als sie ihre Hände schnell in ihre Manteltaschen schob. Sie musste auch frieren. Aber Phebe hatte den Verdacht, dass Hannah sich nie beklagte, egal worum es sich handelte.

Seit der Schulstunde über Ragnarök hatte sie ihre neuen Freunde von einer anderen Seite kennengelernt. Niall war durch nichts zu erschüttern. Für ihn war Ragnarök auch nur wie jedes andere Ereignis in über tausend Jahren Geschichte der Gelbroben, egal ob es dreißig oder 300 Jahre zurücklag. Aber Hannah war von der Doppelstunde schwer mitgenommen. Was Phebe bei ihren ersten Begegnungen für gekünstelte Freundlichkeit gehalten hatte, war aufrichtiges Mitgefühl für alles, was lebte und atmete. Dass sich Hannahs Mitgefühl auch über diejenigen erstreckte, denen nicht mehr geholfen werden konnte, hatte Phebe in einer schlaflosen Nacht gelernt, in der sie vor ihren Augen tatsächlich Tränen über die längst besiegelten Schicksale vergossen hatte.

Phebe selbst wusste nicht, wie sie sich fühlen sollte. Einerseits hielt sie sich nicht für vollkommen gefühllos und wusste, dass unvorstellbar Schreckliches auf dem Vogesenschloss geschehen war. Andererseits war sie pragmatisch und konnte Gefühle beiseitelegen – sonst hätte sie niemals Nachrichten im Fernsehen sehen können. Für sie war es das ungelöste Rätsel, das sie noch immer beschäftigte: Hatte Boucher über ihren warnenden Anruf gelogen oder war etwas vollkommen anderes geschehen?

Vor ihnen erreichten Alexej und Tom das Brunnenhaus und versuchten die Tür zu öffnen.

»Na toll. Noch abgeschlossen«, verkündete Alexej schnaubend und stieß eine Atemwolke aus, sodass er wie ein wütender Drache aussah. Seufzend lehnte sich Phebe gegen die Mauer des kleinen, alten Gemäuers, während Niall auf der Stelle trampelte, um warm zu bleiben.

Der vordere Hof lag grabesstill unter der unberührten Schneedecke. In der Auffahrt glitzerten die Eiskristalle in der Mittagssonne, denn niemand hatte sie bisher geräumt. Allein Frau Lütke versuchte gerade, ihr Auto von Schnee und Eis zu befreien, um an ihrem freien Nachmittag in die Stadt zu fahren. Sie fluchte dabei so laut, dass sie unabsichtlich die Blicke der Schüler auf sich zog. Herr Bergunder war nirgends zu sehen.

»Gibt es bei euch im Westturm eigentlich auch kein warmes Wasser?«, fragte Niall plötzlich.

»Heute morgen war es noch warm.« Hannah runzelte besorgt die Stirn.

»Du kannst ja bei Gelegenheit mal zu uns zum Duschen kommen«, scherzte Phebe und boxte ihn aufmunternd auf den Oberarm. »Das gibt bestimmt 200 Seiten.«

Niall grinste ein wenig, aber die Kälte war mächtiger als die beste Ablenkung.

»B-b-bär!«, kreischte Natalie auf einmal. Ihre Wangen waren ebenso rosa wie ihre geschminkten Lippen. »Da ist ein Bär auf dem Schulhof!«

Noch bevor Phebe begriffen hatte, in welche Richtung Natalie geschaut hatte, ließ Frau Lütke ihren Eiskratzer fallen und stapfte energisch durch den Schnee auf die Klasse zu.

»Sei doch nicht kindisch, es gibt keine Bären in Frankrei- « Statt den Satz zu beenden, stieß Frau Lütke einen spitzen Schrei aus.

In der Hofeinfahrt stand ein ausgewachsener Braunbär. Der dunkle Umriss und das braune Fell hoben sich deutlich vom verschneiten Boden ab. Seine stämmigen Beine waren knietief in den Schnee eingesunken und er verharrte an derselben Stelle, an der er wie aus dem Nichts aufgetaucht war, einen neugierigen Blick auf die Menschenansammlung beim Brunnenhaus gerichtet.

Die Klasse wich automatisch zurück und vereinzelte Mitschüler lösten sich aus der Gruppe und rannten in Panik zurück ins Schloss. Phebe wusste, dass man von einem Raubtier niemals wegrennen sollte, um seinen Jagdinstinkt nicht zu wecken. Sie versuchte, langsam zurückzuweichen und Hannah und Niall ohne große Erklärung dazu zu bringen, dasselbe zu tun. Hannah hielt sich dicht an ihrer Seite und in der Gruppe und auch Niall würde genug gesunden Menschenverstand besitzen, um zu –

Sie hatte sich geirrt. Niall wusste offensichtlich nicht, was im Falle einer Bärenbegegnung zu tun war. Er ließ seine Tasche von der Schulter in den Schnee gleiten und ging direkt auf den Bären zu.

»Komm sofort zurück!«, schrie Frau Lütke. Doch Phebe erschien es mehr Empörung als Sorge zu sein.

»Niall, das ist zu gefährlich!«, rief auch Hannah.

Phebe bekam das Gefühl, dass sie auch irgendetwas rufen sollte, aber die wichtigen Dinge waren bereits gesagt. Niall wandte sich noch einmal zu ihnen um und dabei dem Bären den Rücken zu.

»Keine Sorge, Hannah«, grinste er. Zum ersten Mal kam er Phebe vor, als wüsste er genau, was er tat. »Phebs, ich hab' das im Griff.«

Er zwinkerte ihr zu und mit diesen Worten brach Phebes Sichtkontakt zu ihm ab. Das Brunnenhaus lag nun zwischen dem Bären und der Klasse. Frau Lütke hatte ihn offensichtlich für verloren erklärt und widmete ihre Anstrengungen dem Rest der ersten Stufe, die sie ins Schulgebäude trieb wie eine Schar aufgescheuchter Hühner.

Angekommen in der Säulenhalle gewann die Methodiklehrerin ihre Fassung zurück.

»Alle bleiben hier«, schärfte sie ihnen ein und zog das schwere Haupttor zu. »Diese Tür bleibt geschlossen. Niemand geht nach draußen oder irgendwo anders hin. Ich hole Verstärkung.«

Phebe zupfte an Hannahs Ärmel.

»Wenn wir schnell sind, können wir über die Lieferzufahrt von den Küchen nach draußen und zu Niall«, flüsterte sie hastig und ihre Worte überschlugen sich fast. Hannah nickte nur knapp. Sie beide ließen ihre Schultaschen bei den Münztelefonen zurück, warteten bei den anderen ab, bis Frau Lütke auf der Treppe verschwunden war, und schlichen sich dann mit der Entschuldigung, zur Toilette zu gehen, von der Gruppe weg.

Erst auf dem Gläsernen Gang wagten sie wieder schneller zu laufen. Hannah wollte schon Bedenken äußern, aber davon ließ Phebe sich nicht mehr aufhalten. Sie schob die Tür zum Speisesaal auf, ging hinters Büffet und fand in der Küche eine Tür nach draußen, die nicht verschlossen war. Natürlich war sie nicht verschlossen, dachte sich Phebe. Die Angestellten mussten schließlich noch das Abendessen kochen und ausgeben. Draußen stolperten sie tatsächlich über zwei Frauen, die sie noch nie ohne Haarnetze gesehen hatten. Phebe murmelte auf Französisch eine Begrüßung und zog Hannah mit sich, die vor Schrecken zu Stein geworden war.

Auf dem vorderen Hof hatte sich kaum etwas verändert. Phebe und Hannah schlichen entlang der Außenwand des Brunnenhauses, bis sie Niall und den Bären sahen. Hinter einer der sechs Ecken blieben sie stehen, vor den Blicken des Raubtiers verborgen.

Der Bär hatte sich auf seine starken Hinterbeine gestellt und überragte Niall bei weitem. Seine gelblichen Reißzähne waren gebleckt, aber ob es ein unbeholfenes Lächeln war oder eine Drohung, konnte Phebe nicht unterscheiden. Niall zumindest war davon nicht im Geringsten beeindruckt.

»Warum verfolgst du mich?«, schrie Niall dem Raubtier gerade ins Gesicht. Der Bär antwortete selbstverständlich nicht, sondern sah ihn regungslos aus seinen bernsteinfarbenen Augen an. »Zeig wenigstens dein Gesicht, wenn du mich schon nicht in Ruhe lässt!«

Phebes Gedanken rasten. Sie durchstöberte im Eiltempo alles, was sie bisher über Niall erfahren hatte. Mit welchen Wesen hatte er bisher zu tun gehabt? Drachen, ja – aber Bären? Hatte das etwas mit der Forschung seiner Mutter zu tun?

Das brachte sie nicht weiter. Also betrachtete sie noch einmal die Hinweise, die sie vor sich hatte. Einen Bären im Schulhof, der sich nicht wie ein Bär verhielt. Bären sollten schließlich um diese Zeit Winterschlaf halten oder sich in der Anderswelt verkriechen, statt im Schnee herumzustehen. Da fiel es ihr wie Schuppen von den Augen.

»Siehst du das?«, flüsterte sie aufgeregt zu Hannah und deutete auf die Hintertatzen des Bären.

»Keine Spuren im Schnee?«, wunderte sich nun auch Hannah.

»Der Bär kommt aus der Anderswelt«, zischte Phebe. »Ich tippe auf Artio, eine helvetische Bärengöttin.«

Was dann geschah, hatte Phebe jedoch nicht kommen sehen. Tief in den bernsteinfarbenen Augen des Bären schimmerte ein lebendiger Geist, der stärker war als einem Tier innewohnen konnte. Mit menschlicher Geschicklichkeit strichen die Pranken des Tieres über das eigene Gesicht. Phebe verstand nur langsam, wozu die Geste diente. Wie eine Kapuze schob der Bär sein eigenes Fell nach hinten und legte einen blanken Bärenschädel frei. Es war wohl eine Art Kopfschmuck, denn darunter kam ein bärenbraunes, menschenähnliches Antlitz zum Vorschein. Es war knochig, fremd und hatte dieselben goldwarmen Augen wie der Bär.

Phebe hielt vor Staunen den Atem an. Im Ritualkundeunterricht hatte sie schon Geister und geringe Wesenheiten gesehen. Aber das hier war eine Göttin.

Artio legte den Kopf schief. Für einen Moment fürchtete Phebe, dass Niall sie verärgert haben könnte. Aber die Göttin blieb ruhig und bequemte sich endlich zu antworten.

»Jemanden wie dich finden wir nicht oft in eurer Welt. Du gehörst zu uns.« Ihre Stimme war wie keine, die Phebe bisher von einem Lebewesen gehört hatte. Zu schön, zu weich kamen die Worte aus dem dunklen Mund.

Sie schob die Kapuze noch weiter zurück und begann mit kaum bewegten Lippen zu singen:

Komm mit mir, oh Menschenkind,
Dorthin, wo die Träume sind,
Ich führ dich an der Hand
Durch Finsternis und Wildnis
In ein fremdes Land.

Es war eine süße und sanfte Melodie, die Menschen locken und verwirren sollte. Phebe hatte darüber in Sage Crokers Buch über die Anderswelt gelesen und wusste, dass es kaum Möglichkeiten außer reiner Willenskraft gab, um ihm als Sterblicher zu widerstehen. Bestimmt hatten so die Feen im Schattengarten geklungen, von denen Hannah Niall und ihr erzählt hatten. Phebe spürte das Verlangen, die Pranke zu nehmen, die Artio Niall anbot. Vorsichtshalber klammerte sie sich an Hannahs Arm, halb um dem Drang zu widerstehen, halb um Hannah zurückzuhalten derselben Schwäche nachzugeben.

»Vergiss es«, schnaubte Niall. Phebe staunte, dass er ungerührt von dem magischen Gesang zu sein schien. »Kannst du bitte vom Schulhof verschwinden?«

Die Göttin rührte sich nicht. Sie blickte nur mit ihren bernsteinfarbenen Augen auf Niall herab wie eine enttäuschte Mutter auf ihr ungezogenes Kind. Auch Niall mäßigte seinen Ton.

»Warum bist du überhaupt gekommen?«, fragte er und trat gegen den Schnee vor seinen Füßen.

»Ich wollte mich hier umsehen«, erwiderte die Göttin ruhevoll. »Diese Wälder sind mir fremd, und als ich deine Witterung aufnahm, dachte ich mir, dass du meine Hilfe brauchst.«

»Ich brauche deine Hilfe nicht, danke«, stieß Niall zwischen zusammengepressten Kiefern aus.

Artio legte den Kopf schief. Hätte Phebe es nicht besser gewusst, hätte sie den Anblick des fein gegliederten Gesichts mit der großen Bärenkapuze als niedlich bezeichnet.

»Immer, wenn ich dich aufsuche, steckst du in Schwierigkeiten.«

»Weil ich immer Schwierigkeiten bekomme, wenn ein Bär in der Schule auftaucht.«

»Ich bin kein Kind der Danu, aber ich weiß, was deine Mutter für uns alle getan hat.«

»Was meint sie damit?« Phebe konnte sich die Frage einfach nicht verkneifen. Es war bei weitem nicht die Einzige, die ihr auf der Zunge brannte. Doch es war die am leichtesten zu formulierende.

Niall fuhr erschrocken herum und sah jetzt erst, dass Hannah und Phebe nun fast an seiner Seite waren. Auch Artio reckte interessiert den Kopf in ihre Richtung.

Ihm blieb jedoch keine Zeit auf Phebes Frage zu antworten. Frau Lütke hatte endlich Verstärkung bekommen. Herr Bergunder eilte mit erhobenem Schneeschieber auf sie und die Bärin zu.

»Croker! Sie kommen auf der Stelle hierher!«, brüllte er, noch bevor er sie erreicht hatte. »Sie beide auch, Abels und Cahen!«

Artio neigte den Kopf, sodass ihr die Bärenfellkapuze über die Augen rutschte und wieder zu lebendigem Fleisch wurde. Dann ließ sich die Bärin auf alle Viere nieder. Sie schenkte Herrn Bergunder, der keuchend zum Stillstand gekommen war, noch einen herablassenden Blick, dann schritt sie von dannen.

Herr Bergunder ließ den Schneeschieber sinken.

»Zum Direktor, Croker!« Niall machte den Mund auf, aber kein Laut kam heraus. Phebe wollte gerade für ihn einspringen, aber nach einem strengen Blick von Herrn Bergunder gelang es ihr nicht einmal, ihren Widerspruch in Worte zu fassen. »Sofort!«

Niall war wütend auf sich selbst. Er war schon auf Internate gegangen, auf denen die Bekleidungsvorschriften zwei Seiten in der Schulordnung gefüllt hatten. Im Schloss gab es gerade einmal zwei Seiten Schulordnung und trotzdem war es ihm gelungen, schon wieder Ärger zu bekommen. Und dieses Mal bekam er dafür weder Stephens Anerkennung noch irgendetwas anderes außer einer Strafarbeit im Gegenzug.

Phebe und vor allem Hannah hatten darauf bestanden, ihn ins Direktorenbüro zu begleiten, damit er Zeugen für seine Version der Ereignisse hatte. Sie unterhielten sich leise darüber, wie sie den Vorfall mit Artio in einem möglichst guten Licht darstellen konnten, während er stumm neben ihnen hertrottete. Herr Bergunder hatte es einfach auf ihn abgesehen und das alles nur, weil er sich am ersten Abend mit den Schraten hatte erwischen lassen. Niall seufzte. Er hasste das Scannen.

Vor der eichenhölzernen Flügeltür kamen die Drei zum Stehen. Niall blickte zu Hannah an seiner linken Seite. Sie warf ihm ein ermutigendes Lächeln zu. Phebe auf seiner anderen Seite war so nervös, als stünde ihr und nicht ihm die Strafarbeit bevor. Er verstand nicht, warum, schließlich hatte sie nichts getan. Dennoch versuchte sie ihr Haarchaos, das sie Pferdeschwanz nannte, irgendwie zu richten. Vielleicht hatte sie einfach Angst vor jeglichen Direktorenbüros. Niall hätte ihr gerne gesagt, dass es von Direktor Van Koppern nichts zu befürchten gab, aber das würde sie gleich selbst sehen.

Er klopfte an und ein Kläffen riss ihn aus seinen Gedanken. Lailas Bellen und kurz darauf auch die vertraute Stimme seines Paten baten sie herein. Nialls Herzschlag setzte kurz aus, als er die eine Hälfte der Tür öffnete – seine Freundinnen wussten noch nicht von seiner privaten Beziehung zu Herrn Van Koppern. Aber der Schuldirektor hatte Niall schon einmal vor dem Bekanntwerden dieser Tatsache bewahrt und er vertraute seinem Paten, es auch dieses Mal zu tun.

Beim Eintreten sahen seine Freundinnen sich überrascht um. Niall konnte es ihnen nicht verdenken, schließlich waren sie noch nie ins Direktorenbüro bestellt worden.

Der sechseckige Raum glich mehr einer Mischung aus Museum und Eine-Welt-Laden als einem Arbeitszimmer. Nur ein Eichenholzschreibtisch und ein massiver Schrank aus demselben Holz verrieten den eigentlichen Zweck des Büros. Der Rest war eine Ansammlung von Chaos. Auf jeder Oberfläche türmten sich Akten und Souvenirs aus Herr Van Kopperns Jugend, die ihn von Woodstock nach Goa geführt hatte, und einige mehr oder wenige mythologische Gegenstände. Auf dem großen Wandschrank thronte eine kleine widderköpfige Sphinx, verschiedene Ingredienzen für Rituale, getrocknete Kräuter, Pilze und Räucherwerk lagerten in offenen Schubladen und verbreiteten einen ungewöhnlichen Duft und auf Regalbrettern standen magische Artefakte neben Ordnern mit Schülerdaten. Ein geschnitzter Wandschirm brach das grell einfallende Sonnenlicht des großen runden Fensters und trennte eine Sitzgruppe aus grellbunten Kissen aus indischen Stoffen mit Quasten und Fransen vom Rest des Raumes. Eine Wendeltreppe führte in das obere Stockwerk und die Privatwohnung des Direktors. Niall war sich sicher, dass dort der Hippiekram noch höher gestapelt stand.

»Ich sehe, ihr bewundert meine Unordnung«, schmunzelte Herr Van Koppern und drehte sich leicht in seinem Bürostuhl, der einzigen Sitzgelegenheit im Raum, abgesehen von den Kissen. Er fing Phebes Blick, die einen Holzstab betrachtete, der in einem dicken, pinienzapfenartigen Ball endete und mit bunten Bändern und getrockneten Weinreben geschmückt war. »Das ist ein Thyrsosstab – ein Ritualgegenstand der Priesterinnen des Dionysos«, erklärte der Schuldirektor nebensächlich. »Wie kann ich euch helfen?«

Niall holte Luft und begann zu erklären.

»Herr Bergunder hat mich wegen einer Strafarbeit...« Er verstummte. Es war so ungerecht, dass er eine Strafarbeit dafür bekommen sollte. Er hatte Artio schließlich nicht gebeten dort im Schnee herumzustehen!

Wenn überhaupt, war er hier das Opfer göttlicher Intervention geworden.

»Niall Nicholas Croker, du bist wahrlich der Sohn deiner Mutter. Das muss die fünfte Strafarbeit im ersten Halbjahr sein«, seufzte Herr Van Koppern kopfschüttelnd. »Was ist mit euch beiden? Hannah und Phebe, richtig?«

Nialls Freundinnen nickten.

»Wir sind Zeugen und haben mit eigenen Augen gesehen, dass Niall den Bären nicht – «, ergriff Hannah tapfer das Wort und hätte bestimmt einen ganzen Vortrag über das Unrecht gehalten, das Niall gerade widerfuhr, wenn sie nicht unterbrochen worden wäre. Laila hatte sich wohl ihren Geruch eingeprägt und kam direkt zu ihr, um sie zu begrüßen. Die graue Windhündin sprang an ihr hoch, sodass Hannah sich erst einmal Hundepfoten von den Schultern schieben musste, bevor sie weitersprechen konnte.

Herr Van Koppern horchte auf.

»Was war das mit dem Bären?«

»Es war nicht meine Schuld«, betonte Niall, bevor er irgendetwas anderes sagte.

»Genau, der Bär ist einfach aufgetaucht«, kam ihm nun auch Phebe zur Hilfe.

Herr Van Koppern lachte stumm.

»Das glaube ich euch sogar. Ich habe es nur selten gesehen, dass Erststüfler Bären im Schulhof erscheinen lassen, nur um den Nachmittagsunterricht zu schwänzen. – Nicht, dass es noch niemand versucht hätte... Trotzdem«, fuhr er ein wenig ernster fort. »Aus Frau Lütkes Meldung des Vorfalls schließe ich, dass du ihre direkten Anweisungen missachtet und dich in Gefahr begeben hast. Wieso hast du das getan?«

Alle Augen lagen auf Niall. Er war schließlich nicht nur dem Schulleiter, sondern auch seinen Freundinnen eine Erklärung schuldig. Kurz wägte er ab, ob eine Lüge oder die Wahrheit die schlimmere Strafarbeit mit sich bringen würde. Dann entschied er sich für den Mittelweg: die Wahrheit mit großzügigen Lücken.

»Also, ähm... Ich habe sofort gesehen, dass das kein richtiger Bär ist, sondern Artio. Und weil Frau Lütke auf die Klasse aufgepasst hat, habe ich gedacht, dass auch jemand auf den Bären aufpassen sollte. Ich meine, ich weiß ja, dass Andersweltwesen normalerweise nicht gefährlich sind, und deswegen habe ich mit ihr geredet. Der Bär, also Artio, sie wollte nur mal vorbeischauen und Hallo sagen und...« Er spürte, wie sein Gefasel die Mädchen verwirrte. Hannah runzelte die Stirn, während sie Laila immer noch kraulte, und Phebe blickte sehr irritiert drein. Niall konnte nur hoffen, dass die Mienen seiner Freundinnen ihn nicht an den Schuldirektor verraten würden. Doch falls Herr Van Koppern sie durchschaut hatte, sagte er nichts.»... und dann kam Herr Bergunder und sie war wohl beleidigt, dass er sie mit dem Schneeschieber schlagen wollte und dann ist sie einfach gegangen.« Er biss sich auf die Unterlippe. »Bekomme ich eine Strafarbeit?«

»Ja«, sagte Herr Van Koppern nach einer beunruhigend langen Pause. »Du schreibst, was du gerade erzählt hast, als Bericht für die Akten auf.« Dann wandte er sich unvermittelt an Phebe. »Wie geht es eigentlich deinem Vater?«

Nun war es an Niall verwirrt zu schauen. Nur einen Bericht, kein Scannen?

»Es wird immer besser«, antwortete Phebe leise, als wüsste sie ganz genau, nach welchem ihrer beiden Väter sich Herr Van Koppern erkundigte. Sie sah dennoch auf ihre tigergestreiften Sneaker, die vom Schnee noch feucht waren. Wie um das Gespräch plötzlich geheim zu halten, wechselte der Schulleiter zu Nialls Verblüffung die Sprache. Sein Tonfall war sehr freundlich, aber Niall konnte beim besten Willen kein Wort verstehen. Vermutlich war es Niederländisch, denn Phebe verstand ihn und erwiderte ein paar genauso unverständliche Worte.

»Ich habe in Leiden in Südholland studiert«, erklärte Herr Van Koppern für Niall und Hannah auf Englisch. Hannah war noch immer damit beschäftigt, Laila zu streicheln. Die Hündin hatte sich inzwischen auf den Rücken geworfen und ließ sich den Bauch kraulen. »Hannah, du kennst dich mit Hunden aus?«

»Zuhause habe ich einen.« Sie sprach mit dem wehmütigen Lächeln, das Niall schon so oft an ihr bemerkt hatte. »Warum fragen Sie?«

»Ach wisst ihr, in der Organisation basiert so viel auf Vertrauen, da lerne ich alle Neuen gerne kennen. Ich weiß ja nie, was einmal aus euch werden wird. Im Unterricht ist dafür leider keine Zeit.« Mit einem Lächeln kramte er aus einer Schublade des Eichenholztisches ein Blatt hervor. »Hier hast du ein vorgefertigtes Berichtformular. Wichtig ist, dass du oben die Daten wie Ort und Uhrzeit ausfüllst, darunter kannst du dann schreiben, was du willst. Und schreib leserlich. Es wird gescannt und dann im digitalen Archiv abgelegt.« Mit einigem Schwung erhob er sich aus seinem Bürostuhl und rieb sich mit einer Hand das Kreuz. Er kam hinter dem Schreibtisch hervor, stieß sich dabei aber das Knie an dem großen Wandschrank und fegte mit einem Ellenbogen einen Aktenstapel vom Tisch, der einen kleinen Bilderrahmen mitriss. »Verdammter Schrank! – Dieses Ding steht mir schon seit Jahren im Weg.«

Der Schuldirektor fluchte noch vor sich hin, während sich Niall rasch bückte und den Bilderrahmen aufhob. Es war ein Foto einer Frau, die so jung war, dass sie seine Tochter hätte sein können. Aber Niall wusste genau, dass Herr Van Koppern keine Familie hatte. Außerdem trug sie Kleidung wie aus den Siebzigern, die schon längst aus der Mode war, und das Foto war ausgeblichen, als würde es schon seit Jahren dort stehen.

»Wieso stellen Sie ihn nicht woanders hin, Sir?«, fragte Niall und stellte den Bilderrahmen wieder zurück auf den Schreibtisch, bevor er, Phebe und Hannah sich nochmals bückten, um die verstreuten Akten aufzuheben.

»Das geht leider nicht«, bedauerte Herr Van Koppern. »Er ist an der Wand befestigt und dahinter ist eine Geheimtür. Ich möchte mir gar nicht vorstellen, was hier los wäre, wenn die Geheimtür nicht mehr geheim wäre. – Vielen Dank, den Rest mache ich selbst.« Er reichte Niall das Formular. »Hier. Gib deinen Bericht bis Ende der Woche bei Bibliothekar Japhet ab. Und«, fügte er mit einem Augenzwinkern hinzu, bevor Niall den Mädchen aus der Flügeltür hinaus folgen konnte. »Ich habe ein Auge auf dich, um Cassies Willen.«

Bei der Erwähnung seiner Mum wollte Niall am liebsten direkt unsichtbar werden, doch seine Freundinnen hatten wohl nichts gehört. Vielleicht waren die beiden genauso froh wie er, dass sie das sechseckige Turmzimmer ohne eine Scannstrafarbeit verlassen konnten.

»Hast du vorhin ›Phebs‹ gerufen?«, fragte Phebe, als sie einige Schritte gegangen waren.

»Kann schon sein«, murmelte Niall und faltete das Formular, um es in seine Schultasche zu den anderen Zetteln zu stopfen.

»Gefällt mir«, grinste sie. »Nenn mich weiter so.«

Dass sie ihn wieder einmal auf den Oberarm boxte, spürte er dieses Mal gar nicht. So glimpflich wie heute war er selten davongekommen.

An Wochenenden im Internat musste Hannah sich noch gewöhnen. Sie konnte sich nicht ganz entspannen, wenn sie sich in der Schule aufhalten, aber überhaupt nicht an Schule denken musste. Wenn die Schule keinen Ausflug in die Stadt organisierte und keine Hausaufgaben von der Woche übrigblieben – meistens erledigten sie sie am freien Freitagnachmittag – gab es nicht viel zu tun. Da der Schnee überraschend schnell wieder geschmolzen war, wurden Stephens Pläne, eine Schneeballschlacht zwischen allen Stufen anzuzetteln, hinfällig.

Hannah und ihre Freunde glaubten wie der Rest der Stufe nun in der letzten Woche vor den Winterferien vor Langeweile sterben zu müssen. Niall schrieb seinen Bericht fürs digitale Archiv ausführlicher als notwendig, Phebe las zweimal darüber und zu dritt gaben sie ihn bei Bibliothekar Japhet ab. Dann war alles, was sie sich fürs Wochenende vorgenommen hatten, erledigt.

Ohne etwas zu tun zu haben, faulenzten sie den Rest des Samstags und nach einem nasskalten Spaziergang am Sonntagmorgen mit Laila hielten sie sich lieber im Warmen auf. Am Sonntagnachmittag saßen sie gemütlich auf Hannahs und Phebes Zimmer. Jetzt im Dezember und so kurz vor den Winterferien wurde es bereits um vier Uhr nachmittags so dunkel, dass sie das Licht einschalten mussten und es sich nicht so anfühlte, als ob noch Zeit verging.

Niall saß auf dem Fußboden vor Phebes Bett, auf ihren weißen Plüschtiger gelehnt und spielte mit Phebes Handy. Phebe blätterte in dem dicken Notizbuch, das sie zu Beginn des Jahres angefangen hatte, als suchte sie nach irgendeinem Zusammenhang in ihren Notizen. Hannah drehte eine große Tasse Tee in ihren Händen und schaute aus dem Fenster in die Dunkelheit.

Weihnachten stand vor der Tür und mehr als drei Monate ging sie nun schon aufs Internat. Auch wenn die Wochenenden ihr noch schwerfielen, ständig von ihren Freunden umgeben zu sein, war das Beste am Internatsleben. Trotzdem dachte sie an ihre Freunde in Lüneburg. So viel war seit ihrem Abschied im Sommer geschehen und sie hatte mit allen nur zwei oder drei E-Mails ausgetauscht – weil sie ihnen nichts von den wirklich erzählenswerten Dingen erzählen durfte. Sie freute sich zwar, alle wiederzusehen, aber die Feen und den Bären musste sie für sich behalten, sobald sie in Deutschland war.

Um nicht weiter darüber nachzudenken, griff Hannah in die Keksdose und nahm sich einen Lebkuchenmann heraus. Phebes Familie hatte zu viele Weihnachtsplätzchen gebacken und ihr am Anfang der Woche eine Schachtel per Post gesendet. Auch Niall löste sich von Phebes Handy und nahm sich einen Lebkuchenstern.

»Das ist Tante Wilmas Spezialrezept«, warnte Phebe ihre Freunde, als sie es aus dem Augenwinkel sah. »Ihr müsst sie lutschen oder in den Tee tunken.«

Hannah nahm Phebes Warnung ernst und tunkte einen Fuß ihres Lebkuchenmanns in ihren Gewürztee. Niall jedoch biss in seinen Stern hinein und bereute es, seinem Gesichtsausdruck nach zu urteilen, sofort.

»Freut ihr euch auf Weihnachten?«, fragte Hannah, um ihn von seinem Leid abzulenken.

Niall zuckte mit den Schultern und tastete seine Zähne mit der Zunge ab, wie um festzustellen, ob sie noch alle fest saßen. Erst dann antwortete er.

»Ich fahre nach London zur Familie Gosling. Mum kommt dann für ein paar Tage aus Südamerika, aber sie weiß noch nicht genau, wann. Und ihr?«

»Der große Feiertag mit den Geschenken war in den Niederlanden schon am fünften Dezember«, erklärte Phebe, immer noch die Seiten ihres Notizbuchs durchblätternd. »In den Ferien werden wir einfach gemütlich rumsitzen und viel essen. Und du, Hannah?«

»An Heiligabend schmücken wir den Baum morgens, gehen abends in die Kirche, machen Bescherung und essen Gänsebraten. Ganz normal«, schilderte Hannah, obwohl sie inzwischen wusste, dass ihre Vorstellung von normal bei den Gelroben selten anzutreffen war. Familien wie Nialls, die seit Jahrhunderten bei den Gelroben waren, hatten schon längst jeden Glauben aufgegeben.

»Werdet ihr mit euren Eltern über Ragnarök sprechen?«, wechselte Phebe das Thema und schlug ihr Notizbuch endgültig zu. Hannah wusste, dass Ragnarök Phebe auch noch nicht losgelassen hatte, wenn auch nicht aus demselben Grund wie sie selbst. Für Phebe waren es die ungelösten Fragen: Was hatte Ragnarök ausgelöst? Hatte Boucher mit voller

Absicht den Tod ihrer Schüler herbeigeführt? Hätte alles anders verlaufen können?

Hannah konnte damit nicht so distanziert umgehen. Niall und Phebe konnten ihr noch so sehr einreden, dass sie es einfach wie ein geschichtliches Ereignis aus einem Schulbuch betrachten sollte. Selbst wenn Ragnarök eines Tages hundert Jahre zurückliegen würde, in Hannah würde es dieselben Gefühle auslösen.

»Mum war erst fünf oder sechs«, brummte Niall, der gerade einen Zacken des Sterns im Mund stecken hatte und darauf herumlutschte. »Sie hat vermutlich gar nichts mitgekriegt.«

»Mein Vater war schon mit der Schule fertig.« Hannahs Stimme war leise. »Ich muss ihn nicht fragen. Sie hätten mich nicht hier aufs Internat geschickt, wenn mein Vater es wüsste.«

»Dann erzählst du es ihm besser nicht«, meinte Phebe. Hannah hielt inne. Daran hatte sie noch gar nicht gedacht. Musste sie, um auf das Vogesenschloss zu gehen, nicht nur ihre Mutter belügen, sondern nun auch noch ein Geheimnis vor ihrem Vater haben?

Niall und Phebe mussten ihr Schweigen richtig gedeutet haben, denn Phebes Blick fiel plötzlich auf Nialls Armbanduhr.

»Oh, schon so spät?«, sagte sie etwas lauter als notwendig und schob ihr Notizbuch unter ihr Kopfkissen. »Die Essensausgabe schließt in zehn Minuten.«

Mehr hatte es nicht gebraucht. Niall rappelte sich auf die Beine und steckte den angelutschten Lebkuchenstern in die Bauchtasche seines Kapuzenpullovers. Dann beeilten sie sich, die vier Treppen hinunterzukommen, ohne zu stürzen, und erreichten die Tür zum Speisesaal nach Luft schnappend.

Der Speisesaal war beinahe leer. Nur ein paar Zweitstüfler lieferten sich ein verbissenes Monopolyduell, das sie vermutlich noch bis zur Nachtruhe fesseln würde. Die Rollläden der Essensausgabe waren bereits heruntergelassen.

»Verdammt! Wir sind schon zu spät!« Phebe fluchte und drehte sich sofort zu Niall um. »Niall, irgendwas stimmt mit deiner Uhr nicht.«

»Wieso es ist doch erst – « Er schaute auf seine Armbanduhr und glich sie mit der Uhr über dem Büffet ab. Dann seufzte er. »Stehengeblieben... Das heißt ohne Abendessen ins Bett, genau wie früher.«

Hannah war sich nicht sicher, ob er es als Witz meinte oder ob er tatsächlich jemals ohne Abendessen ins Bett geschickt worden war.

»Wir könnten noch ein paar von deinen Weihnachtsplätzchen essen und noch eine Kanne Tee kochen«, schlug sie vor. Phebe zuckte mit den Schultern, als hätte sie keinen anderen Vorschlag.

»Oder....« Nialls Tonfall behagte Hannah nicht. Sie sah denselben Unternehmungsgeist in seinen grauen Augen aufflackern, den er auch vor der Begegnung mit Artio gehabt hatte. »Wir brechen einfach in die Küche ein.«

»Ich halte das für keine gute – «, versuchte Hannah sofort einzuwenden, aber ihre Freunde überhörten sie einfach. Niall ging zielstrebig an den spielenden Zweitstüflern vorbei und aus dem Saal zurück auf den Gläsernen Gang. Dort wandte er sich der Tür zu, auf der ›Kein Zutritt‹ stand, und ging davor in die Hocke. Wie selbstverständlich reichte Phebe ihm eine Haarspange aus ihrer Hosentasche und stand ihm mit konstruktiven Vorschlägen zur Seite. Hannah blickte sich beunruhigt um, aber niemand war weit und breit zu sehen.

Keine Minute später war die Tür geöffnet. Selbst Hannah konnte nicht umhin, die Fertigkeiten ihrer Freunde zu bewundern. Das bedeutete allerdings nicht, dass sie ihr Vorgehen nicht für falsch hielt. Sie hielt es jedoch für gefährlicher für alle, auf dem Gang zu bleiben. Also schlüpfte sie hinter ihren Freunden durch den Türspalt in die dunkle Schulküche.

Niall war dagegen, das Licht einzuschalten. Er behauptete, dass das einfallende Licht durch den Türschlitz leuchten und sie verraten würde. Überraschend zielsicher fand er die Kühlschränke und öffnete einen von ihnen. Die Küche wurde sofort in kaltblaues Licht getaucht.

»Hm, die Auswahl ist ja nicht groß«, meinte er enttäuscht.

»Klar, es ist Sonntagabend. Es ist nur noch das Frühstück für morgen da, dann wird neu angeliefert«, erklärte Phebe als wäre es Allgemeinwissen, wann die Küche beliefert wurde. Sie schaute ihm über die Schulter. »Also: Joghurt, Joghurt oder laktosefreier Joghurt?«

»Da muss doch noch irgendwo Obst sein.« Niall sah sich im geisterhaft beleuchteten Raum um. Der große Obstkorb vom Frühstücksbüffet stand auf der anderen Seite der Küche, neben einer Großpackung Müsliriegel. Es lagen noch ein paar Mandarinen und Bananen darin. Niall nahm für jeden eine Mandarine und einen Riegel, während Phebe sich drei Joghurtbecher schnappte und die Kühlschranktür schloss. Augenblicklich wurde die Schulküche in völlige Dunkelheit getaucht. Dann war ein lautes Scheppern zu hören. Hannah nahm an, dass Niall über einen Besen oder etwas Ähnliches gestolpert sein musste.

Panisch blickte Hannah sich zu der Tür um.

»Wir sollten – « Sie kam nicht mehr dazu, auszureden. Phebe zischte, um sie zum Schweigen zu bringen. Hannah hielt den Atem an und lauschte in die Dunkelheit hinein. Erschrocken setzte ihr Herz einen Schlag aus. Sie konnte Schritte auf dem Gläsernen Gang hören.

»Wer ist da drin?«, fragte die vertraute Stimme des Schuldirektors Van Koppern. Er klang müder als gewöhnlich und weniger heiter. »Rauskommen, sonst komme ich rein und mache das Licht an!«

»Mist«, hörte Hannah Niall stöhnen. Für ihn wäre es die sechste Strafarbeit in diesem Halbjahr, dachte sich Hannah. Nach allem, was sie über Nialls Mutter gehört hatte, würde er jede Menge Ärger bekommen, wenn er mit einem weiteren Eintrag in die Winterferien startete. Sie sah sich im Dunkeln um, nach einem Ausweg, einer Versteckmöglichkeit. Doch es gab nur die Tür zur Lieferzufahrt und die war bestimmt schon verschlossen, damit keine Schrate und Kobolde sich an den Lebensmitteln vergriffen.

Sie hatten keine Wahl. Sie würden erwischt werden, egal ob sie sich stellten oder abwarteten. Niall trat zur Tür und das Licht vom Gläsernen Gang fiel in die Küche. Hannah nutzte es, um schnell die Mandarinen und Müsliriegel vom Boden aufzuklauben, die Niall beim Stolpern verloren haben musste.

»Niall? Nicht schon wieder…«, hörte Hannah Herrn Van Koppern seufzen, dann trat Hannah auch schon durch die Tür, dicht gefolgt von Phebe. Der Schuldirektor wirkte überrascht. Seine hellen Augen musterten die drei, das Türschloss und die Lebensmittel in ihren Händen. Er zog die richtigen Schlüsse. »Ich kann euch nicht verbieten, zu essen. Behaltet also, was ihr habt. Aber für das Aufbrechen der Tür wird einer von euch«, sein Blick lag bei diesen Worten auf Niall, »zur Verantwortung gezogen werden.«

Hannah war sofort klar, was sie tun musste.

»Herr Direktor, das war nicht Niall. Ich war's«, behauptete sie geradeheraus und zeigte zur Bekräftigung die Mandarinen und Müsliriegel in ihren Händen. Herr Van Koppern sah sie ungläubig an und sie hatte das Gefühl, dass er ihr die Lüge an der Nasenspitze ablesen konnte.

»Bist du dir sicher?«, fragte er ruhig. Hannah biss sich auf die Unterlippe. Eigentlich hielt sie die Wahrheit immer für den besten Weg. Aber sie hatte noch keine einzige Strafarbeit bekommen, nicht einmal dafür, dass Phebe und sie auch Frau Lütkes Befehl missachtet hatten und Niall in den Schnee gefolgt waren. Diese Ungerechtigkeit konnte nicht wiedergutgemacht werden, aber Hannah konnte eine weitere verhindern.

»Ja«, sagte sie mit fester Stimme.

»Wie du meinst«, seufzte Herr Van Koppern. »Du bekommst eine Strafarbeit. Hundert Seiten scannen. Ich setze dich auf die Liste für die Strafarbeiten, die im neuen Jahr von Herrn Japhet durchgeführt werden.«

Hannah nickte. Hundert Seiten zu scannen klang nicht nach besonders viel. Das konnte keine schlimme Strafe sein. Herr Van Koppern sah sie allerdings an, als wartete er noch immer auf ihren Widerspruch. Sie presste die Lippen jedoch fest aufeinander.

»Gut, dann genießt euer Abendessen«, gab Herr Van Koppern schließlich nach. »Ich bin mir sicher, ihr habt es euch verdient. Aber passt auf, dass ihr rechtzeitig auf euren Zimmern seid, ihr wollt bestimmt nicht noch eine Strafarbeit fürs Missachten der Nachtruhe bekommen.«

Mit einem Zwinkern wünschte der Schuldirektor ihnen eine gute Nacht und wandte sich in Richtung seines Büros. Langsam traten sie den Weg zurück an. Noch im Gehen reichte Hannah ihren Freunden ihren Anteil an den Mandarinen und Müsliriegeln und Phebe gab jedem einen inzwischen zimmerwarmen Joghurtbecher. Niall sagte kleinlaut, dass er besser direkt in den Nordflügel gehen sollte.

»Ja, gehen wir lieber sicher«, stimmte Phebe ihm zu. »Fehlt ja nur noch, dass dich jemand auf unserem Zimmer erwischt, Niall.«

Niall nickte müde. Dann wandte er sich zu Hannah.

»Das hättest du nicht tun müssen«, murmelte er betreten und rollte seine Mandarine in den Händen.

»Ich habe es gerne getan«, versicherte Hannah mit einem Lächeln. »Schließlich ist es doch schon fast Weihnachten.«

EINE LETZTE NACHRICHT

Niall saß in dem Bus, der die Schüler vom Flughafen abholte, um sie nach den Winterferien zurück zum Vogesenschloss zu bringen. Der Flug von London nach Paris war kurz gewesen und der Bus war nicht besonders voll. Niall hatte sogar eine Reihe für sich. Er hatte es sich gemütlich gemacht und zur Feier des Tages eine Tüte Chips angebrochen. Selten hatte er sich so sehr auf den Schulbeginn gefreut wie heute. Er würde Phebe und Hannah wiedersehen. Dafür nahm er auch den Unterricht in Kauf.

Vor dem Fenster kamen gerade die ersten Ausläufer der Vogesen in Sicht, als Niall aus seinen Gedanken gerissen wurde.

»Hey, Croker!« Stephen Chesters kam über den schmalen Mittelgang gewankt und schwang sich in den Sitz neben ihm.

»Hi Stephen«, antwortete Niall und ließ seine Brille schnell in seiner Hosentasche verschwinden. Er wusste nicht genau, warum er das noch immer tat. Eigentlich wollte er Stephen nicht mehr beeindrucken. Noch beim Abschied hatte seine Mum ihn wegen der bisherigen Strafarbeiten ermahnt und er war Hannah noch dankbarer als je zuvor, dass sie seine letzte Strafarbeit auf sich genommen hatte.

Stephen grinste breit, als lägen ihm solche Sorgen fern. Niall fragte sich unwillkürlich, wie Stephens Eltern wohl auf die vielen blauen Briefe reagierten, die regelmäßig bei ihnen ankommen mussten.

»Ich hab' ganz vergessen, dir vor den Ferien zu gratulieren. Ich weiß, du hast Halloween verpasst, aber das mit dem Bären war genial«, lobte er und nahm sich von Nialls Chips. »Ich wünschte, ich wäre dabei gewesen. Wie hast du das gemacht?«

Niall verschluckte sich fast an den Krümeln. Das würgende Husten gab ihm Zeit, eine Lüge zu erfinden. Was konnte er sagen? Dass ihn die Bärin verfolgte und immer in den unpassendsten Momenten auftauchte, seit seine Mum ihn mit sieben auf sein erstes Internat abgeschoben hatte?

Stephen klopfte ihm beherzt auf den Rücken und löste damit nicht nur die Krümel aus Nialls Hals, sondern drückte ihm auch die Luft aus der Lunge.

»Ich kann nicht alle meine Geheimnisse verraten«, brachte er schließlich mit heiserer Stimme hervor und kratzte sich nervös unterm Schal an dem blauen Mal.

»Stimmt auch wieder. Weiter so.«

Er bekam noch ein ähnlich kräftiges Schulterklopfen und dann zog Stephen von dannen. Bestimmt um gleich den Streich für den ersten Schultag zu planen. Niall tippte auf Alchemie und übriggebliebene Silvesterböller – das wäre jedenfalls, was er getan hätte.

Die Wälder der Vogesen waren noch tief verschneit und der Schulbus kroch nur langsam die kurvigen Straßen hinauf und hinab. Niall versuchte nicht aus dem Fenster zu sehen, aus Angst, dass Artio dort zwischen den Eichen und Fichten stehen und ihn aus ihren bernsteinfarbenen Augen ansehen würde. Doch nichts geschah.

Als sie schließlich das Vogesenschloss erreichten, beeilte er sich sein Gepäck vorbei an den vielen Autos und Eltern in den Nordflügel zu schleppen. Auf seinem Zimmer angekommen, öffnete er seinen Koffer, entschlossen, auszupacken. Aber ein Blick auf seine abgewetzten Klamotten und seine Weihnachtsgeschenke ließen ihm jeden guten Vorsatz vergessen.

Seine Mum hatte Weihnachtsgeld von den Gelbroben bekommen, doch das meiste davon war für das Aufstocken ihrer Expeditionsausrüstung und den – wie sie betonte – eigentlich unnötigen Hin- und Rückflug über die Feiertage draufgegangen. Niall erwartete keine Geschenke von ihr, denn so feierten sie Weihnachten nicht. Aber das Pack neuer Socken war irgendwie noch trauriger, als gar keine Geschenke zu bekommen. Er ließ den Koffer wieder zufallen.

Er würde seine Mum bis zum Sommer nicht mehr sehen. Also musste er bis dahin auch nicht an sie denken. Er sah auf seine Armbanduhr. Wenn sie nicht wieder stehengeblieben war, dann sollten Hannah und Phebe inzwischen eingetroffen sein. Die Treppen bis zum vierten Stock des Westturms rannte er empor.

Die Tür zu ihrem Zimmer stand offen, deshalb klopfte er nicht an. Beim Eintreten stolperte er über eine Reisetasche und stieß sich die

Zehen. In der Tasche musste etwas sehr Hartes und Schweres sein. Phebe hatte sich offensichtlich neue Bücher mitgebracht.

»Hi Phebs«, grinste er durch den Schmerz hindurch. »Hi Hannah.«

Hannah war sofort bei ihm und umarmte ihn stürmisch. Ihr langes blondes Haar strich über seine Wange, als sie ihn an sich drückte. Es fühlte sich noch schöner an, als er es in Erinnerung hatte. Als sie ihn wieder losließ, hatte er lauter schwarze Hundehaare auf seinem Pullover. Rollo hatte sich wohl ausgiebig von Hannah verabschiedet. Niall konnte es dem Hund nicht verdenken. Hannah zu vermissen war wie Hausarrest und Fernsehverbot zusammen.

Phebe stand noch neben ihrem Bett, als wäre sie unschlüssig, ob sie ihn auch umarmen sollte. Niall war sich ebenfalls nicht sicher, ob sie das überhaupt wollte. Er entschied, nicht den ersten Schritt zu machen. Dann löste Phebe die Anspannung und boxte ihn auf den Oberarm. Auch gut, dachte sich Niall. Das hatten sie geklärt.

»Da fällt mir ein«, mischte Hannah sich ein und beugte sich über ihren längst ausgepackten Koffer. Vom Boden holte sie zwei winzige Geschenke, verpackt in rotgoldenem Papier, hervor. »Für euch.«

Niall wusste nicht, was er sagen sollte, als er das kleine, hübsch verpackte Paket in der Hand hielt. Er wusste nicht, wann er zum letzten Mal ein verpacktes Geschenk bekommen hatte. Phebe neben ihm zögerte nicht und riss das bunte Papier auf.

Es war ein kleines Armband, das Hannah bestimmt selbstgebastelt hatte. Niall verstand nichts davon, aber es sah aus wie aus Fäden und Perlen geknüpft oder geflochten. Es hatte genau dieselben Farben wie die komische Batiktasche, die Phebe immer mit sich herumtrug.

Phebe sah Hannah an, als hätte sie ihr den heiligen Gral ausgehändigt.

»Danke«, hauchte sie und streifte es sofort über. So wie sie es betrachtete, war Niall sich sehr sicher, dass sie es nie wieder ausziehen würde. Dann riss ihr Ellenbogen ihn aus seinen Gedanken. Er hielt sein Päckchen noch immer sprachlos in der Hand. »Jetzt pack schon aus.«

Langsam, um nicht zu gierig zu erscheinen, löste Niall die Klebestreifen, um das Papier nicht zu zerstören. Phebe spähte ihm ungeduldig über die Schulter, als würde sie erwarten, der Inhalt des Geschenks sei mindestens so aufregend wie der Inhalt der Büchse der Pandora.

In seiner Handfläche lag ein buntgestricktes Brillenetui.

»Ich dachte...« Hannah biss sich auf die Unterlippe.

»Super, dann ist sie in meiner Hosentasche sicher«, bedankte Niall sich und zog seine Brille hervor, um sie sofort hineinzulegen.

Beruhigt sah er, dass Hannah lächelte, als er die Brille im Etui wieder in seine Hosentasche schob. Phebe grinste. Dann schlug sie sich an die Stirn.

»Und wir haben gar nichts für dich!«

Phebes Worte ließen Niall erstarren.

»Jetzt komme ich mir wegen der Strafarbeit noch schlechter vor«, murmelte er schuldbewusst in seinen Schal hinein.

»Alles in Ordnung«, versicherte Hannah ihnen. Doch weil es Hannah war, konnte Niall nicht sicher sagen, ob sie es ehrlich meinte oder nur zu höflich war, um eine andere Antwort zu geben. Zumindest leitete sie nahtlos zu einem anderen Thema über. »Wie waren eure Ferien?«

Als hätte sie nur auf die Nachfrage gewartet, begann Phebe von Hühnern, Vätern und jeder Menge Plätzchen zu berichten. Dann erzählte Hannah von Braten, Baum und Bescherung. Währenddessen überlegte Niall bereits, wie er ›Mum war da und dann wieder weg‹ weniger lieblos klingen lassen konnte. Dann war er auch schon an der Reihe.

»Eine Station klingt ungemütlich«, sagte Hannah mit ihrem typischen Stirnrunzeln.

Niall schüttelte den Kopf. Natürlich, Hannah konnte es nicht wissen.

»Die Station in London ist ein ganz gewöhnliches Reihenhaus. Du kannst dein Büro oder deine Wohnung zur Station erklären lassen, dann bezahlen die Gelbroben deine Miete. Dafür musst du nur ein bisschen Bürokram machen, auf Einsätze in der Nähe gehen und andere Mitglieder reinlassen, wenn sie Hilfe oder ein Bett brauchen.« Er merkte, dass die Mädchen ihm neugierig zuhörten. »Es ist echt witzig, einfach bei fremden Leuten reinzuschneien und zu sagen, dass du bei ihnen schlafen willst.«

»Hat deine Mutter das oft mit dir gemacht?«, fragte Hannah. Er zuckte mit den Schultern.

»Sie macht es heute noch. Deshalb waren wir ja bei den Goslings in London. Mum hat als Reisende keinen festen Wohnsitz und nur ein begrenztes Jahresbudget. Und nur für eine Woche eine Wohnung anmieten ist ihr zu umständlich.«

In Schottland hatte ein Mitglied, das hauptberuflich Ohrenarzt war, seine Praxis zur Station erklärt. Seine Arzthelferinnen wurden regelmäßig von Mitgliedern irritiert, die eintraten und den Code ›Fußpilz‹ nannten. Auf Hawaii tarnte sich die Station als Privatdetektei und übernahm, wenn es keine übernatürlichen Vorfälle gab, die ihrer Aufmerksamkeit bedurften, auch gewöhnliche Beschattungen. In Prag besaßen die Gelbroben ein ganzes Barockpalais, das auch das Hauptarchiv für Artefakte beheimatete.

Phebe und Hannah lauschten ihm gespannt. Für sie war das alles neu und er versuchte alles, was er wusste, zu teilen. Aber schließlich gingen ihm die Geschichten aus und sein Blick schweifte durch den Raum.

»Sind das Bibliotheksbücher?« Sein Blick hatte sich auf den Bücherstapel auf Phebes Nachttisch geheftet. Sein Entsetzen konnte er nicht verbergen. »Du warst schon in der Bibliothek?«

»Naja, ich recherchiere eben gerne«, verteidigte sich Phebe. Warum sie sich immer gleich so angegriffen fühlen musste, würde Niall wohl nie verstehen.

»Über was denn?« Er ließ seinen Blick über die Buchrücken streifen. *Entführungen in altgriechischen Sagen und Gegenwart* hieß eins, *Vorgehen in einem Vermisstenfall: Handlungsprotokoll für künftige Einsätze der* MEDITATORES DEORUM ET HOMINUM ein anderes und noch eines *Aufenthalte in der Anderswelt – Gesammelte Zeugenberichte.* Plötzlich kam ihm ein furchtbarer Gedanke. Alarmiert sah er zu Phebe. »Wir hatten nichts über die Ferien auf, oder?«

»Nein, das ist nur.... so ein Projekt von mir«, sagte sie mit einer seltsamen Pause zwischen den Worten. Wie als hätte sie keine Lust weiter darüber zu sprechen, fügte sie ein Wort hinzu, von dem sie wusste, dass Niall lieber rückwärts aus einem Fenster springen würde, als es zu tun. »Fleißarbeit.«

»Warum interessierst du dich für Vermisstenfälle?«, wunderte sich Hannah und nahm das oberste Buch vom Stapel. Niall hatte den Titel auch gesehen. *Verloren und manchmal nie wiedergefunden.*

»Nur so. Ungelöste Rätsel sind eben spannender.« Phebe zog das Buch aus ihren Händen und legte es auf den Stapel zurück. »Ich finde auch Katastrophen ganz interessant, aber eins nach dem anderen.«

»Hat Ragnarök dir nicht gereicht?« Niall ließ sich auf Phebes Bett fallen. Wieso war ihr Bett bequemer als seins im Nordflügel? Oder war das bloß Einbildung?

»So viele Katastrophen gibt es doch gar nicht, oder?«, fragte Hannah verunsichert.

»Schon.« Niall richtete sich ein wenig auf. »Ragnarök ist bestimmt das Schlimmste, aber es gab auch den zweiten Asen-Wanen-Krieg, die Druidenrebellion von Gloucester, die Taten der Kinder der Finsternis vor dem Vertrag, die Wanderung der Nirriti…«

Und das war nur das, was ihm auf Anhieb einfiel. Wäre er wie Phebe gewesen und hätte sich alles merken können, was er einmal gehört hatte, hätte er bestimmt zehn Minuten lang Katastrophen auflisten können. Aber er strengte sich nicht besonders an, denn er ahnte, dass er damit mehr Phebe als Hannah unterhielt.

»Wollt ihr Plätzchen?«, lenkte Phebe zum Glück ab und holte eine Dose aus ihrer Reisetasche. »Wir haben noch immer welche übrig und meine Väter können sie nicht mehr sehen.«

Nichts konnte Niall besser ablenken als Essen. Er griff tief in die Dose und nahm sich ein paar Butterkekse. Den Plätzchen von Tante Wilma wich er aus. Was auch immer Phebe dort in ihrem dicken Notizbuch verbarg, eines Tages würde sie es ihren Freunden schon erzählen. Und bis dahin gab sich Niall damit zufrieden, dass er auf ihrem Bett sitzen und ihre Weihnachtsplätzchen essen durfte.

An einem eiskalten Januarmorgen begann der Schulunterricht wieder. Phebe war mit bester Laune aus den Ferien zurückgekehrt. Zuhause in Konijnenheg war es, als wäre sie nie weg gewesen. Ihre Familie war einfach die beste, egal, was andere über sie dachten. Sie war auch nicht mehr wütend auf Ben, hatte sie festgestellt. Er freute sich, dass sie das Internat mochte, das er selbst wegen Ragnarök nie besucht hatte. Sie war entschlossen, ihn nicht zu enttäuschen. Trotzdem würde sie weiter forschen, bis sie Antworten fand – oder Ben und Bas und Sofi endlich mit der Sprache herausrückten. Und das konnte sie durch Recherche und ein wenig Nachbohren sicher bald provozieren.

Aber noch mehr als über die Zeit bei ihrer Familie hatte Phebe sich auf den Unterricht und ihre Freunde gefreut. Hannahs Armband trug sie mit Stolz jeden Tag. Neben ihr und Niall zu sitzen, konnte auch wiedergutmachen, dass die erste Doppelstunde der theoretische Ritualkunde-unterricht bei Herrn Bergunder war. Der grauhaarige Lehrer hatte wohl kein schönes Weihnachten gehabt. Er eröffnete die Theoriestunde, indem er die Tafel mit den hundert wichtigsten alchemistischen Symbolen vollschrieb, wie sie fürs Planen von Beschwörungen gebraucht wurden. Wie nebenbei erwähnte er, dass sie alle bis zur nächsten Woche für einen Test auswendig lernen sollten.

Die alternativen Symbole für chemische Substanzen, des Steins der Weisen und Alkahest schrieb er so groß an, dass er immer wieder Vorausgegangenes wegwischen musste, um Platz zu haben. Das Ganze geschah so schnell, dass die Klasse ihren Protest ganz vergaß und sich beeilte, mitzukommen.

Phebe schrieb eifrig mit und zwang sich, sich gelegentlich zu melden. Aber nur wenn sie absolut sicher war, dass sie die Antwort wusste. Etwas anderes traute sie sich bei ihm nicht. Bereits in der ersten Doppelstunde hatte sie gewusst, dass sie Herrn Bergunder nicht mochte und meistens glaubte sie, dass es auch umgekehrt der Fall war. Sie umging es, so gut sie konnte, aber manchmal musste sie sich einfach melden. Eine Frage, auf die sie keine Antwort kannte, konnte sie in den Wahnsinn treiben wie ein kratziger Wollpullover.

Phebe glaubte, dass es vielen nicht anders ging, zumindest in Bezug auf eine bestimmte Frage. In den Köpfen ihrer Mitschüler spukte ein Albtraum herum, den sie selbst nicht geträumt hatten. Wie ein Nachtmahr, der sich Schlafenden auf die Brust setzte, fühlte es sich an, wann immer sie aus dem Fenster zur Lichtung blickten oder das fremde Wort zufällig lasen. Ragnarök.

Zwei Jungen aus ihrer Klasse, Alexej und Nialls Mitbewohner Tom, hatten ein besonderes Interesse an Ragnarök entwickelt. Schon vor den Winterferien hatten sie angefangen, den Unterricht zu unterbrechen und die Lehrkräfte nach Ragnarök auszufragen. Viele ihrer Lehrer, diejenigen unter vierzig, hatten es nicht oder nur als kleine Kinder miterlebt und wussten nicht mehr, als Herr Meritt ihnen geschildert hatte. Herr Bergunder war der erste, der eine längere Antwort geben konnte.

Alexej und Tom gelang es, zu unterbrechen, als Herr Bergunder gerade ein großes ›E‹ mit verlängertem Mittelstrich nach links anzeichnete, das für Asche stand.

»Sie waren doch bestimmt mittendrin, oder?«, versuchte Alexej es weiter.

Zu Phebes Überraschung reagierte Herr Bergunder nicht mit seinen üblichen Drohungen. Er legte bloß die Kreide aus der Hand, kratzte sich an der Nase und begann zu erzählen. Eine halbe Stunde lang schilderte er seinen Einsatz in Lettland, wo der Fenriswolf gewütet hatte, bevor Bouchers Handel ihn aufgehalten hatte. Er war schwer verwundet davongekommen, unter einem herabstürzenden Baumstamm eingeklemmt, während zwei seiner Kollegen gestorben waren, darunter seine Frau. Das entsetzte Schweigen der Klasse kostete er für Phebes Geschmack etwas zu lange aus. In seinen Augen schimmerte etwas, das ihr unangenehm war.

»Schwören Sie den Eid nicht, wenn Sie nicht bereit sind, ihr Leben oder noch mehr zu verlieren«, endete er seinen Vortrag, nahm die Kreide wieder in die Hand und fuhr ungerührt fort, das dreieckige Symbol für Feuer an die Tafel zu zeichnen.

Schnell ließ auch Phebe ihren Kugelschreiber wieder aufklicken und schrieb mit. Nein, selbst das konnte den Ritualkundelehrer für sie nicht sympathischer machen. Vielleicht erklärte es, warum er so grimmig geworden war, aber mögen musste sie ihn deshalb noch lange nicht.

Wenige Tage später ging es in griechisch-römischer Mythologie bei Herrn Van Koppern ähnlich weiter. Über die ausgefalteten Stammbäume gebeugt lauschten sie dem Schuldirektor gerade, wie er von der Glücksgöttin Tyche, beziehungsweise Fortuna, erzählte. Sie war den Gelbroben durch diverse Zufälle aufgefallen, als die Medien Ende der Siebzigerjahre von einer Frau berichteten, die unter Amnesie litt und innerhalb weniger Monate in verschiedenen Glücksspiellotterien Millionengewinne einheimste. Bei näherer Untersuchung hatte sich herausgestellt, dass es die Göttin der glücklichen Fügung selbst war, die von Freyja mit einem Vergessenszauber belegt worden war und sich für menschlich hielt. Die Göttinnen hatten sich wohl zuvor zerstritten.

Für Phebe war es keine große Überraschung mehr, als Alexejs Kommentar kam. Mit fast sechzig Jahren war Herr Van Koppern der älteste Lehrer im Vogesenschloss und musste Ragnarök als Erwachsener miterlebt haben.

»Fortuna hat uns aber nicht viel geholfen als Ragnarök kam«, murmelte Alexej so laut, dass Phebe es in der ersten Reihe noch hören konnte. Sie spürte, wie Hannah bei dem bloßen Wort innehielt. Nicht schon wieder, dachte sie sich. Irgendwann musste Hannah ihr Mitgefühl überwinden.

»Alexej, hast du etwas zu sagen, was alle hören sollten?«, fragte Herr Van Koppern müde, als hätte er genau gehört, was gesagt worden war.

»Ich habe nur laut gedacht.« Alexej setzte eine Unschuldsmiene auf und zuckte mit den Schultern. »Warum haben die Leute damals nicht Fortuna um Hilfe gebeten, wenn sie uns einen Gefallen schuldig war?«

»Ich bin mir sicher, es wurde versucht.« Herr Van Koppern seufzte und löste sich vom Pult. »Aber die Götter haben sich an diesem Tag von uns abgewandt. Ich selbst hatte versucht, einen Olympier zu erreichen, aber unsere üblichen Kontakte antworteten uns nicht mehr.«

»Sie waren dabei?« Alexejs Augen leuchteten auf. Phebe verdrehte die Augen. Seine Gier nach schauerlichen Einzelheiten war unersättlich und auch Tom ließ sich davon mitreißen.

»Wie war es?«, fragte er begeistert.

»Sie sagen, wer sich an Woodstock erinnern kann, war nicht dabei.« Herr Van Koppern schüttelte traurig den Kopf. »Bei Ragnarök müsste es wohl eher heißen: Wer niemanden verloren hat, war nicht dabei. Meine Verlobte und mein Bruder starben damals.«

»Und wo waren Sie? Was haben Sie gesehen? Was haben Sie getan?«

Herr Van Koppern tat ein paar Schritte vom Pult zu einer Heizung vor dem Fenster, an die er sich lehnte, bevor er fortfuhr.

»Ich war in einer der kleinen Gruppen, die versucht haben, den Wolf aufzuhalten. Wir haben nicht geglaubt, dass er bei uns vorbeikommt, bis er direkt vor uns stand.«

»Was haben Sie getan?«, bohrte Alexej weiter.

»Nichts, wovon man in hundert Jahren noch sprechen wird.« Herr Van Koppperns Blick schweifte über seine Klasse. »Ein kleines Mädchen war bei uns, die Tochter meiner Vorgesetzten. Ich habe sie genommen und mich versteckt, mehr nicht. Sie ist jetzt Mutter und wenn ich mir vorwerfe, dass ich zu wenig getan habe, versuche ich daran zu denken und...« Phebe spürte, wie sein Blick an Niall hängen blieb. Ruckartig drehte sie ihren Kopf zu ihrem Freund und stieß ihm ihren Ellenbogen in die Rippen. Er hatte, wenn überhaupt, nur auf halbem Ohr zugehört und kritzelte seinen Götterstammbaum mit kleinen Spiralen voll. Auf

Phebes Warnung hin, legte er den Stift aus der Hand. »Wir sollten mit dem Unterricht weitermachen.«

»Ach, können Sie nicht noch ein bisschen was erzählen?«, maulte Alexej.

»Ja, Sie erzählen nie Geschichten!«, stimmte Tom mit ein. »Bergunder macht das immer.«

»Was *Herr* Bergunder in seinem Unterricht macht, müssen wir hier nicht diskutieren«, erwiderte Herr Van Koppern sachlich.

»Bitte, wir haben doch nur noch sieben Minuten bis zur Pause!«, setzte sich nun auch Dayo dafür ein, der sich bisher zumindest bei Ragnarök zurückgehalten hatte.

»Und außerdem sollten wir vorm Eid erfahren, was wirklich auf uns zukommt«, schloss Alexej mit einem triumphierenden Grinsen, das Phebe nicht leiden konnte.

»Also gut«, gab sich Herr Van Koppern geschlagen. »Aber ich muss voranstellen, dass das keine Heldentaten sind und nichts, was ich wiederholen würde, wenn ich die Wahl hätte. Meistens hatte ich Todesangst und keine Ahnung, ob ich überleben würde.« Er atmete tief ein. »Seit ich den Eid geschworen habe, wurde ich dreimal entführt, von Ares beinahe erwürgt, musste mich vor dem Fenriswolf verstecken und ein Gott in Stiergestalt hat versucht, mich zu zerquetschen. Ich habe mit Dionysos' Gefolge gefeiert, vier Menschen vor meinen Augen sterben sehen, ohne etwas tun zu können und meine Verlobte und meinen Bruder in Ragnarök verloren. Ich habe genug erlebt.«

Als die Stunde vorbei war und die Klasse das Zimmer wechselte, um in finnische Mythologie zu gehen, versuchte Niall vom Thema abzulenken, indem er den Speiseplan für den Rest der Woche durchging.

»Donnerstag wird am besten«, gab er seine Meinung ab. »Bei Lasagne kann man gar nichts falsch machen.«

Phebe wusste, dass er es für Hannah tat, aber sie stimmte nicht mit ein. Sie musste zuerst ihre Gedanken ordnen. Beide Lehrer hatten eine Warnung ausgesprochen, nicht den Fehler zu begehen, den Eid für den Beginn eines herrlichen Abenteuers zu halten. Aber Phebe ließ sich davon nicht abschrecken. Ihr Vater hatte den Eid geschworen und ein Opfer gebracht. Sie war bereit dasselbe zu tun. Mehr als alles andere in der Welt wollte sie eine Gelbrobe werden und das konnte ihr niemand ausreden.

Der Nachmittag von Hannahs erster und – wie Phebe anmerkte – wahrscheinlich einziger Strafarbeit rückte näher und näher. An einem besonders sonnigen Freitagnachmittag zwei Wochen nach Schuljahresbeginn war es schließlich so weit. Niall bot ihr in letzter Sekunde an, sich doch noch zu stellen oder wenn schon nicht den Eintrag, mindestens das Scannen für sie zu übernehmen. Aber Hannah blieb stur. Sie stellte sich zwar darauf ein, einen langweiligen Nachmittag zu verbringen, aber das war es ihr wert.

Sie fand sich pünktlich um drei am Fuß des Bibliotheksturms ein, wo noch fünf andere Schülerinnen und Schüler warteten, darunter Nialls Freund Stephen aus der vierten Stufe. Alle hatten noch vor den Winterferien etwas angestellt und mussten nun ihre Seiten abarbeiten. Der Bibliothekar Japhet erklärte, dass es nur zwei Scanner gab und bat zwei von ihnen ihren Teil zu scannen und dann zu übergeben. Hannah meldete sich sofort freiwillig. Sie sah keinen Sinn darin, die Arbeit noch länger aufzuschieben. Nialls schlechtes Gewissen plagte ihn schon viel zu lange. Einen ähnlichen Gedankengang verfolgte wohl ein Junge aus der zweiten Stufe mit blaugefärbten Haaren. Die anderen durften vorerst gehen.

Herr Japhet führte sie beide in den kleinen Kopierraum im Erdgeschoss des Turms, wies ihnen ihre Papierstapel zu, entschuldigte sich für die Wasserflecken, die er überall verteilte, und ließ sie dann mit ihrer Arbeit alleine.

Der Junge aus der zweiten Stufe, der sich Hannah als Matej Petek vorstellte, war sehr freundlich. Er hatte im Chemiepraktikum seinem Experiment Merkurialwasser aus dem Ritualkundeunterricht hinzugefügt, weil er ausprobieren wollte, was geschehen würde. Er verriet es ihr zwar nicht, aber Hannah ahnte, dass es sich nicht empfahl, es nachzumachen. Matej bereute allerdings nichts.

»Es lebe die Neugier«, grinste er schulterzuckend. Eine ganze Weile unterhielt sie sich gut mit ihm. Er spielte auch Gitarre und erzählte, dass Herr Van Koppern über ein Bandprojekt im nächsten Schuljahr nachdachte. Doch nach einer Weile mussten beide einsehen, dass sie schneller vorankamen, wenn sie sich ganz aufs Scannen konzentrierten. Schweigend standen sie vor den Maschinen und wurden selbst zu welchen.

Die Einförmigkeit der Bewegungen war ermüdend und Hannahs Nacken schmerzte schon bald. Gelegentlich blieb ein Blatt im Papiereinzug hängen, weil sie eine Büroklammer nicht abgezogen hatte oder ein Knick im Papier war. Doch abgesehen davon war die Arbeit sehr stumpfsinnig.

Nach einer Dreiviertelstunde hatte sie jeglichen Fokus verloren. Sie konnte nicht einmal mehr die Augen auf das richten, was sie tat. Sie fühlte mit Niall mit, der in diesem Schuljahr insgesamt bereits über 500 Seiten gescannt hatte.

Plötzlich stieg ihr der Geruch nach Pfeifentabak, wie sie ihn bisher nur einmal im Brunnenhaus gerochen hatte, in die Nase und weckte ihre Lebensgeister. Automatisch sah sie sich nach dem unsichtbaren Laren um, doch das einzige, was sie sah, war eine Fehlermeldung des Scanner. Ein kleines Licht blinkte orangefarben. Sie hatte gerade einen losen Papierstapel eingelegt und bis zur Hälfte war alles gut gegangen. Bestimmt wieder nur eine Büroklammer.

Vorsichtig kurbelte Hannah an einem Rad, sodass das beschädigte Papier wieder mechanisch herausgedreht wurde. Sie stutzte. Zwischen den losen Seiten lag ein seltsam gefaltetes Blatt. Es war so dick, dass es den Einzug blockiert hatte. Hannah nahm es heraus und betrachtete es genauer. Jemand hatte das Papier wohl gerollt und mit einem Faden zusammengebunden, doch es war zwischen die anderen Papiere geraten und plattgedrückt worden. Hannah löste den Bindfaden und faltete das Blatt auf, um es noch einmal in den Einzug zu legen. Es war eine Seite, die aus einem Schreibblock mit französischer Lineatur gerissen worden war. Im Titel stand etwas von einem Bericht. Die Tinte war leicht verwischt, als hätte jemand in großer Eile geschrieben und es hastig zusammengerollt.

Hannah runzelte die Stirn. Die anderen Dokumente, die sie gescannt hatte, waren nur Verwaltungsunterlagen gewesen. Aber über diesem stand eindeutig das Wort ›Bericht‹. Sie sah das Datum, den 18. November 1981.

Verstohlen sah sie zu Matej hinüber und wollte ihren Gedanken laut aussprechen, aber er war vollkommen in seine Akten versunken. Er hatte doppelt so viel wie sie vor sich und daher wollte sie ihn nicht unterbrechen. Sie sah wieder auf das Blatt in ihrer Hand. Und bevor sie nachdenken konnte, hatte sie angefangen, den Bericht zu lesen.

18.11.1981, 16:22 Uhr

Bericht von Sania Buksh und Charlotte Lefèvre (Dritte Stufe)

Es hat vor einer Stunde begonnen. Ein Gott ist im vorderen Hof erschienen und hat Frau Ahlgrimm und Herrn Watanabe getötet, als sie ihn empfangen wollten, um zu erfahren, was er hier will. Seitdem tötet er jeden und alles hier im Schloss und auf den Gängen ist Blut und Tod. Der Gott unterscheidet nicht zwischen Menschen und Halbgöttern oder Erwachsenen und Kindern. Er jagt uns und er hat Spaß daran.

Wir haben uns im Schulgebäude verstreut und versteckt. Wir hören die Schreie. Wir beide haben in der Bibliothek Schutz und nach einer Lösung gesucht, aber es ist hoffnungslos. Soweit wir es wissen, sind wir die letzten und er wird uns finden.

Hier sind ein paar Beobachtungen, die vielleicht helfen werden, das alles zu erklären:

- *Mit Büchern glauben wir den Gott als Huitzilopochtli identifiziert zu haben. Aber nirgendwo steht, wie er zu bändigen ist.*

- *Der Lar des Schlosses hat versucht uns zu helfen, aber selbst mit der Stärke unserer halbgöttlichen Ritualkundelehrerin Frau Mauritius vereint, hat er nichts ausrichten können.*

- *Die Angestellten aus der Küche haben vorgestern beim Abendessen eine Banshee gehört und sich über den Lärm beschwert, obwohl niemand von uns sie gehört hat. Vielleicht war das ein Omen.*

- *Zwei unserer Lehrer sind nicht hier. Unsere Schuldirektorin Boucher wurde morgens weggerufen und unser stellvertretender Direktor Saville ist gegen 15:00 Uhr nach einem Telefongespräch verschwunden. Alle anderen Lehrer sind hier und längst tot.*

Wir wissen nicht, ob irgendetwas davon Bedeutung hat. Wir glauben nicht, dass wir überleben werden. Wir verstehen nicht, was geschehen ist. Bitte findet die Antworten für uns.

Vivat Curiosi---

Hannah fühlte sich wie von Eiswasser übergossen. Das letzte Wort war nicht zu Ende geschrieben worden und aus dem Geschichtsunterricht wusste sie auch, warum. Geistesabwesend ließ sie das Blatt durch den Scanner laufen. Dann hielt sie inne. Dieser Bericht gehörte sicherlich nicht zu den Verwaltungsunterlagen. Sie wusste aber nicht, wie sie den Scan wieder löschen konnte. Sie hoffte, dass Herr Japhet es ihr

nachsehen und den Scan am richtigen Ort ablegen würde. Das eigentli-
che Blatt mit dem Bericht der beiden Schülerinnen faltete sie vorsichtig
und schob es sich in die Hosentasche. Sie musste ihn jemandem zeigen,
bevor er noch einmal dreißig Jahre übersehen wurde.

Phebes Nachmittag ohne Hannah verlief zäh wie das Mittagessen, wenn Bas und nicht Ben kochte. Phebe wollte Hausaufgaben machen, statt sie aufs Wochenende zu verschieben. Niall sah das anders. Dann machte sie den Vorschlag, noch einmal zu Dingos Versteck zu gehen und nach den Drachentauben zu sehen, aber auch das gefiel ihm nicht.

»Zu kalt«, war sein Argument dagegen.

Plötzlich wurde sie sich unsicher, ob Niall sie wirklich mochte, oder ob er sie nur wegen Hannah duldete. Zumindest schienen sie sich auf einmal nichts zu sagen zu haben. Sie wurde nervös und fing an irgendwelche Fakten zu erzählen, die sie aus den Büchern über die Vermisstenfälle in der Anderswelt erfahren hatte.

»Tara ist aber in Nordirland und nicht in der Republik«, widersprach er ihr plötzlich. Phebe hätte sich am liebsten auf die Zunge gebissen. Natürlich musste sie sich ausgerechnet auf einem Gebiet versprechen, auf dem Nialls ganze Familie Experten waren. Wieso konnte sie nur nie den Mund halten? Aber eigentlich war sie sich sehr sicher, dass der Feenhügel in Irland lag.

Immerhin konnte sie ihm nach einigem Hin und Her beweisen, dass sie Recht hatte. Dazu hatte sie ihn allerdings unter großen Protesten in den Flur vor dem Lehrerzimmer schleppen müssen. Dieser Ort wurde auch der ›W-LAN-Gang‹ genannt, weil es der einzige Ort im Schloss war, an dem es guten Internetzugang gab, wenn man nicht in die Bibliothek wollte.

Danach hatten sie im Aufenthaltsraum der Jungen eine Partie Tischfußball gegen Tom und Janis gespielt und sogar fast gewonnen. Sie war sich sicher, dass Niall langsam einen blauen Fleck am linken Oberarm von ihr haben musste. Aber er beschwerte sich nicht. Beim Abendessen nahm sie sogar Rücksicht darauf und setzte sich auf seine andere Seite, damit der Arm geschont wurde.

Hannah stieß erst im Speisesaal wieder zu ihnen, als Phebe und Niall schon beim Nachtisch waren. Phebe war erleichtert, als sie sie auf sich zukommen sah. Obwohl der Nachmittag allein mit Niall besser gelaufen war, als sie zuerst befürchtet hatte, konnte sie einen Abend mit weniger peinlichen Pausen, die nur von ihrem eigenen Geplapper gefüllt waren, gut vertragen. Niall und Phebe hatten Hannah eine Portion gesichert, bevor die Essensausgabe schloss.

»Na, wie war es?«, fragte Phebe gut gelaunt und schob Hannah ihr Tablett mit dem noch dampfenden Teller zu.

»Danke«, lächelte Hannah müde. »Es war überhaupt nicht schlimm. Ich habe mich gut mit Matej unterhalten.«

Sie winkte einem Jungen mit blaugefärbten Haaren zu, der an einem Tisch mit Zweitstüflern saß. Er winkte mit einem Zwinkern zurück. Phebe spürte Eifersucht in sich aufschäumen. Wie gelang es Hannah bloß immer und überall Freunde zu finden? Gut, sie selbst hatte Niall bei einer Strafarbeit kennengelernt, aber das war nicht dasselbe.

Beim Essen war Hannah ungewohnt still. Es erinnerte Phebe an den Nachmittag, nachdem sie Ragnarök in Herrn Meritts Unterricht behandelt hatten. Aber ganz so schrecklich konnte das Scannen selbst für Hannah nicht gewesen sein, auch wenn sie Phebes Meinung nach bei allem viel zu sehr mitfühlte.

»Glaubt ihr, dass wichtige Dinge einfach so übersehen werden können?«, fragte Hannah plötzlich, als sie schließlich schweigsam ihren Teller geleert hatte und das Besteck beiseitelegte.

»Kommt darauf an, ob sie an sich große oder kleine Dinge sind – einen Kyklopen kann man nicht übersehen, aber wenn ein Dämon im selben Raum ist, könnte man den schon übersehen«, überlegte Niall laut. »Obwohl der Dämon gefährlicher wäre, aber auch fast unsichtbar.«

Phebe blinzelte irritiert, entschied sich dann aber, Niall Ausführungen zu ignorieren.

»Was genau meinst du?«, fragte sie stattdessen Hannah und rührte in dem Quark, den sie sich zum Nachtisch geholt hatte.

»Ich glaube, ich habe beim Scannen etwas entdeckt«, begann Hannah zögerlich. »Ein Blatt ist im Einzug hängengeblieben, weil es gefaltet war und zusammengebunden. Es lag auf meinem Stapel, also habe ich es geöffnet, um es richtig zu scannen. Und ich habe es gelesen.«

»So viel Zeit habe ich beim Scannen normalerweise nicht«, murmelte Niall.

»Ich habe es aber gelesen.« Hannah sah sich um, wie um sich zu vergewissern, dass niemand zuhörte. Phebe hob eine Augenbraue. Dann senkte Hannah die Stimme und fuhr fort. »Es ist ein handschriftlicher Bericht von zwei Schülerinnen, den sie am 18. November 1981 geschrieben haben. Über... das, was passiert ist.«

»Klingt unschön.« Niall rümpfte die Nase, aber Phebe war sich nicht sicher, ob er damit Ragnarök meinte oder den glitschigen Obstsalat, den er gerade probiert hatte.

»Das ist nicht alles.« Hannah schüttelte heftig den Kopf. In ihren blauen Augen leuchtete etwas, das Phebe noch nie gesehen hatte. »In dem Bericht steht, dass der stellvertretende Direktor Saville nicht im Schloss war, als es passiert ist.«

»Bei allen Göttern!«, stieß Phebe aus und ließ ihren Löffel im Quark stecken. Diese Redensart hatte sie sich bei Niall und den anderen Gelbroben abgeschaut und sie gefiel ihr. »Das muss ich sehen!«

Zu Phebes großem Erstaunen zog Hannah ein gefaltetes Blatt Papier aus ihrer Hosentasche. Sie reichte es Phebe, die das Blatt sofort auffaltete. Es war wohl aus einem Schreibblock herausgerissen worden.

Phebe las den Zettel durch, ohne ein Wort zu sagen. In ihrem Kopf begannen die Zahnräder zu rattern, aber noch nicht ineinander zu greifen. Sie las ein zweites Mal. Am liebsten hätte sie sich Notizen gemacht: Eine Banshee, die keiner der Toten gehört hatte, ein heldenhafter Lehrer, der nicht im Schloss gewesen war, ein blutrünstiger Aztekengott...

»Du glaubst also auch, das könnte ein Hinweis sein?«, fragte Hannah, unsicher über Phebes langes Schweigen.

»Worauf?« Niall hatte seinen Obstsalat enttäuscht beiseite gestellt und griff nach Phebes Quark. Sie ließ ihn. An Nachtisch war mit einem solchen Dokument in der Hand nicht mehr zu denken.

»Dieser stellvertretende Direktor Saville war laut diesem Bericht nicht im Schloss«, fasste Phebe nachdenklich zusammen, was sie soeben gelesen hatte und schob Niall das Blatt hin, damit er es auch sehen konnte. »In der offiziellen Version ist er als Held gestorben. Man hat seine Leiche nicht gefunden, aber laut diesem Bericht nicht, weil er gefressen wurde, sondern weil er nicht da war. Und er hat einen Anruf bekommen. Was, wenn er Bouchers Anruf bekommen hat?«

»Das ergibt doch keinen Sinn.« Niall sprach mit dem Löffel im Mund, aber sie hatte sich ausreichend daran gewöhnt, um ihn trotzdem zu verstehen. »Wenn Boucher angerufen hätte, wäre die Schule doch rechtzeitig evakuiert worden.«

Phebe zuckte bloß mit den Schultern, obwohl ihr auf Anhieb einige Erklärungen einfielen. Und bei keiner von ihnen kam dieser Saville so gut weg wie in der offiziellen Version. Aber für solche voreiligen Schlüsse war es zu früh in der Ermittlung.

»Wenn er nicht in Ragnarök gestorben ist, lebt er noch«, fuhr sie laut fort. »Und er allein weiß, ob Boucher die Schule gewarnt hat oder nicht. Er könnte alles aufklären.«

»Die offizielle Version der Ereignisse könnte falsch sein?« Niall blickte sie an, als wäre ihm ein solcher Gedanke noch nie gekommen.

»Nicht falsch«, meinte Phebe verschwörerisch. »Unvollständig.«

»Also denkst du dasselbe?« Hannah faltete das Papier behutsam wieder zusammen. »Wir sollten es einem Lehrer zeigen?«

Phebe hielt inne. Das hatte sie nicht gemeint. Sie wollte es keinem Lehrer zeigen. Sie wollte die Antworten finden. Selbst wenn es sie für eine Weile von dem Rätsel um Bens Verschwinden und Wiederauftauchen ablenken würde... Damit kam sie sowieso gerade nicht voran. Der Bericht von Sania und Charlotte kam ihr gerade recht. Sie wollte dieses Rätsel lösen, mit Hannah und Niall zusammen. Sie wollte diese Freundschaft und war bereit den beiden zu beweisen, was sie konnte.

»Wir haben eine Hypothese«, antwortete sie nach einer Pause, in der sie sich eine Strategie zurechtlegte. »Wir müssen sie erst testen, um eine Theorie zu haben. Sonst schädigen wir aus Versehen den Ruf eines Helden.«

»Das heißt?« Niall leckte das Dessertschälchen aus.

»Japhet hat von einem digitalen Archiv gesprochen. Wenn wir nur ein bisschen darin stöbern könnten...«

»Ein digitales Archiv?«

»Wofür denkst du denn, dass wir die ganzen Texte scannen müssen?« Phebe verdrehte die Augen über Hannahs Frage.

Niall hielt kurz inne.

»Aber was bringt es uns, das zu wissen? Ich meine, das wusste ich schon.«

Phebe musste sich einen Kommentar verkneifen. Ja, Niall wusste eine Menge. Aber wenn er sich nur ab und zu anstrengen würde, es im richtigen Moment einzusetzen, wäre er ein noch hilfreicherer Freund. Sie atmete tief aus, denn nach diesem Nachmittag wollte sie nichts sagen.

»Wenn wir mit unserer Hypothese im Hinterkopf andere Berichte durchlesen, finden wir vielleicht einen zweiten Hinweis.« Phebe kramte nach ihrem Notizbuch, um eine Liste zu erstellen. »Dann haben wir eine Theorie, die wir jemandem zeigen können. Wir müssten nur irgendwie in das Computersystem kommen.«

»Ich weiß, was wir machen können.« Niall stellte die Dessertschale auf dem Tisch ab. Überrascht ließ Phebe den Kugelschreiber sinken, ohne ein Wort geschrieben zu haben. An seiner Nase klebte noch etwas süßer Quark und er grinste. »Wir fragen Stephen.«

Niall gelang es allerdings nicht vor Februar etwas über das digitale Archiv herauszufinden. Es lag vor allem daran, dass Stephen zu beschäftigt war. Es war sein letztes Jahr auf dem Vogesenschloss und er wollte bei aller Liebe zum Chaos doch seine vierte Stufe und seinen Schulabschluss schaffen. Nach dem Abendessen entschuldigte Niall sich bei den Mädchen, indem er behauptete seine Vokabeln für Keltisch aufholen zu wollen. Von Phebe bekam er dafür ein anerkennendes Nicken und auch Hannah schien es nicht für verdächtig zu halten. Wie er keinen Verdacht damit erregte, verstand er nicht. Schließlich hatte er das ganze Jahr noch nie seine Keltischvokabeln gelernt.

Er fand Stephen im Nordflügel. Auf dem Flur mit den Jungenzimmern war der Viertstüfler gerade dabei zu versuchen, gleichzeitig einen großen Karton und eine riesige, bauchige Flasche hochzuheben.

»Hilf mir mal tragen, Croker«, winkte Stephen ihn heran und drückte ihm den großen, aber leichten Pappkarton in den Arm und nahm selbst die Flasche. ›Ballongas‹ konnte Niall ablesen, bevor Stephen sie in seine Jacke einwickelte. Niall lugte in den Karton hinein. Alles darin war rot, rosa oder glitzernd. Niall wusste, dass er den Karton am besten sofort fallen lassen sollte, wenn er keinen Ärger bekommen wollte. Aber er war zu neugierig, was Stephen vorhatte, um zu fliehen.

»Morgen ist Valentinstag und ich dachte mir, Herr Bergunder verdient eine besondere Zuwendung von mir«, erklärte Stephen, bevor Niall fragen konnte. »Eine Liebeserklärung im Namen aller Schüler.«

»Ich wollte dich eigentlich nur etwas fragen...«, versuchte Niall sich herauszureden, aber Stephen hatte sich schon in Bewegung gesetzt.

»Kannst du auf dem Weg machen«, rief Stephen über seine Schulter. »Komm schon!«

Mit zusammengebissenen Zähnen folgte Niall ihm. Frau Lütke und Herr Bergunder würden ihm nicht abkaufen, dass er den Karton nur kurz für einen Freund trug. Bei Herrn Meritt und Herrn Van Koppern hatte er eine gute Chance, dass Stephens Ruf Nialls Anteil an einer möglichen Strafarbeit geringhielt. Der Gedanke beruhigte ihn eine Weile, aber es war ihm nicht geheuer, als Stephen ihn durch die Säulenhalle führte und durchs Haupttor hinaus direkt zum Brunnenhaus marschierte.

In der nächtlichen Kälte spürte Niall seine Aufregung, die das Blut warm durch seine Adern fließen ließ. Was, wenn sie gleich erwischt werden würden? Was, wenn es Bergunder war? Was, wenn Artio ausgerechnet heute Abend aus ihrem Winterschlaf erwachte? Sein Herz klopfte laut bei jeder Bewegung und jedem Schatten, den er glaubte über den vorderen Hof huschen zu sehen, und er fühlte sich so lebendig wie seit Ewigkeiten nicht mehr. Das hier war ein Abenteuer. Er konnte sich noch so viel sorgen und ihm konnten hunderte Seiten scannen drohen, aber er würde es nicht weniger lieben.

Bevor Niall fragen konnte, wie sie in das abgeschlossene Klassenzimmer hineinkommen sollten, hatte Stephen schon ein Taschenmesser mit einem blauglänzenden Griff gezückt. Niall konnte wegen des großen Kartons auf seinem Arm nicht genau sehen, was Stephen damit tat, aber wenige Sekunden später sprang die Tür willig auf. Schnell schlüpften sie hinein und schlossen die Tür hinter sich. Dann offenbarte Stephen seinen Plan. Er wollte hundert herzförmige Luftballons an die Decke des Brunnenhauses steigen lassen und auch sonst für ein wenig Romantik in Ritualkunde sorgen.

»Sind natürlich alle mit dem feinsten Glitter befüllt, den ich finden konnte. Falls Bergunder auf die Idee kommt, sie platzen zu lassen, statt sie runterzuholen.«

Stephen bemannte den Heliumtank und reichte die aufgeblasenen Ballons an Niall weiter, der sie dann zuknotete und an die Decke steigen ließ.

»Stephen«, traute er sich nach mehreren Dutzend Ballon endlich zu fragen. »Weißt du, wie man sich ohne Mitgliedsnummer oder Passwort beim digitalen Archiv einloggt?«

»Nein, sorry. Dazu müsste man schon Hacker sein.« Stephen befüllte noch ein pinkfarbenes Herz und reichte es an Niall weiter.

»Also gibt es keinen Weg, etwas nachzuschauen?« Er konnte seine Enttäuschung nicht verbergen, als er Stephen den nächsten Ballon abnahm, einen Knoten in das Gummi fummelte und ihn nach oben steigen ließ, wo er sich zu den anderen Scheußlichkeiten gesellte.

»Das habe ich nicht gesagt.«

»Aber – «

»Ich habe gesagt, sich einzuloggen geht nicht anders. Aber es gibt einen Weg, etwas nachzulesen, ohne sich einzuloggen.« Doch statt einer Erklärung, atmete Stephen das Helium aus dem Ballon, den er gerade befüllt hatte, ein, und sprach in einer hohen, verzerrten Stimme weiter.

»Los, wir müssen jetzt nur die übrigen zwanzig Ballons befüllen und dann noch ein Herz aus roten Rosenblättern auf den Boden streuen.«

Als sie alle Ballons befüllt hatten, war die Decke vom Brunnenhaus eine einzige rot-pinkfarbene Wolke und der steinerne Fußboden, auf dem sonst nur Kreidelinien von Beschwörungsformeln gezeichnet wurden, war vor roten Rosenblättern nicht mehr zu erkennen. Selig lächelnd betrachtete Stephen ihr Werk und klopfte Niall auf die Schulter. Niall fühlte, wie seine Ohren glühten. Vermutlich war das hier die größte Leistung, die er in diesem Schuljahr bisher erbracht hatte.

Leider mussten sie den Anblick schon bald hinter sich lassen. In dem großen Müllcontainer, der bei der Liefereinfahrt der Küche stand, entsorgten sie die leere Heliumflasche und das übrige Verpackungsmaterial, damit keine Spur zu ihnen zurückführte. Stephen konnte zwar nicht ernsthaft annehmen, dass die Lehrer nach vier Jahren einen anderen verdächtigen würden, aber Niall war es recht, wenn die belastenden Beweise im Abfall verschwanden. Erst dann machten sie sich auf den Weg zurück in den Nordflügel. Es war eine halbe Stunde vor der Nachtruhe und deshalb konnte ihnen selbst Herr Bergunder nichts anhaben.

»Im Lehrerzimmer steht ein alter Computer, der immer auf Standby eingeloggt ist«, sagte Stephen plötzlich beiläufig, als sie an Garion dem Greifen vorbeigingen. Niall starrte Stephen mit offenem Mund an und stolperte fast über eine Stufe. »Woher denkst du denn, dass ich meine Informationen beziehe? Weil ich im Unterricht so gut aufpasse?« Stephen schnaubte amüsiert. »Wenn sie mich morgen ins Kreuzverhör nehmen, soll ich deinen Namen ins Spiel bringen? Damit jeder weiß, dass wir das zusammen waren – für Ruhm und Ehre und so.«

»Ähm, ich glaube, ich kann dieses Mal verzichten«, fand Niall seine Sprache wieder und sah auf seine Füße, um nicht noch einmal zu stolpern.

»Du bist nicht hinter dem Ruhm her?«, staunte Stephen, als wäre es das selbstverständlichste auf der Welt. »Was willst du eigentlich aus dem digitalen Archiv wissen?«

»Es ist für meine Freundinnen...« Niall wusste, dass er nichts von ihrem Fund verraten konnte. Aber wie konnte er Phebes Plan und sein großspuriges Versprechen, dass er von Stephen eine Lösung erfahren würde, erklären? Es war ihm jetzt peinlich, Stephens Hilfe als selbstverständlich dargestellt zu haben.

»Die Sache ist dir echt wichtig, hm?« Stephen blieb an einer Ecke stehen, an der es nach links in den Nordflügel abging und nach rechts zu einigen Klassenzimmern und Büros.

»Ja, sehr«, seufzte Niall.

»Weißt du, was? Das klingt nach heldenhaften Motiven. Morgen habt ihr von der ersten Stufe doch in der dritten Freistunde?« Niall nickte. »Gut, ich helfe euch reinzukommen. Schmiere stehen, zurück zu den Anfängen und so. Zehn nach elf vor Sachmets Verlies. Abgemacht?«

»Abgemacht«, strahlte Niall, der sein Glück nicht fassen konnte.

»Ich habe noch ein paar Liebesgrüße unter den Bürotüren der Lehrer durchzuschieben. Van Koppern bekommt ein getrocknetes Rinderherz aus den Ingredienzenvorräten für Laila.« Er zückte ein Bündel herzförmiger Grußkarten und ein dunkelbraunes, schrumpeliges Etwas, an das er eine rote Rose gebunden hatte. Beides ließ Niall beim bloßen Anblick erschaudern. Er machte sich auf dem Weg in sein Zimmer, während Stephen in die entgegengesetzte Richtung abbog.

An diesem Abend legte sich Niall ins Bett und war stolz auf sich. Er malte sich aus, wie Herr Bergunder am nächsten Tag das verschönerte Brunnenhaus entdecken würde, und wie er Hannah und Phebe erzählen konnte, dass Stephen einen Weg kannte, sie im digitalen Archiv nach Saville suchen zu lassen. Hannah würde strahlen und Phebe würde ihn liebevoll auf den Oberarm boxen. Langsam glaubte er, dass das der höchste Ausdruck von Anerkennung war, zu dem Phebe fähig war. Mit diesem Gedanken schlief er glücklich ein.

Phebe verstand nicht, wie Niall es geschafft hatte, doch in ihrer Freistunde am Donnerstag stand sie mit ihm und Hannah vor Sachmets Verlies im W-LAN-Gang. Hannah wirkte nervös. Phebe war sich jedoch nicht sicher, ob es am Treffpunkt oder dem bevorstehenden Verstoß gegen die Schulordnung lag. Um sich von ihrer eigenen Aufregung abzulenken, lauschte Phebe angestrengt in die Stille hinein, ob hinter der alten Tür ein Fauchen oder ein Knurren zu hören war. Einmal glaubte sie leise Schritte zu hören, aber sie stellten sich nicht als Sachmet sondern Stephen heraus, der auf leisen Sohlen um die Ecke bog.

»Croker, du verdienst dir wirklich langsam eine Tapferkeitsmedaille«, begrüßte der ältere Schüler Niall mit einem Handschlag, den Niall offensichtlich nicht einstudiert hatte. »Schrate, Bären, Einbruch in die Küche und jetzt ins Lehrerzimmer.«

Niall erwiderte nichts, sondern wollte seine roten Wangen in seinem Schal vergraben.

»Der ganze Trick ist«, erklärte Stephen bereits und legte ein Ohr an die Tür zum Lehrerzimmer, »herauszufinden, ob jemand drin ist.«

Langsam drückte er die Klinke herunter und schob die Tür einen Spaltbreit auf. Nach einem hastigen Blick hinein wandte er sich strahlend zu ihnen um.

»Voilà! Habt viel Spaß da drin.« Er stieß die Tür triumphierend auf. »Ich kann ungefähr zwanzig Minuten bleiben, dann muss ich zurück. Wir schreiben grade einen Test bei Lourdaud und irgendwie bestehen will ich dann doch. Wenn ich schreie, ›aaaah, Sachmet bricht aus‹, dann versteckt ihr euch hinter dem Sofa und versucht von da aus, wieder zur Tür zu kommen – das hat bisher in zwei von drei Fällen geklappt. Nur Bergunder schaut jedes Mal dahinter – wenn der kommt, seid ihr auf euch allein gestellt, da kann selbst meine Kunst euch nicht mehr retten.«

Phebe nickte und prägte sich die Anweisungen genau ein.

»Danke«, sagte Hannah aufrichtig und trat als Erste durch die Tür, die Stephen ihnen offenhielt. Phebe folgte ihr und Niall kam als Letzter.

Im Vergleich zu Herr Van Kopperns Büro war das Lehrerzimmer erschreckend gewöhnlich, musste Phebe feststellen. Die beiden Sofas bei der Kaffeemaschine waren genauso durchgesessen wie die in den Aufenthaltsräumen und die Aktenschränke, Papierstapel und unterschiedlich ordentlichen Arbeitsplätze waren nichts Besonderes. Jede Lehrkraft

hatte eine Pinnwand, an der die anderen Nachrichten für sie hinterlie-
ßen. Herr Debbani musste irgendetwas angestellt haben, denn mehrere
Notizen forderten ihn mehr oder weniger freundlich auf, ›die Sauerei
wieder in Ordnung zu bringen‹, was eindeutig Herrn Bergunders Hand-
schrift war. In einer Ecke stand ein alter Computer.

Phebe steuerte direkt darauf zu und setzte sich auf den quietschenden
Drehstuhl. Tatsächlich genügte eine Bewegung mit der Maus und der
Bildschirm erhellte sich. Das sechseckige Symbol und der lateinische
Spruch darunter, DEORUM ET HOMINUM, erschienen. Sie waren im digita-
len Archiv.

»Was genau wollen wir wissen?«, fragte Phebe über ihre Schulter. »In
zwanzig Minuten wäre es ein Wunder, wenn wir über den Hinweis stolpern, den wir brauchen. Wir müssen konkret etwas nachschlagen.«

»Lass uns nach Saville suchen«, schlug Hannah vor. »Wo er sein
könnte, wenn er lebt, oder was mit seiner Familie ist. Wenn er lebt, hat
er vielleicht noch Kontakt zu ihnen.«

Phebe gab einen zustimmenden Laut von sich und da Niall nichts sagte, begann sie den Namen des stellvertretenden Direktors in die Such-
maske zu tippen.

»Na toll«, schnaubte sie keine halbe Minute später.

»Was ist?« Niall kam erst jetzt von der Tür herangetreten und sah
über ihre Schulter.

»Offensichtlich kann man nicht nach Namen suchen, sondern nur
nach Mitgliedsnummern«, erklärte Phebe.

»Dann gib ›Ragnarök‹ ein.« Phebe tippte und sofort gab es mehrere
Treffer. Sie versuchte sich einen Überblick zu verschaffen und auch Niall
setzte seine Brille auf. »Nicht den Bericht anklicken.« Er las schneller als
sie. »Da, geh auf ›Opfer‹.«

Phebe folgte seiner Anweisung. Eine alphabetische Liste erschien.
Über 350 Namen.

»Das müssen alle Namen sein, nicht nur die Toten aus dem Schloss«,
stellte sie laut fest.

»Such einfach nach Saville«, bat Hannah und Phebe begann zu scrollen. Sie hörte Hannahs Wispern über ihrer Schulter. »So viele...«

Die Namen rasten vorbei und sie war erst bei B angelangt, als ihr die
ersten bekannt vorkamen.

Bergunder, Elizabeth. Mitglied der Stufe 5. Siehe Fenriswolf.

Phebes Scrollen verlangsamte sich unweigerlich.

»Niall, deine ganze Familie...«, sagte Hannah mit zitternder Stimme. Phebe warf über ihre Schulter einen Blick zu Niall.

»Ich habe niemanden davon kennengelernt«, entschuldigte er seine Ungerührtheit mit einem Schulterzucken. »Die sind alle über zehn Jahre vor meiner Geburt gestorben.«

Phebe nickte verständig. Jemanden, den man nie gekannt hatte, konnte man nicht betrauern wie jemanden, den man verloren hatte. Sie beeilte sich, weiterzumachen, ohne zu lesen, und hielt erst wieder an, als sie den Buchstaben S erreicht hatte. Dann endlich sah sie den Namen, den sie suchten.

»Saville, Théophile.« Zufrieden klickte Phebe auf die angegebene Mitgliedsnummer und ein neues Fenster öffnete sich. Es war eine Art Personalkartei. Phebe machte ein ungläubiges Geräusch, noch bevor Hannah oder Niall auch nur ein einziges Wort gelesen haben konnten. »Das fängt ja gut an. Der Mann hat kein Geburtsdatum. Gestorben am 18. November 1981 im Vogesenschloss – das wussten wir schon.«

»Wir haben nicht viel Zeit«, erinnerte Niall sie und sah nervös zur Tür.

»Na gut, aber ich möchte anmerken, dass ich es sehr verdächtig finde, wenn jemand, dessen Leiche nie gefunden wurde, auch kein Geburtsdatum hat.« Phebe verdrehte die Augen, begann aber den Text zu überfliegen. »Mitgliedsnummer... Datum der Vereidigung... Stufe 11... Lehrer im Vogesenschloss von 1945 bis 1981... Stellvertretender Schuldirektor unter Joanne Boucher... Eine unvollendete Forschungsarbeit über gefallene Götter... Heldenhafter Tod bei Ragnarök... Keine Angehörigen...«

»Klingt nach keinem spannenden Leben«, murmelte Niall und Phebe verstand sofort, was er meinte. Dieser Saville schien die üblichen Lebensstationen einer Gelbrobe wie Verwundung im Einsatz und Teilnahme an irgendwelchen Konferenzen einfach ausgelassen zu haben.

Als nächstes klickte Phebe ein Foto an. Es war vielleicht in den späten Siebzigern aufgenommen worden und zeigte einen eleganten Mann Mitte fünfzig. Er trug eine gelbe Robe über seinem maßgeschneiderten Anzug und hielt eine goldene Taschenuhr, als hätte er dem Fotografen nur genau fünf Minuten seiner wertvollen Zeit für das Porträt opfern wollen. Sein Blick war der eines strengen Lehrers, der gerade in seiner Mittagspause gestört worden war.

»Erinnert mich irgendwie an jeden Schuldirektor, der mich bisher von der Schule verwiesen hat«, brummte Niall. Phebe sah überrascht zu ihm auf, doch um nachzufragen, war keine Zeit. Sie merkte sich ihre Frage für einen günstigeren Zeitpunkt.

»Jetzt zu seiner Geburt«, entschied Phebe und klickte auf das Aktenzeichen ganz oben auf der Seite. Der Scan eines Berichts erschien. Es war ein mit Schreibmaschine geschriebener Text auf einem leicht vergilbten Papier. Niall lehnte sich weiter vor, um besser lesen zu können.

»Ih, Französisch«, erkannte er dann aber. Er zog seine Brille wieder ab und schob sie in seine Hosentasche. Gegen Französisch half wohl auch die richtige Sehstärke nicht.

»Nur du kannst in Frankreich leben und kein Wort sprechen.« Phebe schüttelte den Kopf und räusperte sich wichtigtuerisch. »Ich fasse zusammen, da nicht alle von uns Französisch sprechen: Théophile Saville wurde 1917... auf den Stufen des Vogesenschlosses gefunden...ja, das steht da. Eine halbgöttliche Abkunft wurde nach allen damals bekannten Methoden ausgeschlossen, blablabla... Man hat ihn dennoch in die Obhut der Gelbroben genommen, in der Annahme, dass eine Gottheit den Säugling retten wollte, aber nicht wusste wohin damit.... Er wurde auf den Namen Théophile Saville getauft... Saville nach dem Herrenschneider des Schuldirektors und Théophile, da sich eine Gottheit seiner angenommen haben musste. Er wuchs bei der Familie des Schuldirektors Jungbluth auf... Mehr steht da nicht wirklich.«

Phebe verstummte und blickte Niall und Hannah über ihre Schulter an, wie um zu fragen, ob das für sie irgendeinen Sinn ergab.

»Das ist eine seltsame Geschichte, aber das bringt uns auch nicht weiter«, sagte Niall schließlich.

»Doch schon.« Phebe kaute nachdenklich auf ihrer Unterlippe, während sie sich die Lebensdaten des stellvertretenden Direktors Saville noch einmal durch den Kopf gehen ließ. »Leider in die falsche Richtung.«

Sie kam aber nicht mehr dazu ihren Freunden vorzurechnen, was sie dachte, weil ein markerschütternder Schrei ertönte.

»AAAAAAHHHHH SACHMET BRICHT AUS!!!«

Wie aufs Kommando sprang Niall auf, packte Hannah am Arm und tauchte mit ihr in Deckung hinter eines der beiden Sofas. Phebe besaß noch die Geistesgegenwart mit wenigen Klicks ihren Verlauf zu löschen und den offenen Bericht über Savilles seltsame Vergangenheit zu schließen.

»Chesters, ist das wieder einer Ihrer schlechten Scherze oder sind Sie nun endlich reif fürs Irrenhaus?«, war Herr Bergunder unverkennbar vor der Tür zu hören.

Mit einem Hechtsprung tauchte Phebe auch hinter das Sofa und kauerte sich zu Hannah und Niall.

»Schön, dass du auch noch kommst, Phebs«, flüsterte Niall mit einem Grinsen.

»Einer von uns muss schließlich an mehr als seine eigene Haut denken«, flüsterte Phebe, aber sie musste auch grinsen. Sie hätte ihn gerne auf den Arm geboxt, aber es war kein Platz dazu. »Wie kommen wir jetzt hier raus?«

»Psst«, machte Hannah. »Hört genau hin.«

Draußen auf dem Flur waren Stephens ausschweifende Ausreden zu vernehmen. Er verstrickte sich gerade in eine Geschichte über einen Schatten, den er im Augenwinkel gesehen haben wollte, und den Vitaminmangel, an dem er nach vier Jahren Internatsessen litt und der nun Halluzinationen auslöste. Herr Bergunder war drauf und dran ihn direkt ins Direktorenbüro zu schleppen. Stephen protestierte lautstark, aber die Stimmen wurden leiser und leiser, bis Herrn Bergunders Antwort nicht mehr zu hören war.

Alle drei lauschten angestrengt in die Stille hinein.

»Ich glaube, sie sind weg«, sagte Niall schließlich atemlos. »Los!«

Auf sein Signal hin richteten sie sich auf und guckten vorsichtig über das Sofa. Das Lehrerzimmer war noch leer. Mit leisen Schritten und im Gänsemarsch beeilten sie sich hinauszukommen und fanden sich, ehe sie sich versahen, auf dem Gang wieder. Bevor Phebe die Tür hinter sich schloss, warf sie einen letzten Blick zurück und auf den Computer, der so viel mehr Wissen gespeichert hatte, als sie ihm eben hatte entlocken können.

Es war zu einfach gewesen. Sie ahnte, dass sie sich nicht zum letzten Mal hier eingeschlichen hatte. Schließlich hatte sie mehr als ein Rätsel zu lösen.

Anfang März geschah etwas, das keinem der drei besonders gefiel. Da das Wetter nun für warm genug erachtet wurde, begann der Sportunterricht für die erste Stufe. Auf dem Sportplatz im hinteren Hof mussten sie sich nun regelmäßig in Runden warmlaufen und dann Fußball oder etwas anderes spielen. Hannah störte es nicht, dass der Dienstagnachmittag nicht mehr frei war. Es war mehr der Sportunterricht selbst, den sie nicht mochte.

Sie war schon immer trotz aller Bemühungen weder besonders gut darin, Bälle zu fangen, noch ihnen auszuweichen. Ihren Freunden ging es nicht anders. Phebe hasste das Fach, weil es das Einzige war, in dem sie nicht überragend war. Niall hatte, so gerne er auch Polo spielte, kein Interesse an irgendeinem Sport ohne Pferde.

Das Schlimmste war jedoch Herr Debbani, der die Klasse mit großer Motivation und Trillerpfeife über den Platz jagte. Seit einigen Minuten lief eine Partie Völkerball – zum Entspannen, wie Herr Debbani behauptete. Aber genau wie im Unterricht, den Hannah von ihrer alten Schule kannte, war die Klasse gespalten in diejenigen, die Spaß hatten, und diejenigen, die litten.

»Völkerball ist die Art von Sportlehrern, das Prinzip des Überlebens der Stärkeren auf schmerzvolle Weise zu vermitteln«, stöhnte Niall und rieb sich die Schulter, wo der Ball ihn gerade getroffen hatte. Hannah und Phebe hießen ihn am Rande des Spielfelds willkommen, wo sie auf ihre Auslösung warteten. Doch wenn Hannah ehrlich mit sich war, gefiel es ihr besser, das Spiel zu beobachten, als daran teilzunehmen.

»Das war ja beinahe philosophisch«, lobte Phebe und klopfte ihm absichtlich auf seine wunde Schulter.

»Außerdem ist Polo besser«, fuhr er mit seiner Klage fort.

»Das war weniger philosophisch.«

Hannah seufzte und ließ sich auf den Boden sinken. Das Zaungitter des Sportplatzes war so nahe am Rand des Spielfelds, dass sie sich bequem dagegen lehnen konnte. Sie schloss die Augen und genoss die Frühlingssonne, die eine Sommersprosse nach der anderen hervorkitzelte. Als sie die Augen nach einer Weile wieder öffnete und gegen die helle Sonne anblinzelte, lehnten Phebe und Niall neben ihr.

»Da wir gerade so schön beisammensitzen, fassen wir mal zusammen, was wir bisher wissen«, schlug Phebe plötzlich vor. Seit ihrem Einbruch ins Lehrerzimmer hatten sie nicht mehr über Ragnarök und Saville gesprochen. Hannah hatte bloß darauf bestanden, dass sie sich noch einmal bei Stephen bedankten und ihre Freunde dazu gebracht, ihr zu helfen, ihm einen Kuchen zu backen, den Stephen später in amüsierter Rührung entgegengenommen hatte. »Wir wissen, was offiziell passiert ist. Boucher hat die Schule verkauft und behauptet, Saville mit der Evakuierung beauftragt zu haben. Huitzilopochtli ist gekommen und hat alle getötet, nur von Saville gibt es keine Leiche – Was ist, Niall?«

»Wie heißt der?«, kicherte Niall.

»Huitzilopochtli.« Sie verdrehte die Augen. »Es gibt einen Grund, warum niemand den Namen erwähnt.«

»Kannst du ihn anders nennen? Sonst muss ich immer lachen.«

Phebe warf ihm einen tödlichen Blick zu.

»Also: Der Gott, dessen Name nicht genannt werden darf, weil Niall sonst an der falschen Stelle lacht, hat alle getötet. Wir haben Grund zu der Annahme, dass Saville überlebt hat, weil er nicht im Schloss war.«

Hannah nickte nachdenklich. Saville hatte eine Hintergrundgeschichte, die selbst bei den Gelbroben als verdächtig gelten konnte. Aber sein ganzes Leben hatte in der Schule und Archiven stattgefunden. Er war ein gewöhnlicher Lehrer gewesen, nicht mehr. War er gegangen, um anderweitig Hilfe zu suchen? Hatte ein Telefonat ihn weggelockt? Er konnte Bouchers Anruf nicht bekommen haben. Niemand konnte eine solche Warnung hören und einfach nichts tun und hundert Kinder sterben lassen, oder? Es musste einfach irgendetwas in Savilles Geschichte geben, das den Bericht von Sania und Charlotte erklärte und der offiziellen Version nicht widersprach.

»Ob wir etwas aus seiner Forschung über gefallene Götter machen können?«, sagte Niall, der einen ähnlichen Gedankengang zu verfolgen schien. »Vielleicht kannte er einen, der ihm geholfen hat, bei Ragnarök zu verschwinden.«

»Ich sehe das Problem ganz woanders.« Phebe setzte zu einer Erklärung an, aber ein Ball flog in ihre Richtung. Alle drei duckten sich, statt zu versuchen ihn zu fangen und ausgelöst zu werden. Jemand aus ihrer Mannschaft rief ihnen zu, dass es ihnen an Teamgeist mangelte, aber das ignorierten sie. »Wenn er 1917 ein Säugling war und nicht halbgöttlich ist, dann wäre er – falls er Ragnarök überlebt hat – heute über neunzig. Er könnte schon längst tot sein oder sich an nichts mehr erinnern.«

»Gut, wir können ihn nicht mehr fragen.« Hannah wusste zwar nicht, ob es nicht doch eine Art und Weise gab, mit Toten zu sprechen, aber diese Idee wollte sie ihren Freunden lieber nicht in den Kopf setzen. »Aber wir können immer noch herausfinden, ob er Bouchers Anruf bekommen hat, oder? Er war stellvertretender Direktor. Er hätte doch nicht ohne Grund mitten am Tag die Schule verlassen.«

Phebe machte ein zustimmendes Geräusch, schwieg aber, als hätte sie nichts weiter zu sagen. Auch Niall blieb still.

»Wenn wir nicht weiterkommen... Sollen wir den Bericht von Sania und Charlotte dann lieber Herrn Van Koppern geben?«, fragte Hannah dann.

»Das wäre doch fast wie aufgeben«, protestierte Phebe und Niall stimmte ihr mit heftigem Nicken zu. »Wenn er tot ist, läuft er uns ja nicht weg, Hannah. Wenn wir ohne Beweise diesen Bericht bekannt machen, dann schaden wir nur seinem Ruf, ohne dass er sich verteidigen kann.«

»Aber wie finden wir einen zweiten Hinweis?« Niall gähnte und schüttelte den Kopf, als Tom einen Ball zu ihm passen wollte. Tom wandte sich wieder ab und warf den Ball stattdessen zu Masika.

»Beim ersten Mal hatte Hannah Glück.« Phebe zuckte mit den Schultern. Sie sah nicht so aus, als gefiele ihr, was sie als Nächstes sagte. »So wie es aussieht, werden wir das auch für einen zweiten Hinweis brauchen.«

Ein schriller Pfiff ließ sie alle drei aufblicken. Herr Debbani winkte ihnen von der anderen Seite des Spielfelds zu.

»He! Ein wenig mehr Beteiligung am Sportunterricht würde nicht schaden!«, rief er. Widerwillig rappelten die drei sich auf ihre Füße und beteiligten sich an einer weiteren Runde der Qual, die sich Völkerball nannte.

DRYADEN

Im Frühling erblühte der Wald wie durch einen Zauber erweckt. Wenn Niall sich morgens aus dem Bett rollte, sah er keine Nebelschwaden an schwarzbraunen Bergen hängen, sondern erste Sonnenstrahlen und das zarte Grün einer wiedererwachenden Welt. Wie erwacht die Natur war, wusste er dank seiner Erfahrungen mit der Anderswelt nur zu gut.

Nach einer langen Theoriestunde über die verschiedenen Arten von Wald-, Natur- und Baumgeistern am Montag fand sich die Klasse zur Praxisstunde vor dem Brunnenhaus ein. Niall wusste, dass Herr Bergunder nicht wissen konnte, dass er am Valentinstagsstreich beteiligt gewesen war. Aber seinen Generalverdacht gegen Halbgötter und Vorbestrafte würde er wohl nie ablegen. Doch statt das Brunnenhaus aufzuschließen, begann der Lehrer seine Stunde davor.

»Heute setzen Sie in die Praxis um, was Sie dieses Jahr bisher gelernt haben. Ich begleite Sie in den Wald und Sie werden dort eine Wesenheit aufspüren und ein Protokoll über die Begegnung anfertigen. Ihre Arbeit wird ein Viertel Ihrer Halbjahresnote ausmachen.«

Die Klasse jubelte und überhörte den letzten Teil einfach. Endlich durften sie selbst etwas tun – das hatte im Praxisunterricht bisher gefehlt. Auch Niall hatte nichts gegen einen Waldspaziergang einzuwenden, aber hoffte inständig, dass Artio noch nicht aus dem Winterschlaf der Anderswelt erwacht war. Solang er in England aufs Internat gegangen war, hatte sie sich zumindest meistens an die normalen Zeiten für den Winterschlaf von Bären gehalten.

»Bevor es losgeht noch drei einfache Regeln!«, erhob Herr Bergunder seine Stimme gegen den Lärm der Klasse. »Eins: Sie verhalten sich gegenüber den Wesen nach allen Regeln, die Sie gelernt haben. Zwei: Sie rufen nach mir, wenn Sie sich bedroht fühlen oder merken, dass Sie die Situation nicht einschätzen oder kontrollieren können. Drei: Wenn Sie sich im Wald verirren, sind Sie selbst schuld und finden gefälligst allein zurück ins Schloss. Alle anderen erwarte ich genau um halb vier am Treffpunkt.« Er warf Masika, die für ihr Zuspätkommen inzwischen bei allen Lehrern berüchtigt war, einen besonders strengen Blick zu. »In Ihrem Fall, El-Khashab, reicht es mir vorm Abendessen. Und solange Sie sich mit Zimander und Colomba herumtreiben, freue ich mich über jede erhaltene Gliedmaße.«

Die Klasse setzte sich in Bewegung und als sie den vorderen Hof durch das Tor verließen, betete Niall inständig, dass er sie nicht schon wieder zur Ragnaröklichtung führen würde. Seine Laune würde bei dem bloßen Anblick in den Keller sinken. Doch er konnte aufatmen, als Herr Bergunder einen Weg auf der anderen Seite der Straße einschlug. Der Pfad führte hinab zu einem Wanderweg, der entlang eines wildsprudelnden Bachs tief in den Wald hineinführte. Bei einem großen, moosüberwucherten Stein blieb er stehen und stellte seine Thermoskanne darauf ab.

»Ich möchte Sie daran erinnern, sich gegenüber jeder Art von Wesenheit respektvoll zu verhalten. Wenn Sie eine finden, füllen Sie das Protokoll aus.« Er reichte einen Stapel herum. »Stellen Sie ihr ruhig zusätzliche Fragen, aber nur welche, die Sie nicht umbringen.«

Herr Bergunder kratzte sich ungehalten an der Nase, als er sah, dass Dayo sich meldete.

»Wenn das Wesen heiß aussieht, darf ich es dann nach seiner Handynummer fragen?«

»Immer diese Halbgötter...«, brummte Herr Bergunder, statt eine Antwort zu geben. »Denken Sie daran: Sie sprechen nicht mit Menschen. Es handelt sich um mächtige Wesen, aber es sind nur Götter, weil Menschen sie so genannt haben. Es ist klug, wenn Sie ihnen mit demselben Respekt begegnen, den Sie auch Feuer zollen sollten. Es kann Sie verbrennen, aber wenn Sie richtig damit umgehen, kann Ihnen nichts passieren. Dennoch: So menschlich Wesen auch vor Ihnen stehen, vergessen Sie nie. Sie denken nicht wie wir, sie handeln und fühlen nicht so.«

Dayo ließ ihn nicht vom Haken.

»Entschuldigen Sie, aber das finde ich rassistisch«, grinste er. Der finstere Blick, der ihm darauf zuteilwurde, perlte an dem Halbgott ab. Herr Bergunder fuhr fort, nun wesentlich schlechter gelaunt.

»Bevor ich Sie entlasse, wiederholen Sie mir noch einmal den Stoff des Halbjahres. Welchen Wesenheiten werden Sie potenziell begegnen? Tschaikowski!«

»Schraten, Feen, Waldkobolden und Moosweiblein«, zählte Carmen gewissenhaft auf.

»Moosweiblein werden Sie nicht begegnen«, unterbrach Herr Bergunder. »Die gelten seit der Wilden Jagd von 1528 als ausgestorben. Falls Sie eins sehen, machen Sie ein Beweisfoto und ich kann Ihnen versprechen, Sie kommen morgen in unsere Nachrichten.« Er sah sich in der Runde um. »Weitere Wesenheiten? Cahen!«

»Satyrn und Nymphen«, fügte Phebe vorsichtig hinzu. Das Selbstbewusstsein, mit dem sie in anderen Fächern immer alles besser wusste, ging ihr bei Herr Bergunder immer völlig verloren. Niall konnte gut verstehen, warum.

»Und welche Arten von Nymphen gibt es?«, stellte Herr Bergunder seine nächste Frage. Da es niemand anders tat, traute Niall sich, die Hand zu haben. Herr Bergunder bedachte ihn mit einem verblüfften Blick. »Überraschen Sie mich, Croker.«

Niall atmete tief durch und begann aufzulisten, was er mit Phebe bei den Hausaufgaben am Vortag gerade wiederholt hatte.

»Nymphen der Bäume: Dryaden. Nymphen der Berge und Grotten: Oreaden. Nymphen des Meers: Nereiden. Nymphen der Quellen: Naiaden. Nymphen der Täler: Napaien. Nymphen der Wiesen: Leimoniaden. Nymphen des Regens: Hyaden.«

»Hoffen Sie, dass Sie denen nicht begegnen. Soweit ich sehe, haben Sie keinen Regenschirm dabei«, scherzte Herr Bergunder. Ein paar Schüler zwangen sich, zu lachen. Dann lag der Blick des Lehrers wieder auf Niall. »Sehr gut, Croker, das hatte ich nicht von Ihnen erwartet. Ich frage Sie nächste Woche noch einmal ab, wenn Cahen nicht neben Ihnen steht.«

Niall öffnete den Mund zum Protest. Er hatte eine richtige Antwort gegeben! Wieso musste Herr Bergunder immer so ungerecht sein? Doch bevor Niall etwas sagen konnte, spürte er Hannahs Hand auf seiner Schulter.

»Lass es sein«, raunte sie leise und mit einem kleinen Seufzen. »Gegen Bergunder hat niemand eine Chance.«

Niall schloss den Mund und presste verärgert die Kiefer aufeinander. Er wusste natürlich, dass Hannah Recht hatte. Sie wollte zwar immer das Gute in Menschen sehen, aber selbst sie schien bei Herrn Bergunder aufgegeben zu haben.

Der Wald lebte. Phebe hatte keinen Zweifel daran, als sie mit Hannah und Niall einem schmalen Trampelpfad folgte, weg von dem Stein, an dem der Treffpunkt war. Das Rauschen der Blätter über ihren Köpfen und der Vogelgesang wurden zu den einzigen Geräuschen, die sie umgaben. Im dichten Gebüsch raschelte es und manchmal hörten sie Laute wie von Tieren, die sich darin verbargen.

Phebe versuchte sich davon abzulenken, dass Herr Bergunder ihr unterstellt hatte, Niall die Arten von Nymphen vorgesagt zu haben, und dachte lieber an all die Wesen des Waldes, die kein Naturführer beschrieb. Sie führte ihre Freunde an, denn sie hatte eine Idee, wie sie sich eine gute Note verschaffen konnten.

Plötzlich grunzte es laut in einem Brombeerdornengestrüpp und ein Tier oder Wesen sprang hervor und preschte über den Pfad. Es war so schnell vorbeigehastet, dass Phebe es überhaupt nicht sehen konnte.

»Hannah, hast du etwas gesehen?«, fragte Niall unvermittelt und wandte sich ganz zu ihr um.

»Ja«, sagte Hannah, noch leicht erschrocken. »Ihr nicht?«

Phebe schüttelte verwirrt den Kopf.

»Sie hat das zweite Gesicht«, erklärte Niall ihr wie beiläufig. Diese Tatsache hätten ihre Freunde ruhig früher erwähnen können. »Wie sah es denn aus?«

»Ungefähr so groß.« Sie deutete vage auf die Höhe ihres Knies. »Es war sehr dunkel. Wie ein Wildschwein.«

»Vielleicht war es ein Wildschwein. Tiere verirren sich auch in die Anderswelt, nur stört es die meistens nicht.«

Dann setzten sie ihren Weg fort. Niall trottete dicht hinter Phebe den Pfad entlang und brach links und rechts Zweige und rupfte gedankenverloren Blätter ab. Wahrscheinlich war er immer noch verstimmt wegen der angedrohten Abfrage von Herrn Bergunder.

»Was soll das? Legst du eine Spur, damit wir vorm Abendessen aus dem Wald herausfinden?«, neckte Phebe ihn. »Übrigens, ich habe einen Plan. Weiter oben am Bach muss eine Lichtung sein. Man sieht sie vom Bibliotheksturm aus, wenn man nach Norden schaut.«

»Ist es nicht gefährlich, was wir hier tun?«, fragte Hannah unsicher und klammerte sich an die Träger ihres Rucksacks. »Allein im Wald und so nahe an der Anderswelt?«

»Wenn man schon einmal hundert Schüler verloren hat, dann schickt man eine Klasse nur in den Wald, wenn es absolut sicher ist«, versicherte Phebe, obwohl sie sich nicht sicher war, was sie tun sollten, wenn ein Wesen ihnen tatsächlich nicht freundlich gesinnt war. »Bergunder spielt sich nur auf.«

»Wie sollen wir überhaupt Wesen im Wald finden?«, fragte Niall und brach einen ganzen Zweig ab, um nach und nach die Blätter abzuzupfen. »Es ist ja nicht so, als ob Hinweise an Bäumen wachsen würden.«

Phebe wollte zu einer umfassenden Erklärung ausholen, aber das erübrigte sich. Der Trampelpfad endete und sie fanden sich auf einer grünen Lichtung wieder. Das frische Gras war von blassblauen Glockenblumen durchzogen, Sonnenflecken fielen durch das Geäst auf den Waldboden und ein Windhauch bewegte das junge Laub in den Kronen. Das leise Glucksen der Quelle war wie Musik, die die Szene vor ihnen untermalte. Phebe konnte die Magie des Ortes auch ohne Hannahs zweites Gesicht wahrnehmen. Sie war so verzaubert von der Lichtung, dass sie der Anblick der Gestalt kaum mehr überraschte.

Auf den ersten Blick war das Wesen unscheinbar. Es war in die Farben des Waldes gekleidet, sodass es mit der Umgebung verschmolz. Die zarte Menschengestalt lehnte an einem hohen Nadelbaum, als sei sie ein Teil davon. Phebe erkannte sofort, dass es eine Dryade war. Ihre Haut war vom selben rötlichen Braun wie die Rinde des Baumstammes. Ihre feinen Gesichtszüge waren wie daraus geschnitzt.

Als sie auf die Lichtung traten, schlug die Dryade die tiefgrünen Augen auf und lehnte sich neugierig weiter aus dem Stamm hervor. Vielleicht kamen nicht oft Menschen in diesen Teil des Waldes. Ihr hüftlanges Haar war goldgelb wie Baumharz und ihr Gewand war so grün wie die neugesprossenen Nadeln an den Spitzen der Äste.

Sicher wäre die Dryade noch nähergekommen, hätte sie ihren Baum verlassen können. Phebe tippte auf eine Hamadryade, deren Existenz und Sein an einen einzigen Baum gebunden war. Das erklärte auch, warum sie ohne Scheu zu ihr, Niall und Hannah blickte. Wenn ihr Baum jenseits der Wanderwege mitten im Wald wuchs, konnte sie nicht viel von der Welt gesehen haben.

»Du sprichst«, flüsterte Phebe zu Hannah. Jeder mochte Hannah und eine Dryade würde dabei höchstwahrscheinlich keine Ausnahme sein. »Du schreibst«, forderte sie Niall auf. Herr Bergunder hatte eine ihrer

Hausaufgaben wegen Unleserlichkeit mit null Punkten bewertet und das würde sie nicht noch einmal riskieren. »Und ich sage dir, was du schreiben sollst.«

Niall und Hannah nickten.

»Hallo«, sagte Hannah und trat näher heran, als hätte sie noch nie von den Regeln, die sie im Ritualkundeunterricht gelernt hatten, gehört. »Wie geht es dir?«

Die Dryade schwieg und Phebe wollte gerade die auswendig gelernte, übliche Begrüßungsformel sprechen, um den angerichteten Schaden wiedergutzumachen, als das Wesen zu einer Antwort ansetzte.

»Mir geht es sehr gut, danke.« Die Dryade lächelte schüchtern. »Der Frühling kitzelt in meinen Nadeln.«

»Deine Nadeln haben eine sehr schöne Farbe.« Hannah hatte ihren Kopf in den Nacken gelegt und bewunderte den Baum in seiner ganzen Pracht. Er war ungefähr dreißig Meter hoch, schätzte Phebe und diktierte es Niall. Sie hoffte, dass Hannah bald zu den Fragen fürs Protokoll übergehen würde. Aber Hannah schien alles, was sie bisher gelernt hatte, vergessen zu haben.

»Ach, das sagst du doch nur so«, kicherte die Dryade hinter vorgehaltener Hand und ihre dunkelgrünen Augen blitzten fröhlich.

»Nein, wirklich«, beteuerte Hannah. »Es ist eine Fichte, oder?«

»So ist es.« Die Dryade strich zärtlich über die Borke ihres Stammes. Phebe nutzte die kurze Pause, um Hannahs Blick auf den Fragebogen zu lenken, indem sie mit Nachdruck darauf deutete. Hannah nickte verständig.

»Dürfen wir dir ein paar Fragen stellen? Wir sind Schüler der Gelbroben im Schloss und machen das für eine Schulaufgabe.«

Die Dryade blickte drein, als würde sie kein Wort davon verstehen, sich aber sehr geschmeichelt fühlen, auserwählt worden zu sein.

»Wie lange wächst du schon hier?«, fragte Hannah.

»Ich zähle dreiundsiebzig Ringe.«

Das war wohl die Art, wie Bäume über ihr Alter sprachen, dachte sich Phebe.

»Jahre«, formte sie mit den Lippen zu Niall, damit er es aufschrieb.

»Wie heißt du?«

»Epicea«, sagte die Dryade stolz.

»Was für ein schöner Name«, erwiderte Hannah und wieder kicherte Epicea geschmeichelt und verbarg ihr Gesicht hinter ihrem harzgoldenen Haar. Phebe diktierte Niall währenddessen, wie er das Feld zur Beschreibung der Wesenheit auszufüllen hatte. Dann warf sie einen Blick auf das Protokoll, um Hannah an die nächste Frage zu erinnern. Dabei sah sie, dass Niall eine Skizze der Dryade angefertigt und sie mit Phebes Anmerkungen versehen hatte. Das Wesen auf dem Papier glich dem am Baumstamm beinahe wie ein Foto.

»Du kannst zeichnen?«, wunderte sie sich halblaut.

»Eine Folge von nicht mitschreiben wollen und trotzdem im Unterricht beschäftigt aussehen müssen.« Niall zuckte mit den Schultern und legte seine Hand über das Bild, als wollte er nicht, dass sie ihm dafür Komplimente machte.

Phebe beließ es dabei und gab Hannah das nächste Stichwort für eine Frage weiter. Als die übrigen Fragen über ihren Tagesablauf, Zugehörigkeit zu einem Pantheon und eventuelle Neuigkeiten, die dem Wesen zu Ohren gekommen waren, gestellt waren, bedankte Hannah sich im Namen aller bei der Dryade und sie traten den Rückweg an. Sie hatten bereits die Stelle erreicht, an der ihnen das unsichtbare Wildschwein oder was für ein Andersweltwesen es auch gewesen sein mochte, in den Weg gesprungen war, als Niall sich an die Stirn schlug.

»Wartet! Wir müssen noch einmal zurück.«

»Wieso? Hast du den Fragebogen liegen lassen?«, fragte Phebe erschrocken. Alles war so gut gelaufen und Herr Bergunder konnte an dem Protokoll nichts auszusetzen haben. Wenn Niall es verloren hatte, dann würde sie ihn persönlich für ihre Note verantwortlich machen.

»Nein, mir ist gerade etwas eingefallen«, erklärte er und kehrte auf der Stelle um. »Das Schloss liegt im Wald, nicht wahr?«

»Herzlichen Glückwunsch zu dieser Erkenntnis«, kommentierte sie atemlos, denn Niall beschleunigte seine Schritte.

»Und wenn Saville das Schloss verlassen hat, egal ob mit einem Auto oder zu Fuß, dann muss er durch den Wald gekommen sein, oder?«, fuhr er fort und ignorierte ihren Kommentar. »Der Wald lebt. Überall hier sind Waldgeister und Dryaden und Andersweltwesen. Irgendjemand muss ihn gesehen haben.«

»Und du denkst, er ist zufällig ausgerechnet bei Epiceas Fichte vorbeigekommen?«, fragte sie zweifelnd und blickte über ihre Schulter zu Hannah. Diese zuckte mit den Schultern.

»Wir können zumindest fragen, wenn wir schon hier sind«, fand sie.

»Und wenn sie es nicht weiß, dann kann sie bestimmt andere Wesen fragen«, fügte Niall hinzu. »Sie müssen sich an Ragnarök erinnern, das kann selbst für sie kein gewöhnlicher Tag gewesen sein.«

Phebe bezweifelte stark, dass Nialls Idee sie einer Antwort über Savilles Verbleib näherbringen würde, aber sie sah keinen Schaden darin zu fragen und schwieg.

Epicea war überrascht, als ihre drei Besucher zurückkehrten. Hannah begrüßte sie dieses Mal noch inoffizieller, aber Epicea störte sich nicht daran. Hannah machte ihr noch einmal ein Kompliment zu ihrem harzfarbenen Haar und hatte damit die Dryade für sich gewonnen. Dann umschrieb sie die Ereignisse von 1981 kurz und stellte eine besonders schmeichelhaft formulierte Frage.

»Eine so schöne und lang verwurzelte Dryade wie du, deren Wurzeln und Äste sich so weit spannen, weiß doch bestimmt von solchen Ereignissen. Hast du an dem Tag einen Mann im Wald gesehen? Eine Gelbrobe?«

Von dem Kompliment wurde die Dryade betört und Phebe glaubte auch, dass ihre rotbraunen Wangen ein wenig dunkler wurden. Aber Dryaden hielten sich für klüger als sie allgemein waren, war die vorherrschende Lehrmeinung. Auch Epicea musste zugeben, dass sie eigentlich nichts wusste.

»Ich kenne nur die Erzählungen anderer Bäume über diesen schrecklichen Tag«, erklärte die Dryade verlegen und spielte mit ihrem langen Haar. »Ich wurzle zu weit entfernt von der Lichtung und dem Schloss und habe selbst nichts gesehen. Doch Menschen gehören nicht in den Wald, das sagen alle. Und Vosegus sieht Sterbliche nicht gerne in seinem Reich wandern.«

Bei dem Namen horchte Phebe auf. An den Gott der Vogesen hatte sie noch gar nicht gedacht. Er trat selten in Erscheinung, wie Monsieur Lourdaud gesagt hatte, und sie hatte angenommen, dass er dementsprechend unbedeutend war.

»Du glaubst, dass Vosegus etwas über Ragnarök wissen könnte?«, fragte sie vorsichtig, da sie zum ersten Mal selbst das Wort an die

Baumnymphe richtete. Sie hoffte, dass die Dryade, die bisher nur zu Hannah gesprochen hatte, es ihr nicht übelnehmen würde. Die nadelgrünen Augen der Dryade blickten sie direkt an und Phebe fühlte sich noch unbeholfener und hässlicher als an Hannahs Seite, als so viel Schönheit zu ihr sah.

»Er ist der Herr der Berge und des Waldes. Er kennt jeden einzelnen Baum, er hört jedes frische Blatt wachsen und er sieht jedes Leben, das im Wald wandelt. Ohne ihn könnten ich und meine Schwestern hier nicht wurzeln. Nichts kann in den Wäldern geschehen, ohne dass er davon Kenntnis hat.«

Phebe wunderte sich über die Selbstverständlichkeit im Tonfall der Dryade. Unterschätzten die Gelbroben diesen Vosegus oder überschätzte die Dryade seine Allmacht?

»Weißt du, wo wir Vosegus finden können?«, übernahm Hannah wieder das Gespräch und Phebe war froh darüber. Sie hatte noch nicht ganz ihre Sprache wiedergefunden.

»Vosegus findet euch«, entgegnete Epicea schlicht, was Phebe nicht half, ihre nicht gestellte Frage zu beantworten.

»Aber nicht mehr heute«, unterbrach Niall plötzlich mit einem Blick auf seine Armbanduhr. »Wir müssen zurück, sonst lässt mich Bergunder am Ende noch die Namen der Okeaniden auswendig lernen.«

So schnell es die Höflichkeit erlaubte, verabschiedeten sie sich endgültig von Epicea und hasteten den Trampelpfad zurück.

Schon von weitem hörten sie Herrn Bergunder mit Alexej schimpfen, der über eine Wurzel gestolpert und in den Bach gefallen war. Er hatte dabei wohl eine junge Undine aufgeschreckt und konnte froh sein, dass er sich mit einem Karategriff das Leben retten konnte. Er verteidigte sich gerade, dass es Notwehr gewesen sei und er dem Wesen nicht hatte wehtun wollen, als Phebe und ihre Freunde den Treffpunkt erreichten.

»Abels, Cahen und insbesondere Croker! Sie sind zu spät«, begrüßte Herr Bergunder und ließ von Alexej ab. Er klang beinahe so, als hätte ihr Zuspätkommen seinen Tag gerettet. Phebe konnte dem Lehrer nicht in die Augen sehen, als sie ihm ihr Protokoll reichte. Ohne ein Wort nahm er ihr das Blatt ab und legte es zu den anderen in seine Mappe.

»Aber nicht so spät wie wir!«, rief Dayo fröhlich, der völlig verdreckt angerannt kam. Dicht hinter ihm folgten Sara und Masika, die nicht ganz so heiter wirkten und nach Luft schnappten. Sie warfen Dayo böse

Blicke zu, während sie sich noch trockene Nadeln aus den Haaren zupften. Nur der Halbgott wirkte sehr zufrieden mit sich selbst.

»Haben Sie etwa einen Kobold verärgert?«, fragte Herr Bergunder und betrachtete das zerknitterte Protokoll kritisch, das Dayo ihm reichte. Allem Anschein nach war es mit Dayo in einem Ameisenhaufen gefallen, denn Herr Bergunder schüttelte mehrere große rote Ameisen davon ab. Dann sah er zu Niall und bemerkte trocken: »Glück gehabt, Croker. Nächste Woche wird Zimander abgefragt.«

Hannah dachte noch Tage später sehnsüchtig an ihre Begegnung im Wald. Sie liebte diese neue Welt und Epicea, die Dryade, war so selbstverständlich mit ihr umgegangen wie auch die Feen. Was sie in der Schule lernten, Regeln, Umgangsformen und Vorsichtsmaßnahmen, waren bestimmt nützlich, aber nichts konnte sie auf die Wirklichkeit vorbereiten, die viel magischer und fabelhafter war, als es Schulunterricht und Lehrbücher zu vermitteln vermochten.

Nach dem Unterricht saß sie mit Niall und Phebe zusammen an deren Lieblingsplatz im obersten Stockwerk des Bibliotheksturms. Nachdem sie sich durch die gemeinsamen Hausaufgaben gearbeitet hatten, verfolgte jeder sein eigenes Lernprogramm. Für Hannah bedeutete das, ihre Altgriechischvokabeln zu wiederholen. Niall betrieb mehr eine Art Beschäftigungstherapie und malte die Kästchen auf seinem Schreibblock aus, bis sein Kopf bereits bei der dritten Spalte auf die Tischplatte sackte. Phebe war dabei alles, was es zur Anderswelt zu lesen gab, nach Vosegus zu durchkämmen.

Hannah erinnerte sich an Monsieur Lourdauds Worte. Ein Jägersmann begleitet von einem Hund... Sie hatte nun schon Feen und Nymphen und die Bärengöttin Artio gesehen, aber die Aussicht, einem weiteren Gott gegenüberzutreten, ließ sie schaudern. Sahen die Götter wie gewöhnliche Menschen aus oder sah man ihnen an, dass sie unverkennbar göttlich waren? Im Unterricht waren die Lehrer bisher davon ausgegangen, dass sie eine Gottheit erkannten, wenn sie vor ihnen stand. Also konnten sie nicht gewöhnlich sein, oder? Andererseits gab es genügend Fälle in der Geschichte der Gelbroben, in denen die Götter sich unter die Menschen mischten und unbemerkt für allerhand Wirrungen sorgten. Also konnten sie nicht übermenschlich groß oder unmenschlich schön sein.

Hannah war zwar neugierig, aber das war nicht der Grund, aus dem sie dem Gott der Vogesen begegnen wollte. Sie wollte eine Antwort auf die Frage nach Savilles Verbleib finden, damit Sanias und Charlottes letzte Worte nicht umsonst geschrieben worden waren.

Eine Weile versuchte sie sich noch auf Altgriechisch zu konzentrieren, aber dann beschloss sie, Niall aus seinem Leid zu erlösen.

»Sollen wir zum Abendessen gehen?«, schlug sie vor und packte ihr Vokabelheft zurück in ihren Rucksack. Niall hob beim Wort ›Abendessen‹ sofort den Kopf von der Tischplatte, aber Phebe winkte ab.

»Geht ruhig schon mal vor. Ich lese das hier noch zu Ende und komme dann nach.«

Hannah bewunderte Phebe für ihr Durchhaltevermögen. Ohne sie wäre es sicherlich nicht so leicht, Saville aufzuspüren. Niall murmelte etwas von ›Besessenheit‹, als sie beim Abendessen saßen und Phebe noch nicht aufgetaucht war. Schließlich räumten sie ihre Tabletts ab und zogen sich in den Westturm zurück. Hannah hatte noch einen Wäschekorb voller frischer Wäsche, die sie zusammenlegen musste. Niall hatte nichts Besseres zu tun, als sich auf Phebes Bett zu legen, ihren weißen Plüschtiger als Kopfkissen zu benutzen und dabei zuzuschauen.

Es war bereits acht Uhr, als Phebe wieder zu ihnen stieß.

»Wisst ihr, was ich gerade auf der Treppe erfahren habe?« Phebe stürmte in den Raum, warf einen Stapel Bücher aufs Bett, und sah zu spät, dass Niall dort lag.

»Nein«, antwortete Hannah wahrheitsgemäß und vergewisserte sich, dass Niall nicht ernstlich verletzt war, bevor sie mit ihrer Wäsche weitermachte. Er rieb sich nur einen Fuß und setzte sich auf.

»Okay, ich sehe ein, dass das nicht die beste Art ist, ein Gespräch zu beginnen«, seufzte Phebe und stellte eine Schale, die sie auf dem anderen Arm getragen hatte, vorsichtig auf ihrem Schreibtisch ab. »Die Lehrer hatten heute Nachmittag eine Konferenz und Annabelle hat mir eben auf der Treppe erzählt, dass sie die Klassenfahrt für nächstes Jahr geplant haben. Wir fahren nach Irland und Herr Meritt und Frau Lütke begleiten uns.«

Hannah hatte schon von Nafia davon gehört, dass jeweils die zweite und vierte Stufe eine Klassenfahrt machten. Beide fuhren in der letzten Schulwoche weg. Die vierte Stufe reiste immer nach Prag zu ihrer Abschlussfeier und Vereidigung, aber die zweite Stufe ging auf eine gewöhnliche Klassenfahrt.

»Schade, in Irland war ich schon so oft«, murmelte Niall und betrachtete neugierig, wie Phebe einen Löffel in die Schale tauchte und ihn gefüllt mit rosafarbener Himbeersahne in ihren Mund schob. Niall machte große Augen. »Kann ich auch was haben?«

Wortlos zückte Phebe zwei weitere Löffel und reichte sie Niall und Hannah, aber sie lehnte dankend ab. Sie war vom Abendessen satt.

»Hast du in der Bibliothek noch etwas herausgefunden?«, fragte sie stattdessen.

»Ich habe wahrscheinlich alles gelesen, was über ihn zu finden ist, wenn wir nicht noch einmal ins Lehrerzimmer einbrechen wollen«, erklärte Phebe zwischen zwei Mundvoll Himbeersahne. »Es gibt nicht viel zu Vosegus, nur das Übliche: Er ist der Gott der Vogesen und da die Kelten keine Schriftkultur hatten, wissen wir praktisch nichts über ihn. Alle zehn bis zwanzig Jahre lässt er sich mal im Schloss blicken, meistens um rätselhafte Drohungen auszusprechen. Dass die Gelbroben nur Gäste in seinem Reich sind und alles, was ohne Wurzeln wächst, vergänglich ist und so weiter.«

»Das klingt nicht besonders sympathisch«, fand Niall und leckte seinen Löffel gewissenhaft ab.

»Er muss dir ja auch nicht sympathisch sein. Er muss nur kooperativ genug sein, um mit uns zu reden.« Phebe zuckte mit den Schultern. »Ich glaube, um eine kurze Auskunft über Saville werden wir ihn bitten können, wenn wir ihn finden.«

»Und wie finden wir ihn? Der Wald ist ziemlich groß«, gab Hannah zu bedenken.

Zur Antwort breitete Phebe eine zerfledderte Wanderkarte auf dem Fußboden aus. Hannah wagte nicht zu fragen, woher sie sie hatte. Phebe schien bei Bibliothekar Japhet einen Stein im Brett zu haben. Drei Punkte auf der Wanderkarte waren mit bunten Klebenotizen markiert. Zwischen ihnen lag das Vogesenschloss als kleiner dunkler Kreis mit einer Fahne darauf.

»In den Büchern steht, was Epicea auch gesagt hat: Er findet uns«, erläuterte Phebe. »Wir können ihm aber auf die Sprünge helfen und einen Ort aufsuchen, an dem er bereits gesichtet wurde, und ihm ein Opfer darbringen.«

»Das heißt, alles was wir tun müssen, ist, noch einmal in den Wald zu gehen?«, vergewisserte sich Hannah. Dieser Plan klang durchführbar. Niall schien aber kurz darüber nachzudenken.

»Das ist ein echt toller Pudding, Phebs«, sagte er dann.

»Danke.« Phebe wurde ein wenig rot, denn sie wusste, dass Hannah wusste, dass die Himbeersahne nur aus Trockenpulver, Milch und zwei Minuten mixen bestand. Aber Hannah sagte selbstverständlich nichts. Phebe warf ihr einen dankbaren Blick zu. »Und ja, eine kleine Wanderung, sonst nichts. Wie passt euch übernächstes Wochenende? Dann können wir nächstes Wochenende beim Ausflug in die Stadt ein paar Vorräte und Ausrüstung besorgen.«

»Sehr gut«, stimmte Hannah zu. Ihre Wangen glühten. Sie würden Saville aufspüren und sie würden herausfinden, was wirklich geschehen war. Nichts hätte den Abend schöner machen können.

»Ich bin dabei«, grinste Niall und kratzte den letzten Rest Himbeersahne vom Boden der Schale.

DER WALD LEBT

Der Mai hatte den Wald in eine gold-grüne Welt verwandelt. Sonnenstrahlen drangen durch das junge Laub bis auf den Waldboden und schon vom Vorhof konnte Hannah den würzigen Geruch der Fichten und Tannen und den süßen Duft der Baumblüten riechen. An dem Wochenende, an dem sie und ihre beiden Freunde Vosegus suchen wollten, war das Wetter ausgezeichnet. Es versprach eine schöne Wanderung zu werden. Selbst wenn es ihnen nicht gelingen sollte, mit dem Gott der Vogesen zu sprechen, war Hannah zuversichtlich, dass sie einen angenehmen Tag verbringen würden.

Hannah und Phebe standen mit gepackten Taschen nach dem Frühstück im vorderen Hof. Sicherheitshalber blieben sie so hinter dem Brunnenhaus verborgen, dass sie vom Hauptgebäude aus nicht gesehen werden konnten. Phebe hatte sich zwar noch einmal in der Schulordnung vergewissert, dass es nicht verboten war, das Schulgelände am Wochenende zu verlassen. Aber sie hatte Hannah davon überzeugt, dass es besser war, wenn niemand von ihren Plänen wusste.

Die Mädchen warteten nur noch auf Niall. Hannah kontrollierte ein letztes Mal in ihrem Rucksack, ob sie alles eingepackt hatte: eine Literflasche Wasser, ein Vesperbrot, das sie sich beim Frühstück belegt hatte, eine Banane, Pflaster und ihr Schulmäppchen, in dem sie immer ein paar Sicherheitsnadeln, Büroklammern und Gummibänder aufbewahrte.

Phebe testete unterdessen ihren neuen Kompass und betrachtete die Wanderkarte mit den Markierungen. Außerdem hatte sie eine kleine, gelbe Melone im Arm. Sie hatte sie beim Frühstück mit einer Notlüge von den Küchenangestellten bekommen, indem sie behauptet hatte, der Schuldirektor habe darum gebeten. Die Küchenangestellten hatten ihr keine weiteren Fragen gestellt. Sie hatten wohl schon seltsamere Anfragen im Namen von Herrn Van Koppern erhalten.

Hannahs Gedanken kehrten zurück zum Wald. Vom Westturm oder Dingos Versteck aus betrachtet, schien das grüne Meer kein Ende zu nehmen. Wie würde es erst sein, zu Fuß in dem Urwald zu wandern?

»Und es ist wirklich nicht gefährlich, so tief in den Wald zu gehen?«, äußerte sie ein letztes Mal ihre Bedenken, als Niall gerade auf sie zu kam. Er trug seinen dicken Schal, obwohl es längst zu warm dafür geworden war. Aber sein Rucksack sah verdächtig leer aus.

»Was soll schon passieren?«, meinte Phebe leichtfertig. Hannah konnte aber nicht umhin, ein Stocken in der Stimme ihrer Freundin zu bemerken.»Überleg mal, wie viele Touristen jedes Jahr hier wandern gehen und wieder herausfinden. Seitdem einen Schüler in den Zwanzigerjahren ist niemand mehr im Wald oder der Anderswelt verschwunden. Es ist sicher.«

Hannah vermutete, dass der verschwundene Schüler das möglicherweise anders sah, aber sie sagte nichts. Sie fragte sich stattdessen, warum Phebe das während ihrer Planung nicht erwähnt hatte. Dachte sie wirklich, dass es ungefährlich war? Oder hatte sie Hannah und Niall nicht abschrecken wollen? Bestimmt hatte sie über den Schüler bei ihrer Recherche zu vermissten Personen gelesen. Ja, vermutlich hatte sie erst gerade eben wieder daran gedacht. Das musste es sein. Hannah war überzeugt, dass Phebe wusste, was sie tat.

»Wofür hast du die Melone dabei?«, wunderte sich Niall, statt wie Hannah über Phebes letzte Aussage nachzudenken.

»Opfergaben. Ich dachte, eine Melone macht mehr her als ein paar Weintrauben. Würdest du sie tragen?«

Niall seufzte, öffnete aber willig seinen Rucksack. Hannah sah, dass er nichts außer einer Colaflasche und zehn Schokoriegeln dabeihatte. Das erklärte, warum sein Rucksack so leer aussah.

Als die Melone sicher verstaut war, brachen sie auf. Hinterm Hoftor folgten sie der Zufahrtsstraße so lange, bis sie den Pfad einschlugen, den sie im Ritualkundeunterricht genommen hatten. Dann hielt Phebe irgendwann an und schlug vor, sich in die Büsche zu schlagen, um zielgerichtet bergauf zu gehen.

»Aber wenn wir abseits der Wege gehen, wie sollen wir dann zurückfinden?«, sorgte sich Hannah. Niall tätschelte ihre Schulter.

»Keine Angst, ich habe einen guten Orientierungssinn«, grinste Niall. So wie sie ihn kannte, war querfeldein zu gehen viel mehr nach seinem Geschmack. Dennoch fühlte sie, dass es nicht richtig war, in einem unbekannten Wald den Weg zu verlassen.

»Außerdem«, ergänzte Phebe und wedelte mit ihrem Kompass und der Wanderkarte. »Denkst du, wenn wir auf den ausgeschilderten Wegen bleiben, finden wir Vosegus?«

Hannah gab ihren Widerstand auf. Die Lösung des Rätsels um Saville war es wert, sich im Wald zu verirren. Für Sania und Charlotte, dachte sie sich und folgte Phebe den Hang hinauf, wo Niall links und rechts ein paar Zweige brechend einen Weg für sie freischlug.

Gegen Mittag erreichten sie den Gipfel des Berges. Hier lichteten sich die Bäume und das hohe, wildwuchernde Gras der Wiese reichte ihnen bis in die Kniekehlen. Wenn sie von hier aus zurückblickten, sahen sie am gegenüberliegenden Hang das Schloss. Wie ein Ort aus einer anderen Welt, winzig wie eine Burg von Zwergen, lag es dort. Hannah staunte, dass sie schon so weit gekommen waren.

Phebe suchte sich einen großen, flachen Stein und breitete darauf die Wanderkarte aus, während Hannah und Niall ihren Proviant zu sich nahmen.

»Das Schloss liegt hier«, erklärte Phebe, als sie die Karte dem Kompass entsprechend ausgerichtet hatte. »Wir sind diesen Hang hinunter gegangen und diesen Berg wieder hinaufgestiegen und haben von hier aus drei mögliche Ziele. Entweder steigen wir nach Süden ab, wo eine Höhle ist, die Vosegus ab und zu als Quartier benutzt. Oder wir gehen nach Osten und steigen noch etwas höher hinauf, zu einer alten keltischen Kultstätte, wo er angebetet wurde.«

»Und die dritte Möglichkeit?«, fragte Niall, der seinen dritten Schokoriegel gegessen hatte und nun vorerst satt war.

»Wir gehen nach Nordosten ins Tal zu einem Bach, an die Stelle, wo er das letzte Mal gesichtet wurde.«

»Ich nehme an, das wird nicht viel bringen«, meinte Hannah. »Es ist unwahrscheinlich, dass er dort zufälligerweise wieder auftauchte, oder?«

»Das denke ich auch«, stimmte Phebe zu und faltete die Karte wieder zusammen. »Also: Kultstätte oder Höhle?«

»Kultstätte«, entschied Niall und Hannah nickte zustimmend. Eine Höhle war ihr nicht geheuer. Wenn sie die Wahl hatte, wollte sie sich lieber bei Tageslicht in einem Wald als in einer finsteren Höhle verirren.

Phebe nickte, als hätten die beiden die Entscheidung getroffen, die sie sich auch gewünscht hatte, und übernahm wieder die Führung. Sie hielt regelmäßig an, um einen Blick auf den Kompass zu werfen. Hannah fühlte sich dadurch beruhigt. Sie hatte inzwischen ein schlechtes Gewissen, weil sie Phebe nicht zugetraut hatte, den Weg hin und zurück ohne Schwierigkeiten zu finden.

Für eine Weile konnte sie die Wanderung genießen. Ihre Sorgen hatte sie hinter sich gelassen und sie beobachtete die Natur um sich herum. Die Mittagssonne tauchte die Berghänge in warmes Licht, Vögel sangen in den Ästen, ein sanfter Wind rauschte durch die Blätter und Zweige wiegten sich in der leichten Brise. Dann und wann zerriss der Ruf eines Falken die Luft. Hannah glaubte, diesen Tag nie zu vergessen. Der Wald der Vogesen war kein Vergleich zu den Wanderungen durch die Lüneburger Heide, die sie von Kindesbeinen an kannte. Leider hatte sie das Gefühl, dass Niall den Ausflug nicht so sehr genoss wie sie.

»Opfergaben, klar«, ächzte er, als es weiter bergauf ging, und löste seinen Schal, sodass er nur noch lose in seinem Nacken hing. »Nimm nächstes Mal doch die Weintrauben!«

Aber Phebe ignorierte ihn.

Schließlich erreichten sie einen weiteren Gipfel. Die Fichten und Buchen standen um eine kleine Lichtung herum, auf der einige moosüberzogene Steine in einer Art Kreis standen.

»Bist du sicher, dass das eine Kultstätte ist?«, fragte Niall etwas enttäuscht. Vielleicht hatte er wie Hannah ein zweites Stonehenge erwartet. Der zur Unkenntlichkeit verwitterte Steinaltar in der Mitte des Kreises hätte in Hannahs Augen auch bloß ein flacher Fels sein können.

»Vielleicht kommt er, wenn wir ihn anrufen«, versuchte Phebe sich nicht entmutigen zu lassen und fegte einige trockene Blätter und Baumnadeln von dem Stein. »Niall, her mit der Melone.«

Sie legte die Melone in die Mitte des Steins, dann holte sie ihr Notizbuch hervor und las daraus eine Anrufungsformel aus dem Ritualkundeunterricht vor, setzte an der richtigen Stelle Vosegus' Namen ein und – wartete.

Hannah hielt gespannt den Atem an. Eine Anrufung war ein Ritual mit unsicherem Ausgang. Es war mehr der Versuch zur Kontaktaufnahme mit einer Wesenheit, die sich nicht bannen und beschwören ließ. Hannah stellte sich das Ganze ein wenig wie einen Telefonanruf vor. Götter konnten sich entscheiden, ob sie mit den Gelbroben sprechen wollten oder nicht. Es stand nicht in der Macht des Rituals, sie zum

Erscheinen zu zwingen. Auch Vosegus hatte wohl aufs Display geschaut und entschieden, den Anruf nicht anzunehmen.

»Was jetzt?«, fragte Niall nach drei Stillen Minuten. Er hatte gelangweilt einen Zweig von einem Busch abgeknickt und zupfte nun die jungen Blätter ab. »Geben wir auf?«

Hannah sah, wie Phebe nachdachte.

»Wir könnten weiter zu der Höhle gehen und es noch einmal versuchen«, sagte sie schließlich, aber sie klang nicht mehr so überzeugt wie bei ihrem Aufbruch. Seufzend bückte sie sich nach der Melone.

»Nein!« Niall ließ erschrocken den Zweig fallen und hielt Phebe am Handgelenk zurück. »Du kannst nichts von einem Altar wieder runternehmen. Wenn irgendeine Wesenheit das Opfer angenommen hat, wird sie wütend werden.«

Phebe schnaubte und wand ihr Handgelenk frei.

»Gib es zu, du willst sie nur nicht mehr tragen.«

Ob Niall versuchte etwas zu erwidern, bekam Hannah nicht mehr mit. Ein blassblaues Licht huschte plötzlich über ihren Köpfen vorbei. Hannah drehte sich ruckartig danach um. Eine Fee? Angestrengt starrte sie in die Richtung, in der das Licht verschwunden war. Irgendetwas war dort... Doch die Stimmen ihrer Freunde lenkten sie wieder ab.

»... gut, dann lassen wir die Melone eben liegen«, gab Phebe gerade nach. »Sollen sich die Wildschweine darüber freuen.«

Niall vergaß, ihr zu widersprechen. Er trat an Hannahs Seite und blickte in dieselbe Richtung.

»Siehst du etwas?«, fragte er leise.

»Ich glaube ja«, sagte sie langsam und griff nach seiner Hand. »Seht ihr die Eiche dort? Wie können wir die übersehen haben?«

»Was für eine Eiche? Ich sehe nur Fichten«, meinte Phebe kopfschüttelnd.

»Nein, die große Eiche«, beharrte Hannah und drückte Nialls Hand ein wenig fester. Ein unergründlich tiefes Blau hatte den Baum befallen. Doch umso länger sie hineinsah, desto mehr schien die Farbe zugleich silbrig zu schimmern. »Siehst du die seltsame Farbe am Stamm? Und dieses Muster...«

Es waren Ranken und Spiralen, die sich in den Furchen der Borke ringelten und um den Stamm wanden wie eine im Zeitraffer wachsende Pflanze. Hannah erinnerte sich an die Doppelseite über die Anderswelt im Lehrbuch für keltische Mythologie. Diese Zeichnungen und Symbole, sie sahen aus wie... die Segnung der Danu in Nialls Nacken.

»Hannah, da ist keine....« Phebe verstummte, als sie plötzlich begriff. »Was siehst du noch?«

»Einen Pfad.« Hannahs Herz schlug kräftig gegen ihre Rippen, als die Bilder vor ihr immer klarer wurden. Sie sah etwas, das ihre Freunde nicht sahen. Etwas, das für menschliche Augen nicht sichtbar sein sollte. Und es machte ihr Angst. »Er führt hinter der Eiche in den Wald.«

»Führ uns.« Phebe griff nach Hannahs Arm und Hannah ließ Niall nicht los. Sie wagte einen ersten Schritt in Richtung der Farbe. Mit ihren Freunden fühlte es sich nicht ganz so beängstigend an. Von Schritt zu Schritt merkte Hannah, dass sich die Welt um sie herum nicht nur für ihre Augen gewandelt hatte. Phebe und Niall blickten nach links und rechts und wirkten so, als könnten sie gelegentlich auch einen Blick auf die Farbe erhaschen. Es waren nicht die Bäume, die unverändert standen, es war nicht das Sonnenlicht, das noch mittagshell schien. Es war ein Gefühl, das aus dem weichen Waldboden wucherte, sich in ihnen emporrankte und sich wie Efeu um ihre Herzen schlang.

Hannah schluckte und verlangsamte ihre Schritte, als die Spur der blausilbrigen Farbe sich im Nichts verlor. Sie waren vor einer massiven Felswand zum Stehen gekommen. Zum ersten Mal seit einigen Minuten blickte sie sich um. Der Wald war sonnig und frühlingsgrün wie zuvor. Er war nur... still geworden, als hätten alle Vögel entschieden zu schweigen und der Wind beschlossen nicht nur unsichtbar, sondern auch stumm zu gehen. Sie warf einen unsicheren Blick zu Niall und Phebe, die sich ebenfalls wie benommen umsahen.

Wie Schatten entglitt alles Hannahs Blick, wenn sie versuchte sich auf etwas zu fokussieren. Sie musste kurz die Augen schließen, und als sie sie wieder öffnete, hatte sich in der Felswand vor ihr eine dunkle Öffnung aufgetan.

»Hier! Sieht das nicht wie eine Höhle aus?«, rief sie und löste sich von ihren Freunden, um darauf zuzugehen. Aus der Nähe konnte sie sehen, dass in der Höhle die blausilbrige Farbe glitzerte als wären die Wände daraus gemacht. Wie ein Sternenhimmel funkelte die Höhle und lockte mit stummen Versprechungen überirdischer Schönheit.

»Das kann nicht sein, wir sind auf dem falschen Berg!«, hörte Hannah Phebes Protest.

»Vielleicht hast du die Karte verkehrt herum gehalten«, versuchte Niall sie zu trösten.

»Meint ihr, das ist ein Tor zur Anderswelt?«, wunderte sich Hannah und wagte keinen Schritt mehr nach vorne. Sie schluckte. War das eine Falle?

»Auf jeden Fall sollten wir nicht hinein gehen.« Niall zuckte mit den Schultern und blickte in die Höhle. »Hallo? Jemand zuhause? Am besten Vosegus selbst?« Alle drei lauschten eine Minute, doch auch nachdem das Echo von Nialls Stimme verklungen war, rührte sich nichts. »Keiner da. Kommt, wir geben jetzt auf. Das wird mir langsam zu blöd.«

Doch noch bevor Phebe oder Hannah etwas dazu sagen konnten, hörten sie in der unheimlichen Stille ein Geräusch. Im Gebüsch raschelte es und kleine Äste knackten, als würde sich ein gewaltiges Tier nähern. Zuerst kamen die Geräusche langsam, als pirschte es sich an. Doch dann schien es an Geschwindigkeit zu gewinnen. Hannah hielt den Atem an. Es kam eindeutig auf sie zu.

»Weg hier«, konnte Niall noch atemlos sagen, aber es war zu spät. Aus den Büschen sprang ein riesiges Tier, das laut knurrte. Es war kein Wolf, erkannte Hannah sofort, sondern ein Hund, größer noch als Laila und von einer Statur, wie sie noch nie gesehen hatte. Er war kräftig wie ein Bär und groß wie ein junger Hirsch.

Er sprang an ihnen hoch und brachte Phebe zu Fall. Niall wich in Panik zurück, als die Zähne des Hundes seinen Schal packten und von seinem Hals rissen. Entsetzt sahen sie zu, wie der Hund den Schal zerfetzte und sich dann wieder knurrend vor ihnen aufbaute. Hannah griff nach Nialls Arm und versuchte Phebe auf die Beine zu helfen. Doch Wegrennen war zwecklos.

Der Hund war nicht wild, glaubte Hannah zu verstehen. Er trottete im Kreis um sie herum wie um ein gefangenes Beutetier, aber er wartete noch auf den Befehl, zubeißen zu dürfen. Irgendwo musste sich der Herr des Hundes verbergen. Sie sah sich um, aber überall war nur Wald.

»Wer seid ihr, dass ihr wagt hierher zu kommen?«, hallte plötzlich eine barsche Stimme durch die Bäume. Es war unmöglich der Stimme eine Richtung zuzuordnen.

»Wir sind niemand besonderes«, stammelte Niall, noch immer zitternd. Das, was einmal sein Schal gewesen war, lag in Fetzen zu seinen Füßen. Der Hund witterte etwas und sprang immer wieder an Niall empor, wie um an seinen Nacken zu kommen. Bei jedem anderen Hund hätte Hannah versucht ihm zu helfen und das Tier von Niall herunterzuschieben, aber angesichts der Größe dieser Bestie glaubte sie nicht, dass sie etwas ausrichten konnte.

»Bescheidenheit, hm? Gefällt mir.«

Hannah vergaß fast den Hund, als ein Mann aus der Deckung der Sträucher hervortrat. Er war unbestimmbaren Alters, sein braunes Haar und sein Bart waren verfilzt und Laub und kleine Ästchen hatten sich darin verfangen. Sein Blick war wild, doch seine Augen glänzten in demselben Bernstein, den Hannah in Artios Augen gesehen hatte. Er war in einfache, grobe Kleidung gehüllt, das Grün und Braun einer Jägerstracht. Auf dem Rücken trug er ein Jagdhorn, das aussah, als stammte es von einem riesigen, urzeitlichen Rind, und einen Köcher, der mit Pfeilen gefüllt war. Einen davon richtete er mit seinem straff gespannten Bogen auf sie. Hannah hatte keinen Zweifel, dass Vosegus selbst vor ihnen stand.

Sie begriff nun, warum die Lehrer davon ausgingen, dass sie Götter erkannten, wenn sie vor ihnen standen. Vosegus mochte den Körper eines Mannes haben, aber er wirkte wie aus der Zeit gefallen, wie aus einer anderen Welt. Hannah fand als erste ihre Sprache wieder und atmete tief durch, bevor sie sprach.

»Wir sind Gelbroben«, erklärte sie dann mit fester Stimme. »Wir wollen mit Euch reden.«

Vosegus ließ den Bogen langsam sinken und steckte den Pfeil zurück in den Köcher.

»Warum, glaubt ihr, lebe ich hier im Wald?«, fragte Vosegus verächtlich und bedachte sie mit einem abschätzigen Blick. Endlich pfiff er den Hund zurück, der daraufhin von Niall abließ und an die Seite seines Herrn zurückkehrte. »Ich will nicht mit euch reden.«

Der Gott wollte sich schon abwenden, ohne sie eines weiteren Blickes zu würdigen, als Phebe endlich aus ihrer Starre erwachte.

»Wir haben ein Opfer...«, begann sie schnell, aber dann fiel ihr wohl ein, dass sie die Melone auf dem Steinaltar zurückgelassen hatten. Sie verstummte. Doch Vosegus hielt inne. Sein Blick lag auf Niall. Hannah fühlte, wie er unruhig das Gewicht von einem Fuß auf den anderen verlagerte. Vosegus würde doch kein Feind der Danu sein?

»Nun gut«, schnaubte Vosegus nach einer unerträglich langen Pause, als er den Blick wieder hob. »Ich will euch einige Worte gestatten, Sterbliche.«

»Wir danken Euch«, sagte Phebe hastig und neigte den Kopf ein wenig, um eine Verbeugung anzudeuten. »Wir haben nur eine Frage. Vor fast 29 Jahren starben alle Gelbroben und Schüler im Schloss an einem einzigen Tag, der bei uns Ragnarök heißt. Sie wurden auf einer Lichtung des Waldes dem Feuer übergeben.«

»Meines Waldes«, verbesserte Vosegus mit nicht zu deutender Miene.

»Ja, Eures Waldes«, korrigierte Phebe sich hastig. »Wir glauben, dass jemand überlebt hat. Ein Lehrer namens Saville. Habt Ihr ihn an diesem Tag im Wald gesehen? Eine Dryade sagte, Ihr hättet ihn vielleicht bemerkt.«

Vosegus schwieg und sein Blick schweifte zu fernen Fichtenwipfeln, bevor er antwortete.

»Es ist mein Wald und wird mein Wald bleiben«, begann er langsam und Hannah beschlich das Gefühl, dass er schon lange nicht mehr ein so ausführliches Gespräch geführt hatte. »Und ja, ich habe Kenntnis von allem, was sich darin zuträgt.«

»Und erinnert Ihr Euch an Saville?«, fragte Niall neugierig, wofür Phebe ihn in die Seite boxte. Auch Vosegus blickte ihn für diese vorschnelle Frage streng an.

»Ich antworte dir, wenn du schwörst, dass du meine Zweige nie wieder grundlos brichst.«

»Ich schwöre, dass ich nie wieder grundlos Zweige abbreche?«, wiederholte Niall verwundert. Vosegus gab sich aber damit zufrieden. Seine rissigen Hände fuhren durch das Nackenfell seines Hundes und der Gott atmete tief, als wäre die Geschichte selbst für seine jahrtausendealten Schultern eine Last. Mit seinem Atem schien ein sanfter Wind durch die Baumkronen zu gehen.

»Ich erinnere mich an Blut zwischen den Wurzeln und Rauch in den Wipfeln. Die Asche der Sterblichen und Halbgötter wird den Boden dieses Waldes noch lange nähren. Die Tore der Anderswelt verschlossen sich an diesem Tag für lange Zeit und der Gestank der Herren der Unterwelten hing über der Lichtung.«

Vosegus verstummte. Ein Schauer lief Hannah über den Rücken. Auch wenn die Lehrer und Niall behaupteten, dass Andersweltwesen niemals eine klare Antwort gaben, waren sie doch gut darin, sehr eindrückliche Geschichten zu erzählen.

»Saville ist also nicht in die Anderswelt entkommen?«, folgerte Phebe, der es nicht schnell genug ging. »Hat er den Angriff überlebt?«

»Den Hunger des Huitzilopochtli hat kein Sterblicher überlebt.« Vosegus' Blick schweifte wieder in die Ferne und sein Hund gab ein nervöses Winseln von sich. »Doch Saville... ein seltsames Wesen.«

»War er an dem Tag im Wald?«, versuchte Phebe erneut eine klare Antwort zu bekommen. Hannah konnte hören, wie ihre Freundin die Geduld verlor. Die wilden Augen blitzten sie böse an. Der Gott ließ sich nicht drängen.

»Ja. Er ist gerannt«, antwortete er schließlich nach einer langen Pause. »Um sein Leben, wie es die anderen hätten auch tun sollen. Doch er war allein, als er über meine Wurzeln stolperte und sich in meinen Dornen verfing. Ich versuchte ihn aufzuhalten, denn er trug etwas bei sich, das kein Mensch besitzen sollte.« Wie um Phebe zurechtzuweisen, ließ er sich Zeit, fortzufahren. Er griff in seinen Beutel und holte etwas hervor, das verdächtig nach einem Stück Melone aussah, und verfütterte es dem Hund. Erst dann sprach er weiter. »Er hatte einen starken Willen und entkam meinem Gefährten. Als er meinen Wald verlassen hatte, gab ich auf, ihm zu folgen, denn ich war sicher, er würde niemals zurückkehren.«

»Was hatte er dabei.« Hannah wusste, dass Phebe vor Neugier zu platzen drohte.

»Ihr Menschen nennt es Elixier des Lebens.« Vosegus schnaubte verächtlich. »Ein zu langer Name für etwas so Einfaches.«

»Das Elixier des Lebens?« Hannah merkte, dass sie laut gesprochen haben musste.

»So etwas gibt es?«, fragte auch Niall. Beide sahen sich zu Phebe um, die aber auch nur mit den Schultern zucken konnte. Vosegus bernsteinfarbene Augen verengten sich zu Schlitzen.

»Seid ihr wirklich Gelbroben?«, fragte er spöttisch. »Ich nahm an, dass Gelbroben wüssten, was für Gefahren in ihrem eigenen Archiv lagern.«

»Archiv?« Wieder tauschten Niall und Hannah ahnungslose Blicke. Vosegus schnaubte erneut.

»Das Archiv in eurem Schloss. Dort, wo die Gelbroben alle Dinge aufbewahren, von denen sie nichts verstehen.« Der Gott verlor offenbar die Geduld mit ihnen und schüttelte sein verfilztes Haar. »Lebt wohl, Sterbliche. Mir steht der Sinn nicht danach, in diesem Jahrhundert erneut so viele Worte in einem einzigen Gespräch zu verschwenden.«

Vosegus pfiff und sein Hund setzte sich in Bewegung. Sie sahen noch, wie der Schatten der Bäume ihn und den Hund verschluckte, dann waren sie wieder allein.

Als der Jäger und der Hund verschwunden waren, gab es auch für Phebe, Hannah und Niall keinen Grund, weiter bei der Höhle zu verweilen. Phebe diskutierte kurz mit Niall, aus welcher Richtung sie gekommen waren, und Hannah klebte ihr Pflaster auf die Schürfwunden an den Händen, die sie sich beim Sturz eingehandelt hatte. Dann traten sie den Rückweg an.

Der Weg bergab fiel ihnen leichter und sie waren ohne Pause ein gutes Stück vorangekommen. Phebe war in Gedanken ganz bei Vosegus' Worten. Niall schien es nicht anders zu gehen.

»Ich glaube, er hat nicht ganz die Wahrheit gesagt, wie alle Andersweltwesen«, behauptete Niall. »Was können die Gelbroben schon über das Elixier des Lebens wissen? Wenn es so etwas gäbe, dann sähe die Welt ganz anders aus. Er muss uns angelogen haben.«

Phebe war sogleich bereit, ihm zu widersprechen.

»Im Gegenteil: Wenn es das Elixier des Lebens gibt und die Gelbroben es haben, dann würden sie dafür sorgen, dass kein Mensch es jemals in die Finger bekommen kann und genau deswegen wüssten selbst Gelbroben nicht, dass es existiert.«

Niall bog vorsichtig ein paar Zweige aus dem Weg, um durch ein dichtes Haselgestrüpp zu kommen. Das Versprechen, dass Vosegus ihm abgenommen hatte, zeigte wohl Wirkung.

»Hm, wenn du es so sagst...« Niall wartete, bis Phebe und Hannah an ihm vorbei gegangen waren, dann ging er selbst hindurch und ließ die Zweige zurückschnellen.

»Was hat Herr Bergunder denn über das Elixier gesagt?«, schaltete Hannah sich mit einem Stirnrunzeln ein. »Er hat es doch einmal bei der Einführung in die Alchemie erwähnt.«

Phebe war froh, dass sie endlich fragte. Sie hatte schließlich schon längst begonnen für die Prüfungen im Juli zu lernen, aber ihr fehlte es an Gelegenheiten das zu zeigen.

»Das Elixier oder Wasser des Lebens ist die zentrale Substanz der Alchemie. Jahrhundertelang hat jeder Alchemist, der etwas auf sich hielt, nach der Formel gesucht, aber keinem ist es gelungen. Die alten Alchemisten waren so besessen davon, dass sie denjenigen den ›Adept‹ nennen wollten, dem es gelingen würde, es herzustellen, und ihn zu ihrem Meister wählen.«

»Aber Alchemie funktioniert ja nur bis zu einem gewissen Grad.« Phebe nickte zu Hannahs Einwand.

»Genau, daher betreibt sie ja auch niemand mehr. Wenn es also jemals auch nur einen Ansatz für das Elixier gegeben hätte, wäre die Formel längst verloren gegangen.«

Niall kicherte plötzlich.

»Stell dir vor, du findest einen Ansatz für die Formel für ewiges Leben und stirbst und vergisst einfach sie vorher aufzuschreiben, weil du ja nicht damit gerechnet hast, dass du stirbst.« Da weder Phebe noch Hannah mitlachten, kriegte er sich schnell wieder ein. »Aber das Elixier könnte sich gehalten haben. Es heißt ja auch Stein der Weisen und das klingt ziemlich haltbar.«

Phebe stöhnte.

»Wo bist du eigentlich Montagmorgens im Theorieunterricht? Der Stein der Weisen verwandelt jedes Material in Gold. Das ist nicht dasselbe wie das Elixier, obwohl die Formeln ziemlich ähnlich sein sollen.«

»Wenn man die Formel findet, dann hat man also beides gleichzeitig?« Niall riss die Augen auf, als hörte er das zum ersten Mal. »Unendlich viel Gold und unendlich viel Leben? Das kann nicht gesund sein.«

Phebe war in Versuchung geführt, darauf etwas zu erwidern, aber die philosophische Diskussion, auf die sie sich damit eingelassen hätte, hätte sie zu sehr abgelenkt.

»Ja, aber selbst, wenn Saville das Elixier des Lebens hat, bedeutet das noch lange nicht, dass er die alchemistischen Kenntnisse besitzt, um eine Analyse der Bestandteile durchzuführen und es neu zu synthetisieren. Die chemische Reaktion könnte Katalysatoren beinhalten, die im Endprodukt nicht nachzuweisen sind, und allein die Ingredienzen müssen hochgradig magisch sein. Er war doch nur Lehrer und sein Fachgebiet war nicht Alchemie, sondern gefallene Götter.«

»Kata- was?«, fragte Niall und Phebe nahm an, dass er den Rest danach gar nicht mehr gehört hatte.

»Synthese? Katalysatoren?«, warf sie ein paar Begriffe aus dem Chemieunterricht um sich. Niall zuckte nur mit den Schultern. Sie ächzte. »Niall, was hast du eigentlich bisher in der Schule gelernt?«

»Wie man vermeidet, Aufmerksamkeit auf sich zu ziehen«, sagte er so ernst, dass Phebe einen bissigen Kommentar zurückhielt. Sie bemerkte, dass er sich an dem blauen Mal in seinem Nacken kratzte. Plötzlich fiel ihr auf, dass sie ihn noch nie ohne Schal gesehen hatte. Eines Tages würde sie herausfinden, warum Niall so war, wie er war. Oder sie würde ihn vorher umbringen. Sie schüttelte den Gedanken ab. Sie musste sich konzentrieren.

»Unser nächster Schritt sollte sein, zu beweisen, ob Saville das Elixier tatsächlich gestohlen hat. Wenn ja, dann – « Hannah hatte abrupt angehalten und Phebe war fast in sie hineingelaufen. »Was ist?«

»Kommt es euch auch so vor, als wären wir hier schon einmal gewesen?«, fragte Hannah leise.

»Das hat ein Rückweg so an sich«, entgegnete Phebe genervt. Aber auch sie sah sich um. Der Wald war dicht und wild und sie konnte beim besten Willen nicht sagen, ob sie an dieser Eberesche schon einmal vorbeigekommen waren oder nicht.

»Nein, es ist als... wären wir im Kreis gelaufen«, murmelte Niall.

»Ist es das, was dein unglaublicher Orientierungssinn sagt?« Phebe konnte sich nicht verkneifen, spöttisch zu klingen.

Niall kniff die Augen zusammen und funkelte sie böse an.

»Was sagt denn dein Kompass?«, forderte er sie heraus. Wütend griff sie danach und legte ihn in ihre Handfläche, sodass ihre Freunde auch darauf sehen konnten. Erst drehte sich die Nadel ständig im Kreis, statt den Norden zu finden. Dann begann sie, wild zuckend in entgegengesetzte Richtungen zu springen. Phebe sank das Herz in die Hose.

»Das ist nicht normal«, kommentierte Niall.

»Das weiß ich«, zischte Phebe zwischen zusammengepressten Kiefern. Ihr war klar, dass sie sich verirrt hatten. Bei allem, was sie bisher in ihren Ermittlungen getan hatte, hatte sie nur ihren Stolz gefährdet. Dieses Mal hatten sie sich alle in Gefahr begeben – eine Gefahr, die sie zuvor noch vor Hannah und Niall heruntergespielt hatte – und es hatte sie erwischt. Es war zu spät es noch zu leugnen. Der Kompass und die vorausgegangenen Ereignisse ließen nur einen Schluss zu. »Wir sind in der Anderswelt.«

Sie hatte ausgesprochen, was Hannah und Niall noch nicht zu denken wagten. Hannah blickte sie verängstigt an, aber Niall blieb gelassen. Er hatte ja auch eine Segnung der Danu bekommen, dachte sich Phebe. Wobei Danu wohl eine besonders unnütze Gottheit war, denn wenn ihre Segnung hilfreich gewesen wäre, hätte Niall sie rechtzeitig warnen können.

»Sieht gar nicht so anders aus, wie ich erwartet hatte«, meinte er. Der Wald war unverändert, noch immer sonnig, noch immer grün, aber... still. Das einzige Geräusch waren ihre Schritte und das Knacken und Knistern des Waldbodens unter ihren Füßen gewesen und da sie angehalten hatten, glaubte Phebe den Atem und Herzschlag ihrer Freunde zu hören.

»Woran siehst du das?« Hannah hatte die Frage leise gestellt, als wäre ihr genau dasselbe aufgefallen und als wagte sie nicht diese seltsame Stille zu brechen.

»Der Kompass ist ein guter Hinweis, aber schau mal nach oben.« Phebe deutete hinauf zu den Baumkronen. »Die Sonne steht genauso hoch wie bisher. Es ist aber schon vier Uhr nachmittags.«

»Was jetzt?« Hannah sah sie hilfesuchend an. Phebe fühlte sich geschmeichelt, nestelte aber nervös an dem Armband, das Hannah ihr zu Weihnachten geschenkt hatte. Eine klare Vorgehensweise dafür, was man tun sollte, wenn man in der Anderswelt verlorenging, hatte ihr keins der vielen Bücher verraten, die sie bisher im Bibliotheksturm gelesen hatte.

»Ich...«, setzte sie an, in der Hoffnung, dass die klugen Fakten aus ihr heraussprudelten wie sonst auch und ihr, während sie sprach, einfach eine Idee entschlüpfte. Aber kein Wort kam ihr über die Zunge. Wütend auf sich selbst schnaubte sie und stemmte ihre Fäuste in ihre Jackentaschen. Sie musste einen Weg finden. Sie musste ihren Freunden beweisen, dass sie es konnte. Sie hatte sie schließlich in diese Lage gebracht.

»Weitergehen«, entschied Niall unvermittelt. »Wenn es dämmert, stehen die Schwellen besonders weit offen. Vielleicht finden wir eine und können hinaus.«

»Und wenn nicht?« Hannahs Frage war nur ein Flüstern.

»Dann sitzen wir hier eine unbestimmte Zeit zwischen drei Stunden und drei Jahren fest«, sagte Phebe, bevor sie nachgedacht hatte. Plötzlich wünschte sie das Buch von Sage Croker niemals gelesen zu haben. Nialls Urgroßmutter beschrieb nämlich keine besonders rosigen Aussichten für Wanderungen in der Anderswelt.

Sie marschierten weiter, ziellos, denn in der Anderswelt waren Richtungen und Wanderkarten nutzlos. Phebe wusste, dass Niall Recht hatte. Ihre einzige Chance war es, genauso zufällig aus der Anderswelt hinauszugelangen, wie sie hineingestolpert waren. Sie hatte ihren Kompass tief in ihre Tasche verbannt und sich stattdessen Nialls Armbanduhr geliehen. Sie hatte gelesen, dass keine Dämmerung in der Anderswelt herrschte – und das genau der Grund war, warum diese Wesen die frühen Morgen- und Abendstunden liebten und immer wieder in die Welt der Sterblichen kamen. In ihrer Welt mangelte es ihnen sonst an nichts. Die Bäume waren grün und üppig, die Büsche trugen reife Früchte und selbst die Tiere kannten keine Scheu vor ihnen.

Tatsächlich fiel die Nacht plötzlich über den Wald, als hätte jemand einen Lichtschalter umgelegt. Hannah hielt sich dicht an Nialls Seite und Phebe versuchte dicht bei Hannah zu bleiben, denn auf Niall war sie noch sauer. Nie, nie konnte er etwas Sinnvolles beitragen und jetzt, wo sie versagt hatte, musste er plötzlich Recht haben?

Die Dunkelheit um sie herum war gespenstisch und erfüllt von allerlei fremdartigem Leben. Einmal kletterte ein Kobold mit dicken, graugrünen Armen an einem Baum empor, aber er grunzte nur und hastete weiter nach oben, als sie versuchten, ihn anzusprechen. Ein kleines Männlein, dessen Gesicht im Schatten seiner Kapuze verborgen blieb, bot ihnen an, sie heimzuführen, wenn sie von seinem frischgebackenen Honigbrot kosten würden. Allen war jedoch bewusst, dass sie nichts in der Anderswelt essen durften. Niall versuchte mit ihm zu verhandeln und bot ihm einen Schokoriegel als Bezahlung an. Das Männlein bequemte sich die Ware zu kosten, verschluckte sie aber mit der Verpackung. Es hustete sie unter Mühen wieder hervor, fühlte sich betrogen und kehrte zurück in seine Behausung in den Wurzeln einer riesigen Eiche.

Manchmal kreuzten weiße Hirsche oder unerklärlich große Schatten ihren Weg. Ein anderes Mal gerieten sie in eine Schar Feen und Hannah versuchte sie nach dem Weg zu fragen. Aber die kleinen Wesen waren nicht sehr intelligent und hatten sich selbst verirrt. Sie schwirrten einfach ziellos von Lichtung zu Lichtung und ihnen war es gleich, ob sie dabei in der Anderswelt oder der gewöhnlichen landeten.

Es mussten Stunden vergangen sein. Auf dem Ziffernblatt von Nialls Armbanduhr verstrichen das Abendessen und schließlich auch die Nachtruhe. Phebe spürte, dass ihre Beine schwerer wurden und die wilden Beeren an den Sträuchern immer verführerischer glänzten. Doch trotz dieser schwer erträglichen Dinge, war es Niall, der ihr den letzten Nerv raubte.

»Ich höre dich noch sagen, ›Was soll schon passieren?‹ Ich sage dir, was passieren kann! Man kann sich in der verdammten Anderswelt verirren!« Er war so laut geworden, dass ein Schwarm kleiner brauner Vögel erschrocken aufflatterte. Phebe konnte kaum hinsehen, dann waren sie schon wieder weg, aber sie glaubte, dass kleine Elfen auf ihnen davongeritten waren. Doch sie war zu aufgebracht, um neugierig zu sein.

»Gib mir nicht die Schuld!«, keifte sie Niall stattdessen an. »Es ist ja wohl uns allen zusammen passiert, oder?«

»Weil du es so dargestellt hast, als wäre es ein Spaziergang!«, folgte der nächste Vorwurf. Hannah presste angestrengt die Lippen aufeinander und sah so aus, als ob sie gleich weinen würde. Phebe wusste, dass sie um Hannahs Willen einfach nichts mehr auf Nialls Vorwürfe erwidern sollte, aber sie konnte ihn nicht einfach gewinnen lassen.

»Du hättest ja auch etwas sagen können! Du hast doch so viel Ahnung von der Anderswelt!« Phebe hielt sich nicht mehr zurück. Das Schreien hielt sie zumindest wach. »Du bist ja schließlich derjenige, der persönlich von Artio heimgesucht wird und eine Segnung der Muttergöttin mit sich herumschleppt!«

Hannah griff ruckartig nach Phebe Schulter.

»Bär«, sagte sie bloß und deutete mit zitterndem Zeigefinger vor sich.

»Es gibt keine Bären in Frankreich«, wiederholte Phebe genervt, obwohl sie sich nicht sicher war, ob das auch für die Anderswelt in Frankreich galt. Zumindest war im Dunkel ein ausgewachsener Braunbär vor ihnen aufgetaucht, der sich langsam auf seine Hintertatzen stellte.

»Niall, nicht schon wieder...« Phebe stöhnte, als Niall direkt auf den Bären zuging. Sie wusste nicht, was sie mehr ärgern würde: wenn der

Bär Niall einfach fraß, oder wenn es Artio war, die nur wegen Niall gekommen war, um ihnen zu helfen.

Niall streckte dem Bären, der sich über ihm auftürmte, eine Hand entgegen. Der Bär hob seine Pranke und berührte Nialls Handfläche sanft mit der ledrigen Innenseite der großen Tatze.

»Es ist nur Artio«, sagte Niall mit einem Grinsen, aber Phebe fand, dass auch er sehr erleichtert klang. Phebe biss die Zähne zusammen und bemühte sich, sich selbst die Erleichterung nicht anmerken zu lassen. Sie war immer noch wütend auf Niall und sein verdammtes Glück. Er hatte ja nichts getan, außer als Baby von einer Göttin gesegnet worden zu sein. »Sie will uns führen.«

»Na hoffentlich kennt sie den Weg«, murmelte Phebe und beschloss, eingeschnappt zu bleiben, bis sie wieder in ihrem Bett im Westturm lag.

Artio erwiderte darauf nichts. Sie nahm noch nicht einmal ihre Kapuze ab, sondern blieb in ihrer Bärengestalt. Im Gänsemarsch trotteten Niall, Hannah und zuletzt Phebe hinter ihr her. Weder sie noch Artio sprachen ein Wort in die unheimliche Stille der Nacht hinein. Die sanften Schritte des großen Raubtiers wurden leise vom Waldboden gefedert und die Göttin ließ nur ein paar gemütliche Brummlaute vernehmen, wenn sie sich mit einem Blick über ihre Schulter vergewisserte, dass die drei ihr noch folgten. Sie begegneten auch keinen weiteren Wesen mehr. Phebe nahm an, dass die Anwesenheit der Göttin sie einschüchterte.

Weitere Stunden schienen in der unveränderlichen Dunkelheit zu vergehen. Phebe wurde müder und begann sich zu fragen, ob es nicht angenehmer gewesen war, als sie und Niall sich noch angeschrien hatten. Gähnend begann sie Artio zu misstrauen. Ob die Göttin sie wirklich zu einer Pforte oder nur noch tiefer in die Anderswelt hineinführte? Plötzlich umfing sie eine Finsternis und Phebe glaubte schon, im Gehen eingeschlafen zu sein.

Aber sie musste nur einmal blinzeln und konnte wieder klarsehen. Ein Vollmond stand am Himmel. Ein ganz gewöhnlicher Vollmond. Auch der Wald war wieder von Leben erfüllt. Nächtliche Geräusche umgaben sie, ein Rascheln im Laub und das Fiepsen eines verborgenen Tieres und der ferne Ruf eines Kauzes. Das seltsame Gefühl, Gast in einer fremden Welt zu sein, war verschwunden, aber für den Moment vermisste Phebe es nicht. Wenige Meter vor ihnen sah sie den Asphalt der Zufahrtstraße zum Vogesenschloss im Mondlicht schimmern und für sie gab es keinen schöneren Anblick als die entgötterte Natur.

»Wir sind zurück«, seufzte Hannah und Phebe hätte die Bärin dafür umarmen können. Auch wenn sie es Niall gegenüber niemals zugeben würde.

Niall war bewusst, dass es um diese späte Zeit keinen anderen Weg zurück ins Schloss gab als durch das Haupttor und die Säulenhalle. Der Asphalt der Zufahrtstraße fühlte sich hart und kalt unter seinen müden Füßen an. Aber der Schmerz war ihm willkommen, wenn er nur den unendlich weichen Waldboden hinter sich lassen konnte. Hinter der Kurve kamen schon die Mauern und ungleichen Türme des Vogesenschlosses in Sicht, die im Licht des Vollmondes geisterhaft leuchteten.

Niall drehte sich und wollte sich bei Artio bedanken. Es war schließlich das erste Mal, dass ihre ›Hilfe‹ ihm tatsächlich geholfen hatte. Aber die Bärin war nicht mehr da, um seinen Dank zu hören. Sie war auf genauso lautlosen Tatzen gegangen, wie sie gekommen war. Niall beschloss, ihr beim nächsten Mal zu danken, denn er hatte keinen Zweifel daran, dass er ihr nicht zum letzten Mal begegnet war.

Die letzten Schritte waren die schwersten. Es war, als verließen ihn alle seine Kräfte, als der Kies des Vorhofs unter seinen schmutzigen Schuhen knirschte. Die Panik, die ihn zum Weitergehen gedrängt hatte, war verebbt und er spürte seine Muskeln und Knochen bei jeder Bewegung protestieren. Hannah und Phebe erging es nicht anders. Auch sie schleppten sich mit letzter Kraft in den Schulhof.

Kaum ein Fenster im Schloss war noch erleuchtet. Nur im Westturm schien jemand die Nacht durchzumachen. Wie lange waren sie weg gewesen? Niall konnte an nichts auf dem Hof oder am Gebäude erkennen, wie viel Zeit vergangen war. Vielleicht war es noch derselbe Abend. Wenn sie länger weggewesen wären, hätte das Schloss nicht in solcher Ruhe gelegen. Außer wenn sie zehn Jahre in der Anderswelt festgehangen hatten – dann waren sie bestimmt längst in Vergessenheit geraten.

»Glaubt ihr, jemand vermisst uns?«, fragte Hannah ausgerechnet in dem Moment, als ihm dieser Gedanke gekommen war.

»Wie ich Internate kenne, nein«, winkte er betont lässig ab, um sie und sich zu beruhigen. Phebe schwieg. Vermutlich war ihre einzige Befürchtung, mehr als einen Tag Schulstoff verpasst zu haben.

»Wenigstens ist die Tür offen«, stellte Phebe erleichtert fest und drückte sich mit ihrem ganzen Gewicht gegen das schwere Eingangstor. Das warme Licht der Feuerfeder fiel auf ihre Füße und Niall wäre am liebsten auf der Stelle eingeschlafen.

»Den Göttern sei Dank, da seid ihr ja!«, rief jemand. Eine Gestalt, die Niall selbst im schummrigen Licht unschwer als den Schuldirektor erkannte, löste sich von der Treppe. Er hatte wohl dort neben Garion gesessen und gewartet. Seine weiße Lockenmähne war wilder als je zuvor. Er trug einen Bademantel über seinem Schlafanzug und hielt eine Thermoskanne in der einen und ein zerfleddertes Taschenbuch in der anderen Hand.

Herr Van Koppern sah so erleichtert aus, dass Niall schon befürchtete, sein Pate würde vergessen, dass er auch sein Schuldirektor war und ihn in den Arm nehmen. Niall wich vorsichtshalber einen Schritt zurück. Er ließ sich nicht mehr in den Arm nehmen, seit er mit sieben auf sein erstes Internat geschickt worden war, und wann immer ein Erwachsener es versuchte, tat er so, als würde es ihm körperliche Schmerzen bereiten.

Glücklicherweise schien sein Pate sich rechtzeitig dessen zu besinnen. Herr Van Koppern steckte das Buch in die eine und die Thermoskanne in die andere Tasche seines Bademantels. Die Erleichterung war aus seiner Miene gewichen und er fuhr in dem Ton fort, den Niall eher von einem Schuldirektor erwartete, wenn seine Schüler für eine ungewisse Zeit lang verschwunden gewesen waren.

»Ich habe den Lar schon auf eure Fährte geschickt und um Mitternacht hätte ich alle anderen Notfallmaßnahmen ergriffen! Ihr könnt doch nicht einfach so lange wegbleiben! In mein Büro, sofort!« Herr Van Koppern hielt inne und schien seine eigenen Worte zu überdenken. Niall spürte, wie er sie besorgt musterte. Phebe konnte sich kaum noch auf den Beinen halten und Hannah musste sich an Niall abstützen. »Nein, wir bleiben hier. Ihr habt heute bestimmt schon genug Umwege gemacht. Ihr bekommt keine Strafarbeit. Ich will nur kurz mit euch reden. Setzt euch.«

Sie nahmen auf den untersten Stufen der großen Treppe Platz. Neben sich hörte Niall Hannah und Phebe aufatmen. Auch seine Füße dankten es ihm. Herr Van Koppern blieb jedoch stehen und verschränkte die Arme vor der Brust. Niall vermied, zu ihm aufzuschauen. Denn irgendwie sah ein Schuldirektor, selbst wenn er jeden Grund hatte, ihn von der

Schule zu werfen, weniger bedrohlich aus, wenn Niall auf seine in karierten Pyjamas steckenden Knie starren konnte.

»Ich will ja keine Verdächtigungen aussprechen, aber Niall, ich kenne dich seit deiner Geburt. Und ich habe das Gefühl, dass du Hannah und Phebe in dein Chaos mithineinziehst.« Niall öffnete den Mund, um zu widersprechen, aber ein Blick von Herrn Van Koppern brachte ihn zum Schweigen. »Cassie hat mich gewarnt. Ich weiß, dass du von den letzten drei Internaten verwiesen wurdest – ich will nicht wissen, warum, und ich werde dich ganz sicher nicht von der Schule werfen – aber du solltest darüber nachdenken, ob du deine Freundinnen auf dieselben Abwege führen willst. – Willst du etwas sagen, Hannah?«

Hannah hatte während des Vortrags die Stirn gerunzelt, doch Niall war sich nicht sicher, ob es dem an ihn gerichteten Vorwurf oder der Tatsache galt, dass ihr Schuldirektor seine Mum ›Cassie‹ nannte.

»Herr Direktor, Niall zieht uns nicht irgendwo mit hinein«, sagte sie mit fester Stimme. »Es war unsere eigene Entscheidung, mitzumachen.«

Phebe nickte heftig. Herr Van Koppern seufzte.

»Das ist sehr nett von dir, Hannah, aber du untergräbst gerade meinen Versuch, ihm ein schlechtes Gewissen zu machen.« Er ließ die Arme sinken und tastete nach seiner Thermoskanne. Niall zwang sich, weiter auf seine Knie zu starren, um sein Grinsen zu verbergen. Es hatte also doch Vorteile, das Patenkind des Schuldirektors zu sein. »Wo habt ihr drei eigentlich gesteckt?«

Niall sah Phebe an und Phebe schaute zu Hannah. Sie konnten dem Schuldirektor nicht verraten, wonach sie gesucht und was sie gefunden hatten. Noch nicht. Das würde alles, was sie sich zusammen erarbeitet hatten, zunichtemachen. Und sie würden Ärger bekommen, wenn sie ohne Ergebnisse ihre bisherigen Ermittlungsschritte erklären müssten – den Diebstahl des Dokuments aus der Bibliothek, den Einbruch ins Lehrerzimmer, ihr Gespräch mit Vosegus...

Niall versteinerte, als Phebe den Mund aufmachte. Sie würde doch nicht etwa –

»Wir waren ein bisschen spazieren und hingen dann plötzlich in der Anderswelt fest und haben erst jetzt zurückgefunden«, erklärte sie, nicht ohne hastige Seitenblicke zu ihm und Hannah zu werfen. Aber es waren die richtigen Worte gewesen. Keine Lüge, aber auch keine Artio, kein Vosegus und keine Pläne, Ragnarök aufzuklären. Nichts, was es nicht wie einen unglücklichen Zufall klingen ließ. Und noch viel wichtiger: nichts, was eine Strafarbeit rechtfertigte.

Herr Van Koppern rieb sich die Schläfen.

»Ich glaube, ich will es gar nicht genauer wissen«, meinte er dann kopfschüttelnd. Niall kannte ihn gut genug, um ihm das zu glauben. Vermutlich wollte er auch nur möglichst schnell zurück in sein Bett. Der Direktor seufzte. »Macht das nicht nochmal und geht jetzt ins Bett. Und holt euch vorher etwas aus der Küche. Diesmal habt ihr meine ausdrückliche Erlaubnis.«

Dann gähnte er laut und schlurfte die Treppe nach oben. Falls irgendeine Stufe morgen in der ersten Stunde Unterricht bei ihm hatte, konnten sie sich auf eine Freistunde freuen, dachte Niall.

Er stand von der Treppe auf und bereute es sofort. Seine Beine rebellierten gegen ihn. Auch Hannah und Phebe gaben leise Schmerzenslaute von sich, als sie ihre Füße wieder belasteten.

»Ich verzichte auf das verlockende Angebot, mit Erlaubnis in die Küche einzubrechen«, stöhnte Phebe. »Mir reicht ein Schokoriegel. Ich will nur ins Bett.«

»Jeder Schritt in Richtung Küche ist ein Schritt zu viel«, stimmte Niall zu und bemitleidete die Mädchen im Stillen dafür, dass sie im vierten Stock des Westturms wohnten. Sein Weg in den Nordflügel war vielleicht ein wenig länger, aber zwischen ihm und seinem Bett standen weniger Stufen.

»Wir sollten am besten direkt schlafen gehen«, meinte auch Hannah und begann zu gähnen.

»Aber eins musst du mir noch verraten, sonst kann ich nicht einschlafen.« Phebe gähnte, während sie sprach, und da war sie wieder, ihre Faust auf seinem Oberarm. »Warum bist du von der Schule verwiesen worden? Und wieso dreimal? Das ist ja schon chronisch.«

Niall gähnte auch. Die Stelle, an der sie ihn geboxt hatte, spürte er nicht einmal mehr. Seine Füße und Beine taten viel mehr weh.

»Das erste Mal war Absicht«, gab er zu. Für etwas anderes als die Wahrheit war er einfach zu müde. »Mum war für ein Jahr im Nahen Osten unterwegs, und als sie mich rausgeworfen hatten, konnte ich drei Monate und die Sommerferien mit ihr rumreisen. Aber die anderen zwei Male waren keine Absicht. Es sind immer wieder Dinge passiert.« Er stockte kurz, um zu gähnen. »Übernatürliche. Anderswelt und so. Ich wurde total oft von irgendwelchen Wesenheiten aufgesucht, die wussten, wer ich bin, weil sie meine Mum kannten. Ich fand das nur nervig, aber die Schulleiter waren da anders drauf.«

Phebe gähnte noch lauter als zuvor.

»Okay, wir müssen ins Bett«, sah sie ein. »Aber beim Frühstück möchte ich alle Einzelheiten wissen.«

»Klar«, versprach er. Er war zwar nicht wild darauf, die alten Geschichten wieder auszupacken, aber irgendeine Art von Entschuldigung wollte er ihr geben. Er hatte ihr die Schuld daran gegeben, dass sie sich verirrt hatten, obwohl er genau wusste, dass er nur der Anderswelt dafür verantwortlich machen konnte. Vielleicht würde Phebe es bis zum Morgen vergessen haben. Zumindest ihm kam der Tag wie ein Traum vor, als er allein in den Nordflügel ging, in sein Zimmer schlich und unter die Bettdecke schlüpfte. Ein Traum voller Götter, Bären und einer wirren Welt im Wald. Er gähnte ein letztes Mal, dann fielen ihm die Augen zu und er sank in einen traumlosen Schlaf.

So lange sie bei jedem Schritt schmerzhaft an ihre Wanderung durch zwei Welten erinnert wurde, hatte Phebe keine Lust, sich weiter mit dem Ragnarökrätsel zu befassen. Auch als der Muskelkater endlich abgeklungen war und es bereits Juni wurde, sprachen ihre Freunde nicht mehr über ihre Ermittlungen.

Phebe verübelte Niall noch immer, dass er ihr die Schuld an ihrem Abweg in die Anderswelt gegeben hatte. Die Aussage von Vosegus hätten sie schließlich leichter bekommen können, wenn Niall nur in der Lage wäre, seine Verbindungen zur Anderswelt zu nutzen.

An einem schönen Juninachmittag, nach dem Ritualkundeunterricht im Brunnenhaus, hatte die erste Stufe frei. Herr Bergunder hatte an diesem Donnerstag keine Lust aufs Unterrichten gehabt und stattdessen in Vorbereitung aufs Schuljahresende willkürliche Abfragen durchgeführt. Phebe war heilfroh, dass sie schon begonnen hatte zu wiederholen, sonst hätte ihre Nervosität sicher nicht nur Nasenbluten, sondern auch einen Blackout ausgelöst.

Die Blutflecke auf ihrem T-Shirt waren längst getrocknet, als der Unterricht vorüber war, dennoch hatte Hannah darauf bestanden, Eis aus der Schulküche zu besorgen und es Phebe in den Nacken zu legen. Eine sehr umsichtige Küchenangestellte hatte ihnen daraufhin eine Handvoll steinharter Wassereisbeutel in die Hand gedrückt.

Jetzt saßen Phebe, Hannah und Niall auf Dingos Versteck und hatten mehr Eis, als sie essen konnten. Phebe lehnte neben Hannah in der Sonne, beobachtete die hässlichen Drachentauben beim Ein- und Ausfliegen und saugte an ihrem Wassereis mit Orangengeschmack. Das Rätsel um Ragnarök hatte sie beinahe vergessen. Ein direkt bevorstehendes Ereignis bereitete ihr im Augenblick viel größere Sorgen: die Jahresabschlussprüfungen.

Phebes bisherige Erfahrung mit Prüfungen war so doppelgesichtig wie der römische Gott Janus. Einerseits liebte sie das Lernen, die Herausforderung und ihr Wissen unter Beweis stellen zu können. Andererseits hatte sie Angst vor Prüfungen, bekam fast immer Nasenbluten und beinahe jede Prüfung resultierte in einem Desaster. Besonders Ritualkunde bereitete ihr Sorgen. Wie sollte sie sich zwei Stunden lang auf eine Arbeit konzentrieren können, wenn Herr Bergunder die Klasse mit Argusaugen beobachtete?

Sie saugte weiter an ihrem Eis und zwang sich, ihre Gedanken auf irgendetwas anderes zu lenken, und landete schließlich doch bei Ragnarök und dem Elixier des Lebens.

»Also...«, brach sie das Schweigen. »Wollen wir darüber reden, dass wir unseren zweiten Hinweis vor Ewigkeiten im Wald gefunden haben?«

»Wie? Wann?« Niall saß etwas abseits von den Mädchen im Schatten des Daches verborgen. Nachdem es ihm im Winter ständig zu kalt gewesen war, war ihm nun zu warm. Und das, obwohl er seinen Schal nicht mehr trug, nachdem Vosegus' Hund ihn zerfetzt hatte.

»Vosegus hat uns alles gesagt, was wir brauchen«, begann Phebe und atmete tief, um genügend Luft für eine kurze Zusammenfassung ihrer Gedanken zu haben. »Er hat bestätigt, dass Saville nicht da war, genau wie Sania und Charlotte aufgeschrieben haben. Durch seinen Hinweis auf das Elixier ergibt jetzt alles Sinn: Saville hat Bouchers Anruf bekommen. Er hat in Panik alles hingeschmissen, sich das Elixier geschnappt und ist um sein Leben gerannt, ohne einen zweiten Gedanken an irgendjemanden außer sich selbst zu verschwenden. Boucher trägt also nur einen Teil der Schuld und er ist höchstwahrscheinlich am Leben, wenn nicht sogar unsterblich. Und wenn das der Fall ist, dann muss er auch zur Verantwortung gezogen werden.«

»Aber wir haben keinen Beweis außer Vosegus' Wort«, zweifelte Hannah und legte ihre Stirn in Falten. »Er klang nicht so, als würde er sich noch einmal dazu äußern wollen.«

»Das brauchen wir auch nicht«, winkte Phebe ab und leerte ihr Eis. Die klebrige Verpackung knüllte sie in ihrer Faust zusammen. »Wir müssen nur beweisen, dass stimmt, was Vosegus gesagt hat, dann haben wir auch den zweiten Beweis für Sanias und Charlottes Bericht. Wenn das Elixier nicht an seinem Platz im Archiv ist, dann kann nur Saville es gestohlen haben.«

»Dann sollten wir jetzt den Lehrern alles erzählen? Sie können es überprüfen.«

Phebe musste sich sehr zurückhalten, um auf Hannahs Frage nichts Sarkastisches zu antworten. Diese blauen Augen waren manchmal einfach zu brav.

»Hannah, wir sind zusammen so weit gekommen«, versuchte sie es stattdessen. »Willst du nicht bis zum Ende dabei sein?«

»Ich will bis zum Ende dabei sein«, stimmte Niall ihr zu. Beruhigt, nur Hannah überzeugen zu müssen, lächelte Phebe.

»Außerdem ist es nicht gefährlich«, beteuerte sie, auch wenn sie sich beim letzten Mal, als sie das gesagt hatte, sehr geirrt hatte. Doch das ignorierte sie geflissentlich. »Im Archiv lagert ja wohl kaum ein Portal in eine andere Welt, durch das wir fallen können.«

Sie beobachtete, wie Hannah sich ihre Worte durch den Kopf gehen ließ. Das Stirnrunzeln war unverkennbar.

»Wenn wir sicher sind, dass das Elixier fehlt, dann erzählen wir es den Lehrern?«, fragte sie schließlich.

»Versprochen.« Phebe musste grinsen. Auf diesen Augenblick freute sie sich schon. Bestimmt würden Herr Meritt und Herr Van Koppern sie zu ihrem Fund beglückwünschen, sehen, was für ein tolles Team sie und ihre Freunde doch waren. Und Herr Bergunder würde sich nach Bekanntwerden ihrer Entdeckung hüten, sie oder ihre Freunde im nächsten Schuljahr weiter so zu behandeln wie dieses Jahr.

»Aber wo ist das Archiv?«, stellte Hannah eine wichtige Frage und riss Phebe damit aus ihren Tagträumen. Natürlich hatte Phebe sich das gefragt, seit sie zum ersten Mal vom Archiv gehört hatte. Die Antwort lag ihr auf der Zunge, aber sie wollte es spannend machen.

»Denkt nach, es ist wirklich nicht schwer: Ein sicherer Lagerraum im Schloss mit vermutlich nur einem Zugang, bestimmt irgendeiner Form von magischem Schutz, von dem Schüler eigentlich nichts wissen sollten...«

Niall richtete sich ruckartig auf und auch im Schatten konnte Phebe erkennen, dass er sehr blass geworden war.

»Moment. Phebs, sag bitte nicht, was ich gerade denke.«

»Was denkst du denn?«, fragte Phebe erstaunt.

»Ein absolut sicherer Raum hier im Schloss, von dem Schüler nichts wissen sollten... Sachmets Verlies?« Die letzten Worte formten seine Lippen, ohne einen Laut von sich zu geben. Er sah so unglücklich aus, als hätte Herr Bergunder ihm gerade 500 Seiten Strafarbeit gegeben.

»Nein«, lachte Phebe über seinen Gesichtsausdruck. »Aber das wäre ein gutes Versteck. Nein, es ist – «

»Im sechseckigen Turm, unter Van Kopperns Büro«, vervollständigte Hannah. Phebe nickte zufrieden.

»Ach sooo«, sagte Niall gedehnt. »Aber woher wisst ihr das?«

»Der einzige Zugang zum Turm ist durch sein Büro und von dort aus führt nur eine Treppe nach oben in seine Wohnung«, erklärte Hannah ihren Gedankengang. »Es gibt keine Treppe nach unten, obwohl das Büro im ersten Stock ist.«

»Außerdem hat er es uns selbst gesagt«, fügte Phebe hinzu.

»Der Schrank...« Phebe konnte förmlich sehen, wie sich die Puzzleteile auch in Nialls Kopf endlich zusammenfügten. »Wir wollen also durch das Büro unseres Schuldirektors zu einer Geheimtür in einem Schrank, die zu einem Archiv mit mythologischen und gefährlichen Gegenständen führt, um festzustellen, dass das Elixier des Lebens fehlt.«

»Genau«, bestätigte Phebe.

»Dann werde ich mal herausfinden, wann Stephen für eine Ablenkung sorgen kann«, meinte Niall, ohne dass Phebe ihn darum bitten musste.

Vielleicht war er doch nicht so nutzlos, wie sie gedacht hatte. Immerhin hatte er ihnen den Weg ins Lehrerzimmer bereitet. Und sie vertraute darauf, dass es ihm auch ein zweites Mal gelingen würde.

Hannah hatte in den letzten Monaten viele Skrupel verloren, was verschlossene Türen anging. Sich ein Schlafzimmer mit Phebe und ein Badezimmer mit der ganzen Etage zu teilen, hatte ihre Hemmungen stark verringert. Sie wollte Herr Van Koppern ungerne Recht geben, dass Niall und vielleicht auch Phebe ein schlechter Einfluss waren. Doch bei allem, was sie zusammen unternommen hatten, hatte sie selbst entschieden, mitzumachen. Sie sagte sich, dass Regeln nur für den Regelfall bestimmt waren und der Einzelfall eben oft andere Maßnahmen erforderte.

Der nächste Einzelfall trat in der ersten Juliwoche ein. Die vierte Stufe war gerade aus ihren Lernferien für die Abschlussprüfungen zurückgekehrt und Stephen hatte diese wohl mehr fürs Vorbereiten eines neuen Streichs genutzt als zur Wiederholung seines Schulstoffs. Zumindest hatte es so auf Hannah gewirkt, als sie ihn beim Abendessen angesprochen hatten.

»Um ins Archiv einzubrechen?«, hatte Stephen gestaunt, als sie ihm zu dritt den Plan unterbreitet hatten. »Croker, du musst mir nichts mehr beweisen. Du bist schon längst im Wettbewerbsfinale.«

Hannah hatte darüber die Stirn gerunzelt, doch Niall hatte schnell von diesem ›Wettbewerb‹ abgelenkt.

»Ich will dir auch nichts beweisen«, hatte er geantwortet. »Wir haben bloß etwas Wichtiges dort zu erledigen.«

Das hatte Stephen scheinbar gereicht. Zumindest hatte er seinen nächsten Plan verraten – allerdings nur Niall. Aus Gründen der Geheimhaltung, wie er sich entschuldigte. Als es an einem besonders warmen Dienstagnachmittag zum Ende der Mittagspause läutete, konnte Hannah sehen, wie Niall ungeduldig wurde.

»Gleich ist es so weit«, flüsterte er aufgeregt, als sie ihre leeren Tabletts nach dem Essen wegbrachten. Doch mehr verriet er nicht, bis sie mit allen anderen Schülern und den Lehrern den Speisesaal verließen, um in ihren Unterricht zu gehen. Dafür mussten alle über den Gläsernen Gang gehen. Anders als gewöhnlich stand die Tür zum Innenhof des Schlosses sperrangelweit offen. Hannah konnte auch sehen, wer dafür verantwortlich war.

»Gratis Wasserbomben für alle!«, brüllte Stephen und warf die erste durch die Tür des Gläsernen Ganges direkt vor Herrn Debbanis Füße.

»Chesters!«, brüllte Herr Bergunder, um dem Ganzen sofort ein Ende zu bereiten, und wollte sich durch die Schülerhorden, die vom Mittagessen kamen, nach vorne drängen. Aber die Schüler kannten kein Halten. Alle warfen ihre Schultaschen im Gläsernen Gang auf den Boden und stürzten zu den Wäschekörben voller Wasserbomben, die Stephen vorbereitet hatte.

Bald war die größte Wasserschlacht im Gange, die Hannah jemals gesehen hatte. Frau Lütke stieß spitze Schreie aus, wann immer sie auch nur einen Spritzer Wasser abbekam, während sie in den hinteren Hof flüchtete. Bibliothekar Japhet war vollends in seinem Element und mischte sich unter die Schüler, seine rote Mütze und seine Ärmel durchweicht, sodass bald nicht mehr zu erkennen war, welche Wasserflecke von den Wasserbomben stammten und welche schon immer da gewesen waren. Annabelle spezialisierte sich auf einzelne, gezielte Würfe und duckte sich hinter andere, wann immer sie einen Lehrer erwischte. Die heilige Gans der Juno rannte schnatternd und mit den Flügeln schlagend zwischen den Beinen herum und brachte nicht wenige ins Stolpern.

Hannah stand mit Phebe und Niall am Rand, traute sich aber nicht wirklich, jemanden abzuwerfen. Auch Phebe und Niall hielten sich weitestgehend aus dem Kampfgeschehen heraus. Schließlich warteten sie bloß auf ein Signal von Stephen.

Herr Van Koppern war der letzte Lehrer, der noch trocken war. Aber Laila bellte freudig, stürzte sich ins Getümmel und versuchte die Wasserbomben aus der Luft zu fangen.

»Laila, nein!«, rief Herr Van Koppern und eilte seinem Hund hinterher. Im selben Moment grinste Stephen breit, zwinkerte ihnen zu und zielte mit seinem nächsten Wurf auf den Schuldirektor.

»Los!«, flüsterte Phebe und Hannah ließ die Wasserbombe fallen, die sie unschlüssig in der Hand gehalten hatte. Sie rannte ihren Freunden hinterher ins Schulgebäude.

Im ersten Stock war es still und leer. Nur die Schreie der Lehrer und das freudige Quietschen der Schüler im Innenhof waren zu hören, als Niall die Flügeltür zum Direktorenbüro öffnete. Hannah und Phebe schlüpften hinter ihm hinein.

Herr Van Kopperns Chaos sah in Hannahs Augen vollkommen unverändert aus. Vermutlich war das Büro beim letzten Mal nicht in Unordnung gewesen, sondern es sah hier immer so aus. Hannah war froh, dass ihre Mutter es nicht sehen musste. Abgesehen von den Lügen über den wahren Zweck des Internats wäre das ein weiterer Grund gewesen, warum sie Hannah nicht auf das Vogesenschloss hätte gehen lassen.

Phebe ging zielstrebig auf den gewaltigen Eichenholzschrank zu und öffnete mit entschlossener Miene seine Türen. Dahinter lag eine in die Wand eingelassene Tür, die noch älter aussah als der Schrank selbst. Sie war aus dickem Holz, das von metallenen Beschlägen in Form von Tierköpfen zusammengehalten wurde. Zwischen den Tierköpfen verschlangen sich seltsame Zeichen zu einem Sechseck, die Hannah vage an Symbole aus dem Ritualkundeunterricht erinnerten. Die Tür war gerade groß genug, dass ein Erwachsener mit eingezogenem Kopf hindurchtreten konnte.

»Was jetzt?«, fragte Niall, nachdem er erfolglos nach einem Knauf oder einer Klinke getastet hatte. Die Tür hatte keinen Griff und kein Schloss.

»Irgendwo muss ein Trick sein«, murmelte Phebe und begann, eine Schublade nach der anderen aufzuziehen. »Ein Knopf oder ein Hebel. Eine Geheimtür eben. Das Ding ist hunderte Jahre alt. Es kann also nicht zu kompliziert sein.«

Hannah tat es ihr auf der anderen Seite des Schranks gleich und öffnete nacheinander eine Schublade mit den Prüfungsbögen für die erste Stufe und eine, in der vor allem Büroklammern und getrocknete Kräuter in kleinen Plastikbeuteln aufbewahrt wurden. Bestimmt für Rituale, dachte sich Hannah und schloss die Schubladen wieder.

»Wollt ihr drei etwa hier rein?«, krächzte plötzlich eine heisere Stimme. Alle drei zuckten zusammen, Phebe sogar so sehr, dass sie sich den Ellenbogen am Schrank anstieß. Die Stimme war von über ihren Köpfen gekommen. Hannah sah nach oben und riss erschrocken die Augen auf, als sie erkannte, wer gesprochen hatte. Es war die kleine Sphinx, eine kaum katzengroße Skulptur, die unter all den anderen Kuriositäten in Herrn Van Kopperns Büro überhaupt nicht auffiel.

Die Figur hatte reglos auf dem Schrank gethront. Aber jetzt begann ihr Widderkopf sich plötzlich zu bewegen, als wäre sie ein lebendiges Tier. Ein wenig Gipsstaub bröselte von ihr hinunter vor Hannahs Füße, als das Wesen seinen steifen Hals streckte. Hannah machte vorsichtshalber einen Schritt nach hinten.

»Ist die echt?«, entfuhr es Niall.

»Ich würde sagen, echt aus Gips.« Phebe streckte einen Arm aus, um die Figur zu berühren, aber die Sphinx erkannte ihre Absicht und blökte ungehalten. Phebe zog rasch ihre Finger zurück.

»Müssen wir jetzt ein Rätsel lösen?« Niall klopfte sich den Gipsstaub vom Ärmel, doch es gelang ihm kaum, da er an derselben Stelle von einer Wasserbombe getroffen worden war.

»Und wichtiger: Sterben wir, wenn wir es nicht beantworten können?«, fragte Phebe. Hannah sah sie erschrocken an. War das in der ägyptischen Mythologie üblich?

»Nein, dann kommt ihr bloß nicht rein«, erklärte die Sphinx mit ihrer Stimme, die klang, als hätte sie ein ganzes Stück Kreide zum Frühstück gegessen. »Meine Aufgabe ist es, jedem ein Rätsel zu stellen, der mich um Einlass ersucht. Sonst nichts.«

»Wir sollten es darauf ankommen lassen«, meinte Phebe. »Gut, frag uns.«

Die Sphinx neigte zustimmend den Kopf. Dann räusperte sie sich. Doch das Ergebnis war nur, dass sie beim Sprechen eine frische Gipswolke ausatmete.

»Welche Unterlagen liegen unter der Kaffeetasse auf dem Schreibtisch?«, sprach sie und bekam einen gewaltigen Hustenanfall. Hannah war sich unsicher, ob es helfen würde, ihr auf den Rücken zu klopfen. Schließlich bestand das Wesen allem Anschein nach aus nichts als sprödem, zerbrechlichem Gips.

»Dürfen wir nachsehen?«, wunderte sich Phebe.

»Tu alles, was du tun musst, um die Frage zu beantworten«, krächzte die Sphinx aus ihrer trockenen Kehle. »Ich kann dich nicht abhalten.«

Hannah stand dem Schreibtisch am nächsten und schaute auf das darauf ausgebreitete Chaos. Eine Kaffeetasse konnte sie auf Anhieb nicht erblicken. Sie hob vorsichtig eine Schachtel mit konfiszierten Scherzartikeln hoch und schob eine Kupferschale mit Asche darin beiseite. Darunter kam eine Kaffeetasse mit abgebrochenem Henkel zum Vorschein. Sie stellte die leere Tasse beiseite, in der nur noch eine braune Kruste am Boden daran erinnerte, was einmal darin gewesen war, und blätterte durch den Papierstapel darunter. Alle Seiten hatten einen runden und feuchten Abdruck von der Tasse in der Mitte. Der Text darauf war Französisch und daher brauchte sie einen Moment, um zu verstehen.

»Es sind verschiedene Kostenvoranschläge von Handwerkern zur Komplettsanierung des Dachstuhls.«

»Die Tür steht euch offen«, würgte die Sphinx ihre kratzenden Worte hervor. Hannah wusste nicht, welches Geräusch schlimmer war, die versagende Stimme der Gipsfigur oder das nervenzermürbende Quietschen, mit dem die Geheimtür über den Steinboden schleifte.

»Das war ja einfach«, staunte Niall und setzte sich seine Brille auf, wie um besser in die Dunkelheit zu starren zu können, die sich hinter der Tür aufgetan hatte. »Ist das immer so einfach?«

»Ich kann sie nicht ohne ein Rätsel öffnen, müsst ihr verstehen. Und jedes Rätsel darf nur einmal gestellt werden. Sei du mal seit dreihundert Jahren im Dienst und lass dir jedes Mal ein neues Rätsel einfallen, wenn jemand durch den Schrank will. Die guten Fragen behalte ich natürlich für den Fall, dass jemand Böses hier hereinkommt.«

Hannah musste unweigerlich die Stirn runzeln. Woran konnte die Sphinx erkennen, ob jemand böse Absichten hatte? Wären sie nicht hereingekommen, wenn sie nicht wegen Ragnarök gekommen wären? Oder war das Sicherheitssystem einfach sehr lückenhaft?

»Kannst du dich an den stellvertretenden Direktor Saville erinnern?«, fragte Phebe plötzlich, die seit einer ganzen Weile ebenfalls in den dunklen Abgrund hinter der geheimen Tür gestarrt hatte. »Er war von 1945 bis 1981 hier Lehrer.«

»Ja, den kannte ich gut.« Hannah glaubte, ein kratzendes Geräusch in ihrem Hals zu hören. Die Sphinx war offensichtlich nicht dafür geschaffen worden, mehr als ihre Rätselfrage zu stellen. »Ihm habe ich immer mathematische Rätsel gestellt und er hat sie in Sekunden gelöst. Gute Zeiten... bis natürlich...« Statt das Wort auszusprechen, blökte sie ein weiteres Mal, aber dieses Mal klang es traurig, wie ein Lamm, das sein Mutterschaf aus den Augen verloren hatte.

»Erinnerst du dich, wann er zum letzten Mal gekommen ist?«, fragte Hannah mitfühlend. Dass Ragnarök selbst an einem so kleinen und wenig beweglichen Wesen nicht spurlos vorübergegangen war, berührte sie. Die Sphinx hatte genauso wenig wie der Lar etwas gegen den aztekischen Gott ausrichten können.

»Ja, ärgerliche Sache. Er war gehetzt und wollte überhaupt kein Rätsel lösen. Ich habe ihn dann ein bisschen rechnen lassen. Dann ist er hinunter ins Archiv gerannt und wieder herauf.«

»Hat er etwas aus dem Archiv geholt?«

»Eine kleine Phiole. So groß wie...« Die Sphinx röchelte und sah sich im Raum nach einem passenden Vergleich um. Durch die Bewegung verteilte sie noch mehr Gipsstaub auf dem Fußboden. »Der violette Stein da.«

Hannah, die noch an Herrn Van Kopperns Schreibtisch stand, nahm den Briefbeschwerer hoch, den sie zuvor für eine Art Kristallkugel gehalten hatte. Es war ein geschliffener Amethyst auf einem kleinen Sockel. Er passte genau in eine Hand.

Phebe betrachtete den Gegenstand aus der Entfernung und nickte dann zu sich selbst.

»Eine letzte Frage noch«, wandte sie sich an die Sphinx. »Hat vorher das Telefon geklingelt?«

Die kleine Sphinx hielt so abrupt in ihrer Bewegung inne, dass Hannah für ein paar Sekunden glaubte, sie wäre wieder zu dem billigen Gipsabguss versteinert. Aber dann blinzelte der Widderkopf ungläubig.

»Woher weißt du das? Bist du verwandt mit den Sybillen? Dem Orakel von Delphi?«, fragte das Wesen misstrauisch. Phebe zuckte nur lässig mit den Schultern.

»Das war nur eine Theorie, die du mir gerade bestätigt hast.«

Der Sphinx gefiel es offenbar nicht, selbst vor Rätsel gestellt zu werden.

„Wollt ihr jetzt rein oder nicht?«, fragte sie und blökte ungeduldig. »Ich bin nicht dafür da, Türen den ganzen Tag offen stehen zu lassen!«

Ohne ein weiteres Wort stieg Phebe in die Dunkelheit hinter der Geheimtür hinein. Niall konnte ihren Rücken und den sich auflösenden Pferdeschwanz immer schlechter sehen, dann war sie verschwunden. Ein Echo erklang. Es mussten Phebes Schritte auf den Stufen abwärts sein, die so gespenstisch widerhallten. Niall zögerte, ihr zu folgen.

»Kommt schon«, rief Phebe dann ungeduldig und im nächsten Moment sprangen nach und nach kalte Neonlichter an. Sie hatte wohl den Lichtschalter gefunden. In dem Licht konnte Niall eine metallene Wendeltreppe sehen, die in einer engen Spirale abwärts führte. Er drehte sich noch einmal zu Hannah um. Sie stellte die Sachen auf dem Schreibtisch des Direktors genauso hin, wie sie sie gefunden hatte. Er musste lächeln. Nur Hannah konnte so ein Chaos für jemandes Ordnung halten.

Er wartete noch kurz, bis sie damit fertig war, dann setzte er einen Fuß auf die erste Stufe und stieß sich sofort den Kopf am niedrigen Türrahmen an. Schwankend stieg er die Wendeltreppe hinunter, und als er wieder festen Boden unter den Füßen hatte, stellte er fest, dass es die Treppe war, die wankte, und nicht er. Er streckte Hannah, die sich am Geländer festhielt, eine Hand entgegen, um ihr die letzten wackligen Stufen herunterzuhelfen.

Erst als auch Hannah wieder festen Boden unter den Füßen hatte, blickte er sich um. Das war also das geheime Archiv im Vogesenschloss.

Niall wusste nicht, was er sich vorgestellt hatte. Er war schließlich damit aufgewachsen, dass sich hinter fantastischen und mythologischen

Namen oft enttäuschend gewöhnliche Dinge verbargen. Ihre Ankunft im Archiv hatte Staub aufgewirbelt, der im Licht der flackernden Neonröhren tanzte. Doch wenn er durch diese irrlichtähnliche Wolke hindurch blinzelte, gab es nichts zu sehen außer mehreren Reihen mit funktionalen Lagerregalen. Sie waren über und über mit grauen Kisten beladen. Manche waren bloß aus Pappe, andere aus Metall mit Zahlenschlössern versehen. Einige ließen sich wegen der Unförmigkeit ihres Inhalts kaum oder gar nicht schließen. Hier und da ragte ein riesenhafter Zahn oder der Griff eines Schwerts heraus.

Niall glaubte, dass er sehr weit oben im Regal ein abgeschlagenes Drachenhaupt in einem großen Plastikbeutel liegen sah, aber darauf wies er die Mädchen sicherheitshalber nicht hin.

»Findet ihr nicht, dass das zu einfach war?«, fragte Hannah, als ihre Augen sich auch an die Lichtverhältnisse gewöhnt hatten.

Niall zuckte mit den Schultern, denn er wusste nichts zu sagen. Die stickige Luft machte das Denken schwer und er atmete Staub ein, der so schmeckte, als würde er seit Jahrhunderten mit den Artefakten hier unten verschimmeln. Bevor er etwas dagegen unternehmen konnte, musste er niesen.

»Gesundheit«, sagte Hannah automatisch, obwohl sie nicht so aussah, als wäre ihr nach Höflichkeiten zumute. In diesem Licht sah ihre Haut gar nicht mehr rosig aus, sondern blassbläulich. Niall wollte gar nicht wissen, wie er aussehen musste. Wahrscheinlich wie eine Wasserleiche.

»Zu einfach? Ich habe dieses Schuljahr begonnen, an glückliche Zufälle zu glauben«, meinte Phebe. Warum sie ihn dabei ansah, wusste Niall nicht. »Wie wahrscheinlich war es, dass du diesen Bericht gefunden hast? Wie wahrscheinlich war es, dass die Dryade uns auf die richtige Fährte führt? Wie wahrscheinlich war es, dass Vosegus uns tatsächlich etwas Nützliches sagen konnte? Vermutlich fällt gleich ein Schuhkarton vom Regal direkt vor unsere Füße und es ist der richtige.«

Niall wollte lachen, aber er musste wieder niesen. Dieses Mal war es so stark, dass seine Brille danach schief auf seiner Nase hing. Ärgerlich zog er sie wieder ab und stopfte sie in seine Hosentasche. Das Ding war noch unnützer als Artio.

»Gesundheit«, rutschte Hannah wieder heraus.

Niall bedankte sich, als sie ihm ein Taschentuch anbot.

»Fasst am besten nichts an. Das meiste sollte ungefährlich sein, aber die Archivboxen sollten wir nicht öffnen, wenn wir nicht unbedingt müssen.«

»Nach was sollen wir suchen?«, fragte Hannah.

Phebe ging an dem erstbesten Regal auf und ab und studierte die Etiketten an den Schachteln.

»Das ist das unpraktischste System, das ich jemals gesehen habe«, meinte sie schließlich kopfschüttelnd. »Die Sachen sind nach den Jahren sortiert, in denen sie in den Besitz der Gelbroben gefallen sind. Hier zum Beispiel: *1093-Oslo-Draupnir* oder *928-Syrakus-Kongress*. Die Nummern helfen uns also überhaupt nicht weiter, weil wir nicht wissen, seit wann das Elixier hier ist. Aber der Rest der Beschriftung scheint den Ort des Fundes und den Vorfall oder den Inhalt der Box zu beschreiben. Wir müssen also nur nach dem Elixier des Lebens Ausschau halten. Kinderspiel.«

»Ich bin froh, dass wir dich haben, Phebs«, seufzte Niall. »Nur du kannst den Plan, ein eingestaubtes Archiv nach einer leeren Box zu durchsuchen, halbwegs spannend klingen lassen.«

Er glaubte, dass Phebe ein wenig rot wurde. Aber sie boxte ihn nicht auf den Arm, deswegen war er sich nicht sicher, ob er sich in dem seltsamen Licht nicht getäuscht hatte.

Dann machten sie sich an die Arbeit. Jeder von ihnen ging einen Gang hinab und las links und rechts alle Etiketten. Nach einer Weile kramte Niall seine Brille doch wieder hervor. Aber dadurch, dass er nun besser lesen konnte, ließ er sich noch leichter von der eigentlichen Aufgabe ablenken. Die Beschriftungen klangen einfach zu verführerisch.

1997-Karthago-Findelkind war eine davon. Niall hoffte bloß, dass das Kind nicht in dieser Box gelandet war.

1981-Vogesenschloss-Fenrir musste wohl einen Zahn des Fenriswolfs enthalten. Niall hatte davon gehört, dass Huitzilopochtli ihn Boucher überreicht hatte. Zum Beweis, dass er seinen Teil des Handels eingehalten hatte.

Aus der Box *1901-Oulanka-Sampo* ragte ein sperriges Bruchstück der Glücksmühle heraus. Niall kannte sie nur aus dem finnischen Mythologieunterricht. Herr Debbani hatte sie als bunt beschrieben, aber das war kein Vergleich zur Realität. Wie die Farben eines Ölflecks schimmerte ihre Oberfläche selbst in dem kühlen Licht verführerisch.

Bei *1899-Alexandria-Grabbeigaben* blieb er kurz stehen.

»Schaut mal, Urnen«, rief er den Mädchen zu und griff nach einem der vier weißen Gefäße. Ihre Deckel waren unterschiedlich, eins war mit einem Menschenkopf, eins mit dem Haupt eines Falken und eins mit dem Kopf eines Schakals versehen. Er hielt eines mit einem Paviankopf in der Hand.

»Das sind Kanopen«, erklärte Phebe aus dem Parallelgang nach einem kurzen Blick durch die Regalwand. »Bei der Mumifizierung werden die Organe des Leichnams entnommen und in diesen Gefäßen eingelagert, um von den Horussöhnen beschützt zu werden. Du hast da übrigens die Lunge.«

Niall konnte hören, wie Hannah einen angeekelten Laut von sich gab. Doch er musste seine Neugier erst befriedigen. Er vergewisserte sich, dass Hannah nicht hinsah und hob kurz den Deckel an, nur um ihn sofort wieder zu schließen. Schnell stellte er das Gefäß an seinen Platz zurück.

»Du hast Recht«, bestätigte er Phebe knapp. Sie schnaubte amüsiert.

»Warum weißt du eigentlich immer alles?«

»Ich passe im Unterricht auf. Und Ägypten fand ich schon immer spannend. Auch bevor ich überhaupt von den Gelbroben wusste. Wusstest du zum Beispiel, dass das Gehirn bei der Mumifizierung durch – ?«

»Kommt ihr?«, unterbrach Hannah. »Wir haben nicht viel Zeit.«

Phebe nickte und so erfuhr Niall nicht mehr, was mit dem Gehirn bei der Mumifizierung gemacht wurde. Wahrscheinlich landete es jedoch auch in einer dieser Urnen.

Er bemühte sich, weiterzumachen, denn die Mädchen waren beide längst mit ihrer Reihe fertig und in den nächsten übergegangen.

Doch es brauchte nur einige wenige Archivboxen, bis er wieder von einer abgelenkt wurde. *1849-Ellis Island-Selkie* stand darauf. Vorsichtig hob er den Deckel an.

Wie eine zusammengerollte Katze lag etwas darin. Niall holte es mit beiden Händen hervor. Es war ein ordentlich gefaltetes Fell, grauweiß mit dunklen Sprenkeln. Unter seinen Fingern fühlte es sich weich und borstig zugleich an.

»Ein Seehundfell?«, wunderte sich Hannah, die gerade in diesem Moment in seinen Gang schaute.

»Von einer Selkie«, sagte er leise. Eines der wenigen Andersweltwesen, die er noch nicht gesehen hatte. Aber er hatte auch noch nie am Meer gelebt. Falls er das jemals täte, würden sie ihn bestimmt nicht in Frieden lassen. »Sie sind Meereswesen in Gestalt von Seehunden, die ihr Fell ablegen, um an Land zu kommen und Menschengestalt anzunehmen.«

»Das heißt aber, dass diese hier nie ins Meer zurückgekommen ist«, meinte Hannah traurig und strich sacht über das Fell. Daran hatte Niall gar nicht gedacht. Er ließ es Hannah wieder zusammenfalten und legte es behutsam wieder an seinen Platz zurück.

»Und jetzt lass die Sachen liegen, sonst tragen wir dich später in Einzelteilen hier raus!«, hörte er Phebe aus einem benachbarten Gang rufen.

»Sag so was nicht«, bat Hannah. Phebe murmelte eine Entschuldigung.

Niall zwang sich, konzentriert zu bleiben und arbeitete seinen Gang ab. Als er bei der Jahreszahl 1802 angekommen war, wollte er Phebe fragen, wo er weitermachen sollte. Sie hatte einen besseren Überblick und vielleicht konnten sie ja irgendein Jahrhundert ausschließen. Bestimmt wusste Phebe von einem Gründungsdatum einer antiken Alchemistenvereinigung oder so etwas.

Er trat in ihren Gang und erwischte sie dabei, ein Buch aus dem Regal zu ziehen. Es war mit einem Etikett beschriftet, auf dem *1342-Cluny-Dämonenbannung* stand. Sie blätterte darin, doch soweit er erkennen konnte, waren die Seiten leer. Phebe fuhr mit den Fingern darüber und da verstand er – sie waren wie von innen beschrieben und nur der unsichtbare Federkiel hatte sich durchgedrückt.

»Phebs, stell das zurück!«, rief er rasch. »Das ist dämonisch!«

»Es ist nur ein Buch, es ist nicht gefährlich«, versicherte sie, nahm aber die Finger von den seltsam gewölbten Buchstaben.

»Wenn es nicht gefährlich ist, warum ist es dann hier unten?«, erwiderte Niall und nahm ihr das Buch ab.

Phebe schwieg. Er hatte nicht gedacht, dass er jemals in der Lage sein würde, sie zum Schweigen zu bringen. Schnell stellte er das Buch zurück ins Regal.

»Hier!«, rief Hannah plötzlich. »Ich glaube, ich habe es gefunden.«

Niall und Phebe tauschten noch einen kurzen Blick aus, dann suchten sie Hannah.

Sie stand vor einem Regal und deutete auf eine metallene Archivbox mit einem Zahlenschloss. Das Etikett lautete *1666-Paris-Elixier des Lebens*. Phebe, die, wie Niall nur ungern zugab, größer war als er, hob die Archivbox von ihrem Regalbrett und stellte sie vorsichtig auf den staubigen Fußboden.

»Das muss es sein«, strahlte Niall und auch Hannah lächelte. »Aber wie bekommen wir es auf?«

»Probieren wir 1666.« Mit einem Schulterzucken drehte Phebe die kleinen Rädchen. Niall hielt den Atem an. Der Riegel klickte.

Die Gelbroben mussten dringend an ihrem Sicherheitssystem arbeiten, dachte sich Niall kopfschüttelnd.

»Bereit?«, fragte Phebe dann und wartete ab, bis Niall und Hannah nickten. Sie drängten sich dicht vor die Box und sahen ihr über die Schulter. Phebe hob vorsichtig den Deckel an.

In der Archivbox lag eine kleinere Schatulle. Sie war aus schwarzem Holz geschnitzt und voller alchemistischer Zeichen, die Niall daran erinnerten, dass er wahrscheinlich durch den Alchemieteil der Ritualkundeprüfung fallen würde. Er verstand nämlich kein einziges davon.

Phebe zögerte nicht lange und öffnete auch die Schatulle. Sie war mit smaragdgrünem Samt ausgekleidet und darin lag – eine goldene Taschenuhr.

»Hä?«, machte Niall, bevor die anderen irgendetwas sagen konnten.

Es war eindeutig eine Taschenuhr. Sie tickte nicht, denn sie war bestimmt lange nicht mehr aufgezogen worden. Ihr Deckel war verziert mit einem Motiv, das sich nur eine Gelbrobe für eine Uhr wünschen konnte. Es waren die drei Nornen, die Schicksalsfrauen, die unter dem Weltenbaum Yggdrasill den Lebensfaden sponnen, führten und abschnitten.

»Sie kommt mir irgendwie bekannt vor.« Hannah runzelte die Stirn. »Als hätte ich sie schon einmal gesehen. Diese ungewöhnliche Gravur.«

»Das ist zumindest nicht das Elixier des Lebens und mehr müssen wir erst einmal nicht wissen«, entschied Phebe und wollte die Archivbox bereits wieder schließen.

»Lass mich noch mal sehen«, bat Hannah und bückte sich über die Schatulle, als wollte sie sich die Uhr genau einprägen.

»Wir sollten gehen«, drängte Phebe erneut. »Wasserbomben werden einen Lehrer wie Van Koppern nicht ewig aufhalten. Wir haben Glück, wenn wir hier noch ungesehen rauskommen.«

»Nehmen wir die Uhr mit? Sie könnte ein Hinweis sein.« Niall bückte sich zu Hannah hinunter und griff nach der Taschenuhr. Im Licht konnte er sie genauer betrachten. Zwischen den Nornen waren auch Initialen eingraviert. *T.S.*

Er wollte gerade fragen, ob seine Freundinnen dasselbe dachten wie er, da hörte er ein seltsames Rattern und Klicken. Es war die schwarze Schatulle. Als hätte sich ein Schalter umgelegt und winzige Zahnräder in Bewegung versetzt, wurden die Geräusche aus der Schatulle immer lauter.

»Oh, Niall...« Phebe stöhnte. »Das war irgendein Schutzmechanismus. Die Uhr war ein Gegengewicht...«

»Was soll schon passieren?« Niall verdrehte die Augen. Er schob die Uhr in seine Hosentasche zu seiner Brille, trat aber sicherheitshalber einen großen Schritt von der Archivbox weg. Vor seinem inneren Auge konnte er schon sehen, wie Phebe eine Liste mit möglichen Gefahren entrollte und war bereit, ihr entgegenzuwerfen, dass sie es gewesen war, die das Dämonenbuch in die Hand genommen hatte. Dazu kam er aber nicht mehr, denn plötzlich stürzte Hannah zu Boden.

Noch bevor Niall begriff, was geschah, drang ein unmenschliches Geräusch an seine Ohren. Es war ein Schrei, der den Raum erfüllte und die Regale und ihren Inhalt zittern ließ, sodass es überall klapperte und knirschte und einzelne Boxen zu Boden fielen und sich ihr Inhalt auf dem staubigen Boden verteilte.

»Das zum Beispiel«, gelang es Phebe gerade noch zu sagen, dann wurde auch sie von dem Schrei von ihren Füßen gerissen.

W as bei allen Göttern ist das?«, schrie Niall. Er war der Letzte, der sich noch auf den Füßen halten konnte. Hannah hatte für eine Sekunde das Bewusstsein verloren und Niall hockte an ihrer Seite. Auch Phebe war schwarz vor Augen geworden, sodass sie rückwärts gegen ein Regal fiel. Die Kanten von Archivboxen bohrten sich ihr in den Rücken, aber diesen Schmerz spürte sie überhaupt nicht.

Das Kreischen war unerträglich. Es dröhnte in ihren Ohren und schmerzte, als wollte es ihr das Trommelfell zerreißen. Tiefer noch drang es in ihren Kopf ein und schien alles darin in Schwingung zu versetzen. Es hatte so viele Frequenzen auf einmal, dass Phebe glaubte, wahnsinnig werden zu müssen, so rational sie auch bleiben wollte. In dem Schrei pfiffen hohe Töne, die nur Hunde oder Fledermäuse hören konnten, andere waren so tief wie das spürbare Dröhnen von Orgelpfeifen oder Bässen und dazwischen waren Laute, wie von in Todesangst schreienden Nagetieren und vor Blutdurst brüllenden Löwen. Der Staub wirbelte auf, als der Schrei selbst an den Grundfesten der Turmmauern zu rütteln schien.

Phebe versuchte, sich die Ohren zuzuhalten, und die Quelle des Geräuschs auszumachen. Die Hände auf die Ohren gepresst wagte sie, einen Schritt näher zu treten. Der Schrei kam aus der Schatulle. Der Mechanismus, den Niall durchs Hochheben der Taschenuhr ausgelöst hatte, musste winzig sein. Wie konnte diese kleine Alchemistenschachtel so ein lautes Geräusch erzeugen? Vielleicht ließ es sich ausstellen, wenn sie wieder ein Gegengewicht hineinlegte. Niall hatte die Uhr allerdings an sich genommen und über den Lärm war es unmöglich, ihm verständlich zu machen, was sie vorhatte. Mit aller Kraft drückte sie stattdessen ihre Faust in den smaragdgrünen Samt, dorthin, wo die Uhr gelegen hatte. Aber es half nichts.

Um ihr Gehör wieder schützen zu können, ließ sie die Schatulle achtlos fallen, und presste sich wieder die Hände auf die Ohren. Die kleine Holzschatulle traf mit einer Kante auf dem steinernen Fußboden auf und zerbrach. Die Lautstärke des Schreis schraubte sich zum Volumen einer Sirene der nicht mythologischen Art hoch.

Entsetzt sah Phebe, dass sich eine Wesenheit aus den Bruchstücken der Schatulle löste. Sie musste darin eingeschlossen gewesen sein, um das Elixier des Lebens zu beschützen, kombinierte Phebe. Die Phiole mit dem Elixier fehlte und die Uhr... Saville hatte seine goldene Taschenuhr zurückgelassen, als er das Elixier gestohlen hatte! Er war von dem Mechanismus ebenso überrascht worden wie sie. Nur hatte er schneller reagiert und in der Hektik einen verräterischen Hinweis zurückgelassen. Phebe hätte gejubelt, wäre ihre Stimme durch den Schrei hindurch gedrungen. Sie hatten alle Beweise, die sie brauchten!

Niall hatte Hannah währenddessen wieder auf die Füße gezogen und von den Schachteln befreit, die aus den Regalen auf sie herabgestürzt waren. Beide hielten sich die Ohren zu und waren von Staub und Kratzern übersät. Hannahs strohblondes Haar hatte noch nie so durcheinander ausgesehen und Phebe wollte gar nicht wissen, wie sie selbst aussah.

»Was ist das?«, sah Phebe Hannahs Lippen formen, ihre blauen Augen vor Angst geweitet. Ob sie die Worte lautlos sprach oder schrie, machte bei dem Lärm keinen Unterschied mehr. Hilflos zuckte Phebe mit den Schultern und machte heftige Kopfbewegungen zur Treppe. Immer mehr Regalbretter wurden in Schwingung versetzt und die herabfallenden Archivalien würden bald noch ganz andere Gefahren auslösen. Sie sah nur im Augenwinkel, dass das Wesen hinter ein Regal huschte, doch sein Schrei verlor nicht an Kraft. Es war, als müsste es nicht atmen. Sie mussten fliehen, bevor das Wesen es sich anders überlegte und auf sie zukam.

Phebe ging einige energische Schritte zurück zur Treppe und stieg über Archivboxen, die verstreut auf dem Boden lagen. Als sie den Fuß der Treppe erreicht hatte, drehte sie sich nach ihren Freunden um und wünschte beinahe, sie hätte es nicht getan. Das Wesen, das diesen grauenhaften Lärm verursachte, war am Ende des Ganges wieder aufgetaucht. Das kaltblaue Licht der Neonröhre war in seinem Rücken und seine seltsame, kleine Gestalt hob sich dunkel dagegen ab.

Es hatte spindeldürre Gliedmaßen, die einen spinnenhaften Schatten auf den Fußboden warfen. Sein großer, runder Schädel war nackt und die Haut darauf war blass und fleischfarben. Es lief auf seinen Hinterbeinen und schleifte seine langen Arme mit. Sein Mund oder Maul –

Phebe konnte sich nicht entscheiden, ob das Wesen menschen- oder tierähnlich war – war zu dem Schrei verzerrt. Irgendetwas in dem fremdartigen Gesicht erinnerte Phebe an ein menschliches, plärrendes Baby. Aber dieser Vergleich machte den Anblick nur noch schrecklicher.

Sie fluchte laut, doch über das Schreien konnten es ihre Freunde nicht hören. Hannah schrie kurz auf, als sie ebenfalls den Fuß der Treppe erreichte und über ihre Schulter nach Niall sah. Er war wie versteinert zurückgeblieben und starrte das Wesen an. Phebe schnappte nach Luft. Sie hatte keine Angst mehr, dass es ein Wesen war, sondern weil sie inzwischen ahnte, was für ein Wesen es war.

»Weg hier! Los, Niall! Passt auf den Schatten auf!«, schrie sie aus voller Kehle, um gegen das Kreischen des Wesens anzukommen.

Den ersten beiden Anweisungen gehorchten ihre Freunde instinktiv. Niall, der noch immer dem Wesen am nächsten war, setzte sich endlich in Bewegung. Er musste sich über mehr herabgestürzte Archivboxen kämpfen als Phebe und Hannah zuvor und kam nur langsam voran. Der Schatten des Wesens eilte ihm voraus und wenn Phebe sich nicht irrte, war das alles, was es zum Töten brauchte.

»Lasst auf den Platten auf?!?«, schrie Hannah neben Phebe verwirrt.

„Den Schatten!«, schrie Phebe zurück und deutete mit dem Zeigefinger auf den Schattenumriss des Wesens auf dem Boden. »Schatten!«

»Die Ratten?!?« Niall blickte sich panisch auf dem Boden um. »Welche Ratten?!?«

Phebe erreichte ihn endlich, packte ihn am Arm und riss ihn zu sich. Obwohl er ins Stolpern geriet gelang es ihr, ihn aus der Gefahr zu retten, bevor der Schatten auch nur seine Fußspitzen berühren konnte.

»Schatten!«, schrie sie ihm ins Gesicht und packte seine Schultern. »SCHATTEN!«

Er nickte bloß wie betäubt. Phebe atmete tief durch, um sich selbst zu beruhigen, und schob ihn vor sich her, um ihn in Richtung Treppe zu manövrieren. Das wäre jedoch nicht mehr nötig gewesen. Niall hatte begriffen, dass sie möglichst schnell das Archiv verlassen mussten.

Eilig stiegen sie über die Kartons und Schachteln, die ihnen den Weg versperrten. Die meisten blieben verschlossen, aber aus manchen purzelten riesenhafte Reißzähne, Tonscherben oder Kristallkugeln heraus, denen sie ausweichen mussten.

Außerdem war das Wesen schlauer, als Phebe gedacht hatte. Es war auf ein Regal geklettert und warf achtlos die Archivboxen hinunter, die ihm im Weg standen. Es überholte sie und sprang am Ende des Ganges wieder zu Boden, wo sein Schatten auf den staubigen Steinfliesen klar umrissen wie eine riesige Spinne auf sie lauerte. Es hatte ihnen den Weg abgeschnitten.

Phebe packte Niall am Arm und riss ihn mit aller Gewalt zurück, bevor er geradewegs in den Schatten hineinrannte. Keuchend blieb er mit ihr stehen. Phebe blickte sich nach links und rechts um. Sie suchte nach einer Idee, irgendeinem hilfreichen Gegenstand, etwas, womit sie ihre Ohren besser verschließen konnten. Jedes Mal, wenn sie Niall in irgendeine Richtung zerrte, war das Kreischen wieder ungehindert an ihr Ohr gedrungen und sie glaubte für immer taub bleiben zu müssen, sollten sie das hier überleben.

Auf einmal begann Hannah ihr Handzeichen zu geben, die sie nicht verstand. Sie endete mit einem Daumenhoch, aber Phebe glaubte nicht, dass Hannahs Optimismus so weit reichen konnte.

Plötzlich trat ein neues Geräusch zum Schrei hinzu. Es war ein Jaulen wie von einem Rudel Wölfe. Phebe fragte sich noch, ob sie von all dem Geschrei bereits den Verstand verloren hatte, als Laila die Treppe herunterhastete. Die riesige, graue Windhündin heulte aus voller Kehle, halb aus dem Schmerz, den ihre empfindlichen Ohren spüren mussten, und halb aus Wut auf den Verursacher dieses schrecklichen Geräuschs.

Direkt hinter ihr kam Herr Van Koppern. Er war pitschnass und triefte stärker als der Bibliothekar Japhet. Die Wasserschlacht war wohl inzwischen vorüber.

Phebe sah, wie er fassungslos die Szene vor sich betrachtete. Phebe hatte diesen Blick schon oft bei Erwachsenen gesehen, die sich nicht ohne einen Kaffee oder ein Glas starken Alkohol an die Arbeit machen konnten. Doch Herr Van Koppern fing sich schnell wieder. Er legte Hannah eine Hand auf die Schulter und schickte sie mit einem strengen Blick nach oben in Sicherheit. Zu Phebes Erstaunen hielt er sich die Ohren nicht zu, sondern benutzte seine freien Hände, um Laila am Halsband zurückzuhalten, damit sie nicht den Fehler beging, in den Schatten zu tappen.

Ihr Heulen hatte das Wesen verunsichert. Es war wieder auf ein Regal geklettert und warf den Inhalt aus einer Archivbox mit Ingredienzen nach Laila. Die geworfenen Gegenstände sahen verdächtig nach Schweinefüßen aus und die Hündin schnappte fröhlich danach.

»Nach oben!«, brüllte Herr Van Koppern Phebe und Niall zu, als der Weg endlich frei wurde. »Sofort!«

Phebe brauchte keine zweite Aufforderung. Sie hätte zwar gerne gesehen, was ihr Schuldirektor als nächstes tat, aber manchmal war ihr ihr Leben lieber als ihre Neugier zu stillen.

Im Direktorenbüro ließ Niall sich auf die bunten Sitzkissen fallen. Hannah saß bereits im Schneidersitz darauf. Jetzt, wo alles wieder leise war, taten seine Ohren fast noch mehr weh und er glaubte, einen ständigen Klingelton zu hören.

Er ächzte und konnte nur erleichtert blinzeln, als schließlich auch Phebe auf die Kissen neben ihm sackte. So hätte ihr Plan nicht verlaufen sollen. Sie hatten zwar das Fehlen des Elixiers bewiesen und eine Antwort auf die Ragnarökvorfälle im Schloss gefunden, aber sie hatten auch das Archiv verwüstet und einen monsterhaften Schreihals im Keller losgelassen.

Wütend zog er sich seine Brille ab und schob sie zurück in seine Hosentasche. Dabei stieß er gegen die goldene Taschenuhr, die das ganze Chaos ausgelöst hatte. *T.S.* las er die Initialen von Saville ein weiteres Mal ab, als er sie in der Hand wiegte, und betete zu allen ihm bekannten Göttern, dass dieser Fund die Strafarbeit zumindest ein wenig geringer ausfallen lassen würde.

Ob das Schreien verstummt war oder nicht konnte Niall nicht sagen, denn er nahm an, dass er sein Gehör verloren hatte. Laila kam die wackelige Wendeltreppe heraufgesprungen und bellte freudig, doch er hörte es kaum. Hannah nahm sich ihrer an und tätschelte die Hündin. Niall wünschte sich fast, an Lailas Stelle zu sein. Er fand, sie alle hatten Streicheleinheiten verdient.

Schließlich kam auch Herr Van Koppern aus dem Eichenschrank gestiegen. Er sah ärgerlicher aus, als Niall ihn jemals zuvor gesehen hatte. Er öffnete eine Schublade des Schrankes, holte einen kleinen Plastikbeutel mit getrockneten Kräutern hervor und begann sich eine Zigarette zu rollen. Beim Anblick seiner Schüler hielt er dann aber inne, legte sie beiseite und griff nach einem Wasserkocher, der auf einem niedrigen Regalbrett stand.

Niall hatte noch nie jemanden so wütend Tee kochen gesehen. Das wollte etwas heißen, denn schließlich war er Engländer.

Der Duft von Kamillentee bereitete sich im Büro aus. Ob das bereits Teil der Strafe war, die sie alle drei erwartete, konnte Niall nicht sagen. Langsam ließ der Schmerz in seinen Ohren nach und er konnte wieder hören. Laila hechelte und grunzte glücklich. Sie hatte sich auf den Rücken gelegt und ließ sich von Hannah den Bauch kraulen. Phebe sah aus, als überlegte sie genauso angestrengt wie Niall, wie sie die ganze Geschichte erklären sollten.

Er hatte das Gefühl, dass das eigentlich seine Verantwortung war. In der Anderswelt hatten sie sich alle gemeinsam verirrt, das war Pech gewesen. Aber dieses Mal war es seine Schuld. Er hatte die Taschenuhr mitgenommen. Entschlossen schloss er seine Faust um die goldene Uhr.

»Sir...«, begann er, aber weiter kam er nicht. Sein Pate drückte jedem eine Tasse Kamillentee in die Hand und setzte sich ebenfalls auf ein Sitzkissen. Sein weißes Haar kringelte sich beim Trocknen in noch wildere Locken und sein Beatles-T-Shirt hatte einige klammfeuchte Flecken. In jeder anderen Situation hätte Niall sich gerne erkundigt, wer die Wasserbombenschlacht gewonnen hatte. Denn es sah ganz danach aus, als hätte sich der Schuldirektor rege daran beteiligt, statt Stephen aufzuhalten. Das erklärte auch, warum sie so viel Zeit im Archiv gehabt hatten.

Niall verstummte. Er hatte vergessen, was er hatte sagen wollen. Herr Van Koppern seufzte und nahm einen großen Schluck Kamillentee. Danach wirkte er nicht mehr so ärgerlich, aber immer noch sehr ernst.

»Niall, ich weiß, dass du dich nur so verhältst, weil du Cassies Aufmerksamkeit willst«, begann er und sah Niall direkt in die Augen. Niall senkte verlegen seinen Blick. »Aber ich verstehe wirklich nicht, was du glaubst, jetzt noch damit erreichen zu können. Ich werde dich nicht von der Schule werfen, nur damit du wieder mit Cassie auf Reisen gehen kannst, und sie würde auch nicht noch einmal darauf hereinfallen, sondern eine andere Lösung finden. Als dein Schuldirektor und als dein Pate – « Niall versteinerte. Herr Van Koppern hatte es ausgesprochen, vor Hannah und Phebe. Jetzt gab es kein Zurück mehr. Nun war er in den Augen seiner Freundinnen für immer das Patenkind des Schuldirektors.

»Als dein Schuldirektor und als dein Pate war ich bisher zu nachsichtig mit dir«, fuhr Herr Van Koppern fort, als hätte er nicht gerade Nialls bestgehütetes Geheimnis verraten. »Aber dieses Mal bist du zu weit gegangen. Ich hoffe, es ist nicht deine Vorstellung eines guten Streichs, Hannah und Phebe in solche Gefahr zu bringen. Wisst ihr eigentlich, was euch da unten angegriffen hat?«

Niall schüttelte betreten den Kopf. Das Wesen war scheußlich gewesen und er hoffte, so etwas nie wieder sehen und vor allem hören zu müssen.

»Ein Drekavac?« Phebe sah auf die Teetasse in ihren Händen, unfähig, die Antwort wie eine Antwort klingen zu lassen.

»Genau, ein Drekavac«, bestätigte Herr Van Koppern trocken. »Wenn ihr nicht durch sein Schreien wahnsinnig geworden seid, dann wärt ihr bestimmt in den nächsten Minuten durch seinen Schatten gestorben. »Habt ihr denn nichts gelernt?«

»Slawische Mythologie haben wir erst nächstes Schuljahr«, wagte Phebe leise einzuwerfen.

Herr Van Koppern schmunzelte und schüttelte den Kopf. Vielleicht hatte er den Kamillentee am nötigsten.

»Es tut mir leid, ich wollte nicht laut werden«, entschuldigte er sich dann. »Lehrer, die Schüler anschreien, habe ich immer am meisten gehasst. Und jetzt bin ich selbst einer geworden.« Er leerte seine Tasse Kamillentee in einem Zug. »Das letzte Mal, dass ich so ein Chaos gesehen habe, war, als Daryl noch hier zur Schule gegangen ist. Sie hat mit ihrem besten Freund einen Wasserdämon im Gebäude losgelassen, nur weil es kein Hitzefrei gab...«

»Herr Direktor, es tut uns wirklich leid«, sagte Hannah aufrichtig. Sie hatte von Laila abgelassen und drehte schuldbewusst die warme Teetasse in ihren Händen.

»Spart euch die Entschuldigungen«, winkte der Schuldirektor ab und lächelte müde. »Nennt mir lieber einen guten Grund, was bei allen Göttern ihr dort unten zu suchen hattet.«

»Sir, wir...« Wieder fehlten ihm die Worte. Hilfesuchend blickte er zu Hannah und Phebe. Wo genau fing die Geschichte eigentlich an? Mit Hannahs unverdienter Strafarbeit? Mit Ragnarök? Oder noch früher, mit dem Mann namens Théophile Saville?

»Es ist eine lange Geschichte«, sagte Phebe schließlich, nachdem sie sich mit einem Blick bei Hannah und Niall abgesichert hatte, für sie sprechen zu dürfen.

»Dann koche ich uns wohl besser noch eine zweite Kanne Tee«, meinte Herr Van Koppern und stand leise ächzend auf. »Was möchtet ihr? Früchte oder Kräuter?«

Während das Wasser brodelte und alle eine dampfende Tasse vor sich hatten, erzählte Phebe ohne Punkt und Komma alles, was sie wussten. Niall staunte nicht schlecht, wie viel Atem sie besaß. Sie redete in einem fort und stieß Niall den Ellenbogen in die Rippen, als sie von der Taschenuhr sprach, und nickte Hannah zu, damit sie den Bericht aus ihrer Schultasche hervorholte. Herr Van Koppern hatte gar keine Zeit, Sanias und Charlottes Worte zu lesen, aber Phebe fasste sie ihm ohnehin zusammen. Dann reichte Niall ihm auch noch die goldene Taschenuhr.

»... und das ist der Beweis, dass Saville das Elixier des Lebens hat. Und vermutlich hat er es auch getrunken und lebt noch und ist unsterblich und könnte aufklären, dass er Bouchers Anruf nicht weitergeleitet hat und – «

»Immer mit der Ruhe, Phebe«, unterbrach Herr Van Koppern sie schließlich. Sie holte tief Luft und wollte endlich aus ihrer Tasse trinken, aber der Tee war längst kalt geworden. »Soweit ich unsere Inventarlisten kenne, war das Elixier, das in unserem Bestand ist, ein rotes. Es gibt ein rotes und weißes Elixier in der Alchemie. Das weiße ist das perfekte Elixier, nach dem die Alchemisten streben, um sich den Titel des Adepten zu verdienen. Einmaliges Trinken verleiht ewiges Leben. Nach dem Kenntnisstand der Gelbroben wurde es jedoch niemals hergestellt. Es existiert nur das rote, unvollendete Elixier. Es entspricht synthetisch hergestelltem Blut der Götter und hat dieselbe Wirkung. Es verlängert das Leben von Sterblichen, aber zu dem Preis, dass immer mehr davon getrunken werden muss und das Alter rapide fortschreitet, wenn man es nicht bekommen kann.«

»Das heißt, er ist doch tot?« Niall ließ enttäuscht seine Tasse sinken.

»Nicht unbedingt.« Die Augen seines Paten wanderten über das Blatt Papier und die Taschenuhr in seinem Schoß. Gedankenvoll glättete er eine umgeknickte Ecke des Berichts. »Wohl dosiert... er wäre über neunzig heute... zusammen mit dem Elixier... wenn er es mit Götterblut verdünnen konnte... Es ist möglich.«

Niall konnte Phebes erleichtertes Seufzen vernehmen und auch Hannah strahlte hoffnungsvoll.

»Dennoch«, räusperte sich der Schuldirektor. »Wieso habt ihr versucht, allein herauszufinden, was damals geschehen ist? Ihr hättet früher zu mir kommen sollen. Ihr hattet ja diesen Bericht. Ihr hättet nicht in den Wald gehen müssen und vor allem hättet ihr nicht ins Archiv gehen dürfen.«

Niall sah Phebe auffordernd an. Sie war es schließlich, die Hannah immer wieder davon überzeugt hatte, dass sie genau das nicht tun sollten. Phebe musste seinen Blick wohl spüren, denn sie wurde rot.

»Wir hatten... wir wollten ganz sicher sein, bevor wir es jemandem zeigen«, fing sie sich aber schnell wieder. »Saville gilt ja als ein Held und wir wollten seinen Ruf nicht ohne Beweise schädigen.«

Herr Van Kopperns Miene gab keinen Aufschluss darüber, was er dazu dachte. Doch seine nächsten Worte verloren deutlich an Autorität, als Laila versuchte, sein Gesicht abzulecken.

»Ich hoffe, euch ist klar, dass ich euch nicht loben kann«, begann er und machte einen vergeblichen Versuch, Laila von sich wegzuschieben. Die Hündin war zu stark, um sich von ihm im Sitzen bewegen zu lassen. »Ihr habt Beachtliches geleistet, aber solange dieses Schuljahr noch andauert, muss ich in erster Linie als euer Lehrer handeln. Ihr habt so viele Regeln gebrochen und euch so leichtsinnig verhalten, dass eure Belohnung vorerst sein wird, keine Strafe zu bekommen. Eure Begegnung mit dem Drekavac war euch hoffentlich eine Lehre.«

Niall nickte hastig und sah im Augenwinkel, dass auch Phebe und Hannah zustimmten. Herr Van Koppern gelang es endlich, Laila von seinem Gesicht abzulenken. Stattdessen legte sich die Windhündin quer über seinen Schoß.

»Eins noch, bevor ihr geht: Ihr seid ein paar mehr Wesen begegnet, als es für die erste Stufe vorgesehen ist, und ihr habt ihren Worten blind vertraut.«

»Aber die Dryade und Vosegus haben uns nicht belogen«, betonte Hannah verständnislos.«

»Das bezweifle ich auch nicht. Aber ich rede von gesundem Misstrauen.«

»Sie haben doch gesagt, die Gelbroben basieren auf Vertrauen«, wagte Niall einzuwerfen.

»Vertrauen in Kollegen, Vertrauen in Freunde.« Herr Van Koppern seufzte. »Trotz allem, was ihr heute erlebt habt, habt ihr die Götter noch nicht kennengelernt.«

»Sie denken und fühlen nicht wie wir, sagt Herr Bergunder«, wiederholte Phebe aus dem Gedächtnis den Satz, bei dem Niall jedes Mal das Bedürfnis verspürte, das blaue Mal in seinem Nacken zu verstecken. Auch jetzt fühlte er sich ohne seinen Schal nackt.

Herr Van Koppern wirkte erstaunt und runzelte die Stirn. Niall hoffte, dass er ein ernstes Wort mit Herrn Bergunder darüber haben würde.

»Nein, ich glaube, das Gegenteil ist der Fall, Phebe«, sagte der Schuldirektor leise und blickte an ihr vorbei aus dem Fenster. »Sie denken und fühlen genauso wie wir und daher sind sie unberechenbar wie Menschen auch. Sie sind nur mächtiger. Und darin liegt das Problem.«

Hannah zitterte noch, als sie später beim Abendessen saßen. Es war die Anspannung, die von ihr abfiel, aber auch der Schrecken, der ihr tief in den Knochen saß. Alles, was sie bisher von dieser anderen Welt, der Welt der Gelbroben, gesehen hatte, war magisch und zauberhaft gewesen. Selbst die Anderswelt war auf ihre Weise schön und keineswegs bösartig. Ihre Bewohner handelten eben nach anderen Prinzipien.

Aber der Drekavac war böse, wie Phebe beim Abendessen ausführlich erklärte. Angeblich entstanden diese Wesen aus den Seelen toter Kinder und hatten nichts im Sinn, als andere mit ihrem Schreien in Tod und Wahnsinn zu treiben. Hannah konnte sich noch nicht an die Vorstellung gewöhnen, dass Feen und solche Wesen in derselben Welt existierten.

Der Schock wog sich allerdings mit dem beflügelnden Gefühl ihres Erfolgs auf. Sie hatte die Beweise dem Schuldirektor übergeben und Herr Van Koppern würde dafür sorgen, dass der Fall Saville von den Gelbroben untersucht werden würde. Der Schuldige, der zu lange als Held gefeiert worden war, würde zur Rede gestellt werden, und vielleicht hatten sie damit auch der ehemaligen Direktorin Joanne Boucher geholfen. Doch das Hochgefühl hielt bei Hannah nicht lange an.

Auch Phebe und Niall konnten sich nur kurz an ihrem Erfolg erfreuen. Denn bevor sie wieder von Savilles Fall hörten, standen die Jahresabschlussprüfungen an. Tag für Tag verschanzten sie sich im Turm der Bibliothek. Phebe las ein Buch nach dem anderen, um ihre perfekten Notizen zu ergänzen und sich mehr Hintergrundwissen anzueignen, als

Hannah für notwendig hielt. Niall, der das ganze Jahr über nachlässig mit dem Arbeiten gewesen war, schrieb von Phebes Notizen ab, um wenigstens zu jedem Thema etwas zu haben. Hannah wiederholte still, was sie sich aufgeschrieben hatte, und fragte sich selbst abwechselnd ihre Altgriechischvokabeln und Götterstammbäume ab. So saßen sie Nachmittag für Nachmittag zusammen und Hannah glaubte bald, nie etwas anderes getan zu haben, als auf das Internat zu gehen und jeden Tag mit ihren Freunden beim Lernen zu verbringen.

Schließlich war die Prüfungswoche gekommen. Jeden Tag schrieb die erste Stufe zwei Prüfungen, eine am Vormittag und eine direkt nach dem Mittagessen. Hannah glaubte, noch nie eine so anstrengende Woche verbracht zu haben. An ihrer alten Schule waren die Klassenarbeiten über das ganze Schuljahr verteilt gewesen und die Klasse hätte rebelliert, wären mehr als zwei in einer Woche geschrieben worden. Aber die Prüfungswoche stellte sich als machbar heraus. Auch Niall hielt sich besser, als Hannah befürchtet hatte. Allein Phebe, die eigentlich immer alles wusste, war in schiere Panik versetzt. Bei der Ritualkundeprüfung unter Herrn Bergunders Aufsicht bekam sie sogar so heftiges Nasenbluten, dass sie für zwanzig Minuten das Klassenzimmer verlassen musste.

Dann, endlich, kam der Freitag. Es war der letzte Tag der Prüfungen und die erste Stufe musste nur noch die Prüfung in Naturwissenschaften bei Frau Mebarek und die in Geisteswissenschaften bei Herrn Meritt schreiben. Hannah war sehr entspannt angesichts dieser Aussicht, Phebe hing beim Frühstück noch über ihren Notizen und Nialls Müdigkeit war im Laufe der Woche stetig gewachsen. Hannah war sich sicher, dass es entweder größte Gleichgültigkeit oder eine Begleiterscheinung von Panik war, dass er nur noch gähnend anzutreffen war. Zumindest vergaß er sogar, die Rosinen aus seinem Müsli heraus zu sortieren. Er guckte sehr missmutig, als er schließlich darauf biss.

»Ruhe bitte! Die Nachrichten«, unterbrach Bibliothekar Japhet die Schülergespräche und stand vom Lehrertisch auf. »Athen: Die Station bittet um Unterstützung bei Schlichtungsgesprächen zwischen Athene und Seschat. Mitglieder in der Region werden gebeten, anzureisen. Die Streitursache bleibt noch ungeklärt. Stockholm: Der Unterirdische Kongress wird für den 23.Juli diesen Jahres an üblichem Ort einberufen. Anlass sind Funde, die neue Erkenntnisse zum Ablauf von Ragnarök im Schloss liefern. Für Unterkunft und Verpflegung ist gesorgt. Familie

Lundgren bittet jedoch um Voranmeldung. Besonders die Angehörigen der Opfer des Huitzilopochtli sind herzlich eingeladen. New York: Die Station meldet– «

Was in New York geschehen war, hörte Hannah nicht mehr.

»Wir haben es geschafft«, flüsterte sie und ließ das Messer sinken, mit dem sie gerade ihr Brötchen halbieren wollte.

»Wir sind genial.« Phebe strahlte, als hätte der Bibliothekar ihren Namen auf einer Liste von Nobelpreisträgern verlesen.

»Wir werden namentlich nicht genannt«, murmelte Niall. Hannah glaubte darin eine Spur Enttäuschung zu hören.

»Das ist doch ganz egal«, winkte Phebe ab. »Unsere Beweise für Savilles Flucht werden dem Gremium vorgelegt. Die Wahrheit wird bald in der offiziellen Version des Ragnarökvorfalls stehen. Besser hätte es nicht laufen können.«

Gerade als sie ihren Satz beendet hatte, endete auch Herr Japhet den Vortrag der Nachrichten.

» – und zum Schluss eine interne Meldung: Folgende Schüler sollen sich nach der Prüfung am Nachmittag im Direktorenbüro melden: Hannah Abels, Phebe Cahen, Niall Croker und Stephen Chesters.«

Niall verschluckte sich an seinem Müsli und Phebe musste ihm kräftig auf den Rücken klopfen.

»Was soll das denn heißen?«, röchelte er. »Ich dachte, wir kriegen keinen Ärger!«

»Wir bekommen keinen Ärger«, sagte Hannah mit fester Stimme. »Herr Van Koppern hat es uns versprochen und er hält sein Wort.«

»Das werden wir ja sehen«, meinte Phebe, aber statt sich weiter darum zu sorgen, vertiefte sie sich wieder in ihre Aufschriebe zu Chemie und Physik.

Die letzte Prüfung am Nachmittag kam Hannah am leichtesten vor. Herr Meritt verteilte Schokoriegel mit den Prüfungsaufgaben und Hannah hatte keine Schwierigkeiten, die Fragen über Literatur, Kunst, Musik und Geschichte zu beantworten. Niall ächzte ebenfalls weniger als während der Naturwissenschaftsprüfung und zog seine Brille nicht für Pausen ab, so konzentriert war er am Schreiben. Nur Phebe arbeitete genauso verbissen, wie sie es in allen anderen Prüfungen getan hatte. Wann immer Hannah von ihrem Blatt aufblickte, sah sie Phebe wie besessen auf ihr Papier kritzeln, nur um dann die Hälfte wieder durchzustreichen und von Neuem zu beginnen. Hannah lächelte ein wenig. Bestimmt war Phebes einziges Problem, Platz für alles zu finden, was sie wusste.

Schließlich gaben sie ihre Arbeiten ab und die Klasse jubelte, ihre erstes Prüfungen überstanden zu haben. Irgendjemand schlug vor, in den hinteren Hof zu gehen und dort zu feiern. Aber Hannah, Niall und Phebe machten sich vom Klassenzimmer direkt auf den Weg zu Herrn Van Kopperns Büro im sechseckigen Turm. Vor der Flügeltür trafen sie auf Stephen.

»Hey, Croker!«, begrüßte er Niall mit einem Handschlag und nickte ihr und Phebe grinsend zu. Hannah beschlich der Verdacht, dass er ihre Namen trotz allem, was er für sie getan hatte, nicht wusste. »Bevor ich zum letzten Mal in meiner legendären Laufbahn eine Strafarbeit kassiere, wollte ich dir noch was geben.«

Er räusperte sich und fuhr mit feierlicher Stimme fort.

»Die anderen im Wettbewerb haben zwar Garion in Klopapier eingewickelt und Dayo hat diese fabelhafte Stuhlpyramide gebaut, aber du – du hast die Regeln gebrochen, und es ist etwas Gutes dabei herausgekommen. Das Beste, was ich jemals gemacht habe, hat nur dafür gesorgt, dass man in der Bibliothek keine Cashewnüsse mehr essen darf.« Er grinste über den verwirrten Ausdruck auf Phebes Gesicht. »Und hiermit überreiche ich dir den Schlüssel zu meinem Erfolg: das Taschenmesser des Kothar-Chasis.«

Mit diesen Worten zog er ein Taschenmesser aus der Hosentasche. Es wirkte alt und hatte einen leuchtend blauen Griff, der glänzte und schimmerte wie ein geschliffener Edelstein. Lapislazuli, erinnerte sich Hannah an ein Schmuckstück ihrer Mutter.

Niall starrte das Taschenmesser an als hätte er sich mehr versprochen. Hannah musste ihm einen sanften Stoß geben, erst dann bedankte er sich verwirrt.

»Habe es in meinem ersten Jahr aus dem Nest der Drachentauben geklaut. Die Viecher sind wie Elstern – nehmen alles, was irgendwie glitzert. Es ist sehr vielseitig einsetzbar«, zwinkerte Stephen ihnen zu. »Viel Spaß damit!«

Dann wurde er auch schon von Herrn Van Koppern hereingerufen und verschwand hinter der Flügeltür im Direktorenbüro.

»Zeig her«, forderte Phebe Niall neugierig auf. Vorsichtig öffnete Niall das Messer in seiner Hand. Es hatte eine sehr stumpfe Klinge und keine anderen Werkzeuge.

»Und das soll das Geheimnis hinter Stephens Erfolg sein?«, wunderte er sich und tippte mit dem Zeigefinger gegen die Messerspitze. »Da hat man ja Glück, wenn man einen Faden damit durchschneiden kann.«

»Wer ist Kothar-Chasis?«, fragte Hannah. »Vielleicht hat das eine Bedeutung.«

»Das lässt sich herausfinden.« Phebe zuckte mit den Schultern und Hannah wusste, dass sie an der Recherche Spaß haben würde. Bevor sie jedoch ihr Lieblingswort ›Bibliotheksturm‹ in den Mund nehmen konnte, schlenderte Stephen fröhlich aus Herr Van Kopperns Büro heraus. Hannah nahm an, dass der Direktor ihm die Strafarbeit für die Wasserbombenschlacht erlassen hatte. Schließlich hatte Stephen seine Abschlussprüfungen bereits geschrieben und würde in einer Woche die Schule für immer verlassen.

»Ihr sollt reinkommen«, grinste er breit. Das Funkeln in seinen Augen ließ Hannah zweifeln, ob Herr Van Koppern nicht einen Fehler begangen hatte, ihn ungeschoren davonkommen zu lassen. Bestimmt nahm Stephen es als Freikarte und war auf dem Weg, seine nächste Missetat zu begehen.

Hannah schüttelte bloß den Kopf und trat mit ihren Freunden in das inzwischen vertraute Chaos ein. Laila lag auf den bunten Sitzkissen und gähnte zur Begrüßung, ihr gelbliches Hundegebiss bleckend. Hannah dachte an Rollo zuhause und freute sich, ihn bald wiederzusehen. Plötzlich merkte sie, dass sie die Schule in den Sommerferien vermissen würde. Feen, den Ritualkundeunterricht, den dichten Wald, all diese wunderbaren und alltäglichen Dinge. Selbst die kleine Widdersphinx auf dem Eichenholzschrank war eines davon. Doch sie rührte sich nicht, sondern war steif und reglos wie eine Gipsfigur. Herr Van Koppern saß an seinem Schreibtisch, zwischen leeren Kaffeetassen und unkorrigierten Prüfungen.

»Ihr habt es ja bereits in den Nachrichten gehört«, begrüßte er sie lächelnd. »Ich habe dem Gremium eure Geschichte vorgetragen und es wurde beschlossen, die Beweise dem Kongress vorzulegen und dort über weitere Handlungsschritte zu beraten. Im Namen des Gremiums darf ich euch dafür danken – jeder Schritt ist ein Schritt vorwärts. Außerdem darf ich euch mitteilen, dass ihr drei zum Unterirdischen Kongress eingeladen seid. Ihr seid schließlich Zeugen.«

»Wir? Nach Stockholm?« Niall war verdutzt. Er hatte sich in Gedanken auf das Schlimmste gefasst gemacht.

Hannah strahlte. Sie hatte fest daran geglaubt, dass Herr Van Koppern sein Wort halten würde.

»Auf den Kongress?«, platzte es auch aus Phebe vor Freude heraus.

Herr Van Koppern nickte lächelnd.

»Ich weiß natürlich, dass es kein schöner Anlass ist, den Kongress zum ersten Mal wegen Ragnarök zu besuchen. Aber ich hoffe, ihr versteht, dass es als Belohnung gemeint ist. Es ist eine Ehre, als Erststüfler teilnehmen zu dürfen.«

Er fuhr fort zu erklären, dass sie nur noch die Erlaubnis ihrer Eltern einholen mussten, um nächste Woche nach Schweden zu reisen. Dafür ging er mit ihnen hinunter zum Münztelefon in der Säulenhalle. Er murmelte zur Erklärung, dass er nicht sicher sei, ob es ihm in weniger als einer halben Stunde gelingen würde, sein Bürotelefon unter den Stapeln mit den Prüfungen zu bergen.

Als Erster wählte Niall die Nummer seiner Mutter. Die Feuerfeder flackerte rötlich im Tageslicht und Hannah spürte erst jetzt, wie sehr ihre Wangen vor Aufregung glühten. Wie sollte sie ihren Eltern erklären, warum sie auf einen Kongress fahren würde? Ihren Eltern, die nicht einmal von Ragnarök wussten? Ihrer Mutter, die nichts von den Gelbroben wusste?

Sie biss sich auf die Lippen.

»Ich weiß nicht, ob Mum rangehen wird«, murmelte Niall mit dem Hörer am Ohr, während zum siebten Mal der Wählton erklang. »Im Dschungel hat sie kaum Empfang und die Zeitverschiebung von hier nach Brasilien und so...«

»Bist du das, Liebling?«, meldete sich nach dem zwölften Klingeln eine junge Frau mit dem britischsten Akzent, den Hannah jemals gehört hatte. Sie klang sehr erstaunt.

»Hi Mum«, sagte Niall. Er erklärte ihr in wenigen Sätzen die ganze Wahrheit. Dass er dabei mehrere Schulregeln gebrochen hatte und gerade noch an weiteren Strafarbeiten vorbeigeschrappt war, ließ er aber großzügig aus. Am Ende fragte er, ob sie sich vielleicht auf dem Kongress treffen würden.

»Es ist doch nur Ragnarök«, erwiderte Nialls Mutter erstaunt. Hannah runzelte die Stirn darüber, dass irgendeine Gelbrobe die Ereignisse von 1981 als ›nur Ragnarök‹ bezeichnete, aber vielleicht war Nialls Mutter zu jung, um es miterlebt zu haben. »Wirklich nicht mein Fachgebiet, Liebling. Was soll ich dort? Das wäre ein überflüssiger Flug.«

»Ja, Mum, ich verstehe schon«, seufzte Niall leise.

»Wenn wir gerade über Flüge sprechen: Liebling, willst du wirklich zu mir nach Brasilien kommen? Wäre es nicht viel gemütlicher für dich, bei Oliver zu bleiben? In den Sommerferien wohnt er ja auch nicht in der Schule, sondern in dieser Wohnung in Südfrankreich, die er geerbt hat. Da könntest du richtige Ferien am Meer haben.«

Hannah runzelte die Stirn und fragte sich kurz, wer dieser Oliver war.

Herr Van Koppern tippte Niall auf die Schulter.

»Wenn du nicht zu mir kommen willst, sag ich ihr später, dass es nicht geht«, flüsterte er verständnisvoll. Hannah wäre nun vollends verwirrt gewesen, hätte sie nicht vor wenigen Tagen erfahren, dass Niall Herr Van Kopperns Patenkind war. Natürlich musste seine Mutter den Schuldirektor sehr gut kennen. Niall nickte dankbar. »Komm, gib sie mir.«

Herr Van Koppern nahm Niall den Hörer ab und begrüßte seine Mutter mit einem herzlichen ›Hallo, Cassie‹. Dann erklärte er die Lage. Hannah hatte noch nie gesehen, dass ein Erwachsener einen anderen Erwachsenen so leichtfertig anlog. Nachdem Herr Van Koppern versprochen hatte, Niall nach dem Kongress in einen Flieger nach Manaus zu setzen, hatte es Nialls Mutter sehr eilig, das Gespräch zu beenden. Hannah nahm an, dass sie sehr in ihre Arbeit mit Drachen eingespannt war. Welchen Grund sonst hätte eine Mutter gehabt, ihren Sohn an seinen Paten abgeben zu wollen, statt seine Sommerferien mit ihm zu verbringen?

Phebes Gespräch mit ihren Eltern war bereits ein wenig komplizierter. Da sie drei Elternteile hatte, mussten alle informiert werden. Um sich die Erlaubnis einzuholen, wählte sie strategisch ihren Vater Bas aus. Er war, wie Hannah wusste, keine Gelbrobe aber so gut wie verheiratet mit einem ihrer beiden anderen Elternteile. Bas gab nur nach Rücksprache mit dem anderen Vater die Erlaubnis. Dann musste noch ihre Mutter Sofi informiert werden. Nach Phebes Telefonaten hatte Hannah noch mehr Fragen über Phebes Familie als zuvor, hütete sich aber, sie laut zu stellen. Eines Tages würde Phebe es ihr und Niall schon erklären.

Dann war schließlich Hannah an der Reihe.

»Da sie beide keine Gelbroben sind, bitte ich dich, die Details über die MEDIATORES DEORUM ET HOMINUM so gering wie möglich zu halten«, erinnerte Herr Van Koppern sie, bevor sie die Festnetznummer ihrer Eltern wählte. »Ich kann dich nicht auffordern zu lügen, aber eine Beschönigung der Wahrheit wäre im Interesse der Organisation.«

Hannah runzelte die Stirn darüber, denn für sie übersetzte sich das als Lüge. Sie nahm aber den Vorschlag an. Wie sonst konnte sie nach Schweden kommen?

Ihre Eltern nahmen sofort ab. Sie wusste genau, dass sie ab fünf Uhr nachmittags Zuhause waren und die Chorprobe ihrer Mutter erst um halb acht anfing. Sie tauschte ein paar liebe Worte aus, dann atmete sie tief durch und tischte ihnen die Lüge auf, die Herr Van Koppern abgesegnet hatte. Sie behauptete, es wären Plätze auf einer Klassenfahrt einer anderen Stufe freigeworden und beide ihrer Freunde dürften mitfahren.

»Darf ich auch?«, fragte sie so unschuldig wie möglich. Ihre Eltern glaubten ihr jedes Wort. Sie hatte sie schließlich noch nie belogen und sie hatten keinen Grund, an den Worten ihrer Tochter zu zweifeln. Zuletzt reichte Hannah den Hörer an Herrn Van Koppern weiter und er beantwortete Hannahs Eltern alle Fragen: wo genau Hannah unterkommen würde, dass die Kosten komplett von der Schule gedeckt wurden und welche Lehrkraft ihre Tochter begleitete. Schließlich war alles geklärt.

Als sie eine Woche später ihre Koffer packten, hieß das Ziel für sie nicht Zuhause, sondern Stockholm.

IN GELBEN ROBEN

D as Verlassen des Vogesenschlosses fühlte sich aufregender an als Hannahs Hinweg am Anfang des Schuljahres. Statt von ihren Eltern abgeholt zu werden, nahm sie am Samstagmorgen mit Phebe und Niall den Bus zum Flughafen. Die Schule organisierte zwei Busse zum Ferienbeginn und -ende, um die Schülerinnen und Schüler, die aus ganz Europa und Teilen Afrikas stammten, zu den Flughäfen in Paris und Frankfurt zu bringen. Hannah saß mit ihren Freunden und Herrn Van Koppern im Bus nach Paris, wo sie einen Flug nach Stockholm nahmen.

Hannah war nervös, bis sie in der Luft waren, denn sie war bisher nur zweimal mit ihren Eltern in den Urlaub geflogen. Niall hätte gelangweilter nicht sein können. Er war aufgrund des Berufs seiner Mutter das, was man einen Vielflieger nannte, und war auf der Stelle eingeschlafen, als sie ihre Plätze eingenommen hatten. Am unruhigsten war Phebe. Sie war noch nie geflogen und plapperte auf Niederländisch vor sich hin, ohne zu merken, dass ihre Freunde sie nicht verstanden. Aber Herr Van Koppern nahm es mit einem Lächeln hin und versuchte, sie abzulenken.

Schließlich landeten sie bei strahlendem Sonnenschein in Stockholm und erreichten keine Stunde später mit ihrem gesamten Gepäck das Hotel. Es gehörte der Familie Lundgren, die auch den Kongress veranstaltete. Wenn keine Versammlungen der Gelbroben dort stattfanden, handelte es sich um ein gewöhnliches Kongresshotel, in dem Tagungen von weniger geheimen Berufszweigen stattfanden. Dementsprechend schlicht und modern sah das Gebäude auch aus. Es hatte nichts gemein mit dem alten Charme des Vogesenschlosses. Wenn Hannah den Kopf in den Nacken legte, konnte sie die glatte Fensterfront in die Höhe ragen sehen, in der sich der blaue Sommerhimmel spiegelte.

Vor dem Hotel wuchsen gelbe Schwertlilien in sorgfältig gepflegten Beeten und im Foyer stand eine sehr moderne Skulptur, in der Hannah mit viel Fantasie einen Greif zu erkennen glaubte. Herr Van Koppern erklärte ihnen im Vorbeigehen, dass die meisten Stationen einen mehr oder weniger verborgenen Hinweis auf die Gelbroben aufstellten. An der

Rezeption checkte er für sie ein und machte sie mit Frau Lundgren bekannt, die das Hotel und den Kongress leitete. Sie war gerade in einen Anruf verstrickt.

»Ja, selbstverständlich können wir diesen Wünschen entgegenkommen«, flötete sie in den Hörer. »Thoth war schon einmal bei uns – wir kennen sein Bedürfnis nach Ruhe. Ich kann versprechen, dass wir ihn auf ein anderes Stockwerk gelegt haben als die meisten Wesenheiten – ja, besonders weit weg von Dionysos.«

Nach ein paar weiteren höflichen Worten legte sie auf und wandte sich mit strahlendem Lächeln an Hannah und ihre Freunde.

»Willkommen in Stockholm!«, begrüßte die hagere, blonde Frau sie. »Ihr drei seid meine Ehrengäste. Kommt mit allem, was ihr braucht, sofort zu mir, ja?«

Hannah nickte dankbar, aber bevor Frau Lundgren noch mehr sagen konnte, wurde sie vom Klingeln einer ihrer beiden Handys unterbrochen. Sie klemmte sich das Gerät zwischen Schulter und Ohr und reichte Herr Van Koppern mit entschuldigendem Lächeln die Schlüsselkarten für ihre Zimmer.

»Was will er?«, hörte Hannah Frau Lundgren noch sagen, als sie sich bereits zum Fahrstuhl umgewandt hatten. »Sagen Sie ihm, wir kümmern uns gerne um Sonderwünsche unserer Gäste, aber auch wenn er ein Gott ist – eine Badewanne voll Rotwein geht uns zu weit. Nein, auf solche Drohungen reagieren wir nicht. Mir ist es egal, was für ein Trinkgeld er bietet, ich werde nicht – «

Doch was Frau Lundgren nicht tun würde, erfuhr Hannah nicht mehr, denn die Fahrstuhltüren schlossen sich hinter ihnen und ihren Koffern.

»Wieso muss ich alleine sein?«, fragte Niall, als Herr Van Koppern die Schlüsselkarten für die Zimmer an sie verteilte. Hannah nahm die Karte für das Zimmer, das sie mit Phebe gemeinsam haben würde. Ein Zimmer mit Phebe zu teilen war für sie inzwischen selbstverständlich. Dass zuhause in Lüneburg nur Rollo mit ihr im Zimmer schlafen würde, kam ihr im Vergleich einsam vor.

»Weil wir unter Internatsregeln reisen und unsere Gesellschaft noch nicht so weit fortgeschritten ist, um zu verstehen, dass Jungen und Mädchen einfach nur befreundet sein können«, seufzte Herr Van Koppern zur Antwort. »Aber eure Zimmer sind direkt nebeneinander.«

Der Schuldirektor stieg im vierten Stock aus und ließ sie weiter in den sechsten fahren. Ihre Zimmer waren größer und bequemer als die im Westturm und hatten einen Blick auf die Altstadt und das tiefblaue Wasser des Mälarsees. Als sie sich eingerichtet hatten und wieder hinunter gingen, besorgte Frau Lundgren ihnen einen Stadtplan, sodass sie die Innenstadt erkunden konnten.

Für Hannah fühlte es sich nun tatsächlich wie eine Klassenfahrt an – mit ihren Freunden als Tourist an einem fremden Ort. Sie machte viele Fotos von der Stadt und Niall und Phebe und hoffte, dass sie die beiden über den Sommer nicht zu sehr vermissen würde. Eine leise Stimme in ihr fragte sich, ob sie die Fotos nicht auch für ihre Eltern machte, um die Lüge glaubhafter erscheinen zu lassen. Doch wenn sie Phebes aufrichtige Begeisterung für die Sehenswürdigkeiten sah und wie Niall von Stunde zu Stunde entspannter wurde, kaum dass er nicht mehr in der Schule war, konnte sie diesen Gedanken gut verdrängen.

So verbrachten sie den Rest des Tages und den ganzen Sonntag, bevor am Montag der Unterirdische Kongress beginnen würde. Frau Lundgren war, wie sie versprochen hatte, immer für sie erreichbar, aber auch ständig damit beschäftigt, alle Vorgänge im Gebäude zu überwachen. Hannah nahm an, dass es eine Menge zu tun gab. Es wurden fast vierhundert Personen und Gottheiten erwartet. Offensichtlich waren letztere die anspruchsvolleren Hotelgäste, denn Frau Lundgren hatte alle Hände voll zu tun.

Da niemand außer Gelbroben im Hotel war, wurde eher nachlässig mit Geheimhaltung umgegangen. Das wussten scheinbar auch die Götter. Am frühen Sonntagabend hatten Hannah, Phebe und Niall sich die Füße plattgelaufen und lagen erschöpft auf den samtblauen Sofas im Foyer, während nach und nach die Gäste eintrafen.

Gelbroben kamen in jeder Form, musste Hannah feststellen. Die Leute, die eincheckten und von Frau Lundgren kleine Namensschilder und Schlüsselkarten ausgehändigt bekamen, waren so unterschiedlich wie die Leute auf der Straße. Einige sahen aus, wie Hannah sich Businessleute vorstellte, andere wie ganz gewöhnliche Erwachsene in ihrer Freizeit, aber zwischen ihnen gab es auch ein paar seltsame Gestalten, die in dem schicken Hotelfoyer fehl am Platz aussahen. Ohne zu wissen, dass es die MEDIATORES DEORUM ET HOMINUM waren, die all die Leute verbanden, hätte Hannah sich gewundert, was hier vor sich ging. Gerade standen ein verzettelter Professor und eine Studentin, die nichts als einen Backpackerrucksack bei sich hatte und mit ihren schlammverkrusteten Stiefeln den Teppichboden verdreckte, an der Rezeption. Frau Lundgren hatte jedoch keine Zeit, ihnen Schlüsselkarten oder Namensschilder zu geben. Denn als Nächstes traf eine Gottheit ein.

Hannah konnte zunächst nicht viel erkennen, nur dass eine Limousine vorgefahren kam. Ob es eine wichtige Gottheit war? Zumindest sprang Frau Lundgren sofort hinter der Rezeption hervor, das Handy noch zwischen Schulter und Ohr geklemmt. Sie kam direkt auf Hannah, Phebe und Niall zu.

»Wie viele Schafe will sie denn mitbringen?«, redete Frau Lundgren noch ins Telefon und warf besorgte Blicke auf die Limousine. An ihrer Hand führte sie einen kleinen, weißblonden Jungen, der eine Packung Wachsmalstifte und ein großes Blatt Papier umklammert hielt. »Nein, es geht mir wirklich nur um den Platz – den Teppichboden habe ich bereits aufgegeben, als ich hörte, dass sie kommen wird. – Warte, einen Moment.«

Bei den Sofas angekommen, hielt Frau Lundgren sich das Telefon an die Schulter. Phebe und Niall sahen von den Postkarten auf, die Phebe gekauft hatte, um sie an ihre Familie zu schreiben.

»Könnt ihr eine Stunde auf Hakon aufpassen?«, bat Frau Lundgren. »Er ist unser halbgöttliches Pflegekind und der Babysitter ist ausgerechnet heute ausgefallen. Ich hatte ihn bisher bei mir hinter der Rezeption, aber dort ist es ihm zu laut zum Malen.«

»Selbstverständlich«, sagte Hannah sofort begeistert, obwohl Nialls Gesichtsausdruck etwas anderes sagte. Auch Phebe wirkte nicht enthusiastisch, sondern schielte auf ihren Postkartenstapel. Vielleicht musste sie einfach zu oft auf Kinder aufpassen, dachte sich Hannah, schließlich war Phebes kleine Schwester auch erst sechs Jahre alt.

Frau Lundgren sagte noch etwas zu dem Jungen auf Schwedisch, dann drückte sie ihm einen Kuss auf die Stirn und eilte zum Eingang, wo mehrere ziegenbeinige Satyrn und ein Leopard aus der Limousine herausgepurzelt waren.

»Ähm«, begann Niall, den Vierjährigen vor sich musternd. »Ich will ja nicht so sein, aber du hast uns zum Babysitten freiwillig gemeldet also...«

»Keine Sorge, ich mache das schon«, erklärte Hannah entschlossen. Dann wandte sie sich auf Englisch an den kleinen Jungen. »Ich bin Hannah.«

»Hakon Olsson«, stellte er sich selbst vor, mit dem Zeigefinger auf seine Brust tippend. Dann kicherte er, sodass seine großen Schneidezähne aufblitzten.

Hannah fand schnell heraus, dass der Vierjährige kein Wort Englisch oder Deutsch verstand. Sie brauchte aber keine Worte, um sich mit ihm zu verständigen.

Der Junge zeigte ihr stolz, woran er mit seinen Wachsmalstiften gearbeitet hatte. Sie setzten sich auf den Teppichfußboden und vergaßen den Trubel um sich herum, den die Ankunft der Limousine ausgelöst hatte. Der Papierbogen war voller geflügelter Pferde mit zu vielen Beinen, roten Autos, in denen Sonne, Mond und Sterne über den Himmel fuhren, und einem riesigen, blauen Wolf, der alles fraß. Hakon deutete auf Teile seines Bilds und erklärte ihr aufgeregt auf Schwedisch etwas dazu. Hannah hörte aufmerksam zu, auch wenn sie kein Wort verstand. Vermutlich hatte auch Hakon anlässlich des Kongresses zum ersten Mal von Ragnarök gehört und zeichnete es jetzt.

Mit Nicken und Kopfschütteln gelang es ihm, Hannah anzuweisen, den Regenbogen zu malen, der die Wolken mit der Erde verbinden sollte, während er weiter an den Reißzähnen seines blauen Wolfs arbeitete. Sie waren gerade dabei, gemeinsam dem Kunstwerk noch eine buntgeringelte Midgardschlange hinzuzufügen, als Frau Lundgren mit einer großen Platte belegter Brote aus der Küche kam. Das Telefon klemmte wie immer zwischen Ohr und Schulter.

»Zum letzten Mal, nein!«, rief sie gerade hinein. »Irgendeine Grenze müssen wir auch für Olympier setzen! Ich gehe jetzt direkt hoch und sage ihm ins Gesicht, dass er seinen Leopard anleinen soll und höchstens zwei begleitende Satyrn in der Suite übernachten können.«

Bestimmt handelte es sich bei dem problematischen Gast noch um dieselbe Gottheit, die zuvor mit der Limousine angekommen war und so viel Trubel ausgelöst hatte, reimte sich Hannah zusammen. Vorsichtig stellte Frau Lundgren die Platte vor ihnen ab und steckte das Handy weg. Niall und Phebe schauten von den Postkarten auf, die Niall für Phebe frankierte.

»Und, Mädchen, seid ihr gut mit Hakon zurechtgekommen?«, fragte Frau Lundgren freundlich, obwohl sie bereits sehr müde aussah. »Ich weiß, dass er ganz schön anstrengend sein kann.«

»Das kann ich mir gar nicht vorstellen«, meinte Hannah und half Hakon, seine Wachsmalstifte zurück in die Packung zu räumen. »Er benimmt sich so gut.«

Hakon grinste breit, als hätte er diesen Teil genau verstanden.

»Das freut mich. Er ist das Kind eines Asen und eines Menschen und ist zu uns gekommen, weil seine Mutter völlig überfordert war«, seufzte Frau Lundgren und nahm Hakon hoch. »Wir lieben ihn. Aber wir hoffen, dass er nicht ausgerechnet Lokis Sohn ist. So, der Kleine muss jetzt ins Bett und dann sorge ich dafür, dass im dritten Stockwerk kein Unglück geschieht.«

Hakon gähnte und winkte Hannah über Frau Lundgrens Schulter nach, als sie mit ihm davoneilte.

Das Foyer leerte sich zusehends, nachdem Frau Lundgren gegangen war. Als sie ihre Brote aufgegessen hatten, schlug Niall vor, auch auf ihr Zimmer zu gehen und fernzusehen. Hannah bestand noch darauf, die leere Platte zur Bar zu bringen, damit sie nicht herumstand, dann warteten sie auf einen Fahrstuhl.

»Hakon war so süß«, schwärmte sie, als sie einstiegen. Sie hatte nicht mitbekommen, was Niall und Phebe die ganze Zeit über getan hatten. Aber zumindest hatte Phebe einen dicken Stapel geschriebener Postkarten in der Hand. »Ich mag Kinder.«

»Du magst jeden, Hannah«, gähnte Phebe. Hannah nahm es als Kompliment, denn sie sah nicht ein, warum das etwas Schlechtes sein sollte. »Findest du, man hat gemerkt, dass er ein Halbgott ist?«

»Was meinst du?« Hannah runzelte die Stirn.

»Naja, ich habe noch nicht viele Halbgötter getroffen.« Phebe lehnte sich gegen die Innenwand des Fahrstuhls. »Sara hat ja selbst zugegeben, dass sie Fähigkeiten besitzt. Und bei Dayo ist es ja keine Frage.«

»So was sind doch nur Vorurteile«, murmelte Niall.

»Die Vorurteile werden nicht ohne Grund existieren«, entgegnete Phebe.

»Ja, aus dem Grund, sie auszugrenzen.« Hannah hatte dem nichts mehr hinzuzufügen. Im ersten Stock stieg ein pferdefüßiger Satyr zu ihnen in den Fahrstuhl und deswegen schwiegen sie eine Weile. Er trug einen Kapuzenpullover, unter dem er seine Pferdeohren zu verstecken versuchte, und schleppte eine Minibar mit sich herum. Es wurde etwas eng im Fahrstuhl und der Pferdeschweif, der unter seinen selbstgeschneiderten Jeans hervorragte, streifte Hannahs Ellenbogen. Der Satyr grinste entschuldigend und kratzte sich hinter den fellbesetzten Ohren, dann stieg er im dritten Stockwerk aus und schob die Minibar den Flur hinunter.

Niall schüttelte nur stumm den Kopf darüber.

»Dionysos?«, mutmaßte Phebe, aber weder Hannah noch Niall gingen darauf ein. Schließlich stiegen sie im sechsten Stock aus.

»Wir sollten schlafen gehen«, meinte Niall, der wie Phebe im Fahrstuhl zu gähnen begonnen hatte. »Morgen beginnt der Kongress.«

»Ja, morgen...« Hannah hatte beinahe vergessen, aus welchem Anlass sie hierhergekommen waren. Ein Mann hatte willentlich einen Anruf nicht weitergeleitet und deswegen waren über hundert Menschen gestorben. Dieser Mann besaß das Elixier des Lebens und irgendwo auf der Welt lebte er noch.

Niall ging auf sein Zimmer und Hannah und Phebe legten sich hin. Im Dunkeln und der Stille, drang leiser Lärm an Hannahs Ohr, als würde weit entfernt im Gebäude eine Party stattfinden. Sie drehte sich auf ihre andere Schulter und dachte an den nächsten Tag. Ob das Gremium und die Versammlung der Gelbroben wohl zu demselben Schluss kommen würden wie sie und ihre Freunde?

Halbschlafend vermischten sich ihre Gedanken und die Erinnerungen an das ganze Schuljahr zu einem einzigen Albtraum. Die Welt verdunkelte sich, denn ein riesiges Maul verschlang Himmel und Erde, Reißzähne so groß wie Häuser zerklüfteten den Erdboden und entwurzelten Bäume. Äste, Erdbrocken, Bibliotheksbücher, Trümmer wurden von einem Sturm aufgewirbelt und kreisten um einen Mann mit der goldenen Taschenuhr in der Hand. Er war eingefallen und faltig und seine Lippen waren rot vom Götterblut, das er getrunken hatte...

Hannahs Herz pochte so stark, dass sie sich zwang, die Augen noch einmal aufzureißen. Sie blinzelte in die Dunkelheit hinein. Phebes schlafende Gestalt lag friedlich auf dem anderen Bett, die Haare dunkel auf ihrem Kissen. Hannah versuchte den Traum abzuschütteln. Nein, das war nicht wahr. Das waren bloß ihre Sorgen. Ihr zweites Gesicht hatte schließlich nichts mit Vorahnungen zu tun. Irgendwann schlief sie ein und in dieser Nacht plagten sie nur ganz gewöhnliche Albträume.

Phebe hatte sehr gut geschlafen. Das Hotelbett war himmlisch weich im Vergleich zu ihrem Bett im Internat und nach dem langen Stadtspaziergang am Sonntag war sie angenehm müde gewesen. Jetzt konnte sie es kaum abwarten, dass der Kongress begann. Als sie mit Hannah und Niall hinunter zum Frühstück ging, sah Phebe sich neugierig um. Der Frühstücksraum, der am Vortag noch leer gewesen war, war voller Gelbroben. Manche hatten schon ihre Roben angelegt, andere sahen so aus, als hätten sie vergessen ihren Schlafanzug abzulegen. Zu ihrer Enttäuschung waren aber keine Götter zum Frühstück erschienen.

Frau Lundgren wünschte ihnen einen guten Morgen und erklärte, dass die meisten sich ihre zumeist speziellen Frühstückswünsche aufs Zimmer bestellt hatten. Dann bat sie Hannah noch einmal, für eine halbe Stunde auf Hakon aufzupassen, der erst kurz vor der Eröffnung von seiner leiblichen Mutter für einen Ausflug in den Zoo abgeholt werden würde.

Es war schwer, zu viert noch einen Tisch zu finden, und deshalb setzten sie sich schließlich ans Ende eines langen Tischs mit anderen Gelbroben. Die Mitglieder am Tisch waren alle in ihren Zwanzigern und noch bunter als der Rest der Versammlung. Eine Halbgöttin mit blassblauer Haut rückte beiseite, um Platz für sie zu machen, und die Gruppe begann sofort sich mit ihnen zu unterhalten.

Mit Stolz stellte Phebe fest, dass die jungen Mitglieder genau wussten, was drei Fünfzehnjährige auf dem Kongress zu suchen hatten, und Phebe und Niall konnten die ganze Geschichte von vorne erzählen. Dann berichteten auch die Mitglieder von sich. Einige von ihnen studierten an gewöhnlichen Universitäten, andere waren seit ihrer Vereidigung direkt im Einsatz für die Gelbroben. Eine von ihnen namens Hazan Bilgiç schrieb gerade eine Forschungsarbeit über Ethik in der Alchemie. Sie hatte ein Nasenpiercing und trug unter ihrer gelben Robe ein Karohemd und leopardengefleckte Sneaker. Phebe war begeistert von ihr.

»Was soll Ethik in der Alchemie sein?«, fragte Niall das ältere Mädchen verständnislos. Phebe hätte ihm am liebsten für diese dumme Frage ihren Ellenbogen in die Rippen gestoßen. Vor den Älteren wollte sie sich nicht blamieren. Aber wahrscheinlich wäre es noch peinlicher gewesen, wenn Niall wegen ihrem Stoß an seinem Müsli erstickte. Deshalb ließ sie es bleiben.

»Naja, kurzgefasst: Welche Folgen hat es, Gold herzustellen, und würde es zu einer Inflation führen, die mehr Menschen schadet als das Gold helfen kann? Darf sich ein Mensch anmaßen, einen Homunkulus heranzuzüchten? Sollte das Elixier des Lebens vernichtet oder bewahrt werden? Und genau deshalb wurde ich als Rednerin eingeladen. Ich werde später meine Position vorstellen und hoffe, dass ich ein paar Leute überzeugen kann.«

Sie holte ihren Laptop heraus, steckte ihr langes Haar in einer einzigen Handbewegung mit einem Bleistift hoch und zeigte ihnen den Vortrag, den sie später vor dem Kongress halten würde. Phebe hing bei jedem Wort an ihren Lippen.

»Das ist ein Riesenmoment für mich«, erklärte sie. »Wenn so Leute wie Bergunder einem endlich mal zuhören müssen, statt dir zu sagen, dass du zu jung bist, um eine Meinung haben zu dürfen.«

Bei den letzten Worten zwinkerte sie Phebe zu. Phebe spürte, wie ihr Gesicht heiß wurde. So wollte sie sein. Genau wie Hazan, ein forschendes Mitglied und dabei so lässig aussehen. Es war, als wären die Gelbroben eine einzige riesige Familie und bei diesem Frühstück fühlte Phebe sich wie ein Teil davon.

Nach und nach brachen die Älteren vom Frühstückstisch auf und ließen Phebe mit ihren Freunden zurück. Hannah malte schon wieder etwas zusammen mit Hakon und Phebe hatte Zeit, ihr Frühstück aufzuessen, das sie vor all den spannenden Gesprächen ganz vergessen hatte. Als auch Niall endlich seine dritte Portion rosinenfreies Müsli gegessen und Frau Lundgren Hakon wieder bei ihnen abgeholt hatte, wollten die drei auch vom Tisch aufstehen und nach oben gehen, um sich fertig zu machen.

Sie waren kaum aufgestanden, als Herr Van Koppern auf sie zukam. Er sah gehetzt aus.

»Könnt ihr die Beweise für mich kurz aufbewahren?«, fragte er und streckte ihnen eine gelbe Dokumentenmappe entgegen. »Es gibt etwas Ärger auf dem dritten Stockwerk und ich habe keine Zeit, auf mein Zimmer zu fahren.«

»Selbstverständlich«, sagte Hannah und nahm die Mappe entgegen. Herr Van Koppern nickte dankbar.

»Ich treffe euch um zehn im Foyer«, verabschiedete er sich, dann eilte er davon und seine gelbe Robe flatterte hinter ihm her.

Um halb zehn waren auch Phebe und Hannah zurück auf ihrem Zimmer und zogen sich für die Eröffnung des Kongresses um. Hannah hatte die gelbe Mappe mit den Beweisen sorgfältig in ihrem Koffer verstaut, damit sie nicht offen herumlag, während sie im Bad war. Phebe zog sich währenddessen im Schlafzimmer um. Sie kramte aus den tiefen ihres Koffers ein weißes Hemd von Bas hervor. In der Checkliste zum Packen fürs Internat hatte eine weiße Bluse für formelle Anlässe gestanden, aber Phebe besaß so etwas nicht. Also hatten ihre Väter in ihren Schränken gestöbert – keiner ihrer Väter trug regelmäßig Hemden – und das war dabei herausgekommen. Phebe hatte das Hemd das ganze Jahr noch nicht getragen und es hatte im Koffer Zeit gehabt, zu knittern. Sorgfältig krempelte Phebe die Ärmel hoch. Mit der Robe darüber würde es ganz gut aussehen, versuchte sie sich einzureden.

Im selben Moment trat Hannah aus dem Bad. Phebe schielte zu ihr hinüber. Hannahs cremeweiße Bluse sah viel ordentlicher und hübscher aus als ihr Hemd.

»Wie sehe ich aus?«, platzte Niall auf einmal ins Zimmer. Auch er trug ein weißes Hemd und eine dunkelgraue Hose. Die Hose war ein paar Zentimeter zu kurz, sodass zwischen dem Saum und seinen nicht zueinander passenden Socken ein Stück Haut zu sehen war. Vielleicht war es der Rest einer Schuluniform, aus der er übers letzte Jahr herausgewachsen war.

»Besser, wenn du das Hemd in die Hose stecken würdest«, tadelte Hannah. Sie sah so schön aus, dachte sich Phebe neidisch. Ihre Kleidung saß perfekt, ihre Lippen waren von Natur aus rosa und ihre hübschen Sommersprossen machten Make-Up überflüssig. Alles, was Hannah morgens tun musste, war, ihre Haare zu bürsten.

»Auf meinen letzten Internaten musste ich jeden Tag noch eine Krawatte dazu tragen«, seufzte Niall und warf seine gelbe Robe auf ein Bett. »Spätestens nach dem Mittagessen fühlt es sich an, als würde man ersticken, aber wenn man sie zu weit lockert, bekommt man eine Strafarbeit.«

»Ich verstehe, warum du dich bemüht hast, da wegzukommen«, neckte Phebe, um sich abzulenken. »Andererseits hättest du mehr als nur die Uniform mitnehmen können.«

Niall warf ihr einen fragenden Blick zu.

»Bildung, meine ich.«

Er zog eine Grimasse.

»Ich hätte jederzeit mit dir getauscht«, seufzte Phebe und verhedderte ihre Haare noch mehr in dem Haargummi.

»Die richtig berühmten Internate in England nehmen doch nur Jungen, oder?«, fragte Hannah.

»Manche«, stimmte Niall zu und schauderte merklich. Vermutlich hatte er gerade ein Flashback an eine Bärin in der Turnhalle oder so etwas, riet Phebe. Sie seufzte.

»Am besten schneide ich mir die Haare ab und schmuggle mich da ein.« Phebe zog das ziepende Gummi wieder heraus und sah frustriert auf die paar schwarzen Haare, die sie mitausgerissen hatte.

»Darf ich dir helfen?«, bot Hannah an.

Phebe zögerte. Sie sah sich noch einmal im Spiegel an. Ob sie Hazan wohl nach dem Trick mit dem Bleistift fragen konnte? Es hatte so lässig ausgesehen und Phebe wollte sich diesen Tag nicht von ihren Haaren verderben lassen. Gegen die Nase konnte sie nichts tun, aber an den Haaren musste sich etwas ändern lassen. Wortlos reichte sie Hannah das Haargummi.

»Ich flechte dir einen Zopf, okay?«

Phebe nickte. Was genau Hannah dann tat, ging zu schnell, als dass Phebe es verstehen konnte. Aber es hätte auch Zauberei sein können, denn das Ergebnis war unglaublich. Hannah hatte nicht nur ihr schwarzes Haar gebändigt, sondern einen französischen Zopf geflochten. Phebe wollte ihren Augen nicht trauen, als sie ihr Spiegelbild sah. Der schwarze Zopf lag mattglänzend über ihrer Schulter.

»Danke«, brachte sie hervor und strich ungläubig, dass ihre eigenen Haare so schön sein konnten, mit der Hand den Zopf entlang. Schnell griff sie nach ihrer gelben Robe und streifte sie sich über. Dann warf sie einen zweiten Blick in den Spiegel. Bisher hatte sie die Robe nur im Ritualkundeunterricht bei Herrn Bergunder getragen, wo sie sich noch so sehr anstrengen konnte und trotzdem höchstens keinen gemeinen Kommentar bekam. Aber heute, heute würde sie sie auf dem Unterirdischen Kongress tragen, weil sie eine Gelbrobe war. Und sie sah fabelhaft aus.

Plötzlich zuckte Hannah zusammen.

Phebe fuhr herum, um zu sehen, was Hannah so erschreckt haben konnte. Der Blick ihrer Freundin war auf die Tür gerichtet. Doch da war nichts. Alarmiert sah Phebe zu Niall, der bloß mit den Schultern zuckte.

Phebe wollte gerade eine Frage formulieren, als die Schranktüren aufgerissen wurden und alle ordentlich gefalteten Handtücher herausflogen. Dann knallten die Schranktüren wieder zu und die Schubladen des Nachttisches gingen wie von selbst auf. Ein wütendes Fauchen ertönte und das Bett dellte sich, als wäre jemand darauf gesprungen.

Dann begriff Phebe. Sie waren nicht mehr allein in dem Hotelzimmer. Ein unsichtbares Wesen war eingedrungen. Und es suchte nach etwas.

Niall schnappte sich ein Kissen vom Bett und warf es in Richtung des zweiten Nachttischs, wo gerade die Schublade aufgerissen wurde. Aber entweder hatte er das unsichtbare Wesen verfehlt oder das Kissen war geradewegs durch es hindurch gegangen. Rasch griff er nach dem zweiten Kissen, in der Hoffnung, dieses Mal zu treffen.

»Niall, lass das!«, fuhr Phebe ihn an. »Kannst du es sehen, Hannah?«

»Nur wie... einen Schatten. Es ist...« Sie rang nach Worten und drückte sich eng an Phebes Seite. »...wie Rauch. Ich sehe es auch nur grau und irgendwie durchscheinend. Es ist so groß wie ein kleiner Hund und irgendwie... ich kann es nicht beschreiben. Als wäre es aus Teilen von verschiedenen Tieren zusammengesetzt, mit Hörnern und Flügeln und Klauen.«

Überhaupt nicht beruhigt von dieser Beschreibung tastete Niall in seiner Hose nach Stephens Taschenmesser. Dem Taschenmesser des Kothar-Chasis. Er hatte noch nichts darüber herausgefunden, aber das lag mehr daran, dass er zu faul gewesen war, nach den Prüfungen den Bibliotheksturm noch einmal zu betreten. Außerdem war ein rostiges, stumpfes Messer in seiner Hand besser, als überhaupt kein Messer zu haben.

Er nahm es zur Hand und klappte es auf.

»Das bringt nichts«, flüsterte Phebe, als fürchtete sie, das Wesen könnte sie sonst hören. »Wenn selbst Hannah es nicht richtig sehen kann, dann ist es ein Wesenloses. Es hat keinen Körper, du kannst es nicht treffen.« Dann wandte sie sich wispernd an Hannah. »Was macht es?«

»Es klettert auf den Stuhl und schaut sich die Sachen auf dem Tisch an.« Niall sah wie angestrengt Hannah das Wesenlose mit den Augen verfolgte. »Jetzt geht es zu deinem Koffer.«

Einzelne Socken und zusammengeknüllte T-Shirts aus Phebes Koffer flogen durch das Zimmer. Es hätte witzig ausgesehen, wäre es nicht so unheimlich gewesen.

Auf dem Flur hörte Niall plötzlich Rufe und wie mehrere Leute rannten. Aber ob sie auf sie zukamen oder bloß vorbeirannten, konnte Niall beim besten Willen nicht erkennen. Er fragte sich, ob sie nicht besser das Zimmer verlassen und auch wegrennen und um Hilfe rufen sollten. Noch versperrte das Wesenlose ihnen nicht die Tür. Aber mit einem Wesen, dass nicht einmal Hannah deutlich sehen konnte, wollte Niall sich nur ungern anlegen. Was, wenn es sie angriff, wenn sie versuchten zu fliehen? Das hier war eine andere Größenordnung als ein paar Schrate und Andersweltbewohner.

»Es schaut sich nach dem Geräusch um«, berichtete Hannah weiter. »Jetzt schaut es wieder zu uns. Es schnüffelt an meinem Koffer.«

»Was sucht es bloß?«, murmelte Phebe, während auch Hannahs ordentlich zusammengelegte Kleider durch die Gegend flogen. Niall konnte gerade noch einem BH ausweichen.

Vielleicht lag es daran, dass er erst als er das Gelb in Hannahs Koffer aufblitzen sah, reagieren konnte.

»Die Beweise!«, rief er und noch bevor das Unsichtbare die gelbe Mappe zu fassen bekommen hatte, war er zu Hannahs Koffer gestürzt und hatte sie zu greifen bekommen. Er drückte sie fest an seine Brust. Schon in der nächsten Sekunde glaubte er, dass das ein Fehler gewesen war. Das Wesenlose gab einen zischenden Laut von sich und es fühlte sich an, als wäre Niall gegen einen unsichtbaren Hund gelaufen. Er stolperte über das kniehohe Hindernis und fiel. Der Geruch von Verbranntem und Schwefel stieg ihm in die Nase, als er auf dem Teppichfußboden lag.

Hannah gab einen entsetzten Schrei von sich, aber das half Niall nicht zu verstehen, was das Wesen als Nächstes vorhatte. Er umklammerte die Mappe noch fester und plötzlich spürte er ein Gewicht, als hätte sich das Wesen auf seine Brust gesetzt. Und er fühlte, wie es mit ganzer Kraft an der Mappe zerrte.

In genau diesem Moment wurde die Tür aufgerissen. Herr Van Koppern stand atemlos im Türrahmen. Niall konnte seinen Paten von seiner Position am Boden nicht ganz sehen. Aber er konnte seine Stimme hören. Monoton sprach er immer dieselben Worte vor sich hin und Niall brauchte eine Weile, um zu verstehen, dass es Latein war. Plötzlich wurde ein weißes Pulver über ihn gestreut und Niall kniff die Augen zusammen. Das Wesenlose fauchte wütend und endlich löste sich das Gewicht von seiner Brust.

Der Schuldirektor stürzte zu Niall, riss ihn hoch und stieß ihn beinahe grob zu den Mädchen, aber dabei entglitt Niall die Mappe. Er wollte etwas sagen und schmeckte dabei Salz auf seiner Zunge. Was geschah hier?

Auch Hannah und Phebe blickten den Schuldirektor um eine Erklärung bittend an, aber Herr Van Koppern fuhr unbeirrt fort, dieselben Worte auf Latein vor sich hinzumurmeln. Niall sah erst jetzt, dass sich ein rostroter Fleck auf seiner gelben Robe bildete, wo er aus einem tiefen Kratzer an der Kehle blutete.

Dann geschah etwas. Mit jedem Mal, dass Herr Van Koppern die lateinischen Worte sprach, wurde das Wesenlose sichtbarer. Erst war es wie aus Rauch geformt, wie Hannah beschrieben hatte, dann langsam gewann es an Körperlichkeit und Niall wünschte fast, es hätte es nicht getan.

Hannahs Beschreibung war, wie alles was Hannah tat, sehr nett gewesen. Das Wesenlose war scheußlich anzusehen, als hätte ein Kind Gliedmaßen von Tieren aus Knete geformt und sie dann lieblos und vor allem falsch zusammengesetzt. Die Kreatur war verwachsen, mit knochigen Beinen und ungleichen Gesichtshälften. Seine ledrigen Flügel waren zu klein für seinen Körper und es bewegte sich in ungeschickten Hopsern fort. Es sah aus großen, gelblichen Augen zu ihnen. Auf seiner grauen Stirn prangte ein schwarzes Brandmal. Niall wünschte, er hätte seine Brille getragen, um das Symbol besser erkennen zu können, aber so wirkte es wie der Schädel einer dreihörnigen Ziege.

»Ist das ein...?«, brachte Phebe hervor.

»Dämon«, vervollständigte Herr Van Koppern atemlos und fuhr fort, die lateinischen Worte zu sprechen. Der Dämon gab ein Kreischen von sich, als hätte man eine Katze und einen pfeifenden Wasserkessel zusammen in einen Mixer geworfen, und hopste zum Fenster, die gelbe Mappe festumklammert.

»Nein!«, hörte Niall sich selbst rufen, als der Dämon sich gegen die Scheibe warf und sie in tausend Scherben zerbersten ließ. Niall stürzte zum Fenster, aber es war zu spät. Der Dämon sprang vom Sims und halb fiel, halb flatterte er mit der gelben Mappe davon.

Niall spürte eine Hand auf seiner Schulter. Es war sein Pate.

»Geht es euch gut?«, fragte Herr Van Koppern und musterte erst Niall, dann Hannah und Phebe besorgt.

»Es hat uns nicht angegriffen«, erklärte Hannah mit zitternder Stimme. »Aber es hat die Beweise... Es hat sie mitgenommen.«

»Wichtig ist, dass euch nichts passiert ist.« Niall fand, dass ihr Schuldirektor viel zu ruhig blieb. Wenn es nach ihm ginge, wären sie alle in heller Panik dem Dämon nachgesprungen. Obwohl er natürlich wusste, dass das in keinem Fall eine gute Idee war.

»Aber der Kongress!«, rief Phebe aufgebracht und sprach damit aus, was Niall nicht konnte. »Welche Beweise haben wir denn für Savilles Schuld, wenn wir die Uhr und den Bericht nicht vorweisen können?«

»Zusammen sind wir vier Augenzeugen.« Herr Van Koppern schüttelte ruhig den Kopf. »Sie werden sich auf unser Wort verlassen müssen. Wir – «

Er unterbrach sich und tastete nach dem Kratzer an seinem Hals. Niall sah Blut an seinen Fingerkuppen. Er erinnerte sich an die Schreie und die lauten Schritte auf dem Flur... Was ging hier vor sich? Ein zweites Ragnarök?

Hannah hatte sofort ein Taschentuch parat, das Herr Van Koppern mit einem dankbaren Lächeln annahm und gegen die Wunde presste.

»Ist Ihnen etwas passiert, Sir?«, fragte Niall verunsichert, als das weiße Papiertaschentuch langsam rot wurde.

»Der Dämon war nicht allein«, erklärte Herr Van Koppern ernst und setzte sich auf den Stuhl am Tisch. »Ich wurde von einem zweiten Dämon angegriffen und Joanne Boucher auch. Hätte ich euch nicht die Mappe gegeben, wärt ihr wahrscheinlich nicht attackiert worden. Ich bin so schnell zu euch gekommen, wie ich konnte. Jemand will diesen Kongress scheinbar mit allen Mitteln verhindern oder zumindest verzögern.«

»Saville?«, sprach Hannah es aus, bevor Niall es auch nur denken konnte.

Herr Van Koppern nickte langsam.

»Auch wenn er nicht gefunden werden will, der Diebstahl ist der Beweis, dass er noch lebt. Das hat er uns durch die Dämonen nur noch einmal bestätigt. Vermutlich wollte er sich Zeit kaufen. Wofür auch immer.«

Niall schauderte bei dem Gedanken, dass Saville die Dämonen gesandt hatte. Natürlich hatte er im Hinterkopf gewusst, dass Saville durch das Elixier noch lebte. Aber er hatte nicht im Traum daran gedacht, dass der Mann etwas dagegen unternehmen würde, dass die Gelbroben über seine Schuld und seinen Verbleib diskutierten.

»Was war das für ein Zeichen auf der Stirn des Dämons?«, fragte Phebe auf einmal. Herr Van Koppern horchte auf.

»Hast du es schon einmal gesehen, Phebe?«, fragte er überrascht. Phebe biss sich auf die Unterlippe und nickte schüchtern. »Also wirklich die Seinigen...«, sagte Herr Van Koppern wie zu sich und fuhr dann wieder an alle gerichtet fort. »Die Experten unter uns beraten sich bereits, was es damit auf sich hat. Darüber müsst ihr euch nicht den Kopf zerbrechen.«

Ein Blick auf die Uhr sorgte schließlich für Aufbruchsstimmung. Der Kongress sollte wie geplant um halb elf eröffnet werden. Schweigend gingen sie mit dem Direktor den Hotelflur hinab und warteten gemeinsam auf den Fahrstuhl.

Niall wurde unruhig und verlagerte sein Gewicht von einem Fuß auf den anderen. Wieso konnten die anderen schweigen? Sie hatten gerade die Beweise verloren – alles, wofür sie seit Anfang des Jahres gearbeitet hatten. Sie hatten den Gott der Vogesen aufgesucht, sich in der Anderswelt verirrt und einen Drekavac überlebt, nur um sich von einem Dämon alle Beweise für Savilles Schuld stehlen zu lassen.

»Ich habe das ganze Jahr irgendwelche vergilbten Akten gescannt, aber daran den Bericht zu scannen hat niemand gedacht«, murmelte er zu Hannah, als der Fahrstuhl endlich kam und sie einstiegen. »Es ist – argh!«

Mit etwas mehr Wucht als nötig drückte er den Knopf fürs Erdgeschoss. Herr Van Koppern sah aus, als wollte er etwas Tadelndes sagen, ließ es dann aber. Schließlich waren sie nicht in der Schule.

»Aber wir haben den Bericht gescannt...« Hannahs Stimme war so leise, dass Niall sich erstaunt zu ihr umblickte. Hatte sie das gerade wirklich gesagt?

»Hannah?«, fragte Herr Van Koppern überrascht.

»Herr Direktor, wir haben den Bericht!«, wiederholte sie lauter. »Ich habe ihn gefunden, als ich meine Scannstrafarbeit hatte. Ich habe den Text mit den anderen Dokumenten eingescannt. Er muss irgendwo dazwischen sein.«

»Den Göttern sei Dank!« Phebe fiel ihr um den Hals. »Hannah, wieso hast du nicht früher daran gedacht?«

»Sie hat jetzt daran gedacht, das ist das Wichtigste«, strahlte Herr Van Koppern. »Ich rufe sofort Kristjan Japhet an.«

Unten im Foyer ging es zu wie in einem Ameisenhaufen. Als Phebe mit ihren Freunden und Herrn Van Koppern aus dem Fahrstuhl trat, liefen die Leute in gelben Roben kreuz und quer. Manche telefonierten, manche unterhielten sich angeregt, andere versuchten mit ihren Laptops auf dem Schoß zu arbeiten. Die Ereignisse hatten wohl wie ein Stock in ein Wespennest gestochen.

Frau Lundgren hatte angesichts der Lage die Bar frühzeitig öffnen lassen, die auf der Galerie über dem Foyer lag. Phebe sah viele Mitglieder, die sich dort einen Kaffee oder etwas Stärkeres genehmigten. Herr Van Koppern steckte sein Handy unter der gelben Robe weg. Er hatte den Bibliothekar Japhet noch im Fahrstuhl erreicht und steuerte mit ihnen im Schlepptau direkt auf Frau Lundgren zu.

»Haben Sie den Überblick?«, fragte der Schuldirektor die Organisatorin sofort. »Haben sich alle zurückgemeldet?«

»Ja, direkte Attacken hat es wohl nur auf Sie und Boucher gegeben«, erklärte Frau Lundgren und betrachtete besorgt den Kratzer und das getrocknete Blut auf seiner Robe.

»Leider nicht nur. Niall, Phebe und Hannah mussten gerade einen Dämon abwehren. Jemand wollte die Beweise stehlen und die Zeugen zum Schweigen bringen.« Frau Lundgren riss erschrocken den Mund auf, aber Herr Van Koppern fuhr fort. »Es geht uns allen gut und das betreffende Dokument ist als Scan gespeichert. Mein Kollege Japhet im Schloss wird es mir jeden Moment zuschicken. Bei der Taschenuhr müssen wir auf unsere Augenzeugen vertrauen.«

Herr Van Koppern warf den drei ein Lächeln zu. Frau Lundgren nickte beruhigt und sorgte dafür, dass Phebe, Hannah und Niall jeweils auch ein Sektglas mit Orangensaft bekamen, dann wurde sie auch schon wieder von jemandem angesprochen.

Es war ein hagerer, hellhäutiger Mann. Er konnte nicht viel älter als Hazan Bilgiç sein, schätzte Phebe, aber er hatte nicht mit den anderen am Frühstückstisch gesessen. Sie hatte ihn zumindest noch nie gesehen. Seine Gesichtszüge waren scharf geschnitten und seine Augen so wachsam, dass er fast misstrauisch dreinblickte. Unter seiner gelben Robe trug er ein schwarzes Hemd zum schwarzen Anzug und beides war mit weißem Kreidestaub und Kerzenwachsflecken besudelt. Phebe nahm an, dass das wohl wichtige Ingredienzen für irgendein Ritual waren.

»Lundgren«, meldete der junge Mann sich wie zum Appell. Er gab offenbar viel auf sein Äußeres, denn sein hellbraunes Haar war perfekt gekämmt und er versuchte die Flecken auf seiner Robe hastig zu verstecken, indem er sie zurückschlug. »Die Lage ist unter Kontrolle. Alle dämonischen Aktivitäten sind unterbunden und es ist ausgeschlossen, dass sie zurückkehren.«

Während dieser Worte hatte er weder Herrn Van Koppern noch Phebe und ihren Freunden einen Blick geschenkt, als wären sie für ihn unwichtig.

»Danke, Vyvian. Du bist ein Engel«, seufzte Frau Lundgren erleichtert und legte ihm eine Hand auf den Unterarm. Der Mann wirkte jedoch alles andere als engelsgleich auf Phebe. Beim Klang seines Vornamens verzog er gequält das Gesicht. Er mochte ihn wohl nicht besonders und das konnte Phebe nachvollziehen.

»Kinder, das ist Sekretär Vyvian Quilliams, Daryls Partner«, stellte Frau Lundgren vor. »Er ist der gegenwärtige Experte für Dämonen in der Organisation, müsst ihr wissen. Er hat vor vier Jahren ein Mitglied aus den Fängen der Seinigen gerettet. Ganz allein, vor einer Horde von Dämonen. Das ist in der ganzen Geschichte der Gelbroben noch niemandem gelungen. Er war schon für tot erklärt worden, dieser Benjamin Cah- «

Herr Van Koppern versetzte ihr freundlich einen Ellenbogenstoß und Frau Lundgren verstummte augenblicklich. Sekretär Quilliams hob eine Augenbraue, sagte aber nichts. Phebe konnte gerade noch verhindern, dass ihr das Glas mit dem Orangensaft aus der Hand rutschte. War das die Antwort, nach der sie das ganze Jahr gesucht hatte? Ben, von Dämonen gefangen?

Sie wusste nichts über Dämonen, denn sie waren Stoff der vierten Stufe und ganz so weit hatte sie noch nicht vorauslernen können. Sofort formte sich in ihrem Kopf ein Plan fürs nächste Jahr. Das Brandmal der dreihörnigen Ziege, Dämonen, die Seinigen... Sie konnte nun anfangen, richtig zur recherchieren. Bemüht, sich nichts anmerken zu lassen, nippte sie an ihrem Orangensaft, denn Herr Van Koppern musterte sie besorgt.

»Wie auch immer«, fing sich Frau Lundgren wieder. »Sobald ein Posten im Gremium frei wird, wird Vyvian wahrscheinlich hineingewählt.«

»Lundgren, hören Sie schon auf, ich werde ja ganz rot«, erwiderte Sekretär Quilliams trocken und wurde kein bisschen rot. Er sah eher so aus, als gefiele ihm das Lob sehr gut. Phebe konnte ihre Augen nicht von ihm lassen. Er war recht gutaussehend, aber das war nicht, was sie bewunderte. Im Foyer liefen schließlich leibhaftige Götter herum. Vor ihr stand der Mann, der ihren Vater gerettet hatte. Sie hatte so viele Fragen an ihn. Sie überlegte sich, ob es irgendeine Möglichkeit gab, ihn allein zu sprechen. Bestimmt würde er Verständnis für ihre Lage haben. Er war schließlich auch noch jung und Phebe hielt ihn für jemanden, der gerne nach seinen Errungenschaften gefragt wurde.

»Vyvian, darf ich dir Hannah Abels, Phebe Cahen und Niall Croker vorstellen? Sie haben gerade ihre erste Stufe abgeschlossen.«

Sekretär Quilliams schüttelte allen dreien kurz die Hände. Als Phebe an der Reihe war, stellte sie fest, dass sein Händedruck sich schwach und lustlos anfühlte. Sie versuchte es sich damit zu erklären, dass eine Dämonenbannung ihn bestimmt seine Kräfte gekostet hatte.

»Ihr seid die Helden in dieser Geschichte, wenn ich recht verstehe?«

»Naja«, setzte Phebe an. Sie war ein wenig verlegen, dass ein so berühmtes Mitglied sie direkt ansprach.

»Ja«, bestätigte Niall beinahe gleichzeitig.

»Wir hatten Glück«, half Hannah aus, als durch Phebes und Nialls gleichzeitige Antwort eine unangenehme Pause entstanden war.

»Oh ja«, meinte Sekretär Quilliams langsam. Phebe konnte nicht umhin, einen spöttischen Zug um seine Mundwinkel zu sehen, als er sie mit Schakalaugen musterte. »Ausgesprochen viel Glück...«

»Schade, dass Daryl nicht hier sein kann. Sie ist auf diesen offiziellen Veranstaltungen immer ein richtiger Sonnenschein.« Frau Lundgren seufzte. »Weißt du, wo sie steckt?«

»In Finnland«, antwortete Sekretär Quilliams und wandte seinen misstrauischen Blick endlich von Phebe, Hannah und Niall ab. »Sie hat sich einige Tage verletzt durch die Wildnis geschleppt und sich erst gestern bei mir melden können. Jetzt gönnt sie sich eine Woche Erholung. Es war wohl eine Herde feuerspeiender Elche involviert.«

»Wirklich schade, dass sie nicht hier ist«, beteiligte Herr Van Koppern sich wieder am Gespräch. Er war bisher ganz in seine Tasse schwarzen Kaffee vertieft gewesen. »Ich habe sie seit ihrem Schulabschluss nicht mehr länger als fünf Minuten gesprochen.«

»Sie hat doch selbst große Teile ihrer Familie durch Boucher verloren, oder?«, hakte Frau Lundgren ein.

Sekretär Quilliams gab ein vages Nicken von sich, so als ob er die Formulierung für nicht ganz zutreffend hielt.

»Dieses Jahr hat sie wieder einmal mit nichts als Heldentaten von sich hören lassen«, schilderte Frau Lundgren mit einem Blick in Richtung von Phebe, Niall und Hannah. »Ohne junge Leute wie sie und euch wären die Gelbroben nach den Weltkriegen gewiss ausgestorben. Euch ist sie bestimmt ein großes Vorbild.«

Phebe nickte zustimmend, Hannah wohl eher aus Höflichkeit und Niall war abgelenkt von Thoth, dem ägyptischen Gott mit dem Ibiskopf, der mit nasaler Stimme an der Bar um einen Strohhalm bat, um mit seinem Schnabel aus einem Glas trinken zu können.

»Die gute, alte Dingo... – Daryl, meine ich.« Sekretär Quilliams räusperte sich, als hätte er gerade etwas Falsches gesagt. Unruhig kratzte er an dem Fleck Kerzenwachs auf seiner Robe herum, bis er eine willkommene Ablenkung gefunden hatte. »Oh nein... Da kommt der Grund, warum gestern Nacht im dritten Stock niemand ein Auge zubekommen hat.«

Phebe unterdrückte den Drang, sich sofort umzudrehen und musste abwarten, bis zwei Gestalten zu der Runde hinzutraten. Es war unschwer zu erkennen, um wen es sich handelte. Beide hatten einen südeuropäischen Teint, schwarzes, lockiges Haar und sahen sich ähnlich. Wenn sie die griechischen Götter waren, für die Phebe sie hielt, waren sie schließlich auch über fünf oder fünfzehn Ecken verwandt.

Die Frau trug ein langes, weißes Gewand wie die meisten antiken Statuen und einen Blumenkranz aus blaugelben Schwertlilien im Haar. Doch am bemerkenswertesten waren ihre gefiederten Flügel, die aus dem offenen Rücken des Kleides herausragten und in allen Farben des Regenbogens schillerten. Sie zog einen jungen Mann am Arm mit sich, der aussah, als hätte sie ihn nach einer durchfeierten Nacht gerade erst aus dem Bett geworfen. Er hatte zerzaustes Haar, einen Dreimaldreitagebart und trug einen Kranz aus Weinlaub. Der Rest von ihm wirkte weniger göttlich, denn er trug ein T-Shirt mit Rotweinflecken, zerrissene Jeansshorts und Flip-Flops an den Füßen.

»Darf ich bekanntmachen?«, wechselte Frau Lundgren sofort in ihre Rolle als Gastgeberin zurück. »Sekretär Vyvian Quilliams, Oliver Van Koppern, Gremiumsmitglied und Schuldirektor im Vogesenschloss, und seine Schülerinnen und sein Schüler Hannah, Phebe und Niall. – Die olympische Delegation: Iris, Göttin des Regenbogens und Mutter des Theodoros. Und Dionysos, Gott des Weins.«

Alle Gedanken, die Phebe sich zuvor noch über Sekretär Quilliams gemacht hatte, vergaß sie sofort. Die Göttin war wunderschön. Mit einem wohlwollenden Lächeln neigte sie den Kopf zum Gruß und die Erwachsenen erwiderten die Geste, sodass Phebe und ihre Freunde sich beeilten, es ihnen gleichzutun. Iris hob gerade an zu sprechen, als Dionysos sich von ihrem Griff freimachte. Phebe kam es plötzlich so vor, als hätte der Olymp die Götterbotin nicht nur gesandt, weil sie so eng mit den Gelbroben verbunden war, sondern auch, um den Olympier zu beaufsichtigen.

»Warum reduzieren mich die Menschen immer darauf?«, unterbrach der Weingott, bevor Iris etwas hatte sagen können, und warf sein Haar zurück. »Zu eurer Information: Gott des Weines, der Trauben, der Fruchtbarkeit, der Freude, des Wahnsinns und der Ekstase.«

»Danke, Dion.« Iris lächelte leicht genervt, offenbar ein Seufzen unterdrückend. »Es freut mich, eure Bekanntschaft zu machen. Ich – «

»Wo haben all diese Leute ihre Gläser her?«, wurde sie sofort wieder von Dionysos unterbrochen. »Gibt es hier Wein?«

Frau Lundgren zeigte zur Bar. Ohne ein weiteres Wort verschwand Dionysos in die angedeutete Richtung. Phebe sah ihm fassungslos nach. Dieser Gott war ein wandelndes Klischee.

»Bevor ihr fragt, er ist nicht betrunken. Er ist immer so«, erklärte Iris entschuldigend.

»Deshalb nehmen die Leute ja an, er sei immer betrunken«, murmelte Herr Van Koppern und nahm einen großen Schluck Kaffee.

»Da kann ich Ihnen nicht widersprechen«, meinte Iris und ein Seufzen, so zart wie ein Hauch des Westwinds entfuhr ihren Lippen, als Dionysos mit einem Glas und einer Weinflasche zurückkehrte. Er schenkte sich selbst ein und schwenkte den blauroten Rebensaft im Glas.

»Der Wein ist nicht schlecht«, versuchte Frau Lundgren als Gastgeberin ein wenig Small Talk anzuregen.

»Nicht schlecht? Mensch, deine Wahrnehmung ist deiner Sterblichkeit zuschulden wohl begrenzt, aber dieser Wein«, Dionysos nahm einen kleinen Schluck und machte ein schlürfendes Geräusch, um den Wein unter die Zunge zu bekommen, »hat in der Tat kein Prädikat verdient.«

Trotzdem stürzte der Gott den restlichen Wein in einem Zug hinunter und warf das Glas hinter sich.

Es zerbrach auf dem Teppichboden und Frau Lundgren schien ihre Empörung zurückhalten zu müssen. Stattdessen winkte sie nur einem Hotelangestellten, der sofort herbeieilte, um die Scherben zu beseitigen.

»Das habe ich bei den Asen gelernt«, erklärte Dionysos selbstzufrieden und nahm einen großzügigen Schluck direkt aus der Flasche. Phebe hatte das Gefühl, dass niemand ein Wort dazwischen bekommen würde, solange Dionysos bei ihnen weilte. Doch bevor jemand einen zweiten Versuch wagte, legte er plötzlich einen Arm um Herrn Van Kopperns Schultern. »Oliver, warum weichst du mir eigentlich seit Jahrzehnten aus? Bist du etwa noch sauer, weil ich dir aus Versehen drei Rippen angeknackst habe?«

Welche Reaktion ihr Schuldirektor darauf hatte, konnte Phebe nicht sehen, denn er versteckte sich hinter seiner Kaffeetasse. Aber Hannah runzelte die Stirn, Niall sah verwirrt aus und Frau Lundgren sah beflissentlich beiseite, als wäre das eine sehr private Angelegenheit. Zum ersten Mal sah Sekretär Quilliams aus, als wäre er auch nur im Geringsten an dem Gespräch interessiert. Doch es war ein herablassendes Interesse, das durch die erhobene Augenbraue nur noch abschätziger gemacht wurde.

»Neun«, antwortete Herr Van Koppern schließlich betont ruhig. »Gebrochen.«

Eine peinliche Pause entstand. Phebe hoffte auf irgendwelche Erklärungen, schließlich gab es tausende mögliche Geschichten, wie ein Olympier ihrem Schuldirektor neun Rippen gebrochen hatte. Aber weder der Weingott noch Herr Van Koppern waren bereit, welche zu geben. Auch Dionysos schien einzusehen, dass das Gespräch in dieser Richtung nicht weitergehen würde.

»Ich glaube, die aztekische Delegation ist gerade eingetroffen«, lenkte der Olympier stattdessen ab. Phebe sah über ihre Schulter und sah drei

Gottheiten mit terrakottabrauner Haut, die üppigen Schmuck aus Gold und grünen Paradiesvogelfedern trugen.

»Diese Pulquegötter.« Dionysos sprach mit zusammengepressten Kiefern, als wäre er wegen ihrer bloßen Existenz zornig. »Auf der ganzen Welt gibt es keinen widerlicheren Alkohol als deren gegorene Agave. Ich hab' da eine Angelegenheit zu klären.«

Er wandte sich zum Gehen, doch Iris griff nach seinem Handgelenk.

»Neutraler Boden, Dion«, ermahnte sie ihn. »Fang keinen Krieg an.«

»Alle meine Kriege beginnen und enden im Bett, nicht im Foyer.« Zum Abschied zwinkerte er der Runde zu und schlenderte den aztekischen Gottheiten entgegen. Alle sahen ihm besorgt nach.

Phebe wusste, dass sie nach einem Schuljahr auf dem Vogesenschloss noch längst keine Expertin auf dem Gebiet der Diplomatie zwischen Pantheons war, aber ihrer Einschätzung nach konnte das nur in einer Ohrfeige oder einem Trinkgelage enden.

»Ich werde ihm doch besser nachgehen«, entschuldigte sich Iris und wandte sich um, sodass ihre schillernden Flügel wie zwei gefiederte Regenbögen hinter ihr her wippten.

»Das war genau, was ich erwartet hatte«, murmelte Sekretär Quilliams trocken.

»Ich sollte nachsehen, ob Kristjan den Scan des Berichts inzwischen gefunden hat«, fiel Herrn Van Koppern ein und er holte sein Handy wieder hervor.

»Oh, Vyvian, du weißt es ja noch gar nicht!«, rief Frau Lundgren überrascht. »Die Beweise wurden von den Dämonen gestohlen, aber den Bericht gibt es als Scan. Die Tagesordnung muss also nicht angepasst werden.«

»Gute Neuigkeiten«, sagte Sekretär Quilliams, machte aber ein Gesicht, als wäre das Gegenteil seine Empfindung. Vielleicht hatte er die Tagesordnung bereits angepasst und musste nun noch einmal alles ändern, versuchte Phebe es sich zu erklären. »Lundgren, ich werde im Saal alles für die Eröffnung vorbereiten, wenn Sie mich entschuldigen. – Van Koppern.«

Er nickte Herrn Van Koppern knapp zu. Phebe, Hannah und Niall wurden vollkommen von ihm ignoriert.

»Ich gehe auch, damit wir den Scan später groß an die Wand projizieren können – ihr drei könnt mich später im Konferenzsaal treffen. Unsere Plätze liegen beieinander«, verabschiedete sich bald auch Herr Van Koppern.

Als alle ihrer Wege gegangen waren, blieben Phebe, Hannah und Niall mit Frau Lundgren zurück. Sie lächelte entschuldigend.

»Verzeiht das Chaos, aber so ist es mit Göttern nun einmal. Das waren bestimmt die ersten, die ihr getroffen habt. Aber glaubt mir, viele sind weniger anstrengend als Dionysos.«

»Eigentlich haben wir schon – «, wollte Niall gerade sagen.

»Ja, die ersten Olympier, die wir getroffen haben«, fiel Phebe ihm ins Wort. Sie wollte herausfinden, was herauszufinden war. »Wissen Sie, woher der Direktor Dionysos kennt? Er hat ihn im Unterricht nie besonders erwähnt.«

»Entweder sind sie alte Freunde oder alte Feinde. Die Geschichte ist auf jeden Fall nie aktenkundig geworden. Aber falls es jemals ans Tageslicht kommt, wird Herr Van Koppern ein paar peinliche Geständnisse machen müssen«, erklärte Frau Lundgren kopfschüttelnd. »Private Bekanntschaften mit Wesenheiten sind...«

»Verboten?«, fragte Hannah erstaunt und setzte sofort ihr Stirnrunzeln auf.

»Nein, nicht verboten...« Frau Lundgren suchte nach Worten. »Aber man setzt sich dadurch allerhand Klatsch und Tratsch aus und das will ja keiner.«

»Und woher kennen sich Quilliams und Daryl?«, fragte Phebe neugierig weiter.

»Alte Freunde. Beste Freunde, um genau zu sein. Sie waren zusammen auf dem Vogesenschloss«, lächelte Frau Lundgren. »Daryl hat nur ein Jahr nach ihrem Schulabschluss einen Vertrag mit den Kindern der Finsternis geschlossen. Und Vyvian arbeitet für sie im Hintergrund. Er ist überhaupt nicht hinter dem Ruhm her, wisst ihr? Er möchte einfach nur seinen Teil tun. Sie sind so unterschiedliche Charaktere die beiden... Warum sie sich angefreundet haben, wissen die Götter.«

Phebe musste grinsen. Sie hatte keine weiteren Fragen. Von Freundschaften zwischen ungleichen Charakteren wusste sie inzwischen genug. Freunde, die ihr zu ähnlich waren, waren nur Konkurrenz. Freunde, die anders waren, ergänzten sie viel besser. Sie war stolz auf ihr kleines Team, das Savilles feige Flucht entlarvt hatte. Und im nächsten Jahr würden sie gemeinsam herausfinden, was es mit den Seinigen und Bens Verschwinden auf sich hatte. Auf ihre Freunde konnte sie sich verlassen.

Hannah hatte bisher still den Gesprächen gelauscht. Doch sie war bei Weitem nicht so interessiert an allem wie Phebe, die wie beim Frühstück von Hazan Bilgiç nun von Sekretär Quilliams sehr eingenommen wirkte. Hannah konnte keinen Grund dafür benennen, aber sie hatte ihn unsympathisch gefunden, auch wenn sie sich hüten würde, es zu zeigen. Nur weil er etwas herablassend gewesen war, minderte das nicht seine Leistung und Erfahrung im Umgang mit Dämonen.

Die beiden Götter, Iris und Dionysos, hatten Hannah viel mehr beschäftigt. Sie hatten sie daran erinnert, wie fremd es ihr noch war, Göttern in einer alltäglichen Umgebung zu begegnen, anstatt in ihrem heimatlichen Wald oder im Ritualkundeunterricht.

Frau Lundgren schlug ihnen vor, die letzten zwanzig Minuten bis zur Eröffnung des Kongresses zu nutzen, um sich noch ein wenig die Beine zu vertreten, bevor sie mehrere Stunden im Saal sitzen würden. Hannah nahm die Gelegenheit wahr und bot Phebe und Niall an, ihre leeren Gläser zurück zur Bar zu bringen. Gerade hatte sie die Gläser abgegeben, als Musik an ihre Ohren drang.

Sie blickte sich neugierig um und sah eine alte Frau, die sich an den Flügel auf der Galerie gesetzt hatte. Sie trug kein Gelb, sondern nur ein schwarzes Kleid, aber sie war so alt, dass Hannah nicht glaubte, dass sie eine Gottheit sein konnte. Ihre Haut war faltig und braungebrannt, ganz so als würde sie ihren Ruhestand im Süden verbringen. Ihr weißes Haar trug sie offen und schulterlang. Es verjüngte sie ein bisschen, aber Hannah schätzte sie dennoch auf über achtzig Jahre.

Schüchtern tat sie einen Schritt näher und lauschte den letzten Klängen der Melodie.

»Sie spielen sehr schön«, sagte Hannah leise auf Englisch, als das Stück geendet hatte. Die Frau hielt inne und sah überrascht auf. Sie lächelte freundlich, aber ihre Augen glänzten traurig.

»Würdest du mir glauben, dass ich erst mit sechzig angefangen habe, es zu lernen?«, fragte sie bescheiden.

»Wirklich?« Hannah war aufrichtig überrascht. Sie spielte selbst nur Gitarre und die zauberhafte Melodie, die sie herbeigelockt hatte, hatte sie beinahe so sehr eingenommen, wie Artios Andersweltlied es getan hatte.

»Ich hatte viel Zeit zum Üben«, erklärte die Frau beinahe wehmütig. Ihre Finger schwebten zögerlich über den schwarzweißen Tasten und suchten nach einer neuen Melodie, doch ihr Blick schweifte hinab auf das Treiben im Foyer. Von hier oben konnte man bestens das ganze Foyer überblicken und selbst ungesehen bleiben. Hannah glaubte auf einmal zu verstehen, mit wem sie sprach. Der traurige Blick, die stolze Haltung... Sie empfand Mitleid mit der Frau, die sich an den Flügel geflüchtet hatte, um nicht wie eine Geächtete einsam herumzustehen.

»Darf ich mich zu Ihnen setzen?«, fragte Hannah deswegen.

»Das ist sehr freundlich von dir, aber das willst du nicht wirklich«, sagte die Frau ruhevoll. »Mein Name ist Joanne Boucher.«

Hannah spürte einen kleinen Nadelstich in ihrem Herz. Doch es war nicht, weil sich ihre Vermutung bestätigt hatte. Es war die Selbstverständlichkeit, mit der Joanne Boucher ihren Namen als eine Erklärung nannte.

»Ich weiß«, sagte Hannah und rückte sich einen Stuhl heran, um neben ihr Platz zu nehmen. Erst aus der Nähe bemerkte sie eine blutige Schramme auf Bouchers Stirn. »Sie wurden auch angegriffen?«

Boucher nickte in Gedanken versunken.

»Falls mein alter Kollege Saville tatsächlich lebt, hat er allen Grund, meine Aussage verhindern zu wollen. Aber eine alte Frau wie ich weiß sich auf ihre Art zu verteidigen«, schmunzelte sie und tippte gegen einen Ring, den sie am Zeigefinger ihrer linken Hand trug. Er war schlicht und golden und fasste einen ungewöhnlichen Edelstein. Es war ein ungeschliffener Kristall, klobig und kantig, dem jeder Glanz fehlte. Doch schimmerte er leicht, als glühten feurige Adern darin.

Hannah war unsicher, ob Boucher das Gespräch darauf lenken wollte. Phebe an ihrer Stelle hätte die richtigen Fragen zu stellen gewusst. Aber Boucher war hier auf dem Unterirdischen Kongress, um auszusagen. Hannah musste nicht sofort erfahren, was Savilles ehemalige Vorgesetzte zu sagen hatte. Sie fragte stattdessen, was sie wirklich interessierte.

»Wie heißt das Stück, das Sie gespielt haben?«

»*God only knows*«, antwortete Boucher. »Spielst du auch?«

»Nur Gitarre«, erklärte Hannah. »Würden Sie noch etwas spielen?«

»Gerne«, strahlte Boucher. »Kennst du *The Parting Glass*?«

»Nein, tut mir leid.«

»Dann hoffe ich, dass meine Interpretation dem Lied würdig ist«, erklärte Boucher mit einem entschuldigenden Lächeln und schlug die Tasten an.

Hannah lauschte dem Lied und beobachtete Bouchers gebräunte Hände beim Spielen. Sie hatte eine Station allein in Australien, erinnerte Hannah sich an Herrn Meritts Worte. Auf der anderen Seite der Weltkugel. Dorthin hatte man sie verbannt – oder sie versteckte sich vor den urteilenden Blicken der anderen Mitglieder.

Zusammen mit Hannah am Flügel stimmte Boucher noch zwei weitere Lieder an. Immer wieder kamen Mitglieder auf dem Weg zur Bar vorbei, die ihnen einen ungläubigen Blick zuwarfen. Boucher beachtete sie nicht, aber Hannah spürte die Blicke im Nacken. Wie viele davon musste man ertragen, damit sie einem so gleichgültig sein konnten wie Boucher?

»Darf ich Sie etwas fragen?«, bat Hannah, als Boucher geendet hatte. »Würden Sie mir die Melodiestimme von *God only knows* noch einmal vorspielen? Ich will es unbedingt lernen.«

Niall lehnte am Geländer der Galerie und beobachtete mit Phebe das Treiben unten im Foyer. Die Gottheiten waren nicht nur dadurch zu erkennen, dass sie kein Gelb trugen, sondern an ihren ungewöhnlichen Accessoires. Eine Göttin mit langen Zöpfen musste ständig anhalten, weil ihr Gefolge aus Schafen bevorzugt an gelben Roben kauten. Ein anderer Gott hielt sich für äußerst angepasst und trug menschliche Kleidung. Er hatte sich bloß im Jahrhundert vergriffen und sein steifer Rüschenkragen hinderte ihn daran, den Kopf zu neigen. Dionysos' Leopard wurde von einem Satyr an einer Leine durchs Foyer geführt und musste immer wieder zurückgerissen werden, bevor er die Sofas zerkratzen konnte.

Niall warf einen Blick zu Phebe. Sie strahlte, als wäre sie ganz in ihrem Element zwischen Gelbroben und Göttern. Niall musste lächeln. Ja, er war auch an seinem Platz. Er konnte sich Schule ohne sie und Hannah nicht mehr vorstellen. Fast dachte er, dass er sich mehr auf den Schulbeginn im September freute als darauf, den Rest der Sommerferien im schwülwarmen Brasilien herumbringen zu müssen.

Ein erstes Läuten, das alle bat, ihre Plätze im Konferenzsaal einzunehmen, riss ihn aus seinen Gedanken.

»Wo steckt eigentlich Hannah?«, fragte er, als ihm plötzlich auffiel, dass sie schon seit fünfzehn Minuten nicht zurückgekehrt war.

»Sie wollte die Gläser zur Bar bringen.« Phebe zuckte mit den Schultern. »Vielleicht hat sie dort etwas aufgehalten. Wir können ihr entgegen gehen.«

Niall nickte. Entgegen der Richtung, in die der gelbgekleidete Menschenstrom sie zog, kamen die beiden nur schwer voran. Doch langsam leerte sich die Galerie, weil alle auf den Konferenzsaal zusteuerten. Niall konnte sich auf der ganzen Galerie umsehen und erblickte Hannahs goldblondes Haar über der gelben Robe.

Hannah saß am Flügel neben einer älteren Frau und versuchte konzentriert nachzuspielen, was die Frau ihr vorspielte. Beinahe musste Niall lächeln. Hannah verstand es wirklich, sich mit jedem zu unterhalten. Doch als er und Phebe näherkamen, schwand sein Lächeln.

»Oh nein, sie redet mit Boucher«, flüsterte Niall und blieb auf der Stelle stehen. Er kannte das Gesicht der ehemaligen Schuldirektorin zwar nur von Fotos, die vor Ragnarök entstanden waren, aber die Frau war unverkennbar dieselbe. »Wir sollten sie da wegholen.«

»Das ist Boucher?« Phebe kam neben ihm zum Halt und senkte ihre Stimme ebenfalls zu einem Flüstern. »Sie sieht so nett aus.«

»Was hast du erwartet? Eine Hexe?« Niall schnaubte. »Sie ist auch nur ein Mensch.«

Er atmete tief durch und trat an den Flügel heran. Boucher und Hannah sahen gleichzeitig von den schwarzweißen Tasten auf.

»Hallo«, sagte Niall knapp. »Hannah, wir sollten jetzt reingehen.«

Hannah nickte und wandte sich mit einem Lächeln an Boucher.

»Vielen Dank für Ihre Geduld. Das Klavierspielen muss ich wohl noch ein bisschen üben. Es hat mich gefreut, Sie kennenzulernen.«

Hannah war schon aufgestanden, als Boucher noch etwas sagte. Niall verlagerte ungeduldig sein Gewicht von einem Fuß auf den anderen und Phebe hielt den Atem an, so als könnte sie nicht fassen, was sie hörte.

»Danke, Hannah«, sagte Boucher ruhig. »Für das nette Gespräch. So gut habe ich mich selten in den letzten Jahren unterhalten.« Niall hörte eine Spur Bitterkeit in diesen Worten, aber die Freude, die er im Gesicht der alten Frau ablesen konnte, war ehrlich. »Wie war doch gleich dein ganzer Name?«

»Hannah Abels«, antwortete Hannah brav.

»Hannah Abels«, wiederholte Joanne Boucher und lächelte ein weiteres Mal. »Du wirst bestimmt eine hervorragende Gelbrobe werden.«

Als Hannah sich endlich von Boucher verabschiedet hatte, wechselten die Freunde keine Worte, sondern beeilten sich zum Saal zu kommen. Es war ein großer Konferenzsaal. Die fünfhundert Sitze waren in Stufen über den Publikumsbereich verteilt. Vorne auf dem Podium gab es ein Rednerpult und dahinter eine Leinwand, auf die im Moment das Wappen der Gelbroben mit dem Greifen, der Schreibfeder, der Schwertlilie und dem Sechseck projiziert wurde.

Frau Lundgren wies an der Eingangstür Plätze zu und erklärte ihnen, wo sie saßen. Sie setzten sich auf die gepolsterten Stühle, die so viel bequemer waren als die in den Klassenzimmern des Vogesenschlosses. Ja, hier ließ es sich ein paar Stunden sitzen, dachte Niall. Neben ihm war der freie Sitz für Herrn Van Koppern reserviert, der nirgendwo zu sehen war.

Auf den Tischen vor ihnen standen jeweils eine kleine Wasserflasche und eine ausgedruckte Agenda mit dem Tagesplan bereit, aber Niall wusste schon, dass er seinen Tisch nur zum Abstützen für seine Ellenbogen benutzen würde. Er war schließlich nicht in der Schule und hatte genauso wenig wie am ersten Schultag einen Stift dabei. Phebe hingegen holte ihr Notizbuch heraus und schrieb in ihrer schwungvollen Schrift etwas auf, noch bevor jemand ein Wort gesprochen hatte.

Beim zweiten Läuten trödelten die letzten Nachzügler ein und hinter Dionysos persönlich verschloss Frau Lundgren die Türen und trat vor zum Podium, um den Kongress zu eröffnen und eine kurze Begrüßung auszusprechen.

Endlich ließ Herr Van Koppern sich auf den freien Stuhl neben Niall fallen. Zu dem Blutfleck auf seiner Robe hatte sich ein Rotweinfleck gesellt und aus seiner weißen Haarmähne zupfte er sich diskret ein grünes Weinblatt. Niall musste wohl einen fragenden Gesichtsausdruck aufgesetzt haben, dem er sich nicht bewusst war, denn sein Pate lehnte sich zu ihm und flüsterte eine Erklärung.

»Niall, ich weiß, du bist vielleicht zu jung für diesen Ratschlag, aber ich gebe ihn als dein Pate und nicht als Schuldirektor: Lass dich niemals mit einer Gottheit ein, wenn es sich vermeiden lässt«, seufzte Herr Van Koppern und drehte das Weinblatt gedankenvoll in seiner Hand. Niall wollte den Mund zu einer Frage formen, aber er hatte zu viele, um sich für eine zu entscheiden. »Jugendsünden – die ich nicht bereuen würde, wenn er mich nicht jahrelang danach noch verfolgen würde.«

Niall nickte, als hätte er alles verstanden, obwohl er sich sehr sicher war, dass er eigentlich noch mehr Fragen haben sollte. Das Einzige, was er verstand, war, dass Dionysos' Zwinkern zuvor wohl nicht der Gruppe, sondern nur seinem Paten gegolten hatte. Niall wusste nur nicht, was er mit dieser Erkenntnis anfangen sollte.

Aber dann war Frau Lundgrens Begrüßung auch schon vorüber und der erste Sprecher trat ans Podium. Was folgte war in Nialls Augen noch langweiliger als der Mythologieunterricht bei Monsieur Lourdaud.

Sekretär Quilliams, der mit dem Publikum mit derselben Herablassung sprach wie zuvor mit ihnen, war noch vor der Tagesordnung an der Reihe. Er berichtete im Detail, was heute im Hotel vorgefallen war, wie er die Lage einschätzte und dass alle Indizien zu dem Schluss führten, dass Saville die Dämonen der Seinigen ins Hotel gesandt hatte. Erklärungen, wie Saville vom Hotel und dem Kongressdatum wissen konnte, ließ der aktuelle Ermittlungsstand nicht zu. Niall verdrehte die Augen. Das hätte Quilliams auch kürzer fassen können.

Dann erhob sich Herr Van Koppern, um den Anlass des Kongresses zu präsentieren. Auf der Leinwand wurde der Scan des Berichts von Sania und Charlotte aufgerufen und der Schuldirektor präsentierte – unter Erwähnung ihrer Namen, wie Niall zufrieden feststellte – was das Fehlen des Elixiers bedeutete und welche Schlüsse daraus zu ziehen seien.

Als Nächstes wurden Zeugen des damaligen Geschehens aufgerufen. Eine von ihnen namens Fernanda Rodriguez Garcia, die damals mit neunzehn Jahren in der Station Paris eingesetzt gewesen war und die Leichen gefunden hatte, sprach im Namen des damaligen Teams. Sie räumten ein, dass der Schockzustand, in dem sie sich alle befunden hatten, die voreilige Schlussfolgerung bedingt hatte, dass nichts vom Körper Théophile Savilles übriggeblieben war. Dann fuhr die Frau mit leicht zitternder Stimme fort, dass sich weder aus den Fundorten der Leichen noch aus ihrem Zustand eine logische Erklärung ergab, warum ausgerechnet Saville restlos verzehrt worden wäre. Hannahs Hand suchte Nialls und er hielt sie fest, bis das Thema gewechselt wurde.

Per Telefon wurde ein älterer Herr namens Alfred Jungbluth zugeschaltet. Er war der jüngste Sohn des Schuldirektors Jungbluth, der den Säugling damals Théophile Saville getauft und in seine Familie aufgenommen hatte. Ein Richter befragte ihn als eine Art Charakterzeugen und ließ ihn unter dem Eid, den er geschworen hatte, als er seinen Namen in das Theodorum schrieb, beteuern, dass er nichts von Savilles Verbleib wusste.

»Aber ich traue es ihm glatt zu«, füllte die Stimme des alten Mannes den Saal. Er hatte einen seltsamen Akzent, den Niall nicht zuordnen konnte, und im Hintergrund des Telefongesprächs war Fiepen und Gurren wie von seltsamen Haustieren zu hören. »Er ist schon immer herumstolziert, als wäre er ein Gott höchstpersönlich. Wenn ich je einen Menschen getroffen habe, der das Elixier ohne Bedenken trinken würde, dann ihn, weil er glaubt, dass er allein es verdient hat.«

Das löste einiges Gemurmel im Publikum aus, sodass der Richter für Ruhe sorgen musste.

Niall begann jedoch bereits, sich zu langweilen. Das einzige spannende Ergebnis bisher war gewesen, was Hannah, Phebe und er vorzuweisen gehabt hatten. Er verschränkte die Arme auf dem Tisch und ließ sein Kinn darauf sinken. Im Augenwinkel betrachtete er seine Freundinnen. Hannah saß aufrecht, aber das tat sie auch im Nachmittagsunterricht, daher war das kein Zeichen für Niall, dass sie wirklich mit voller Aufmerksamkeit lauschte. Phebe hingegen war begeistert von diesen Vorträgen und Debatten. Sie kritzelte immer wieder etwas auf die Agenda, als würde sie sich Fragen für später notieren.

Aber Niall hatte keinen Grund sich zu beklagen. Sein Name war neben Hannahs und Phebes vor dem Unterirdischen Kongress genannt worden und das war alles, was er brauchte. Es war zwar das Gegenteil von der Unehre, die er sich am Anfang des Schuljahres für seinen Familiennamen vorgenommen hatte, aber das war in Ordnung. Außerdem hatte er ein schönes Ferienwochenende mit Hannah und Phebe in Stockholm verbringen können. Das war mehr, als er den Rest der Ferien bei seiner Mum in Brasilien haben würde. Sie würde darüber fluchen, wie schlecht das W-LAN auf ihrem Hotelzimmer war und trotzdem den ganzen Tag am Laptop arbeiten, und er würde die Zeit zwischen Zimmer und Pool, Sonnenbrand und Langeweile verbringen. Aber er würde bei seiner Mum sein. Für ganze sechs Wochen.

Niall merkte erst, wie tief er in seinen Stuhl gesunken war, als Joanne Boucher für ihre Aussage aufgerufen wurde. Die alte Frau konnte nur langsam von ihrem Platz am Rand des Saals zum Podium gehen und musste sich am Geländer abstützen, um die wenigen Stufen hinaufzuschreiten. Aus der Entfernung wirkte sie noch viel älter als zuvor am Flügel, fand Niall.

»Ich wiederhole und ergänze meine Aussage vom 2. Dezember 1981«, sagte sie sachlich, als sie schließlich am Rednerpult stand, holte ein Blatt Papier hervor und begann, abzulesen. »Am 18. November 1981 war ich ab 9:00 Uhr auf einem Einsatz mit den Mitgliedern Gupta und Konvalinka, der sich erst gegen Mittag als Zeichen des ausgebrochenen Ragnaröks herausstellte. Wir trennten uns gegen 12:30 Uhr unverrichteter Dinge. Gegen 13:45 Uhr habe ich, nachdem ich im Funk die neusten Nachrichten gehört hatte, eigenmächtig entschieden, die aztekische Gottheit Huitzilopochtli anzurufen, von dem ich wusste, dass er für eine Bezahlung in Form von Menschenopfern alles tun würde. Mein Plan war ihn zu betrügen, indem ich ihm jedes Leben im Schloss versprach und die Schule vorher warnen würde, das Gebäude zu verlassen und nicht mehr zu betreten. Nach dieser Verhandlung habe ich gegen 14:30 Uhr meine eigene Telefonnummer im Vogesenschloss angewählt. Mein älterer Kollege, der stellvertretende Direktor Théophile Saville hat beim ersten Klingeln abgenommen. Ich bin mir bewusst, dass ich meinem Kollegen sehr unhöflich begegnet bin, als er antwortete und ich ihn mit den Worten ›Sitzen Sie schon wieder auf meinem Stuhl, Saville?‹ grüßte. Wir hatten zu diesem Zeitpunkt bereits ein angespanntes Verhältnis, da sich Differenzen wissenschaftlicher Natur bezüglich seiner Forschung und – wie ich nicht leugnen möchte – privater Natur bezüglich meiner Beförderung ins Gremium und die Schulleitung aufgetan hatten. Bei diesem Telefonat unterhielten wir uns jedoch mit derselben Professionalität und Effizienz, die ich stets im Beruf von ihm kannte. Ich erklärte ihm, was ich getan hatte, und drängte ihn, die Schule innerhalb der nächsten halben Stunde zu evakuieren, sodass niemand zurückbleiben würde. Ich gab ihm genaue Anweisungen. Außerdem bat ich ihn um Rückmeldung durchs Senden eines Waldgeists, sobald die Schule geräumt wäre. Ich bekam diese Nachricht nie. Gegen 15:30 Uhr hörte ich per Funk, dass der Fenriswolf tot sei, und kurz darauf erschien mir ein grüner Paradiesvogel, gesandt von Huitzilopochtli, und überbrachte mir einen Reißzahn des Fenriswolfs als Beweis, dass er seinen Teil des Handels erfüllt hatte. Ich war in den verbleibenden Stunden überzeugt, dass die Schule rechtzeitig evakuiert worden sei. Zwischen meinem Telefonat mit Saville und dem Tod des Fenriswolfs lag eine Stunde, in der alle Zeit gehabt hätten, das Gebäude zu räumen. Bis die Mitglieder der Station Paris die Toten um 18:16 Uhr fanden, glaubte ich fest daran, dass die Schüler und Lehrkräfte in Sicherheit seien. Ich hielt es für möglich, dass sie in der Anderswelt Schutz gesucht hatten oder mein Kollege Saville in der Hektik der Ereignisse vergessen hatte, sich zu melden. Von den tragischen Konsequenzen meines Handelns erfuhr ich wie die meisten Mitglieder erst durch den Funkspruch um 22:30 Uhr.« Joanne Boucher machte eine kurze Pause und faltete das Blatt zusammen. Dann sah sie wieder ins Publikum. »Ich habe dem nichts hinzuzufügen.«

Niall hatte den Kopf während Bouchers Rede gehoben und sah sie nun unverwandt an. Wie sie das Kinn hochhielt, weder flehend noch verächtlich in die Runde sah und sich ruhig den Blicken aussetzte... Er ertappte sich dabei, die alte Frau ein bisschen zu bewundern. Sie war immer unschuldig, oder zumindest weniger schuldig gewesen, als alle Welt geglaubt hatte. Und sie war daran nicht zerbrochen. Unweigerlich dachte Niall an ihren Sohn, der Selbstmord begangen hatte, und ihr Enkelkind, das unter einem anderen Namen lebte. War es das, was geschah, wenn man weltbewegende Entscheidungen treffen musste? Wenn ja, wollte er niemals vor eine gestellt werden.

»Wieso, denken Sie, könnte ein Mitglied so etwas Furchtbares getan haben?«, fragte eine andere Richterin. Boucher antwortete ruhevoll.

»Wenn wir dem Tod ins Antlitz blicken, finden wir heraus, wer wir sind. So ist es an diesem Tag allen Gelbroben ergangen. Ich musste herausfinden, dass ich die Person bin, die Sie nun hier vor sich sehen. Meine beiden Schülerinnen Sania Buksh und Charlotte Lefèvre haben der Welt bewiesen, dass sie wahren Heldenmut besaßen und würdige Mitglieder unserer Organisation waren. Mein Kollege Saville – «

»Nehmen Sie den Namen meiner Tochter nicht in den Mund, Sie – !« Der Schrei kam mitten aus dem Publikum. Viele Köpfe drehten sich zu dem Mann um, der aufgesprungen war. Niall hatte noch nie einen Erwachsenen so sehr mit den Tränen kämpfen sehen. Zwei Mitglieder nahmen ihn am Arm und brachten ihn nach draußen, damit er sich beruhigte.

»Was wollten Sie sagen, Boucher?«, nahm die Richterin das Gespräch wieder auf, als wäre nichts gewesen.

»Mein Kollege Saville hat an diesem Tag ebenfalls herausgefunden, wer er wirklich ist«, beendete Boucher ihren Satz. »Das Grauen von Ragnarök ist unbeschreiblich. Es ist nicht das Schicksal, das die Götter über uns verhängt haben, es ist nicht die Midgardschlange oder der Fenriswolf. Es ist auch nicht der Hunger des Huitzilopochtli. Das wahre Grauen ist, was der Mensch dem Menschen antut. Was ich tat, war ein Akt der Vernunft, dem es an Menschlichkeit mangelte. Doch was Saville tat, ist selbst mir unbegreiflich.«

»Haben Sie sonst noch etwas hinzuzufügen?«

Boucher nickte langsam und richtete sich ans Publikum.

»Ich will heute nicht von meiner Schuld freigesprochen werden und ich weiß, dass ich nie in der Position sein werde, um Vergebung zu bitten. Doch ich will euch danken: Ich danke für den Respekt, den ihr mir entgegengebracht habt. Ich hätte nicht geglaubt, so lange zu leben, um den Tag zu sehen, an dem ihr mich ein zweites Mal anhört.« Niall spürte, wie er selbst den Atem anhielt. Der Saal war so still, dass er glaubte, dass es den meisten nicht anders ging. Boucher fuhr fort. »Ich war schon damals dazu bereit, dass ihr über mich urteilt. Danke, Eidesbrüder und -schwestern. Für die Einberufung dieses Kongresses stehe ich auf ewig in eurer Schuld. Meine Tage sind nun gezählt und ich werde bald vor einem letzten Gericht stehen. Mögen die Götter über mich richten, wo es Menschen nicht möglich war.«

Boucher trat vom Rednerpult weg und quälte sich genauso langsam die Stufen hinunter, wie sie gekommen war. Der Saal war noch immer totenstill. Kein Klatschen, kein Raunen, kein Gemurmel ging durch die Reihen. Unpassender hätte man nicht überleiten können, denn als Nächstes trat Frau Lundgren ans Mikrofon und verkündete, das nun eine einstündige Mittagspause begann und das Büffet im Foyer eröffnet sei.

Niall sicherte sich mit Hannah und Phebe einen Sitzplatz auf dem Sofa im Foyer, denn er sah es nicht ein, eine Stehpause einzulegen. Die Häppchen waren leider mit Fisch belegt, deswegen war es ihm nur Recht, als Dionysos' Leopard sich losriss, um sein zerstörerisches Werk am Sofapolster zu vollenden. Der Leopard ließ sich von ihm mit dem Fisch füttern, auch wenn Hannah sehr besorgt um Nialls Finger war.

Nach dem Mittagsbüffet ging es weiter mit den Vorträgen. Iris entschuldigte Dionysos, der vorzeitig mit der Erklärung gegangen war, dass er die Tragik des Ragnarökvorfalls lieber in Wein als in Tränen ertränken wollte. Dann trat eine junge Frau ans Rednerpult. Es war das Mitglied Hazan Bilgiç, mit der Phebe sich beim Frühstück so begeistert unterhalten hatte. Ihr Thema, Ethik in der Alchemie, war jedoch nicht zu deutlich in ihrem Vortrag vertreten.

»Es war bisher nicht die Aufgabe der Gelbroben, Verbrecher zu verfolgen. Aber Saville müssen wir als Kriminellen und Hochverräter behandeln«, endete sie vehement ihren Vortrag, »denn die einzige Person, der unser Zusammenfinden schadet und die von den heutigen Ereignissen profitiert, ist Théophile Saville. Wenn er lebt, schuldet er uns seine Aussage. Es ist unsere Pflicht, ihn zu finden und zur Rede zu stellen. Das ist genauso notwendig, wie das verlorene rote Elixier sicherzustellen, um es zu vernichten. Jedes andere Vorgehen ist indiskutabel.«

Hazan erntete dafür einigen Applaus, den lautesten von Phebe.

Der Rest des Nachmittags verlief ähnlich. Jeder, der eine Meinung über das weitere Vorgehen hatte, äußerte sie. Niall kam das Ganze vor, wie der Debattierclub auf seinen alten Internaten, wo sich die Schüler auch in formeller Vollendung stritten.

Nach einem langen Nachmittag beschloss das Gremium schließlich die Gründung eines Untersuchungsausschusses in der Angelegenheit Saville. Drei Mitglieder wurden damit beauftragt, ihn aufzuspüren und damit für eine vollständige Aufklärung der Sache zu sorgen.

Eine war Hazan Bilgiç, die mit ihrer leidenschaftlichen Ansprache die meisten von einem dringend erforderlichen Vorgehen überzeugt hatte und der die alchemistische Expertise zum Elixier des Lebens zufiel. Sie glühte vor Stolz, als das Gremium seine Wahl verkündete. Die zweite im Team war die ältere Fernanda Rodriguez Garcia, eine Spanierin in ihren späten Vierzigern, die beste Kenntnis der Akten von 1981 hatte und versprach, den Fehler der damaligen Pariser Station auszubügeln. Der letzte im Bunde war Sekretär Quilliams, der hauptsächlich wegen der Involvierung der Seinigen berufen wurde. Er sah auf dem Podium genauso verdrießlich aus, wie zuvor bei ihrer Begegnung und schien nur falsche Bescheidenheit vorzutäuschen, eine so wichtige Aufgabe übertragen bekommen zu haben.

Der Kongress endete am frühen Abend und das ungleiche Trio machte sich sogleich an die Arbeit, einen Aktionsplan zu entwerfen und Aufgaben zu verteilen. Aber Niall machte sich keine Gedanken mehr darüber, auch wenn Phebe ständig vor sich hinplapperte, welche Schritte sie einleiten würde und wie toll Hazan Bilgiç war. Hannah nickte bloß lächelnd und streichelte das Schaf, das am Saum ihrer Robe zu kauen begonnen hatte. Niall grinste in sich hinein. Sein eigenes ungleiches Trio war unschlagbar. Die Erwachsenen sollten ruhig den langweiligen Kram erledigen und den alten Saville aufspüren. Bestimmt gönnte der sich in Portugal oder einem ähnlich sonnigen Ort einen unsterblichen Ruhestand. Niall hoffte bloß, dass auf ihn und seine Freundinnen ein neues Abenteuer im Vogesenschloss wartete. In sechs Wochen würde er es erfahren.

Die drei Tage in Stockholm waren viel zu schnell vergangen. Hannah wünschte, sie hätte mehr Zeit mit Niall und Phebe außerhalb der Schule verbringen können, aber dafür würde auf der Klassenfahrt im nächsten Sommer Zeit sein. Jetzt freute sie sich erst einmal, ihre Eltern und Rollo wiederzusehen. Sechs Wochen Abstand von Ragnarök, Saville, Dämonen und all dem würden ihr bestimmt guttun.

Gegen Mittag am Dienstag setzte Frau Lundgren Herrn Van Koppern, Hannah und ihre Freunde persönlich am Flughafen ab. Herr Van Koppern flog nach Frankreich zurück, Hannah nach Hamburg, Phebe nach Amsterdam und Niall nach Brasilien. Als sie alle ihr Gepäck abgegeben und eingecheckt hatten, vergewisserte sich Herr Van Koppern dreimal, dass sie alle ihre Boarding-Pässe hatten und wussten, wie sie zu ihrem Gate kamen. Dann verabschiedete er sich für den Sommer von ihnen.

»Nächstes Schuljahr hoffe ich, euch nicht ganz so oft in meinem Büro zu sehen. Aber bis dahin«, er zwinkerte ihnen zu, »genießt eure Ferien und stellt nichts an!«

Niall wurde rot, aber Hannah winkte ihm nach. Dann verschwand der Schuldirektor mit seinem Koffer.

»In Brasilien ist es bestimmt viel zu warm«, seufzte Niall, als er und Phebe Hannah, deren Flug als erster ging, bis zum Gate begleiteten. Hannah umklammerte die Träger ihres Schulrucksacks ein wenig fester.

»Erst ist es dir zu kalt, dann ist es dir zu warm.« Phebe schnaubte. »Bist du nie zufrieden?«

»Nein«, sagte Niall wahrheitsgemäß, grinste aber. »Ich schreibe euch Postkarten und jammere auf denen weiter.«

Was Phebe darauf erwiderte, hörte Hannah nicht. Der Lärm der Flughafenhalle und der Gedanke an Zuhause waren irgendwie unwirklich. Sie konnte noch nicht ganz glauben, dass sie in ihr altes Leben zurückgehen musste, das nie wieder dasselbe sein konnte. Die neue Welt, die sich ihr im letzten Schuljahr aufgetan hatte, würde sie nun immer begleiten, wohin sie auch ging, egal, ob sie den Eid in drei Jahren schwören würde oder nicht. Sie versuchte sich zurückzuerinnern an die Zeit, als sie noch keine Feen und Götter, keine Alchemie und kein Ragnarök gekannt hatte. Ihre Welt war kleiner gewesen, gewiss auch sicherer, aber kleiner. Doch jetzt war sie neugierig geworden. Wie viel es wohl auf der Welt noch zu entdecken gab? Mit ihrem zweiten Gesicht, Nialls Talent, in Abenteuer zu stolpern, und Phebes unerschöpflichem Wissen, war garantiert, dass sie zusammen noch viel erleben würden.

»Was ist mit dir?«, fragte Phebe plötzlich. »Du bist so still.«

»Ach, ich war nur in Gedanken.« Hannah lächelte in sich hinein. Nach dem Kongress war sie sich nun sicher, dass alles auf dem richtigen Weg war: Man würde Saville finden und bestrafen, Boucher konnte nach dreißig Jahren endlich erleichtert einschlafen und sie... Sie würde nächstes Jahr ein ganz gewöhnliches Schuljahr mit ihren Freunden verbringen – so gewöhnlich, wie ein Schuljahr auf dem Vogesenschloss eben sein konnte. »Ich freue mich aufs nächste Jahr.«

»Ich mich auch.« Niall grinste. »Ich frage mich nur, was wir mit den nächsten drei Schuljahren anfangen sollen. Ganz ohne Rätsel, die wir lösen können.«

»Ach, ich hab' schon eine Idee«, sagte Phebe geheimnistuerisch. »Erzähle ich euch dann im September.«

»Uns wird schon etwas einfallen«, stimmte Hannah zu und nahm beide gleichzeitig zum Abschied in den Arm. »Auf jeden Fall wird es mit euch nicht langweilig.«

Ende des ersten Bandes
Fortsetzung folgt: Die Theodorum-Todesliste

Adept	Schüler oder Meister einer geheimen Lehre, in diesem Fall der → *Alchemie*, der den → *Stein der Weisen* herstellen kann.
Alchemie	Lehre von Stoffen, Vorgänger der Chemie mit magischen Zielen.
Alkahest	Universelles Lösungsmittel, das in der → *Alchemie* verschiedene Namen tragen kann.
Anderswelt	Heimat von Wesen der keltischen Mythologie, existiert parallel und in unserer Welt.
Ankh	Kreuzförmige Hieroglyphe, Zeichen des Lebens und der Unsterblichkeit der ägyptischen Götter.
Aphrodite	Olympische Göttin der Liebe, Lust und Schönheit.
Apollon	Olympischer Gott des Lichts und der Künste.
Ares	Olympischer Gott des Krieges.
Artemis	Olympische Göttin des Mondes und der Jagd.
Artio	Keltische Jagdgöttin in Bärengestalt.
Asen	Göttergeschlecht der nordisch-germanischen Mythologie.
Asgard	eine der neun Welten entlang → *Yggdrasill*, Sitz der → *Asen*.
Athene	Olympische Göttin der Kriegskunst, Weisheit und der Stadt Athen.
Auguren	Römische Wahrsager, die aus dem Vogelflug den Willen der Götter und die Zukunft lesen.
Banshee	Keltische Todesfee, die mit ihrem Gesang den Tod ankündigt. Sie kann nicht von den Todgeweihten gehört werden.
Chimäre	Überbegriff für Mischwesen in verschiedenen Mythologien.
Dämon	Bezeichnung für böse Geisterwesen in verschiedenen Mythologien und Religionen, oft als eine Art → *Chimäre* dargestellt.

Danu	Irische Muttergöttin der → *Tuátha de Dannan*.
Demeter	Olympische Göttin der Fruchtbarkeit und Ernte.
Dionysos	Olympischer Gott des Weins.
Dionysien	Auch Bacchanalen. Feierlichkeiten zu Ehren des → *Dionysos*.
Drachentaube	Eine → *Chimäre* mit Kopf und Körper einer Taube und Flügeln, Schwanz und Beinen eines Drachen.
Draupnir	Nordischer Zauberring, der sich magisch und selbstständig vervielfacht.
Drekavac	Slawisches Wesen, das aus der Seele eines vor der Taufe verstorbenen Kindes entsteht und die Lebenden mit seinen Schreien heimsucht.
Druiden	Gruppe von Praktizierenden und Anhängern des keltischen Brauchtums.
Dryade	Art der griechischen → *Nymphen*, den Bäumen und Wäldern zugehörig.
Edda	Zwei Bücher, die die Hauptüberlieferung der nordischen Mythen und Sagen enthalten.
Einhorn	Wesen in Ziegen- oder Pferdegestalt mit einem einzelnen Horn in der Mitte seiner Stirn.
Elixier d. Lebens	Auch Wasser des Lebens oder Stein der Weisen. Eine Substanz in der → *Alchemie*, die Unsterblichkeit verleiht.
Eshu	Aus der Religion der Yoruba oder der Vodoo-Tradition. Gott der Straßen, Kreuzungen und Türen.
Faun	1. Römisches Wort für → *Satyr*. 2. Gott der Natur, des Waldes, der Hirten, des Viehs und der Äcker.
Fenriswolf	Auch Fenrir. Riesiger Wolf der nordischen Mythologie, Sohn des → *Loki*.
Feuervogel	Slawischer glücks- und unheilbringender Vogel mit goldleuchtendem Gefieder.
Fimbulwinter	Drei aufeinanderfolgende Winter, die den nordischen Weltuntergang → *Ragnarök* ankündigen.
Formori	Keltisches Dämonenvolk, Gegner der → *Tuátha de Dannan* bei der Besiedlung Irlands.
Fortuna	Römischer Name der Göttin → *Tyche*.

Freyja	Eine der → *Wanen*. Nordische Göttin der Liebe und Ehe.
Furrina	Römische Göttin der Diebe.
Gral	Magisches Gefäß und schwer zu findendes Gefäß in der Artussage.
Greif	Art der → *Chimäre* mit Löwenkörper und Adlerflügeln und Schnabel.
Hades	Herrscher der gleichnamigen, griechischen Unterwelt. Totengottheit.
Hamadryade	Art der → *Dryade*.
Harmonia	Griechische Göttin der Eintracht, die ein Schmuckstück besaß, das für viel Ärger und Tod sorgte.
Harpyie	Griechisches Mischwesen aus Frau und Vogel. Verkörperungen der Sturmwinde und Schwestern der → *Iris*.
Hati und Skalli	Nordische Wölfe, die Sonne und Mond über den Himmel jagen, Kinder des → *Fenriswolfs*.
Hebe	Griechische Göttin der Jugend.
Hephaistos	Olympischer Gott der Schmiedekunst und des Feuers.
Hera	Olympische Göttin der Ehe und Geburt. Schwester und Frau von → *Zeus*.
Herakles	Griechischer Halbgott, der für seine Aufnahme in den Olymp mehrere Aufgaben bestehen musste. Auch bekannt als Herkules.
Hermes	Olympischer Gott der Händler, Reisenden und Diebe. Auch Götterbote.
Hermöd	Auch Hermodr. Nordischer Ase und Sohn des → *Odin*.
Hestia	Olympische Göttin von Heim und Herd und Feuer.
Hieromantie	Wahrsagen aus den Eingeweiden von Opfertieren.
Homunkulus	Ein durch Alchemie künstlich geschaffener Mensch.
Horen	Griechische Göttinnen, die über den geregelten Ablauf der Zeit wachen.
Horus	Falkenköpfiger Hauptgott der Ägypter, Gott des Himmels und der Könige.
Horussöhne	Söhne des Falkengotts → *Horus* und der Isis, Verkörperungen der Himmelsrichtungen und Beschützer der Kanopen.

Huitzilopochtli	Aztekischer Sonnen-, Kriegs- und Hauptgott, dem Menschenopfer gebracht wurden, deren Herzen man bei lebendigem Leib herausschnitt.
Iris	Griechische Göttin des Regenbogens, Götterbotin der Hera.
Irrlicht	Lichtwesen, das in Mooren und Sümpfen erscheint und Menschen vom rechten Weg und manchmal in ihren Tod locken will.
Ischtar	Babylonische Göttin des Kriegs und der Liebe, bzw. der Begierde.
Janus	Römischer doppelköpfiger Gott von Anfang und Ende.
Juno	Römischer Name der → *Hera*.
Jupiter	Römischer Name des → *Zeus*.
Kalevala	Mythologisches Epos über die finnische Götterwelt.
Kentaur	Griechisches Mischwesen aus einem Pferdekörper, der statt einem Kopf einen menschlichen Oberkörper hat.
Kobold	Überbegriff für verschiedene kleine Haus- und Naturgeister.
Kothar-Chasis	Babylonischer, halbgöttlicher Schmied, Erfinder und Entdecker.
Kyklop	Einäugige Riesen in der griechischen Mythologie.
Lailaps	Unsterblicher Jagdhund, dem keine Beute entgehen kann.
Lar	Römischer Schutzgeist bestimmter Orte oder Familien.
Lindwurm	Schlangenartige Unterart der Drachen.
Loki	→ *Ase* und Adoptivsohn des → *Odin*. Gott der Zwietracht und Magie.
Mantikor	Menschenfressendes Mischwesen aus Löwe und Skorpion mit Menschengesicht.
Medusa	Eine der drei Gorgonenschwestern, die Schlangenhaare haben und deren Anblick versteinert.
Merkur	Römischer Name des → *Hermes*.
Midgard-schlange	Riesige Schlange, die sich um Midgard (die Menschenwelt) schlingt und sie in → *Ragnarök* zerstört.

Mokosch	Slawische Muttergöttin, Göttin der Fruchtbarkeit und Beschützerin der Schafe, des Spinnens und Webens.
Moosweiblein	Kleine, hässliche Waldwesen, die buckligen Frauen ähneln.
Musen	Neun griechische Schutzgöttinnen der Künste.
Nachtmahr	Wesen, das sich nachts auf die Brust von Schlafenden setzt und Angst, Atemnot und Albträume verursacht.
Nirriti	Hindu-Göttin der Zerstörung, des Leids und Tods.
Nöck	Form des Wassermanns, bewacht Gewässer. Je nach Sage hilfsbereit oder böse.
Nymphen	Sammelbegriff für Naturgeister in Frauengestalt.
Odin	Göttervater der → *Asen*, Gott des Kriegs, der Dichtung und Runen.
Olympier	Zwölf Hauptgötter der griechischen Mythologie.
Okeaniden	Töchter des griechischen Meeresgottes Okeanos, Nymphen, ca. 100 namentlich bekannt.
Orakel von Delphi	Stätte der Weissagung in Griechenland, beschützt vom Gott→ *Apollon*.
Pandora	Besitzerin einer Büchse oder eines Gefäßes, das sie aus Neugier öffnete, sodass das Unheil in die Welt entwich.
Panoti	Sagenvolk von Menschen mit riesigen Ohren, in die sie sich einwickeln können.
Pantheon	Bezeichnung für die Gesamtheit der Götter einer Mythologie.
Patera	Opferschale für rituelle Zwecke aus röm. und griech. Mythologie.
Pentagramm	Fünfzackiger Stern, der oft in Verbindung mit Magie und Dämonen auftaucht.
Persephone	Griechische Unterwelt- und Fruchtbarkeitsgöttin, Frau des → *Hades*.
Phönix	Unsterblicher Vogel, gefangen in einem Kreislauf aus Flammentod und Wiederauferstehung.
Pluto	Römischer Name des → *Hades*.
Poseidon	Olympischer Gott des Meeres und der Pferde.
Ra	Falkenköpfiger Sonnengott, zentraler Gott des ägyptischen Pantheons.

Ragnarök	Weltuntergang in der nordischen Mythologie, wortwörtlich: Schicksal der Götter.
Russalka	Slawische Wassergeister, die aus den Seelen ertrunkener Mädchen hervorgehen. Locken Menschen ins Wasser und töten sie.
Sachmet	Ägyptische, löwenköpfige Göttin des Krieges und Verderbens.
Sampo	Finnische Glücksmühle. Ein magischer Gegenstand, der Wohlstand verschafft, aber zerstört wurde.
Satyrn	Griechisches Mischwesen aus Mensch und Ziege/Esel/Pferd. Bilden das Gefolge des → *Dionysos*.
Schrat	Mehr oder weniger wohlwollender, slawischer Hausgeist mit wandelbarer Gestalt.
Selkie	Wesen mit Robben- oder Seehundgestalt, die ihren Fellmantel ablegen können, um als Mensch an Land zu kommen; aus der keltischen Mythologie.
Seschat	Ägyptische Göttin der Schreibkunst, Schutzherrin der Bibliotheken.
Sphinx	Ägyptisches Mischwesen aus Löwenkörper und Menschen/Falken- oder Widderkopf. Erfüllt oft eine Wächterfunktion und stellt gerne Rätsel.
Stein der Weisen	Substanz aus der Alchemie, die jedes Material in Gold verwandeln kann.
Stribog	Slawische Wind- und Sturmgottheit.
Sybillen	Orakelpriesterinnen aus der griechischen Mythologie, die Weissagungen machen.
Tara	Ort in Nordirland, Königssitz in der keltischen Mythologie.
Taranis	Gallischer Donnergott.
Teumessischer Fuchs	Übergroßer, menschenfressender Fuchs.
Therianthropie	Überbegriff für mythologische Verwandlungen von Menschen in Tiere oder Mischwesen, z.B. in einen → *Werwolf*.

Thor	Nordischer Gott des Donners und Beschützer der Bauern und Midgards, → *Ase*.
Thoth	Ägyptischer, ibisköpfiger Gott der Wissenschaft und Gelehrten.
Thyrsosstab	Ritualgegenstand der Priesterinnen des → *Dionysos*. Ein mit Bändern umwickelter Stab, trägt an der Spitze ein zapfen- oder traubenförmiges Gebilde.
Titanen	Riesenhaftes Göttergeschlecht der griechischen Mythologie, das vor den → *Olympiern* herrschte.
Triskele	Keltisches Symbol aus drei Spiralen, die einer gemeinsamen Mitte entspringen. Steht für verschiedene dreigespaltene Abfolgen: z.B. Geburt, Leben, Tod oder Vergangenheit, Gegenwart, Zukunft.
Tuátha Dé Dannan	Volk der irischen Sagenwelt, Herrscher der Anderswelt. Wortwörtlich: Kinder der Danu.
Tyche	Griechische Schicksalsgöttin mit launenhaftem Gemüt.
Undine	Weiblicher Wassergeist.
Vampir	Wiedergänger aus der slawischen Mythologie, der sich von Blut ernährt.
Venus	Römischer Name der → *Aphrodite*.
Vosegus	Keltischer Gott der Vogesen, ihrer Berge und Wälder. Erscheint in Gestalt eines Jägers.
Wanen	Nordisches Göttergeschlecht neben den → *Asen*; Heimat in Wanenheim.
Weltenei	Der Ursprung allen Lebens in der finnischen Mythologie.
Werwolf	Mensch, der sich je nach Sage freiwillig oder unfreiwillig in einen Wolf verwandelt.
Wilde Jagd	Auch → *Odins* Jagd. Ein Geisterheer, das über den Nachthimmel jagt, meistens in den Raunächten zwischen den Jahren.

Yggdrasill	Nordischer Weltenbaum, der die neun Welten verbindet, oft auch als Esche identifiziert, auf der verschiedene Tiere leben.
Zeus	Olympischer Hauptgott, Gott des Himmels und Wetters, Göttervater der Olympier und einiger anderer Götter und Wesen.

WAS WURDE AUS

Hakon Olsson

Stellte sich in den nächsten Jahren als leiblicher Sohn des Loki Laufeyson heraus. Der liebenswerte kleine Junge wurde älter und erreichte schließlich die Pubertät. Von da an konnte ihn niemand mehr unter Kontrolle halten. Er wurde zu einem ernstzunehmenden Problem für die Gelbroben, insbesondere weil er es sich während seiner Schulzeit auf dem Vogesenschloss zur Aufgabe machte, dem Ruf seines Vaters zu entsprechen.

Stephen Chesters

Musste schließlich einsehen, dass er nun langsam erwachsen werden musste. Ohne das Taschenmesser des Kothar-Chasis war die Versuchung geringer, Unfug zu stiften. Er schwor den Eid und begann ein Studium in Spanien, das er wenig später abbrach, um sich vollends dem Leben als MEDIATOR DEORUM ET HOMINUM zu widmen. Zunächst arbeitete er im Hauptarchiv in Prag, wo er beim Arbeiten ungestört Cashewnüsse essen konnte.

Joanne Boucher

Verstarb drei Jahre später im hohen Alter in Perth, Australien. Zu ihrer Beerdigung kamen nur ihr Enkelkind und der Sekretär Quilliams, dem die Ehre übertragen worden war, einen Strauß gelber Schwertlilien am Grab niederzulegen. Die beiden sprachen kein Wort miteinander.